… weil wir vier Mädchen sind

ECON Unterhaltung

Im ECON Taschenbuch Verlag ist von Janine Boissard
außerdem lieferbar:

... noch dazu vier Mädchen (TB 27279-9)

Vier Temperamente unter einem Dach – die Eltern Moreau haben es mit den Töchtern Pauline, Claire, Bernadette und Cécile nicht gerade einfach. Pferdenärrin Bernadette sorgt sich abwechselnd um ihr Pferd und ihren Freund und hält ihre Familie damit ganz schön auf Trab. Die melancholische Claire hat es mit dem Erwachsenwerden alles andere als eilig. Erzählerin Pauline hat ihren ersten Ausflug ins eigene Leben bereits überstanden und beobachtet nun vom Schoß der Familie aus ihre älteren Schwestern und das freche Nesthäkchen Cécile...

Janine Boissard stammt aus einer kinderreichen Familie und begann früh zu schreiben. Sie ist unter anderem für mehrere französische Zeitschriften und das französische Fernsehen tätig. Ihr Roman »... noch dazu vier Mädchen« (TB 27279) war in Frankreich und Deutschland ein großer Erfolg.

Janine Boissard

… weil wir vier Mädchen sind

Heiterer Roman

ECON Taschenbuch Verlag

Ursprünglicher Titel: Die letzten Tage des Frühlings

Veröffentlicht im ECON Taschenbuch Verlag
Der ECON Taschenbuch Verlag ist ein Unternemen
der ECON & List Verlagsgesellschaft
ECON Verlag GmbH, Düsseldorf und München 1997
Lizenzausgabe

Titel des französischen Originals: L'avenir de Bernadette

Aus dem Französichen übersetzt von Christa Kornetzky
Umschlaggestaltung: Init GmbH, Bielefeld
Titelbearbeitung: Karsten Molesch
Druck und Bindearbeiten: Elsnerdruck, Berlin
Printed in Germany
ISBN 3-612-27350-7

Für meine Schwestern
Nicole, Aliette, Claudine, Evelyne –
– und meinen Bruder Yves.

1

Ein Kranz mit neunzehn Kerzen

Gestern bin ich achtzehn geworden. Also habe ich die neunzehn Kerzen auf dem mit Erdbeerschaum überzogenen Kuchen ausgeblasen, der extra in Pontoise für mich bestellt worden war. Neunzehn Kerzen – mit dem Lebenslicht, wodurch das Vordringen ins neue Lebensjahr abgesichert wird. Vorsorglich habe ich noch ein Dutzend Kerzen brennen lassen, und Mama hat denn auch prompt gelacht: „Da haben wir ganz offensichtlich eine Tochter, die es nicht eilig hat, aus dem Hause zu kommen.“ Genau so ist es!

Zum Schluß brannten noch vier Kerzen – vier wie wir: Claire, Bernadette, Cécile und ich. Und ich, Pauline, Hauptperson der Geburtstagsfeier, habe gewartet, bis die Flamme bereits an der Oberseite des Kuchens leckte. Claire hat dann später gejammert, der Erdbeerschaum schmecke nach Wachs.

Der Tisch war im Garten neben dem Wasserbecken aufgestellt worden. Anläßlich der Geburtstage verwenden wir immer ein handgesticktes Tischtuch, das Großmutter als junges Mädchen für ihre Aussteuer angefertigt hat und das besonders vorsichtig gebleicht werden muß. Diesmal hatte ich mich nicht mit dem Tischdecken plagen müssen! Ich durfte zusehen, wie die anderen arbeiteten.

Ich war also achtzehn Jahre alt. Volljährig! Falls ich wollte, konnte ich jetzt aufstehen und mich verabschieden, Danke sagen und: Ihr habt mich aufgezogen, ernährt, unterwiesen, aber das ist jetzt vorbei, ich gehe! Und wenn ich mich draußen verlaufen oder irgendwo anecken sollte, würden nicht mehr meine Eltern, sondern ich selbst die Zeche zu zahlen haben.

Nicht ich – Vater ist aufgestanden; und er hat erklärt, daß er an der Schwelle dieses Jahres, das nun vor einer von uns liege, eine Art von Familien-Durchuntersuchung veranstalten wolle.

Mein Vater ist nämlich praktischer Arzt in Pontoise.

Er hat auf den Garten geschaut, auf unsere Bäume, den Obstgarten weiter unten, und hat verkündet, er für sein Teil – um damit zu beginnen – sei glücklich, anstelle des Stadtlebens das Leben auf dem Lande gewählt zu haben, Zweige mit grünem Laub anstelle von grauen Mauern beim Erwachen zu sehen. Wie wir denn darüber dächten?

Zur Antwort kam ein „Ja aber" von seiten Claires, der einundzwanzigjährigen Ältesten der Familie, unserer „Prinzessin". Ja, was das Laubwerk betreffe, die Luft und die Ruhe. Aber – sie wisse nicht warum, es komme mitunter auch vor, daß das alles sie schwindlig mache.

Dazu gab es keinen weiteren Kommentar, aber es war nicht schwer, die Gedanken der Eltern zu erraten. Claires Schwindelgefühle kommen von ihrer Tatenlosigkeit. Nach dem Abitur hat sie sich entschieden, *ihr* Leben zu leben; und das heißt: frei zu bleiben von jedem Zwang, jedem Zeitplan. Ihre Tage dehnen sich und sind vielleicht leer. Es bliebe zu überlegen, ob dieses Nichtstun in der Stadt weniger belastet als auf dem Lande. Ich bin mir da nicht sicher.

Ein Ja mit Donnerstimme kam von Bernadette, unserer Reiterin, die seit etwa 14 Tagen zwanzig ist. Denn für sie sind Laub, Wege und Weite gleichbedeutend mit Reiten, und Reiten ist ihre große Liebe. Es bedeutet für sie Wind im Gesicht und Freiheit.

Cécile, die „Giftnudel", 13 Jahre alt, hat trocken erklärt, dazu könne sie sich nicht äußern, da sie ja den wesentlichen Teil ihrer Zeit in der Schule und somit im Gefängnis verbringe, hinter grauen Mauern.

Aber tausendfaches Ja kam von mir! Ich wohne auf dem

Dachboden, sozusagen auf gleicher Höhe mit den Wipfeln der Bäume, und die Geräusche des Gartens sind ein Teil meines Herzschlags.

Später erst ist mir klar geworden, daß wir vergessen hatten, Mama zu befragen. Das kommt übrigens recht oft vor. Man steckt Mama automatisch mit Papa in einen Sack.

Dann hat Charles (ich meine: Papa) gefragt, ob uns dieses vergangene Jahr positiv vorkomme, ob es für uns einen Fortschritt in bezug auf das vorangegangene bedeutet habe. Für ihn sei das gewiß der Fall. Was zum Beispiel seine Töchter angehe, so habe er sie besser kennengelernt. Als er das sagte, habe ich genau gesehen, daß sein Blick auf mir lag, und ich war glücklich – und verlegen zugleich.

Claire hat sich abgewandt. Falls Papa überhaupt fragt, so beherrscht er die Kunst, sehr persönliche Fragen zu stellen, aber niemand ist verpflichtet, darauf zu antworten. Als Bernadette Ja sagte und zustimmte, soweit es den Fortschritt betraf, mit einer Stimme, die von ganz woanders herzukommen schien, da habe ich genau gespürt, daß sie an Stéphane dachte. Das ist ein junger Mann, dem sie beibringt, wie man es fertigbringt, auf einem Pferd sitzen zu bleiben und der, wenn man so sagen darf, ihr guter Freund geworden ist.

Cécile hat die Antwort auf ihren Geburtstag vertagt. Ich habe mich nicht dazu geäußert.

Dann senkte sich die Nacht sanft herab. Der Garten schien immer tiefer zu werden. Mama hat das Licht an der Hauswand angedreht, und die Schmetterlinge warfen große Schatten auf den Kies, wenn sie mit kurzem, knackendem Flattern gegen die Birne stießen. Um diese Stunde ungefähr bin ich zur Welt gekommen – einen Monat zu früh. Meine Wiege war noch nicht fertig. Man hat mich in einer Schublade abgelegt. Cécile behauptet, daß ich deshalb wohl ein bißchen verdreht bin.

Der Tag schien noch immer nicht ganz verschwinden zu wollen, wohl, um mir noch länger zu meinen achtzehn Jahren zu gratulieren. Alles um mich her erschien leicht bläulich und wie in Schatten versunken, auf dem Weg in den Schlaf. Man roch die Oise: ein Gemisch aus Schlamm und Frische. Abends kommen hier keine Schiffe vorbei. Morgens hingegen weckt uns oft das Tuckern ihrer Motoren. „Wie ist das so, wenn man 18 ist?" hat Cécile mich gefragt. „Das ist, als ob du eine Grenze überschreiten würdest", hat Claire geseufzt. „Du sagst dir: Nun wird sich alles ändern. Du freust dich. Du öffnest die Augen weit und – auf der anderen Seite findest du genau dieselbe Landschaft, genau dieselben Köpfe!" – „Aber nicht dieselbe Sprache", hat Bernadette dazu festgestellt.

Darauf hat Claire mit eindringlicher Stimme erklärt, die Sprache ändere nichts, einzig und allein der Blick zähle.

Erst nach zehn Uhr abends sind wir vom Tisch aufgestanden. Ich durfte nicht abdecken helfen. Geburtstag verpflichtet! Mein Vater hat mich vertreten. Er spielte Café-Kellner und jonglierte mit den Gläsern, bis Mama aufschrie.

Ich bin dann bis zum Ende des Gartens hinuntergegangen, bis zum Gitterzaun, der uns von der Oise trennt. Es war Sommer. Jawohl – Sommer! Aber unter uns gesagt empfand ich es dieses Jahr so, als umhülle mich Nebel, der sich nur allmählich verzog. Vielleicht lag es an Pierre! Pierre ist ein Mann, den ich geliebt habe und der nicht frei war. Dieser Sommer hätte eigentlich unser Sommer werden sollen – und ich glaube, dann hätte ich überall nur ihn gesehen.

Später dann, als ich endlich ins Bad hatte gehen können, das ich mit meinen Schwestern teile – es trifft sich immer so, daß sie mich erst als letzte hineinlassen –, traf ich Mama auf der Treppe. Ich nehme an, sie hat mir aufgelauert. Ihre Zimmertür stand halb offen, und auf dem Bett an Papas Platz sah man nur eine aufgeblätterte Zeitschrift liegen.

Da stand Mama – im Nachthemd, mit aufgelöstem Haar, und das schüchterte mich etwas ein. Sie sagte zu mir: „Und jetzt, Pauline, möchte *ich* dir ein gutes Lebensjahr wünschen!"

Es kam mir vor, als ob in ihrem Blick noch einmal alles vorbeizöge, was ich an Gutem und Schlechtem, Glück und Leid während der letzten Monate durchlebt hatte. Und als sie mich küßte, da habe ich gespürt, wie nun wirklich die siebzehn Jahre von mir abfielen!

Während ich mein Licht löschte, dachte ich an das Jahr, das da auf mich zukam, und empfand Ungeduld. Ich wollte, ich hätte jemand fragen können, wie dieses Jahr heißen soll: Pauline und wer? Pauline und wie?

Ich habe ganz vergessen zu erzählen, daß Cécile etwas Seltsames gesagt hat, als sie sah, wie man meinen Kuchen mit den vielen Geburtstagskerzen brachte. Sie erklärte, man könne ja nichts dafür, aber von einer solchen Menge Lichter an sehe das Ganze nun doch wirklich bereits wie ein Trauerkranz aus!

2

Der F-Club

In jedem Garten gibt es Stellen, die einem mehr bedeuten als andere. Mir geht es so mit jenem von Sonnenstrahlen gesprenkelten Eckchen unter dem alten Birnbaum, nicht weit von dem Platz entfernt, wo im Jahre unseres Einzuges das Turngerüst für Cécile aufgestellt wurde. Das Gerät samt der Schaukel liegt heute in seine Bestandteile zerlegt im Keller, aber dort, wo man immer mit den Füßen bremste und absprang, ist das Gras nie wieder richtig nachgewachsen.

Mein alter Birnbaum ist nur im Mai schön, wenn der Frühling ihn in eine weißgekleidete Braut verwandelt. Von ihm aus kann man das Wasserbecken und das Haus sehen; hinter sich hört man das leise Rauschen der Oise. Und noch etwas gehört dazu, um das Bild abzurunden: lange Sonnenstreifen, die wie zum Trocknen ausgelegte Tücher bis zum

Haus reichen, das Knirschen von Kies irgendwo und ein zärtlicher Windhauch im Geäst über mir.

Das Schuljahr ist zu Ende. Wie ein kleiner bunter Gummiball springt dieser Satz immerzu in mir auf und nieder. Vorbei – zweieinhalb Monate lang kein Zwang mehr, sich morgens um sieben Uhr aus dem Bett zu schälen. Kein eisiger Mofa-Sattel mehr, keine Schnell- und keine U-Bahn, keine sechsunddreißig Rücken mehr vor mir, die sich über Papier- und Tintendunst beugen. Aus ist es mit dem genauen Stundenplan, den Anordnungen ohne Widerwort, der Französisch-Abschlußprüfung, die mir zwei Vorgabe-Punkte für das endgültige Abitur im nächsten Jahr eingebracht hat – und die Randbemerkung: „Einfühlungsgabe, Gedankentiefe – aber welch ein Wirrwarr noch!" Es lebe der Wirrwarr! Er herrsche bis zum 15. September!

„Endlich sind Ferien", hat Claire heute morgen beim Frühstück geseufzt. Und zur Feier des Tages hat sie ihr Butterbrot mit einer ganzen Aprikose gekrönt. Ich habe förmlich gespürt, wie Papa innerlich hochfuhr, sich dann aber mit stoischer Ruhe jeden Kommentars enthielt und nur Mamas Blick suchte, um seinen Stoßseufzer loszuwerden. „Prinzessin" Claire, die den ganzen Winter über so wenig getan hat, daß ihre Nägel immens lang und ohne die kleinste Bruchstelle sind, freut sich also auch über die Ferien! Nach dem Frühstück hat Mama mir erklärt, weshalb: Viele Wochen lang wird sie sich endlich einmal ganz und gar im Einklang mit der Familie fühlen können!

Denn die einzige, die letzten Endes keine Ferien hat, ist Bernadette! Juli ist ein guter Monat für den Reitstall, wo sie arbeitet, und der liebe Crève-coeur, Herr über die Bahnen von Heurtebise, hat ihr sogar eine Gehaltserhöhung gewährt. Sie hat sich ein Sparbuch zugelegt für den fernen Tag, an dem sie sich selbständig machen wird. Es ist ihr wirklich ernst!

Seit Anfang des Monats hat sie sich angewöhnt, ihr Pferd

Germain am Spätnachmittag mit heimzubringen, damit es die Familie begrüße. Schon von weitem hört man seinen Hufschlag auf dem Zufahrtsweg widerhallen, und dann sieht man über die niedrige Mauer hinweg unsere Reiterin mit elegant aufgerichtetem Oberkörper vorübergleiten. Sie möchte zu gern dem Pferd beibringen, mit seinem Maul die Glocke an der Gartentür zu ziehen, wie jene berühmte Stute namens Milady das tat, aber Germain will nicht verstehen. Er nutzt die Haltepause aus, um sich ein Zweiglein des Kornelkirschenbaums schmecken zu lassen – zu Papas großer Verzweiflung, der ja jedes Blatt, jede Blume und jede Pflanze seines Gartens persönlich kennt.

Germain ist dicker geworden, und sein Gang wirkt schwerfällig, aber so etwas sagt man seiner Besitzerin eben nicht, die ihn ja als Turnierpferd behandelt. Er bleibt im Garten, bis er alle begrüßt und ganz per Zufall hier und dort ein bißchen Dung für die Beete abgelegt hat. Manchmal reitet Cécile ihn, obgleich sie sagt, der Geruch störe sie ein bißchen. Sie mag ihn zwar, aber Germain riecht so stark nach Leben, daß sie es direkt taktlos findet, auf seinen Rücken zu steigen.

Unsere arme Cécile ist offensichtlich nicht in der Lage, irgend etwas einfach und unbefangen zu tun!

Gestern beispielsweise ist so etwas passiert, Samstag vormittag um elf Uhr. Tavernier, unser Nachbar, der „grosso-modo" genannt wird, weil er das immerzu sagt, war herübergekommen, um Papa zwei Knollen scharlachroter Gloxinien zu bringen, die in seinen Rabatten herrlich blühen. Außerdem wollte er Papa eine kleine Wunde in der Leistengegend zeigen, die ihm arg zu schaffen macht.

Wir standen alle vor dem Haus neben dem Bassin, wo wir bei schönem Wetter frühstücken. Papa hatte beschlossen, den Grill wieder aufzumöbeln und kratzte gerade den Rost vom Gitter, während Cécile alles übrige mit apfelgrüner Farbe anstrich. Da „grosso-modo" nicht wagte, um eine richtige Untersuchung zu bitten, hatte er sich Shorts angezogen. Er machte Papa ein Zeichen, drehte sich nach der anderen Seite und zeigte ihm so nebenbei seine Leistenbeuge, als sei ihm das gerade erst eingefallen. „Wenn Sie sich da verletzt hätten, Herr Doktor, was würden sie, generell gesprochen, und grosso modo drauftun?" Papa fragte ihn, ob es sehr geblutet habe. Und in diesem Augenblick lief Cécile blaurot an. Sie schaute uns alle herausfordernd an und verkündete mit heiserer Stimme: „Übrigens Blut – ich hab's seit vorgestern früh!" Und so haben wir erfahren, daß sie ihre Regel hatte.

Sie wartete schon seit einem Jahr darauf, und verließ sie das Haus für mehr als drei Stunden, so nahm sie vorsorglich alles Notwendige mit. Zugegeben, im Vergleich mit ihren Freundinnen war sie eher im Rückstand. Die „Erwachsenen" hatten den F-Club gegründet, von dem die „Kleinen" ausgeschlossen blieben. Die F's bewegten sich graziös, weigerten sich, noch Völkerball zu spielen, und trugen ein Kettchen mit einem Herz am Hals, um einander auf den ersten Blick zu erkennen.

Cécile verachtete sie, daher wartete sie ungeduldig auf den Augenblick, da sie es ablehnen konnte, ihrem Club beizutreten. Ihre Eröffnung hatte ein eisiges Schweigen zur Folge. Blindwütig patschte die „Giftnudel" sogleich eine zusätzliche Farbschicht auf ihr T-Shirt, um Mamas zärtlich-erstauntem Blick zu entgehen. Grosso-modo, der die gespannte Atmosphäre spürte und nicht so recht wußte, was er sagen sollte, konzentrierte seinen Blick auf seine Leistengegend. Claire aber hatte entgeistert die Plastik-Nasenhülle fallen lassen, die sie sich beim Sonnenbaden wegen der Rötung immer drauflegt, und tötete uns mit Blicken.

Ich muß gestehen, Cécile beherrscht wirklich die Kunst, den ungeeignetesten Moment für solche Dinge zu wählen. Wenn sie, als sie noch klein war, Mama über Tabu-Themen ausfragen wollte, wählte sie immer den Augenblick, in dem sie beim Kaufmann Schlange standen, und sprach schön laut, daß es auch ja jeder mitkriegte: „Übrigens, Mama, Charlotte hat ein Baby bekommen, aber sie ist nicht verheiratet. Wie kann das zugehen?"

Bernadette hat geantwortet: „Na, wir sind ja alle ganz beglückt." Und um abzulenken, hat sie grosso-modo zu einem Heilmittel geraten. Er solle vier Tage hintereinander Umschläge mit gekochten Zwiebeln auflegen. So bliebe keine häßliche Narbe zurück. Unser lieber Nachbar machte kein sehr begeistertes Gesicht wegen der Zwiebeln, aber er bedankte sich dennoch bei Bernadette. Dann wandte er sich abwartend Papa zu. Dieser sagte nur das Wort „Gloxinie", und weg waren die beiden – auf einem Rundgang durch den Garten. Bei ihrer Rückkehr hat Vater ihm dann ein Gratisrezept für Penicillinsalbe ausgestellt, die dem Leiden in drei Tagen abhelfen würde. Grosso-modo wirkte plötzlich um zehn Jahre jünger und klärte Mama auf: „Wissen Sie, an *der* Stelle, da reibt einen jedes Kleidungsstück, wenn man's nicht so macht wie am Strand von Saint-Tropez, nicht wahr?" Aus Höflichkeit lachten wir alle ein bißchen – und dann fragte Cécile doch tatsächlich, wie das Malheur denn nun eigentlich passiert sei . . .

Sehr verlegen, hat grosso-modo uns nun alle neugierig gemacht. Zuerst tat er, als habe er die Frage nicht verstanden – ausgerechnet er, der das feinste Gehör von Mareuil hat, wenn's um den Dorfklatsch oder um falsche Töne beim Kirchengesang geht. In Windeseile machte er, daß er fortkam – sein Rezept in der Hand. Papa hat sich hinter der ärztlichen Schweigepflicht verschanzt, und so ist die Leistengegend unseres Nachbarn *das* große Thema für Witzeleien geworden.

Es kann jeden Augenblick passieren, daß der eine oder andere plötzlich sagt: „Ach, grosso-modos' Leiste, ich hab's!" Einmal war's ein Stacheldrahtzaun, über den er gestiegen ist, um Blumenzwiebeln im Garten des Bürgermeisters zu klauen, einmal das Treppengeländer, das er rittlings heruntergerutscht ist, um seiner Frau schneller zu entgehen, dann wieder ein Vergeltungskratzer von eben dieser. Es nimmt kein Ende. Wenn der wüßte . . . !

Als Cécile später würdigen und etwas müden Schrittes auf ihr Zimmer gegangen war, warf Claire Mama vor, daß sie nicht streng genug zu ihr sei. Die „Giftnudel" müsse doch nun endlich einmal kapieren, daß es intime Probleme gibt, die nur einen selbst oder höchstens noch die Familie etwas angehen. Mama lächelte nachdenklich. „Na ja, es ist schon seltsam", gab sie zu, „aber immer noch besser als das, was mir passiert ist."

Sie war von niemandem aufgeklärt worden. Es war nachts über sie gekommen; sie hatte Bauchschmerzen, wagte nicht, sich zu rühren, und sah sich schon im Grabe. Papa erstickte fast vor Lachen und Rührung, und Claire seufzte verständnisvoll: „Das ist schon so etwas wie Sterben . . . der Tod der Kindheit ist das!"

Ich selber glaube, man bleibt sein Leben lang das Kind, das man gewesen ist. Man kann es noch so sehr mit Ernsthaftigkeit, Prinzipien, Verantwortung und Sorglosigkeit umkleiden, es ist da und schaut dich mit seinen Kinderaugen von früher an. Du öffnest das Fenster, und es schwebt hinaus; es dämmert in irgendeinem altvertrauten Geruch dahin, es tanzt hinter deinen geschlossenen Augen, lacht unter Tränen, und wenn du es am wenigsten erwartest, weht es der Wind dir plötzlich ins Herz.

Dieses Kind in dir legt später den Kopf auf die nächstbeste dir geneigte Schulter und möchte, daß man ihm sagt, man liebe es, auch wenn's gar nicht stimmt. Und immer noch wirst du in seinen Augen lesen können, daß es zum untersten Kästchen des Hopsespiels zurückkehren möchte, zum „Bäumchen, Bäumchen, wechsle dich", zum Anfang des großen Cowboyspiels – um noch einmal von vorn zu beginnen.

3

Die Geschichte mit dem „von“

Eigentlich wußte man nur sehr wenig von Stéphane. Daß er blond, zart, sanft und sehr höflich war; daß sein Jusstudium glatt verlief, daß Bernadette gern mit ihm zusammen war. Immer öfter kam er zu uns ins Haus, wo er sich von Mal zu Mal wohler zu fühlen schien. Einmal hatte er sogar dem Küchenduft nachgeschnüffelt und gefragt: „Was gibt's da Gutes zum Abendbrot?“ Und gleich darauf war er ob dieser unerhörten Verwegenheit ganz rot geworden.

Unermüdlich küßte er weiterhin Mama die Hand und schleppte Konfekt, Schals und andere Geschenke herbei, auch wenn Mama ihn inständig bat, das doch zu unterlassen, weil es aussehe, als ob er sich dafür entschuldigen müsse, daß er sich bei uns wohlfühle.

Liebten er und Bernadette einander? Große Liebeserklärungen, Seufzer und verdrehte Augen konnte man sich bei ihnen nicht gerade vorstellen. Wenn sie einander liebten, dann mußte es sozusagen im Trab über sie gekommen sein: auf gemeinsamen Ausritten, bei Gesprächen und in der Zeit, die sie zusammen in der Reithalle oder in den umliegenden Kneipen verbrachten, wo Bernadette immer darauf bestand, ihren Anteil selbst zu bezahlen.

Für mich stand fest, daß Stéphane sie liebte, denn er hatte eine besondere Art, sie anzusehen. Wenn sie ihre Pfeife stopfte und den Tabak überall verstreute; wenn sie den Fernsehsprecher anschnauzte, weil er ihrer Ansicht nach Blödsinn verzapfte; oder sogar, wenn sie wie ein Droschkenkutscher fluchte – eben in all jenen Augenblicken, in denen sie eher Bernard als Bernadette hätte heißen müssen. Was ganz und gar nicht bedeuten soll, daß Stéphane lieber hätte Stéphanie heißen müssen. Sie waren ganz einfach Stéphane und Bernard – Hand in Hand.

Schliefen sie miteinander? Selbst Cécile schien darauf verzichtet zu haben, sich diese Frage überhaupt noch zu stellen. Aber sie hatte jeden Versuch aufgegeben, Stéphane zu verführen, ein Zeichen dafür, daß sie ihn zur Familie, zum Mobiliar rechnete.

Entgegen B's Prophezeiungen hatte er am Ende doch einige Fortschritte im Reiten gemacht, schaute den Pferden gern in die riesigen Augen und spürte verzückt, wie ihr Fell unter seiner streichelnden Hand vibrierte – alles Dinge, die für unsere Schwester überaus wichtig waren.

Eines Abends hatte ich gehört, wie Papa beunruhigt Mama fragte, wo diese Geschichte denn hinführen solle. „Daran denken sie noch nicht", hatte sie geantwortet, „laß sie doch erst einmal leben!" Diese Antwort hatte mich begeistert. Wenn man nicht einmal mit neunzehn leben durfte, ohne genau zu wissen, wie es weitergehen soll, wann dann? Das wär' doch zu blöd – wozu dann die schönen Sonnenuntergänge, all die Landschaften zum Entdecken, all die Möglichkeiten für Liebeskummer?

Und eines schönen Abends fielen uns denn auch prompt sämtliche Stéphanie betreffenden Fragen und ein gut Teil der Antworten auf einmal in den Schoß.

Es war vor dem Abendessen – dreiviertel acht. Das Fenster zur Gartenpforte hin stand weit offen. Draußen gerade der erhabene Augenblick, da überall kleine Lichtstrahlen vor dem Einbruch der Nacht zersplittern. Jedes Geräusch hallt wider wie ein lauter Ruf. Man könnte fast meinen, der Garten falle auf die Knie wie unsere Ahnen, um die Sonne anzuflehen, doch morgen wieder zu scheinen.

Cécile macht uns gerade einen „Paradiesestrank" zurecht: Karottensaft, Zitronensaft, einen Schuß Ketchup und irgendwas, das die ganze Sache zum Schäumen bringt. Sowie es schönes Wetter wird, tut sie uns das an – und niemand hat ihr bisher noch zu sagen gewagt, daß es das abscheulichste Gesöff der Welt ist. Claire legt uns immer wieder herein, indem sie, unter dem Vorwand, das Zeug belebe den Teint, sich ein zweites Glas davon geben läßt. Papa allein hat eines Tages erklärt, er melde sich sofort als Bewerber für die Hölle an, wenn dieses Zeug das Paradies darstelle.

Wir hören, wie Stéphanes Wagen draußen hält. Wenig später klappt die Tür zu. Man braucht nur zu sehen, wie Bernadette auf das Haus zustürzt – ohne sich umzuwenden, mit der Nase fast auf dem Kies – und man errät, daß irgend etwas nicht stimmt. Die dritte Treppenstufe kracht: Bernadette hat sich darauf niederfallen lassen, um ihre Reitstiefel auszuziehen. Zweimaliger Knall, als diese gegen die Wand geschleudert werden – und schon schießt sie (in eine Wolke von Stallgeruch gehüllt) herein.

Papa als einziger hat nichts bemerkt. Den Zeichenstift in der Hand, ist er vertieft in das Studium einer Tulpe mit getigertem Kelch, die ein für allemal sämtliche Züchtungen von Tavernier in den Schatten stellen wird. Bernadette pflanzt sich ihm gegenüber auf. Sie greift an: „Du wirst es nicht glauben, aber dein Haus, deine Blumenbeete, die neun Jahre, in denen du dich mit Physik und Chemie vollgestopft hast, um das Bauchweh dieser Kuhbauern hier um die Ecke behandeln zu können, deine Doktorarbeit über die Milz, deine Familie, kurz alles – für *die* ist das nichts. Ganz und gar unwichtig!“ Charles ist sprachlos. Er nimmt die Brille ab, legt sie sorgfältig in sein Buch – auf die Seite mit der Tulpe; dann betrachtet er Bernadettes Gesicht, dem diesmal jeglicher Anflug von guter Laune fehlt.

Cécile hat aufgehört, ihre Karotten zu reiben. Mama kommt näher. „Wen genau meinst du mit die, mein Kleines?“ fragt Papa im Tonfall des Arztes. „Stéphanes Eltern, wen sonst? Herrn und Frau von Saint-Aimond! Wie kann man überhaupt nur solch einen Namen mit sich herumschleppen!"

Das Weitere bricht in einem Sturm aus ihr heraus. Herr und Frau von Saint-Aimond, die einen Titel besitzen und eine feudale Villa in Neuilly, eine Yacht in Saint-Tropez, Chauffeur und Butler – hört, hört! –, haben ihren Sohn gefragt, ob er noch lange mit Bernadette beisammenhocken wolle und die entzückenden jungen Damen seiner Umgebung weiterhin zu vernachlässigen gedenke. Stéphane hat geantwortet, er liebe Bernadette, wolle mit keinem anderen entzückenden jungen Mädchen zusammenleben – peng! siehe da! –, und er werde im kommenden Sommer auch nicht nach Saint-Tropez fahren und sich mit ihnen nicht auf dem Schiffsdeck sonnen, sondern bei Bernadette bleiben – unerhört!

„Gut gebrüllt, Löwe!" sagt Cécile sachverständig. „Und wie haben die Herzöge das geschluckt?" – „Das ist kein Mädchen für dich!"

„Arschlöcher", entfährt es Papa. Cécile verzieht das Gesicht – ein Vater flucht nicht! Nachdenkliches Schweigen. Nur selten hört man, daß Charles ein so unwiderrufliches Urteil von sich gibt. Er ist ein Meister im Abwägen des Für und Wider, im Entschuldigen unangemessenen Betragens, das sich ja eventuell auf üble Erbanlagen oder den Einfluß schlechter Verdauung auf den Charakter zurückführen läßt. Nur Rassenfanatikern gegenüber gerät er in Wut und läßt sich gehen. Da könnte er dir glatt einen Zweizentnerkerl auf der Stelle aus dem Fenster werfen.

„Die haben tatsächlich einen Chauffeur?" fragt Cécile. „Mit Schirmmütze!" sagt Bernadette. „Er hat mir sogar erzählt, daß er die Mütze immer abnimmt, wenn er allein ist, weil die jungen Leute ihn sonst als Lakaien verspotten könnten. Gar nicht zu reden von den drei Matrosen auf der Yacht und der Super-Steuererklärung." – „Und all das macht sie glücklich?" fragt die Giftnudel hoffnungsvoll. „Die Super-Steuererklärung wahrscheinlich nicht", sagt Bernadette, „aber das übrige, ja; glücklich wie Könige!"

Cécile erstarrt vor Bestürzung. Wenn sie sich wenigstens unglücklich fühlten, von Zweifeln zerfressen, voller Gallensteine und Magengeschwüren wären . . .

„Also, was mich betrifft, ich werde später der Partei beitreten", beschließt sie. „Na, bestimmt keiner gemäßigten, wetten?" läßt Claire sich vernehmen. Es ist ihr erster Gesprächsbeitrag, aber ich habe ihren Blick auf Bernadette ruhen sehen: diesen zugleich trotzigen und bittenden Blick, den sie hat, wenn sie tief beunruhigt ist. Sie verbietet sozusagen unserer Schwester, sich kleinkriegen zu lassen. Mama steht nun neben ihr am Fenster und atmet die gute Gartenluft tief ein. „Was wollen die sagen mit nichts für dich?" Bernadette macht eine weitausholende Geste und versetzt dabei dem Kletterrosenstrauch einen Stoß.

„Na, daß sie sich für Stéphane ein Mädchen nach ihren Vorstellungen erhoffen – so eine mit Haute-Couture-Kleidern und toller Mitgift in Sicht, eine, die Golf und Bridge spielt und beim Essen den kleinen Finger spreizt, nicht eine, die ihre Zeit tausendmal lieber in Gesellschaft von Pferden als von solchen verklemmten Typen verbringt!"

„Aber das ist doch eine völlig veraltete Vorstellung!" protestiert Mama. „Heutzutage denkt doch niemand mehr so!" – „Doch", sagt Bernadette, „sie! Und die oberen Tausend, die mit ihnen in diesem goldenen Käfig dahinvegetieren."

Sie schaut sich um. Ihr Blick verharrt auf einem Bild mit zwei schnäbelnden Friedenstauben; das paßt gut.

„Und, weißt du, hier bei uns würde ihnen alles kümmerlich vorkommen. Wir haben Reproduktionen an den Wänden hängen, sie die Originale – oder gar nichts."

„Soviel ich weiß, hat Stéphane gegen diese Reproduktionen nichts einzuwenden. Neulich erst machte er mich zu Recht darauf aufmerksam, daß dem Kuß dieser beiden Tauben ein kräftiger Atem zugrunde liegt", sagt Cécile, die gelegentlich eine geradezu verblüffend gepflegte Ausdrucksweise liebt. „Stéphane ist anders."

Ich bin wie Mama. Ich verstehe das nicht. La Marette, unsere Familie, alles, was mir so fest und unumstößlich vorkam, worauf ich so stolz war, alles das gilt nichts? Also entweder sind diese Leute Arschlöcher, wie Papa ganz richtig gesagt hat – oder wir sind es.

Ich helfe nach: „Er hat ihnen doch von uns erzählt, nehme ich an." Bernadette betrachtet mich mitleidig. „Natürlich, aber unsere Familie, Rosenstecklinge, ‚grosso-modos' Kümmernisse, die Glocken deiner geliebten Kirche, all das sagt ihnen nichts, und das paßt eben nicht zu Moneten, Adelstitel und Renommé." Bestürzung bei der Prinzessin! Sie, deren Neigungen eigentlich mehr in Richtung des „goldenen Käfigs" gehen, sieht sich auf den Rang der Plebejerin verwiesen.

„Denen würde ich zu gern die Meinung sagen", wettert Cécile.

„Würde mich wundern, wenn du je Gelegenheit dazu haben solltest."

Die Bäume draußen erschauern. Sie wispern ‚Das ist alles völlig unwichtig'. Und der Wind, die Hausmauern, alles Werdende, alles, was da überall an Schönem entsteht, wiederholt: ‚völlig unwichtig'. Wichtig allein ist, daß Stéphane Bernadette liebt, daß er es ist, der begriffen hat!

Papa betrachtet den Kamin, der bis zum Herbst Ferien vom Feuer macht, in dessen Innerem aber nun ein großer Kupfertopf mit orangefarbenen Blumen leuchtet – Mamas Idee. „Da ihr ja anscheinend eine gemeinsame Zukunft ins Auge faßt, Stéphane und du", sagt er und räuspert sich, „was hat er denn dann im Hinblick auf seine Eltern vor?" – „Er wird sein Jus-

Examen machen und sich dann eine Arbeit suchen, um auf ihr Geld scheißen zu können."

„Das würde mich wirklich wundern", sagt die Prinzessin.

Diese Bemerkung hebt die Stimmung ein wenig, aber Bernadettes Gesicht bleibt düster. „Er braucht sie nur fallenzulassen, und dann werden sie sich anschauen", bestimmt Cécile.

Bernadette betrachtet die Eltern, Charles' Buch, Mutters Brille, die sie seit dem letzten Winter zum Lesen aufsetzen muß. Dann verknotet sie den langen Wollfaden an der Fußspitze ihrer Socken. Sie legt Wert darauf, daß er immer dran bleibt.

„Er soll sich ja gar nicht mit seinen Alten verkrachen. Familie ist Scheiße, aber irgendwie doch auch heilig. Ich will nur nicht durch die Hintertür hereingelassen werden und mich dafür auch noch entschuldigen müssen." – „Durchs Haupttor und hoch zu Roß – auf Germain", dröhnt Cécile. „Ich würde warten, bis sie zu Kreuz kriechen", erklärt die Prinzessin und drapiert die Falten ihres Rockes um herrlich gebräunte Beine.

Mama lacht nicht – sie sieht traurig aus. Ein irgendwie erstaunter Blick wandert von ihren Händen über das ganze Wohnzimmer hin, in dem wir uns so wohlfühlen. (Im September muß es unbedingt renoviert werden!) Dann zu uns, zu ihrem Mann. So einen Gesichtsausdruck wie den ihren hat man wohl, wenn man all seine Arbeit mit den einzig verfügbaren Mitteln und von ganzem Herzen getan hat – und dann kommt jemand, der nichts davon versteht, und sagt einem ‚Ach, meine Liebe, das ist ja nichts; nein wirklich, ganz und gar nichts . . .'. Sie könnte die Saint-Aimonds anspucken, aber sie wird nichts dergleichen tun. Sie wird nachdenken, sich selbst prüfen, diese Snobs auch, und dann uns, das Leben, die Welt, und sich zwei Tage lang bestätigen, daß das alles doch zu blöd ist, bevor sie wieder anfängt zu singen.

„Bei Molière ist das auch alles ziemlich kompliziert", stellt Cécile fest. „Da gibt's haufenweise Hindernisse, aber es endet immer mit einer Heirat."

Papa ist aufgestanden. Sicherlich sieht er mehr nach einem Gärtner aus als nach einem Yachtbesitzer oder nach einem großen Hämatologen. Er wandert zum unteren Ende des Wohnzimmers, kommt zurück. Ich bete, es möge jetzt nicht gerade jemand anrufen, ein Kranker oder eine Besorgter, jemand, der Familienprobleme hat. Jetzt sind wir dran!

„Na schön", sagt er laut, mit belegter Stimme, „ich bin ja vielleicht schon verkalkt, gehöre zum alten Eisen, bin unfähig zu urteilen, blind und alles was ihr wollt . . ."

Er betrachtet Bernadette, die auf dem Balkongeländer hockt. Ihr schönes, unverfälschtes Gesicht mit dem kastanienbraunen Lockenkranz ist dem Garten zugewandt, den sie mit den Blicken durchstreift. Papa schaut sie an, und wenn sie nicht seine Tochter wäre, ich würde steif und fest behaupten: Das ist Liebe! Und er bekennt: „Ich sage nur eines: Wer immer dich kriegt – ob Stéphane oder ein anderer –, er macht ein verdammt gutes Geschäft."

Manchmal im Leben streifen uns drei solche Sätze oder ein Lied, drei Takte Musik, und wühlen uns zutiefst auf. Papas Stimme, sein Blick auf Bernadette, sein Mund, ja besonders seine Lippen, die zittern, als erinnerten sie sich einer früheren Liebeserklärung – nein, das werde ich nie vergessen.

4

Der Bruch

Es sah aus, als ginge das Leben weiter wie zuvor. Jeder tat so, als ob. Und spielte dermaßen gut, daß zunächst niemand bemerkte, was für unwiderrufliche Worte gefallen waren.

Mir kam das frühmorgens zum Bewußtsein. Als hätte man mich gerufen, fuhr ich ganz plötzlich auf, mit weitgeöffneten Augen und vor Aufmerksamkeit geschärften Sinnen. Nichts war mehr so wie vorher in meinem Zimmer. Ich lief ans Fenster. Im Sommer schlafe ich oft nackt, nichts Trennendes zwischen mir und meinem Garten. Ich kenne sein Schweigen, die stoßweisen Seufzer, die ihn manchmal durchziehen, sein bläuliches Erwachen. Auch mein Garten war nicht mehr derselbe!

Es war immer noch Sommer; noch verliehen die Ferien der Zeit diesen Hauch von Offenheit und Freiheit. Aber alles um mich herum war auf eine andere Stufe entrückt, hatte sich ein wenig abgesetzt. Oder irgend etwas hatte mich wider Willen davon entfernt, so, als werde man bei den Schultern gepackt, wenn man ganz und gar nicht darauf gefaßt ist. Bernadette würde uns verlassen! Gestern hatten wir nur Familienwäsche gewaschen: eine lächerliche und etwas verletzende Geschichte. Das Wesentliche war uns entgangen: Bernadette und Stéphane strebten eine gemeinsame Zukunft an. Für Bernadette hieß es in den kommenden Jahren nicht mehr „wir“, sondern „er“; für Bernadette gab es dann unbekannte Orte, ein Leben, an dem wir nicht mehr teilhatten, Lachen, in das wir nicht mehr einstimmen würden. Und ich wollte das nicht!

Ich habe versucht, Vernunft anzunehmen. Zunächst einmal: Es war ja noch gar nicht soweit. Stéphane hatte sein Jusstudium noch nicht beendet, und dann mußte er ja Gott sei Dank noch zum Militär! Doch zum erstenmal wurde mir klar, daß La Marette eben nicht immer La Marette bleiben konnte. Und schon löste sich in mir etwas auf, bröckelte etwas ab. Dieses erste Fortgehen kündigte unser aller späteres Auseinandergehen an; war ein Fingerzeig auf das Greisenalter meiner Eltern, ihren Tod, auf den Verfall des Hauses. Nein!

Die Rathausuhr schlug dreimal. Viertel vor sieben. Auf der Landstraße fuhr ein großer Lastwagen vorbei, so ein Fernlaster mit Auslandsfracht, dem man normalerweise nicht einmal nachblickt. Ein Blätterrauschen verschluckte den Lärm gleich wieder. Ich hatte geglaubt, in jenem Winter reifer und härter geworden zu sein; ich war so verletzlich wie eh und je geblieben und brauchte Bleibendes, irgend etwas, nur solide mußte es sein, um mich daran festzukrallen.

Und ich schaute auf den Kirchturm, die Dächer von Mareuil, den Hügel dahinter mit seiner Reihe von Fichten, deren eine vor Trockenheit eine rotbraune Färbung angenommen hatte. Ein Haus, eine Fichte, sogar ein Felsen sind den Zeitläufen unterworfen. Nichts auf der Welt bleibt verschont von Reife, Verfall, Verrat, erzwungener Verlassenheit. Ich habe begriffen, daß man Gott braucht.

Ungewaschen und ungekämmt, irgendein Kleidungsstück übergeworfen, hatte ich plötzlich das Bedürfnis, mich zu rächen. Am Leben vielleicht? Wenn dem so war, konnte ja auch ich gleich auf die Familie losschlagen. Ich würde eben nicht da sein zu ihrem geheiligten Frühstück, das immer so leichten Herzens mit zufriedenem Lächeln eingenommen wurde, als bliebe das weiter so für die ungefähr fünfundzwanzig- bis dreißigtausend Frühstückszeiten, die ich noch zu durchleben hätte. Sie sollten sich nur beunruhigen! Ich wäre dann wenigstens nicht mehr die einzige mit unruhigem Herzen.

Natürlich schlief das Haus noch zu so früher Stunde. Eine weiße Sonne durchbrach den Nebel, der über dem Garten lag. Ich schlich über den Rasen, damit das Knirschen der Kieselsteine mich nicht verrate. Eine kleine, verrostete, schwer zu öffnende Tür führt hinunter zur Oise. Ich holte den Schlüssel dazu unter dem Stein hervor und schlüpfte hinaus.

Am Flußufer verläuft ein Weg, auf den man gelangt, wenn man sein Boot festgemacht hat. Im Winter ist er schlammig, im Sonner voller Dornen. Den ganzen Weg entlang findet man Fischerboote, zum Teil halb im Wasser versunken, gerade noch von der Kette gehalten. Der Weg stammt aus der Zeit, da man dort noch angeln oder auch baden konnte. Früher fing man dort anscheinend auch Krebse – abends beim Schein von Taschenlampen, mit rohem Fleisch, das auf Stangen gespießt wurde. Auch das ist wohl vorbei.

Ich wanderte die Uferböschung entlang, verloren an mein Gefühl der Hilflosigkeit gegenüber dem, was ich als einen nicht zu kittenden Riß, einen Bruch empfand. Ich wehrte mich dagegen, indem ich mich auflehnte. Familie? – na und? Eine Maschine, die dir die Haut an der empfindlichsten Stelle aufreißt; die dir immer Kummer bereitet. Wozu also?

Ich blieb neben einem entwurzelten Baum stehen, dessen Äste im Wasser trieben. Die Zweige dienten nur noch dazu, alte Plastikbehälter und kaputte Kanister aufzuhalten. Auf der anderen Seite des Wassers dehnten sich Felder, versteckten sich Häuser hinter Gartenmauern. Die Saint-Aimonds hatten wohl am Ende recht, sich auf andere Werte als die unsrigen zu stützen, auf solche Dinge wie Geld, Sport, Zerstreuungen, die den Menschen mitreißen oder einlullen, jedenfalls Barrieren errichten, die vielleicht fragwürdig sind, aber jedenfalls weniger zerbrechlich als Liebe oder Erinnerung. Wir haben auf das falsche Pferd gesetzt.

Eingehüllt in einen alten Regenmantel kam dort unten ein Clochard auf mich zu. Ich betrachtete meine Füße, damit er mich in Frieden lassen möge – und auch wegen der Tränen. Er blieb stehen. Eine Stimme nannte meinen Namen. Es war mein Vater. „Wenn wir beide hier unten sind, so offenbar aus demselben Grunde, nehme ich an!"

Ich habe einen Stein ins Wasser geworfen, sehr weit hinaus und mit aller Kraft. Er zog drei kleine Kreise und dann – ach, verdammt, Bernadette! Diese Schlampe, die jetzt wohl noch wie ein Murmeltier schlief, ahnungslos, mit weit von sich gestreckten Armen und Beinen. Und schnarchen tut sie auch. Um so schlimmer für Stéphane!

Vater hat mir die Hand auf die Schulter gelegt, und wir sind zurückgegangen.

„Weißt du", sagte er, und in seinem Blick schwamm das sanfte Grau der Oise, „auch für einen Vater ist es nicht leicht, seine Tochter gehen zu sehen!" – „Sie wird gehen?" habe ich gebellt. – „Nicht gleich. Sie wird uns schon noch Zeit lassen, uns daran zu gewöhnen."

Ich habe erklärt: „Eigentlich liebe ich das Leben nicht. Zuviele Trennungen. Zuviele Wahlmöglichkeiten!" Er hat angefangen zu lachen: „Und dennoch kenne ich nur wenige Leute, die so zum Leben begabt sind wie du! Du atmest es ja durch alle Poren ein."

Und dann habe ich ihm mein Herz ausgeschüttet. Begabt oder nicht – dieser Mann, den ich im vergangenen Winter geliebt habe – Pierre, der mich die Lust und gleich darauf das Leiden gelehrt hat; und das Entreißen zugleich mit dem wundervollsten Verschmelzen. Und nun niemand mehr. Ich mit meiner erweckten Begierde, meiner seelischen Leere, den plötzlichen Kälteschauern, dem Gefühl, bald alles zu vermögen, riesenhaft, und bald nur des Zertretens wert zu sein. Wenn es das ist, was Leben heißt? Wozu hat man die Familie erwählt, wenn die Familie zerfällt?

Charles hat mich reden lassen, und es stimmt wirklich: Der Mensch ist ein Egoist. Unser wichtiges Gesprächsthema war Bernadette, und doch habe ich nur von mir gesprochen: MEIN Schmerz, MEINE Einsamkeit, MEIN Körper! Dieses Possessivpronomen sprechen wir wohl am häufigsten aus im Leben. Fügen wir noch die Verbform in der ersten Person Singular hinzu – obwohl wir doch zu Milliarden vorkommen –, und man wird begreifen, warum alle bereit sind, einander abzuknallen.

Plötzlich saß ich auf der taufeuchten Uferböschung Seite an Seite mit meinem Vater – er in seinem alten Regenmantel, den er anscheinend wieder aus der Mülltonne herausgefischt hatte.

Sich vorzustellen, daß ich ihn für einen Clochard gehalten hatte! Und mit seinen vier Töchtern war der Arme ja noch nicht am Ende! Seine jammervolle Miene, die er offensichtlich überbetonte, um mich zum Lachen zu bringen, zeitigte den erwarteten Erfolg, ich spürte, wie mir Tränen die Wangen herabliefen, nicht anders, als wenn man bei Charlie Chaplins Mißgeschicken nicht genau weiß, ob man lacht oder weint. Charles hat mir einen Kuß gegeben und dann seinerseits geredet. Er begann damit, daß er in mir wohl ein zu Extremen neigendes Mädchen in die Welt gesetzt habe. Man brauche mich nur anzusehen. Eine Minute zuvor sei ich noch bereit gewesen, mich in die Oise zu stürzen, die weiß Gott niemanden in Versuchung führen könne, mit allem, was auf ihr herumschwimmt! Und nun sähe ich aus, als wolle ich auf dem Wasser tanzen. Heirat bedeute doch nicht zwangsläufig Trennung. Was Bernadette betreffe, falls es überhaupt dazu komme, so wäre dies doch ganz einfach eine Weiterentwicklung der Familie, die allen zugutekomme. Um mit mir zu beginnen, so könnte ich Tante werden – danke nein! –, bevor ich noch Zeit gehabt hätte, zu denken.

„Bernadette ist eine Frau. Viel mehr noch Frau als du, trotz deines Pierre. Fraulicher als Claire, obgleich Claire die ältere ist. Du siehst förmlich, wie Bernadette von Kraft strotzt. Sie muß sich mit dem Leben messen. Eines Tages wird es dir ähnlich ergehen!"

Dessen bin ich nicht so sicher. Aber er hatte recht mit Bernadette. Dieses Etwas in ihrem Blick, das einem ständig brennenden Feuer glich. Welche Eile sie mit allem an den Tag legte! Welche Ungeduld . . . War es die Ungeduld, uns zu verlassen?

Er hat ziemlich lange geredet, und mir schien, als spräche er auch zu sich selbst. Ich hatte mich an seine Brust geschmiegt, eine Geste, die ich noch aus der Zeit mit Pierre liebe. Seither hatte ich das nicht mehr getan: einander umarmen, um einen

Augenblick lang eine Landschaft und die plötzliche Stille miteinander zu teilen. Und während wir so die trotz allem schöne und lebendige Oise betrachteten, gewann etwas in mir die Oberhand. Was auch geschehen mochte, es würde immer irgendwo einen Fluß geben, der mir von diesem heutigen Tag erzählen konnte. Und wenn es kein Fluß war, so würden es Sätze aus einem Buch sein. Und war es kein Buch, so vielleicht eine Melodie in mir: Man muß sich nur zu helfen wissen.

Charles ist aufgestanden. Er hat mir die Hand gereicht und mit rauher Stimme gesagt: „Wollen wir ihnen Croissants mitbringen?"

Wir haben einen langen Rundgang durch das Dorf gemacht, und als wir nach Mareuil hineinkamen, hatte die Bäckerei gerade geöffnet, und die ganze Straße mit ihrem Geruch nach frischem Brot war eine einzige Herausforderung, alles zu vergessen. Urplötzlich haben wir außer den Croissants auch noch eine Baguette und sechs Brioches mit Zuckerguß mitgenommen. Als Papa bemerkte, daß er keinen Pfennig Geld bei sich hatte, ist er hinter die Kasse gegangen und hat das Schildchen „Nichts auf Pump!" einfach umgedreht. Mme. Cadillac, die ganz gerne Geld stundet, wenn sie sichergehen kann, es wiederzubekommen, hat sich krank gelacht.

Als wir aus dem Laden traten, meinte Charles ganz leise: „Ich wette, sie hat das Schild schon wieder umgedreht." Noch bevor wir am Gartenzaun ankamen, hörte man schon die elektrische Kaffeemühle summen. Es roch nach erwachendem Haus. Der Nebel löste sich gänzlich auf, und überall im Garten knisterte es fröhlich. Vom Wohnzimmerfenster herab machte die Giftnudel uns tausend Vorwürfe: Wir hätten ihr doch sagen können, daß wir spazierengingen!

Mama hatte Ringe unter den Augen. Ich habe Bernadette das ganze duftende Paket in den Arm gelegt. Sie steckte die Nase hinein und fragte: Na sowas, was feiern wir denn?"

5

Das Land jenseits des Meeres

Den ersten Teil der Ferien verbringen wir immer bei Großmutter in der Bourgogne. Vom 13. bis zum 30. Juli sind wir auf ihrem großen Besitz, der von einem Hektar Obstbäumen umgeben ist, inmitten von Vettern und Cousinen, die beim Sprechen das „r" rollen; siebzehn Tage heiterer Ruhe, Tage, in denen alles zählt: Fliegengebrumm, zweimaliges kurzes Hupen, das den Briefträger ankündigt, Entkernen von Aprikosen zum Marmeladekochen, der Geruch eines alten Strohhutes, den man auf dem Dachboden gefunden und sich aufgesetzt hat. Und plötzlich tauchen auch frühere Tage wieder aus der Erinnerung auf: Kindergeschrei im Freien, ein seltsames Schwindelgefühl. Eine Stunde lang begreift man, was Ewigkeit heißt, dann ist es vorbei, und zurück bleibt ein Sehnen nach Sonne. Für Mama bedeutet das siebzehn Tage ausgelassenes Lachen inmitten ihrer drei sie verehrenden Brüder und unter Céciles mißbilligenden Augen; ein Rosenkranz von Erinnerungen, die tagelang wieder hergebetet werden. Wir haben sie alle schon zehnmal gehört. So zum Beispiel, daß Mama hoch oben auf der großen Tanne den Erwachsenen nachspionierte und eines Tages den Gärtner – den alle Welt für einen Heiligen hielt – dabei erwischte, wie er mit dem Feldstecher Onkel Jeans Bemühungen beobachtete, im Weinberg die spätere Tante Mathilde zu verführen. Auch Kriegserinnerungen werden ausgegraben, als sei das damals im gewissen Sinne ein Fest gewesen, wenn ganze Eimerladungen Kartoffelkäfer im Feuer des Küchenherds zerbarsten. Die Kartoffelkäfer machten den hungernden Städtern die Kartoffeln streitig; es gab dicke Käfer mit Streifen und kleine rosafarbene. Hatte Mama einen Eimer voll gesammelt, so bekam sie dafür 50 Centimes.

Und dann Großmutter! Es heißt immer, es gäbe keine alten Damen mehr; dank gymnastischer Übungen, dank Kleidung und Schminke könne man heutzutage andere bis zum Grabe über sein Alter irreführen. Wir haben eine richtige alte Dame mit weißen Löckchen unter einem Schläfennetz, mit ehrwürdigen andenkenreichen Broschen auf dem flachen Mieder, einem schwarzen Rock, den eine Schürze mit Überraschungstäschchen schützt. Und ich glaube manchmal, daß Mamas Bilder, ihre Collagen – auf denen sie von allem etwas unterbringt, alles, was so herumliegt, was ihr in die Augen sticht –, letzten Endes der Inhalt jener Schürzentaschen von Großmutter sind.

Eine zwar strenge Großmutter, deren Blick dennoch alles versteht und etwas sagen will: Mag die Welt sich auch verändert haben, bei mir wird man weiter dem Ernsthaften nachstreben, der Verschwendung den Kampf ansagen, die Abende mit Lesen und einem Schwatz dazwischen verbringen, Kleider tragen, die nicht unbedingt alles zeigen, was der Intimsphäre vorbehalten sein sollte; kurz – bei mir nimmt man Kurs auf den da oben, der von uns große Dinge erwartet.

Ende Juli kommt Papa, um uns abzuholen, und dann beginnt der zweite Teil der Ferien, die Normandie. Das Haus dort gehört uns fast, da es ja nur an unsere Familie vermietet wird, und Jahr für Jahr findet man in den Tiefen der Schubladen Muschelstücke, eine Haarspange oder einen Füller vom letzten August wieder.

Für mich bedeutet die Normandie in erster Linie Himmel. Ich weiß, viele Menschen träumen des Nachts, daß sie fliegen. Dort brauche ich nur ein wenig länger nach oben zu schauen, und schon entschwebe ich der Zeit und dem Raum, fühle, wie sich Frieden in mir ausbreitet, und weiß, daß im Grunde nur dieses ungeheure höhere Etwas zählt, das uns umhüllt.

Der Himmel von Houlgate ist die meiste Zeit über ein

wahres Schlachtfeld. Sogar wenn er friedlich und blau ist, mißtraut man ihm und ist auf der Hut, als bereite er unweigerlich irgendeine Vergeltung vor.

Geht man an gewissen Tagen ans weit sich zurückziehende Meer, so wandert man gleichzeitig auch auf den Himmel zu. Er liegt förmlich oben drauf und wirkt derart feucht, salzig und sturmgepeitscht, daß man in beide – Himmel und Wasser – zugleich hineinzugehen meint.

Den Regen liebe ich auch. Ich spüre ihn gern auf meiner Haut. Er raunt mir zu, daß ich Erde, Blatt, Blume, Pflanze bin und von ihm, dem Regen, lebe wie von der Sonne.

In Houlgate gibt es auch noch den Tennisclub, wo Claire stundenlang herumrennen kann, was beweist, wieviel Energie in ihr vorhanden ist, wenn sie nur will.

Es gibt eine Menge Freunde, mit denen wir abends tanzen oder spazieren gehen. Auch Charles macht dort Ferien vom Ich und wirkt irgendwie fremd, ja einschüchternd. Man muß sich an einen stets vorhandenen Vater gewöhnen, dessen Blick dich plötzlich sucht, der sich selbst in dir nachspürt. Und plötzlich – irgendwann, irgendwo – hast du ein prickelndes Gefühl von Freiheit, das Bedürfnis, alles zu lieben, allem zuzulächeln, jemandem danken zu müssen.

Wie alle großen Neuigkeiten bricht auch diese über uns herein, wenn wir am wenigsten auf sie gefaßt sind. Alles ist zur Abfahrt in die Bourgogne bereit. Papa hat den Gepäckträger auf dem Autodach befestigt, Claire tut allen schön und hofft, noch ein bißchen Platz in unserem Gepäck ergattern zu können, da als Maximum pro Kopf ein einziger Koffer festgelegt worden ist – völlig unzureichend für ein gekröntes Haupt.

So gegen elf Uhr läutet das Telefon. Im Haus findet gerade der große Sommerputz statt. Jedes Jahr, bevor wir wegfahren, wird Mama von diesem Putzfimmel gepackt. Sie muß alles einwandfrei hinterlassen. Die Wandschränke sind gesäubert, die Küche ist geschrubbt, sogar unter der Treppe ist gescheuert worden. Jetzt sind wir bei den Wohnzimmerfenstern.

Deren gibt es zwei. Eins schaut auf das Wasserbecken, die Apfelbäume und die Oise hinaus; das andere auf die Eingangspforte und den von Bäumen gesäumten Weg, der uns von ihr trennt. Auf der Gartenseite können wir Claire bewundern, die neben dem Bassin auf einem großen Frottiertuch in der Sonne brät. Claire ist allergisch gegen Ammoniakgerüche, und vom Fensterputzen bekommt sie sofort Krämpfe in den Armen. Auf der Zaunseite sieht man einen Gartenarbeiter, der die Bäume dort ausschneidet, wo deren Zweige für die elektrischen Drähte gefährlich werden.

Auf unseren Fensterscheiben marschiert in diesem Jahr eine wahre Invasionsarmee von Marienkäfern herum, und Cécile, die selbstverständlich verbietet, sie zu töten, erleichtert uns unsere Arbeit nicht gerade. Wir müssen sie vorsichtig mit einer langen Rundbürste herunterkehren. Cécile sammelt die Käfer mittels eines Federwisches in einer Schaufel und bringt sie auf den Balkon hinaus, an eine geeignetere Stelle.

Als das Telefon klingelt, stehen Bernadette und ich hoch oben auf unseren Trittleitern, Cécile ist mit ihren Marienkäfern beschäftigt, also nimmt Mama das Gespräch entgegen. Sie bleibt einen Augenblick lang am Apparat und sagt: „Ja, ja, schön, wunderbar, kein Problem!“ Und als sie wiederkommt, erkennen wir an ihrer abwesenden Art, den Schwamm wieder aufzunehmen, daß irgend etwas vor sich geht.

Mit harmloser Stimme verkündet sie uns, es sei Charles gewesen. Er habe nur melden wollen, daß er zum Mittagessen heimkomme. Dienstags kommt Vater nie zum Essen nach Hause! Das ist sein Tag mit „offener Sprechstunde“. Jeder kann heraufkommen, wann es ihm paßt, und bezahlen braucht er nur, soviel er kann. Papa behauptet, die Menschen, die ihn zu Rate ziehen, seien weniger krank als einsam. Sie haben kein Vertrauen zum Leben, und davon bekommen sie Magen- oder Herzbeschwerden, oder sie verfallen in tiefe Mattigkeit wie in Schlaf. Dienstags traut sich Papa nicht einmal mehr, ein Sandwich essen zu gehen, seit Schlag 13 Uhr ein Zwanzigjähriger zu ihm gekommen ist, der gerade – ich weiß nicht wie viele – Schlaftabletten genommen hatte. Als er gerade herumlief, um dem Leben Ade zu sagen, hatte er Papas Tür offenstehen sehen und war reuevoll zu ihm hereingekommen. Das hatte es Charles ermöglicht, ihm sofort den Magen auszupumpen und hernach eine fürchterliche Strafpredigt zu halten. Seltsamerweise scheint Charles mit seinem Anschnauzer den Verzweifelten wieder auf die Beine gebracht zu haben. Seither kommt der Junge von Zeit zu Zeit wieder, läßt sich den Kopf zurechtsetzen – und dann geht es ihm wieder viel besser.

Falls Vater wirklich ein Apostel ist, wie seine Sprechstundenhilfe behauptet, so muß ich hier gestehen, daß Dienstag abends für die Familie gewöhnlich nur noch der Mensch im derbsten Sinne des Wortes von ihm übriggeblieben ist, soviel hat er tagsüber erlebt.

„Hat er gesagt, weshalb er heimkommt?“ fragt Bernadette. Mama schüttelt den Kopf. „Er hat mich nur gefragt, wie's mit unseren Finanzen steht.“ – „Und wie steht es?“ wagt sich Cécile ganz harmlos hervor. „Normal“, sagt Mama, ohne etwas auszusagen. „Wie klang seine Stimme?“ – „Eher gut!“ – „Wenn es etwas Schlimmes wäre, würde er, glaube ich, nicht so sadistisch sein, uns schon vorher auf die Folter zu spannen“, stellt Cécile folgerichtig fest. Claire unten im Garten hat sich aufgesetzt und bemerkt, daß wir nicht mehr Fenster putzen; sie will wissen, was geschehen ist.

Mama ruft ihr zu, sie solle den Gartentisch für Vater mitdecken, dann schaut sie auf die Uhr und geht schnell noch in ihr Zimmer. Die Antifalten-Tagescreme muß runter und ein anderes Kleid her.

Wir kommen überein, die Arbeit zu unterbrechen, und besuchen die Prinzessin im Garten. Dort beginnt das große Rätselraten. Was mag Vater uns mitzuteilen haben? Erbschaft? Ehrenlegion? Neuer Fernsehapparat? Eine Yacht wie bei den Saint-Aimonds? Eine tolle Mitgift für Bernadette? Der Gärtner ist auf einen anderen Baum gestiegen und schaut öfter in unsere Richtung als auf seine Arbeit. Um Cécile zu beruhigen, die nicht stillsitzen kann, schlägt Bernadette ihr vor, zu pokern. Die Giftnudel ist sofort dazu bereit, sofern man um Geld spiele.

Cécile ist äußerst geldgierig, aber dennoch keineswegs geizig. Wenn sie einen Geldschein findet, dann hat der Verlierer eben Pech gehabt. In der Stadt aber muß man sie davon abhalten, all ihr Vermögen in abgelaufene Parkuhren zu investieren, um den Leuten drohende Geldstrafen zu ersparen. Mama teilt ihr monatlich eine bestimmte Summe zu, von der sie ihren Papierkram, Fahrgeld und Unterhaltung bestreiten soll. Für gewöhnlich hat Cécile bereits am 5. des Monats keinen Pfennig mehr und fängt an, überall zu borgen, mit Vorliebe bei den Ärmsten. Uns gegenüber hebt sie dann oft genug hervor, daß diese sich stets am großzügigsten erweisen.

Ich gehe das Tor öffnen – bemüht langsam, von der Sonne begleitet. Ich höre meine Schritte wie die Schritte einer anderen Person, die nunmehr einen Vater willkommen heißen wird, den sie sehr liebt, dem sie das aber nur selten zu sagen wagt und – einen Augenblick lang fühle ich schmerzlich, daß ich eigentlich gar nicht mehr weiß, woran ich mit mir selbst bin.

Dann ruft mich Mama, und als habe es mir soeben nur einen kleinen Streich gespielt, umschließt mich das Leben schon wieder laut lärmend und freundschaftlich.

Fast unmittelbar darauf kommt Charles. Eine Minute zuvor noch hat Cécile die Straße nicht aus den Augen gelassen. Jetzt vertieft sie sich in ihre Karten. Claire verbirgt hastig ihren krebsroten Rücken unter der Hemdbluse. Papa sagt nämlich immer, wenn sie sich schon die Lungen zugrunderichten wolle, so doch bitte nicht in seiner Gegenwart.

Mama geht ihrem Mann in sauberem Kleid mit nachdenklicher Miene entgegen. Sie kommen auf uns zu. Aus der Art, wie Charles lächelt und seiner Frau die Hand auf die Schulter gelegt hat, entnehmen wir, daß er uns ein Geschenk mitbringt. „Was hieltet ihr davon, drei Wochen in Amerika zu verbringen?" platzte er heraus.

Großes Schweigen. Keine von uns hat auch nur sekundenlang an eine solche Neuigkeit gedacht.

„Amerika?" fragt Mama vorsichtig.

„Kalifornien!"

„California, beautiful country, country of my heart!" deklamiert Cécile und heimst einen verblüfften Blick von Papa ein.

„Aber wieso?" will Mama wissen. „Ein Hämatologen-Kongreß."

Hämatologie ist die Lehre vom Blut. Neben seinem Beruf als Allgemein-Mediziner hat sich Vater seit jeher lebhaft für die Milz interessiert, jenen eigenartigen Transformator für den kostbaren Blutsaft. Wenn man jemandem dieses zwischen Magen und Fellrippen sitzende Organ herausnimmt, kann er schneller laufen, woher im Französischen der Ausdruck „courir comme un dératé" kommt, was eigentlich nicht „wie ein Wiesel", sondern „wie ein Milzloser rennen" heißt. Hier bin ich aber schon mit meinem Latein am Ende.

Papa zündet seine Pfeife an und schaut uns der Reihe nach entwaffnend lächelnd an, beglückt, daß er uns eine so schöne Reise schenken kann. Dann geruht er endlich, uns Einzelheiten mitzuteilen.

Der Kongreß findet vom 20. bis 30. Juli in San Francisco statt. Papas Freund Vilain war dazu eingeladen, hat aber angeboten, ihn zu vertreten, da seine Frau gerade einen Nervenzusammenbruch erlitten hat. Mama kann gratis mitfahren. Wir natürlich nicht. Nun hat Charles den ganzen Vormittag über gerechnet. Wenn wir einen Charter buchen und uns vornehmen, im nächsten Winter keinen Blödsinn zu machen (als ob wir das sonst täten!), könnten wir alle mitfliegen. Zumal wir drüben bei einem amerikanischen Milz-Spezialisten umsonst wohnen dürfen.

„Am 20. Juli?" Charles nickt. „Abfahrt am 19., also in zwei kurzen Wochen. Wegen der Visa müssen wir uns heute noch entscheiden. Vilain wartet auf Antwort. Falls wir Nein sagen, will er Bernard vorschlagen. Der hat nur einen Sohn und wird zweifellos fahren."

„Na, da müssen sie eben leer ausgehen, die Bernards", erklärt Cécile. „Ein Charter ist ja wohl ein Flug, was?"

Und so erfahren wir, daß *sie* jedenfalls mit von der Partie ist. Mama braucht gar nicht erst Ja zu sagen. Ihr Blick zu Charles spricht Bände! Ich werde zum erstenmal fliegen und kriege schon jetzt Herzbeklemmungen. Der Wind hat sämtliche Pokerkarten verstreut. Jetzt weiß ich erst recht nicht mehr, woran ich bin. Ich frage: „Und Großmutter?" Papa wischt den Einwand mit einem „Da könnt Ihr zu Weihnachten auch noch hinfahren" hinweg. „Gibt's da auch einen Weihnachtsbaum?" fragt Cécile beunruhigt. Mama lächelt: „Natürlich." – „Und das Haus in Houlgate?" bohrt Claire weiter. – „Ich denke, die Boissets werden das verstehen." Die Boissets sind die Vermieter. Seit einem schlimmen Trauerfall wollen sie dort nicht mehr hinfahren, weil alles sie noch zu sehr an vergangene Freudentage erinnert. Aber eben deswegen wollen sie auch nicht verkaufen. Beredtes Schweigen. Papa starrt uns enttäuscht an. Er mag größere Begeisterung erwartet haben. Bernadette hat noch immer nichts gesagt. Sie schaut zur Oise hinüber. Durch die Zedernzweige hindurch sieht man einen Lastkahn vorüberziehen, und ich denke an die

Besatzung, deren Leben eine einzige Reise ist und die dennoch wahrscheinlich niemals Kaliforniens Farben erleben wird, während ich . . .

Mama sagt: „Ich schlage vor, wir besprechen das alles beim Mittagessen."

Cécile geht die Flasche Apfelwein holen, die sie zum Kühlen ins Wasserbecken gelegt hat. Wir setzen uns im Schatten des Hauses zu Tisch. Es gibt unser unvermeidliches Urlaubs- und Schönwetter-Menü: Salate, Schinken, Käse und Obst. Die Prinzessin stößt einen Schrei aus, sie hat in ihrer Serviettentasche einen Goldkäfer gefunden. Offenbar Céciles Rache dafür, daß Claire sich vor dem Fensterputzen drückt. Claire erklärt, sie hasse das Landleben. Es sei letztlich blöd, grün, dreckig, und es wimmle überall von Ungeziefer. Der Käfer ist auf den Rücken gefallen und rudert nach Kräften mit den Beinen. Cécile bringt ihn eiligst in Sicherheit. Man möchte sagen, wir vermeiden tunlichst, von Amerika zu reden. Doch Mama kommt darauf zurück.

„Wie stellst du dir denn den Aufenthalt drüben vor?"

Papa erklärt: Der Kongreß wird zehn Tage dauern; er selbst wird viele Veranstaltungen besuchen müssen, aber wir könnten währenddessen San Francisco und die Umgebung erkunden. Danach würden wir alle zusammen ins Blaue fahren. Es gibt sehr gut organisierte billige Busrundfahrten durch Amerika, und nachts kann man sogar in den Wagen schlafen. Bei dem bloßen Gedanken daran zieht die Prinzessin ein saures Gesicht: schlafen ohne Bettzeug – Puh! „Und gibt's in San Francisco auch Fernsehen?" fragt Cécile. „Achtzehn Kanäle", antwortet Papa mit Siegermiene. (Er, der kaum unsere drei Programme erträgt.)

Das verschlägt der Giftnudel sekundenlang die Sprache. „Na wißt ihr, man hat einfach kein Recht, eine solche Gelegenheit ungenützt verstreichen zu lassen", erklärt sie ernsthaft.

„Stimmt das mit den 20 Kilo Gepäck im Flugzeug?“ fragt Claire. Papa beschwichtigt: „Das Gewicht eines mittleren Koffers; genau das, was ein vernünftiger Mensch eben so mitnimmt.“ Cécile rollt mit den Augen: „I will go alone, alone with my broken heart!“ rezitiert sie. Keiner wagt dem verwunderten Charles zu eröffnen, daß Cécile dieses glanzvolle Vokabular nicht etwa aus ihrem Englischbuch schöpft, sondern dem Transistorradio verdankt..

Mama wendet sich an Bernadette. Seit Papas Kommen hat Bernadette nicht ein einziges Wort gesprochen, was völlig anormal ist. Von Zeit zu Zeit schnippt sie mit der Spitze ihres Leinenschuhs kleine Kiesladungen ins Weite wie Germain, wenn ein Sturm droht.

„Und du, was hältst du denn davon?“ – Bernadette hebt den Kopf: „Ich werde das Haus hüten!“ Trotz ihres Lächelns trifft es uns wie eine kalte Dusche. Alle Vorfreude weicht aus Mamas Gesicht, von Papa gar nicht zu reden. – „Du kommst nicht mit?“ – „Stéphane hat bereits alle Vorbereitungen getroffen, um bei mir zu bleiben, und um diese Jahreszeit findet Crève-cœur doch keinen Ersatz für mich.“

Die Eltern können nichts dazu sagen. Sie sitzen nämlich in ihrer eigenen Falle. Das hat man davon, wenn man seinen Kindern einpaukt, daß man, was auch geschehen möge, zu seinen eingegangenen Verpflichtungen stehen müsse.

Aber bei dem Gedanken, daß Bernadette nicht mit uns reisen wird, habe ich sowieso schon keine Lust mehr und möchte nur noch bei ihr zu Hause bleiben. Cécile schaut sie wütend an. „You bloody fool“, schilt sie. – „Ich möchte nicht, daß du hier alleine im Haus bleibst“, wendet Mama ein. „Stéphane kann ja zu mir ziehen.“ – „Und seine Eltern?“ – „Die werden dann ja in Saint-Tropez sein.“ – „Those sons of a bitch!“ sagt Cécile, „mögen sie verrecken!“

Daraufhin explodiert Papa. Ich glaube, es war mehr wegen der Tatsache, daß Bernadette dableiben will, als wegen Céciles

Vokabular. Jeder weiß, daß es unnötig ist, Bernadette zu einer Meinungsänderung zu bewegen, wenn sie sich einmal entschieden hat. Sie sagt nichts nur so obenhin und hat den größten Dickkopf von uns sechsen.

Papa hat zu Cécile gesagt, er kneife ja beide Augen zu wegen ihres Französisch, aber im Englischen schieße ihre Sprechweise über die Grenzen des Erträglichen hinaus. Bei genauerem Nachdenken kam uns das ganz und gar nicht logisch vor. In der Hoffnung auf Ausgleich hat Cécile dann auch noch den wohlbekannten Vers: „To be or not to be, that is the question" losgelassen – und das hat Papa ihr noch mehr verübelt, weil er es als einen unverschämten persönlichen Angriff auffaßte. Was aber alles noch viel schlimmer machte, war, daß Mama einen unkontrollierbaren nervösen Lachanfall bekam – gerade so, wie es ihr manchmal in der Bourgogne bei ihren Brüdern passiert. Papa, der natürlicherweise in ihren Jugenderinnerungen noch keine Rolle spielt, fühlt sich dann immer doppelt ausgeschlossen und schätzt das gar nicht. Er macht zwar gute Miene zum bösen Spiel und tut so, als ob er mit den anderen mitlache, aber sobald sie allein in ihrem Zimmer sind, versäumt er nicht, ihr die Meinung zu sagen.

Da wir uns ja im Garten aufhielten, konnte er nun weder würdigen Schrittes aus dem Zimmer gehen wie neulich, noch brüllen, da der Gärtner sowieso schon auf seinem Baum alles mit anhörte und keinen einzigen Schnitt mehr tat. Also schaute Charles Mama bedeutungsvoll an wie immer, wenn er mit sich selbst nicht im reinen ist, machte ihr ein Zeichen, ihm zu folgen, und sie entfernten sich in Richtung Obstgarten.

„America, America . . ." sang Cécile seufzend.

Mit einem Mal hatte der Garten sein vertrautes Gesicht verloren – wie alles, was man sich zu verraten oder zu verlassen anschickt. Ich wurde mir darüber klar, daß mich persönlich niemand ausdrücklich nach meiner Meinung gefragt hatte. Schweigen bedeutet Zustimmung. Gut, daß man daran erinnert wird. Zum Beispiel, wenn man einer Ungerechtigkeit gegenüber schweigt; oder über ein Land, in dem die Menschen verhungern.

Bernadette schaute mich an. Ihr Blick erinnerte mich daran: Amerika ist jenes Land jenseits des Meeres, in das der Mann entschwunden ist, den ich liebe. Amerika heißt Pierre und hat mich viele Tränen gekostet.

Ich glaube nicht an den Zufall. Ich glaube, feine Fäden verbinden alles mit allem. Wenn unser inneres Auge schärfer wäre und sie sähe, würde man mehr mit ihnen rechnen, auf ihnen spielen wie auf den Saiten einer Harfe, sich von ihnen hochschnellen lassen wie ein Seiltänzer, immer höher und dem Licht entgegen, statt sich von ihnen einfangen und fesseln zu lassen. Ich weiß, daß es einen Grund dafür gibt, daß Amerika, das Pierre zu sich gelockt hat, nun auch mir winkt. Aber welchen, mein Gott, welchen?

6

Reisevorbereitungen

Dann ging alles sehr schnell. Alles, was vor jenem Morgen wichtig gewesen war, verlor an Bedeutung, setzte sich irgendwie ab, wartete unter einer Glasglocke, aus der hervor man sein Drängen nicht mehr so deutlich vernehmen konnte. Noch zwölf Tage blieben bis zur Abreise; so bald und eine Ewigkeit zugleich!

Papa hatte die Aufgaben verteilt. Er selbst würde gerade noch genug Zeit haben, seinen Vertreter einzuweisen: Antoine Delaunay, denselben Arzt, der im August kommen sollte und wunderbarerweise nun doch zehn Tage früher anfangen konnte. Mama bekam den Auftrag, sich um die Visa zu kümmern. Als Großmutters Patenkind mußte ich ihr einen langen Brief schreiben, um zu melden, daß wir diesmal nicht kommen konnten und mußte ihr zum Ausgleich dafür die Weihnachtsferien schmackhaft machen. Aber jetzt im Juli klang Weihnachten wie ein in den Wind gehauchtes Versprechen.

Mama sollte auch so bald wie möglich die Freunde besuchen, die uns das Haus in Houlgate vermieten und ihnen auseinandersetzen, welche Reisechancen wir dieses Jahr hätten. Sie sollte sogar vorschlagen, daß wir die Miete trotzdem bezahlten. Wenn sie dieses Angebot akzeptierten, dann würde es allerdings eine Katastrophe geben und keine Rechnung mehr aufgehen! Alles mußte neu durchdacht werden.

Claire schlug vor, ein echt französisches Gastgeschenk für unsere amerikanische Familie ausfindig zu machen. Cécile wäre zu gern zur Bank gegangen, um Francs in Dollars umzutauschen. Mama hat sie sehr enttäuscht, als sie ihr beibringen mußte, daß sie zu jung dafür sei. „Mit diesem ewigen ‚zu jung‘ läßt man mich verfaulen“, ärgerte sich Cécile.

Eines Abends brachte Papa den armen Vilain zum Essen mit, für den nun wir reisen durften. Cécile erkundigte sich mit engelhafter Miene nach Vilains Frau, vergaß aber, ihre Erleichterung zu verbergen, als er uns mitteilte, daß der Zustand seiner Frau sich eher noch verschlimmert habe.

Vilain beschrieb uns ein bißchen die Familie, die uns beherbergen sollte. Außer den Eltern, die den Briefen zufolge korrektes Französisch sprachen und ganz reizend zu sein schienen, gab es eine ältere Tochter Sally und zwei Söhne, Tracy und Gary, von neunzehn und fünfzehn Jahren. Sie alle bewohnten ein großes Haus in Kentfield, einem Dorf in der Umgebung von San Francisco, auf der anderen Seite des Golden Gate, jener berühmten verrosteten Brücke, die den Pazifik überspannt. Der Vater war natürlich Arzt und die

Mutter ohne Beruf wie bei uns.

Da drüben gab es also einen fast gleichaltrigen Jungen. Deshalb fühlte ich mich gleichermaßen beglückt wie besorgt: Würden wir einander verstehen?

Am Morgen nach Vilains Besuch fanden wir – an die Küchenwand festgepinnt – eine Landkarte der Vereinigten Staaten vor, und Bernadette klebte umständlich vor unseren Augen ein buntes Bonbon auf San Francisco. Wie sie sagte, werde sie uns so Stück für Stück auf unserer Reise begleiten.

Papa stand ganz von seinen Kriegserinnerungen gepackt vor dieser Karte und erzählte uns, 1944 nach der Landung der Alliierten habe er auch so mit gesteckten Fähnchen ihren Vormarsch verfolgt. Aber außer Mama, deren Augen glänzten, als vernehme sie diese Geschichte zum erstenmal, hörte ihm niemand zu. Krieg – das lag uns zu fern, war zu absurd.

Aufgeregt hatte Cécile entdeckt, daß Hollywood relativ nahe bei San Francisco liegt. Nun versuchte sie Charles das Versprechen abzuluchsen, nach dem Kongreß mit uns dort hinzufahren. Aber davon abgesehen, ging Cécile bereits mit unserer Reise hausieren.

Mareuil ist ein ruhiges Dorf. Wir kennen dort viele Leute, und Mama achtet streng darauf, ihre Vorräte eher beim Kaufmann um die Ecke als im Supermarkt zu beschaffen, außer wenn es um bestimmte Dinge wie Whisky oder Bohnerwachs geht, bei denen der Preisunterschied enorm ist.

Die meisten Einwohner sind Landwirte oder kleine Kaufleute. Die einzigen, die hier reich werden konnten, sind die Besitzer von Restaurants für Hochzeitsfeiern oder Gala-Diners. Jeden Samstag gegen fünf Uhr sieht man Leute dort herausströmen – hochrot, mit geöffnetem Kragen, in ihrem zerknitterten Sonntagsstaat, und es kommt mir immer vor, als kennten sie sich selbst nicht mehr, als schwebten sie plötzlich hinweg und könnten es nicht fassen.

Jedenfalls hat sich in Mareuil außer dem Fleischer, Herrn

Samson, und seiner Frau, noch niemals jemand nach Amerika gewagt. Und denen hat ihre Pauschalreise nicht sehr gut gefallen. Das Steak dort sei faserig und der Kaffee kein Kaffee, erzählten sie.

Noch am Abend des Tages, an dem wir unsere große Neuigkeit erfahren hatten, erbot sich Cécile, Kartoffeln und Milch auf dem nächsten Bauernhof zu holen. Das bleibt normalerweise Claire vorbehalten und hätte eigentlich schon unseren Argwohn wecken müssen. Wir hielten es jedoch für eine spontane Geste der Hilfsbereitschaft, und so bestand Claire nicht weiter darauf. Cécile blieb länger aus als nötig, und als sie etwas später danach drängte, auch zum Bäcker und zum Kaufmann zu gehen, witterten wir, daß sie „ihre" Reise überall ankündigte. „Ich fahre nach San Francisco, wissen Sie?" Sie hatte sich große Wirkungen davon versprochen, aber San Francisco war zu weit weg für die Vorstellungskraft unserer Dorfbewohner und heizte ihnen weniger ein, als wenn Cécile gesagt hätte, sie fahre nach Rom zu einer Audienz beim Papst. Onkel Laplanche sank gewaltig in ihrer Achtung, weil er gefragt hatte, ob San Francisco nahe der spanischen Grenze liege, wo irgendwelche Verwandten von ihm lebten. Also hat sie ihre Taktik geändert und erzählt, Papa habe wegen seiner Milz-Forschungen einen dringenden Ruf nach Amerika erhalten, und nun interessierte das die Leute schon viel mehr, weil nicht Amerika der Held war, sondern einer aus ihrer Mitte. Wir erfuhren das schließlich alles, als die Leute zu Mama gratulieren kamen.

Der Spaß hörte auf, als grosso-modo, der ja alles mitkriegt, uns eröffnete, daß Cécile Geld für die Negerbewegung sammle. Der Metzger hatte es ihm verraten. Er wollte ja gerne spenden, aber nur in Naturalien – und Cécile hatte das übel aufgenommen. Mama zog es vor, Charles lieber nicht mit dieser Sache zu behelligen. So hat sie Cécile auseinandergesetzt, sie habe zwar gewiß in guter Absicht gehandelt, doch die Negerbewegung warte nicht grade auf sie und werfe sie ohnehin mit allen Weißen in einen Topf, ob sie nun sammle oder nicht. Cécile war zutiefst gekränkt, hatte sie sich doch bereits im Geiste das Scherflein der Bürger von Mareuil in einer feierlichen Zeremonie an ein Mitglied der Schwarzen Panther überreichen sehen!

Um sich für diese Enttäuschung zu rächen und ihre Ansichten offen zur Schau zu tragen, hat Cécile dann etwas Schreckliches getan: Sie hat sich eine große Friedenstaube auf die Brust geklebt und sich rundherum von der Sonne tiefbraun rösten lassen. Nun treten die Umrisse in hellem Weiß aus ihrem Décolleté hervor.

Aus der Verbissenheit, mit der Claire versuchte, ihre ganze Garderobe in einem mittelgroßen Koffer unterzubringen, konnten wir ihr Interesse an Amerika ableiten. Mit dem ihr von Mama anvertrauten Geld hatte sie sagenhafte Gastgeschenke eingekauft: für die Mutter eine zusammenfaltbare Reisetasche; eine handgewebte Krawatte für den Vater. Was die Kinder anging, so würde man das besser erst drüben erledigen. Sie erklärte – o Wunder! –, sie wolle auch den Transport der Geschenke übernehmen; nur hat damals noch keiner begriffen, warum.

Ich für mein Teil muß die Dinge immer auf mich zukommen lassen, mich im voraus daran gewöhnen können, mir Neues in Gedanken vertraut und schmackhaft machen. Diese Reise kam mir zu unverhofft; sie war zu wichtig für mich. Würde ich dieses Land mit den richtigen Augen sehen können?

Es heißt, daß es vielen Reisenden nicht gelingt, von sich selbst abzusehen, und daß sie am Wesentlichen vorbeischauen: nämlich an dem Dasein und der Lebensweise der anderen; vorbeigehen an dem, was sie auf ganz besondere Art erfahren könnten; daß nämlich die Menschen in den entlegensten Ländern die gleichen Gefühle hegen wie wir.

Und dann das mit Bernadette! Ich hatte den Eindruck, daß ihre Weigerung, sich uns anzuschließen, uns einen wesentlichen Teil des Vergnügens an dieser Reise rauben würde.

Zwischen Stéphane und seinen Eltern stand es allem Anschein nach sehr schlecht. Als sie erfahren hatten, daß er nicht mit ihnen nach Saint-Tropez kommen werde und den Grund natürlich errieten, erklärten sie ihm, in diesem Falle möge er dann auch zusehen, wie er finanziell allein zurecht komme. Er suchte einen Job als Tankwart. Ein Freund von Bernadette hat versprochen, die Stelle zu vermitteln. Liebevoll stellten wir uns vor, wie er, der so gepflegte, wohlriechende Stéphane, Benzin ausschenkte und Trinkgelder einsteckte. Dafür liebten wir ihn nur noch mehr. So ganz und gar unauffällig er auch wirkte, wußte er doch letztlich genau, was er wollte: Bernadette. Uns!

Als er unlängst bei uns war, brachte er uns wegen Madame grosso-modo gehörig zum Lachen. Madame grosso-modo hatte bei Mama eine Flasche Öl ausborgen wollen, und Stéphane, der ihr zum erstenmal begegnete, wollte auch ihr die Hand küssen. So etwas war ihr anscheinend noch nie passiert, und so sträubte sie sich schnaufend und mit aller Kraft. Sie glaubte wohl, er wolle sie beißen. Als ihm sein Vorhaben schließlich gelungen war, hätte sie sich ihm vor Rührung fast an den Hals geworfen. Auf grosso-modos Lende hat sich dieser Abend negativ ausgewirkt. Bernadette war natürlich nicht um ihre „Runde unter dem Apfelbaum" herumgekommen, was bei uns soviel wie „Gespräch unter vier Augen" heißt. Mit nichtssagender Stimme schlägt Charles vor: „Wie wär's, machen wir mal 'ne Runde?" und jeder weiß, daß er einem etwas ganz privat zu sagen hat.

Im Falle unserer Bernadette ging das so: Er wolle sich ja kein Urteil über ihr Intimleben anmaßen, aber wegen der Nachbarn sei es ihm ein Dorn im Auge, wenn sie mit Stéphane allein im Hause zu bleiben gedenke. Wenn nämlich immer mehr junge Menschen auf die Idee kämen, ohne Trauschein miteinander zu leben, werde der Nutzen der Ehe immer weniger eingesehen, was doch bedauerliche Folgen für die Kinder nach sich ziehen müsse.

Er wollte ihr also sagen, welche Lösung er für ihr Problem gefunden habe: seinen Vertreter als Anstandswauwau. Dieser habe sich bereit erklärt, in La Marette zu wohnen.

Man hörte Bernadettes Lachen bis zum Haus. Sie hat ihm dann wohl gesagt, wie sehr es sie verwundere, daß die Nachbarn weniger Anstoß daran nehmen sollten, wenn sie mit zwei Männern zusammenlebe als mit einem. Typisch für unsere Zeit!

Aber das war noch gar nichts gegen das Gespräch mit Stéphane! Da das Wetter umgeschlagen hatte, fand es im Wohnzimmer, im Beisein von Mama und Bernadette statt.

Nach Céciles Aussagen ist Charles einfach rührend gewesen. Er hat gesagt, er betrachte Stéphane als seinen Sohn, und dies sei ihm sehr wichtig, weil er ja leider nie einen gehabt habe. Er bedaure, daß Stéphane Ärger mit seiner Familie habe. Unser Haus stehe seinen Eltern jederzeit offen, aber Stéphane möge nicht damit rechnen, daß wir ihnen entgegenkommen würden.

Charles hatte leise begonnen und mit Donnerstimme geendet. Stéphane, dunkelrot angelaufen, entschuldigte sich für seine Eltern. Sie seien im Grunde genommen sehr nette Menschen, nur eben aus einer anderen Zeit. Eines Tages würden ihnen schon noch die Augen aufgehen. Mama überstürzte sich förmlich mit ihrem „ich zweifle nicht daran“, und Cécile unter dem Fenster, verbotenerweise in den Rabatten kauernd, hätte sich um ein Haar verraten, so sehr brannte sie darauf einzuwerfen, sie täten auch gut daran, die Augen recht bald zu öffnen, solange sie noch deutlich zu sehen vermöchten, denn später lohne es sich sowieso nicht mehr.

Dann hat Papa zu Stéphane gesagt, er vertraue ihm unsere Schwester an. Es sei das erstemal, daß wir sie fast einen Monat lang allein ließen, und er sei weniger in Sorge, wenn er sie in Stéphanes Obhut wisse. Vor lauter Rührung konnten sie dann beide nicht weitersprechen, und der Höhepunkt kam, als Stéphane sich erbot, nicht nur Bernadette zu hüten, sondern auch die Blumen zu gießen. Als es daraufhin wieder still blieb, kam es Cécile so vor, als küsse Papa seinen zukünftigen Schwiegersohn. Sie wollte das nicht versäumen, richtete sich in voller Größe auf – und wurde entdeckt.

Es war zu spät, um sie wegzuschicken; denn das Wesentliche hatte sie ja mitangehört. Sie mochte immer wieder versichern, sie sei gerade erst vorbeigekommen und habe nur das Ende der Unterhaltung gehört (aber nicht den Anfang, als Papa von dem Sohn geredet hatte!). Sie haben ihr das natürlich nicht geglaubt, sie vielmehr aufgefordert, hereinzukommen.

Am Abend vor der Abreise zog der Vertreter Antoine Delaunay bei uns ein. Er ist fünfunddreißig und schaut so düster drein, als habe er schon viel mitgemacht. Wir haben wie üblich in der Küche gegessen, da er ja von morgen an ohnehin hier zu Hause sein wird.

Wir sprachen von der Reise, und es war sehr lustig. Dann kam der Moment, in dem er seinen Blick rund um den Tisch wandern ließ, bei jeder von uns verhielt, auch bei Mama, und zuletzt die Küche insgesamt, ja das ganze Haus irgendwie in sich aufnahm. Und da sah er dermaßen wie Pierre aus, als er zum letztenmal bei uns gewesen war, daß etwas in meiner Brust zersprang und mir die Tränen in die Augen schossen.

Ich bin vom Tisch aufgesprungen und in mein Zimmer gerannt. Ich wollte Pierre wiederhaben. Ich wollte seine Arme um mich spüren, seine leisen Worte hören, während er mich lehrte, was Liebe ist. Ich hielt es einfach nicht mehr aus mit diesem dümmlichen Sommer, dieser Sonne, diesem unnützen

Körper. Die Tapfere spielen – ja, aber das geht erst, wenn die Wogen sich geglättet haben. Jetzt rissen sie mich in die Tiefe, und als ich die Augen wieder öffnete, sah ich nur das Meer auf dem Bild, das er mir geschenkt hat.

Ich schaute meinen Koffer an. Wozu wegfahren, da ich ja auch dort drüben noch immer Ich sein würde? Mehr noch ich selbst, seit er mich verlassen hatte!

Bernadette kam zu mir herauf. Wir hatten abgemacht, daß wir zusammen schlafen würden, denn ich gab Claire mein Zimmer, die das ihre dem Vertreter überließ. Seltsames Hin und Her, aber so ist das eben.

Bernadette wies mich schlicht darauf hin, daß ich jetzt schlafen müsse, wenn ich nicht die Ankunft in Amerika versäumen wollte, die doch wohl einen großartigen Augenblick in meinem Dasein bedeuten würde. Wir gingen in ihr Zimmer. Da stecken überall Fotos vom Reitstall, drei Paar glänzend gewichste Reitstiefel stehen aufgereiht an der Wand, die Kappe hängt an einem Nagel; man meint, im Nebenzimmer Pferde schnauben zu hören.

Ich bin zu ihr ins Bett gekrochen und dann, als sie das Licht gelöscht und den Arm um mich gelegt hatte, war alles wieder gut.

Und schon kurze Zeit später brach der sonnige Morgen des Abreisetages an. Noch nie war der Garten so ergreifend schön, so klein vor allem: Zum In-die-Hand-nehmen, zum In-sich-Verschließen. Auf der Freitreppe wartete all unser Gepäck auf grosso-modo, der stolz mit seinem Sechssitzer-Kombiwagen vorfuhr: Sonst benutzt er ihn zum Pflanzenausfahren. Er hatte ihn unseretwegen derart blank poliert, daß der ganze Garten sich darin spiegelte.

Dann im letzten Augenblick der Auftritt Claires, ein bißchen verschämt zwar, mit dem Geschenk für die amerikanische Mutter in der Hand. Der Beutel, der fast in eine Westentasche hineinging, war vollgestopft mit allem, was sie nicht mehr in ihrem Koffer hatte unterbringen können. Zum Umpacken war es zu spät. Papa hat ihr nur gedroht, sie werde die Differenz bezahlen müssen, falls wir Übergewicht hätten, er selbst werde auf unsere Rückkehr von der Gepäckaufgabe warten.

Bernadette hat beim Verladen geholfen. Wir machten uns viel zu schaffen damit, aber als es dann schließlich nichts mehr zu verstauen gab, mußten wir wohl oder übel Abschied nehmen. Ich habe es so eingerichtet, daß ich Bernadette als letzte umarmte.

Sie sagte: „Gute Reise, Paul, halt die Ohren steif!" Mir kamen die Tränen, Mama ging es nicht anders; Cécile betete ihr vor, sie könne doch immer noch mitkommen, während Claire, schon im Wagen, das Fenster herabkurbelte und sie vorwurfsvoll, aber wortlos ansah. Papa hat uns schließlich alle von Bernadette wegbeordert und gemeint, wir fahren doch weder nach China noch für immer fort.

Es war trotzdem gemein von ihr, nicht mitzukommen, und ich sehe sie noch, wie sie da breitbeinig vor dem Haus stand, barfuß und in abgeschnittenen Jeans, wie sie winkte, kehrtmachte und drinnen verschwand, bevor das Auto noch aus dem Garten gefahren war. So ist sie eben, nur keine überflüssigen Gemütsbewegungen! Und ich suchte sie noch am Wohnzimmerfenster, rief nach ihr in meinem Herzen, flehte inständig irgendeine Macht an, sie noch einmal, für eine Sekunde nur, sehen zu dürfen vor meiner Abfahrt. Eine Sekunde nur, als hätte ich's geahnt . . .

Und dann kam wie ein alles übertönender Schrei – Amerika!

7

Golden Gate

Amerika – das bedeutet zunächst einmal Weiträumigkeit, Lichter, schnittige Autos, die sich leise und geschmeidig bewegen wie Meerestiere. Etwas Riesiges, das dir die Brust weitet und wie ein Windstoß in dich hineinfährt.

Die Zollabfertigung dauerte eine Ewigkeit; denn Cécile hatte ihre Bordkarte verloren und holte aus ihren Taschen Salz, Senf, Milchpulver, Plastikgeschirr hervor, alles – nur nicht das kostbare Papier.

Dann kam ein langer Kerl mit Brille, offenem Hemd und nackten Armen geradewegs auf uns zu und sagte: „Hello! Ich bin Philipp Miller, wie geht es Ihnen?“ Papa sagte einen großartigen Satz auf Englisch her, den er zu Hause an Hand des Wörterbuches zur Antwort vorbereitet hatte: Jawohl, wir seien wir, und dies sei ein großer Tag in unserem Leben. Philipp Miller drückte uns allen die Hand, wobei er jede beim Namen nannte, ohne sich zu irren, als habe er vorher unsere Fotos studiert. Und er erklärte, von jetzt an müßten wir ihn „Phil“ nennen, sonst würde er uns gleich wieder ins nächste Flugzeug nach Frankreich setzen. Dann zog er los, um seinen Wagen vom Parkplatz zu holen – daß sein Gang so entspannt und jugendlich wirkte, lag wohl an den Turnschuhen.

Da stehen wir nun auf dem Bürgersteig, ganz wie eine Familie von Einwanderern, zu unseren Füßen fünf Koffer, drei davon mit Riemen verschnürt, dazu die dicke Reisetasche für Frau Miller. Es wird Claire schwerfallen, diesen Gegenstand wieder wie ein Geschenk aussehen zu lassen. Vater umfaßt das Ganze mit einem Trauerblick. „Das geht unmöglich alles in einen Kofferraum hinein“, stöhnt er.

Mit einem Schlag ist es heiß. Seit unserer Abreise haben wir in klimatisierter Luft gelebt. Ich mag das nicht. Wie soll ich nur beschreiben, warum? Ich habe immer den Eindruck, künstliche Luft zu atmen. Ich erinnere mich, wie Pierre einmal sagte: „Neben einem Ofen mit Kohlen- oder Holzfeuerung wird einem warm bis ans Herz. Nicht aber neben einem Heizkörper.“ Mit der Klimaanlage ist es ebenso!

„Es ist acht Uhr“, sagt Cécile. „Eight o'clock!“

Schon bevor sie das Flugzeug bestieg, hat sie ihre Uhr auf kalifornische Zeit umgestellt. Die Eltern taten es im Augenblick der Landung. Claire trägt nie eine Uhr. Für sie beginnt damit der Tod, und sie sagt, sie werde niemals ihre Lebenszeit in wohlgeordnete Scheiben zerschneiden. Nach meiner Uhr ist es sechs; in Frankreich sechs Uhr morgens. Langsam drehe ich an den Zeigern. Den Reisewecker, den mir Bernadette geschenkt hat, werde ich bei der Zeit von La Marette belassen.

„Da ist es ja!“ sagt Claire mit glänzenden Augen.

Vor uns hält ganz leise ein Ungetüm von Auto, dem man die weiche Federung schon von außen ansieht. Es ist hellgrün mit mandelfarbenen Scheinwerfern. Phil und Charles schnappen sich die Koffer. Der Kofferraum ist gigantisch; er würde das Doppelte an Gepäck fassen.

Mama erwischt Cécile, die sprachlos vor einer farbigen Familie steht, deren Gepäck unglaublicherweise nicht mit Bindfäden verschnürt ist, und die sich lachend und lebenslustig in ein noch viel schöneres Auto als das unsrige zwängt. Die Giftnudel kann es einfach nicht fassen. Eines der farbigen Familienmitglieder, ein dickes Mädchen mit blonder Perücke, macht ihr ein Zeichen mit der Hand. Cécile winkt schüchtern zurück und knöpft ihre Bluse über dem Friedenszeichen zu. Wie klein sie mir plötzlich vorkommt! Wie ganz und gar unwichtig sind wir doch alle! Sogar Frankreich. Sogar La Marette!

„Na, Pauline?“ sagt mein Vater, „sollen wir dich hier stehenlassen? Willst du allein deiner Wege gehn?“

Er weiß sehr wohl, daß meine Antwort „nein“ ist. Ich

steige zu ihnen ins Auto. Die drei Erwachsenen sitzen auf der Vorderbank. Wir drei verteilen uns im Fond. Ich sage absichtlich „wir verteilen uns“. Claire, die jede enge Berührung haßt, kann zufrieden sein!

Als ich fünf war, mußte ich mit ihr zusammen in einem Hotelbett übernachten. Sie hatte mit rotem Filzstift auf dem Laken einen Strich gezogen, den ich nicht überschreiten durfte. Nun muß ich allerdings zugeben, daß ich damals mit Pickeln übersät war. Es gab aber einen Riesenkrach mit der Hotelwirtin, und Papa mußte das Laken bezahlen. Noch etwas, das Claire erstatten müssen wird, falls sie zu Geld kommen sollte.

In dem Augenblick, da Phil die Wagentür schließt, ertönt im Innern eine Klingel. Er zeigt auf den Gurt: Das Geläute hört erst auf, wenn man angeschnallt ist.

„Keinerlei Freiheit in diesem Land!“ lacht er. „Man will uns zwingen, am Leben zu bleiben!“

Und schon reiht sich unser „Meeresungeheuer“ auf dem Highway in den Schwarm von seinesgleichen ein.

Da sind wir also! Kalifornien, dieses Wort auf der Landkarte, das ein loses Durcheinander von Früchten, Sonne, Gold und weiten, von Cowboys und Indianern durchrittenen Ebenen vor mir heraufbeschwor – da ist es, und ich tauche mitten hinein. Die von Lichtern übersäten Hügel zur Linken und die Leuchtreklame drüben, das ist es auch. Und wie Phil sagt, liegt das Meer ganz in der Nähe.

Ich schließe die Augen. Alles in mir dreht sich. In La Marette ahnte ich noch nicht, daß mir dieses Erlebnis solch einen Stoß ins Herz versetzen, mich so umwerfen würde. Vielleicht kommt das auch von der Zeitverschiebung. Ich habe den Morgengeschmack im Mund, und hier ist es gerade Abend geworden. Zu der Zeit, da Bernadette in Frankreich aufwachen wird, gehen wir schlafen. Und ich fühle mich wie entblößt von allem, was vorher, gestern, alltägliche Gewohnheit war. Wenn ich recht verstanden habe, was Mama mir einmal erklärte, so hat der Krieg eine gleiche Wirkung. Einzelheiten und Verzierungen werden hinweggefegt. Nur das Wesentliche bleibt: das Leben. Darum haftet, was damit zusammenhängt, so unauslöschlich in der Erinnerung. Ich schwöre, von nun an ohne zu gähnen den Erzählungen alter Frontkämpfer zuzuhören, angefangen bei denen meines Vaters.

Einen Finger am Lenkrad, wendet sich Phil zu uns um: „Hunger, ihr Mädchen?" Die Mädchen lachen. Innerhalb von elf Reisestunden wurden uns im Flugzeug drei Mahlzeiten und ein Frühstück serviert. Wir durften sogar einen Film sehen. Zu denken, daß manche Leute eine solche Reise langweilig finden! Die Eltern hatten uns empfohlen, uns so lange wie möglich wach zu halten. Wenn man in Kalifornien angekommen sei, könne man ordentlich ausschlafen, und die Zeitverschiebung sei damit ausgestanden, der Lebensrhythmus wiedergefunden. Im Flugzeug schlafen? Aber davon konnte doch gar keine Rede sein! Im Gegenteil. Wenn man zum erstenmal fliegt, darf man nichts versäumen. Ich habe oft Angst gehabt. Und wenn ich nun stürbe? Hier und jetzt? Wenn mein Leben nun zu Ende wäre? Ich kramte meinen Paß hervor und sah mir das Foto an. Ein altes Foto von vor zwei Jahren, auf dem ich ziemlich blöd dreinschaue, weil ich bei der Aufnahme versuchte, intelligent auszusehen. Ich betrachtete es und stellte es mir in einer Zeitung über einer dicken Schlagzeile vor: „Achtzehnjährige vom Tod ereilt!" Aber das ging einfach nicht. Ich sah nicht wie eine Todeskandidatin aus. Das hat mich nicht wenig beruhigt.

Hochgelegen, heiter und anmutig, sprang die Stadt San Francisco plötzlich aus orangefarbenem Nebel hervor. Es war wie ein Schrei, aber wie ein Jubelschrei! Überall glitzert sie, verführt sie zum Träumen, wirkt sie auf eine absurde Weise ergreifend. Wie soll ich beschreiben, was da aufragt, stark und schwach zugleich? Große Schönheit ist ja immer auch gewissermaßen zerbrechlich, nicht wahr? Wegen der Ewigkeit, an die sie unweigerlich gemahnt. Stolz und freundschaftlich ist diese Stadt. Und wäre es nur dank ihrem Namen: San Francisco.

Cécile klebt mit der Nase an einer Scheibe, Claire an der anderen. Mir hat man großzügig die Mitte überlassen, Mamas Nackenansicht.

„Bleibt das etwa alles erleuchtet über Nacht?“ fragt unsere Giftnudel. „Die ganze Nacht über“, bestätigt Phil. Cécile runzelt die Stirn. Sie tippt Mama auf die Schulter. (Mama kennt in La Marette keine Bedenken, Cécile zwei Etagen wieder hinaufzuschicken, wenn sie in ihrem Zimmer das Licht auszumachen vergißt.) „Das ist ungerecht“, sagt sie, „meine armselige Lampe, was macht das schon aus bei all dieser Verschwendung?“ Mama dreht sich um: „Wie kannst du nur jetzt an deine armselige kleine Lampe denken?“ Sie ist entrüstet, und ihre Stimme klingt erregt. Cécile schluckt die Antwort hinunter. Jetzt spricht Mama zu Charles: „Wir müssen das alles anschauen, alles!“

So habe ich Mama noch nie erlebt. Claire auch nicht, denn sie beugt sich beunruhigt nach vorn, um Mamas Gesicht zu sehen. Sie sieht ganz jung aus, und man möchte sie liebhaben. Anders! Nur um ihrer selbst willen. Phil betrachtet sie aus dem Augenwinkel. Er lächelt. Da wendet sie sich mit glänzenden Augen zu ihm hin und sagt entschuldigend: „Es ist das erstemal, wissen Sie . . .“

Was zum erstenmal? Wir Kinder würden es zu gern wissen. Er jedenfalls begreift und nickt. Anscheinend finden es die Bewohner von San Francisco völlig normal, daß man in ihre Stadt verliebt ist. Sie sind es alle!

In einem komischen Französisch mit gedämpften amerikanischen R-Lauten erklärt er uns, daß das mit den Wolkenkratzern hier so eine Sache sei. San Francisco erhebt sich auf einer

Halbinsel. Da die Stadt sich nicht über das Meer ausbreiten kann, wächst sie gezwungenermaßen in die Höhe. Er verspricht, uns zum Essen in ein Restaurant einzuladen, von dem aus man die ganze Umgebung überblicken kann, weil es sich langsam um sich selbst dreht. Die Vorspeise verzehrt man mit dem Blick auf den Pazifik, bei der Nachspeise kehrt man ihm den Rücken zu. „Uh, wenn ich nur dran denke, dreht sich mir der Magen um", stöhnt Cécile, der im Auto oft schlecht wird – und zwar ganz plötzlich ohne Vorwarnung. Deshalb setzen wir sie immer ans Fenster und möglichst in Zugluft.

Claire versetzt ihr einen heftigen Tritt. Die Giftnudel hat einen Kurs über Verhaltensregeln im Ausland hinter sich, damit sie ja ein anständiges Bild von unserem Land abgibt. Lektion eins hieß: „Keinesfalls über körperliches Befinden reden!" Das fängt ja gut an! Und das Schlimmste ist, daß Phil ihr „dreht sich mir der Magen um" nicht verstanden hat und es erklärt haben will. Nachher lacht er und wettet mit unserem Schwesterlein um einen Silberdollar mit Kennedy-Bildnis drauf, daß sie sich im obersten Stockwerk des Restaurants mitdrehen und nichts davon merken wird.

„Dann lohnt es ja nicht", sagt Cécile, geht aber doch auf die Wette ein. Wir fahren einen Augenblick lang schweigend weiter. Das tut gut. Zur Linken ist uns die Stadt nun ganz nahe. Wir fliegen fast über sie hinweg, weil die Autobahn – auf Pfeilern ruhend – darüber geführt wird. Ich sehe einen spitz zulaufenden Turm, auf den ich verzichten könnte, und einen anderen, hell erleuchteten, der Coit-Tower heißt. Das ist kein schlechter Wortwitz, ganz im Ernst, das Gebilde heißt wirklich so.

Charles hat mit Besitzerstolz den Arm um seine Frau gelegt und beobachtet sie mit Genugtuung. Er sagt sich wohl, daß sie ihm all dieses Glück verdankt, das sie so verjüngt. Und schon kommt das Golden Gate in Sicht.

Sie war mir nie besonders sympathisch, diese Brücke, von

der so viel gesprochen wird. Zuviel! Ich warf die berühmte „Goldene Pforte“ immer in den gleichen Topf mit unserem Eiffelturm: eben ein riesiges Dingsda. Aber als ich sie nun sehe, vergesse ich, was man mir davon erzählt hat, und danke ihrem Erbauer.

Sie strahlt Ruhe aus. Das tun alle schönen Bauten, als seien sie überzeugt davon, daß sie am richtigen Platz stehen. Anderseits sieht sie bedrohlich aus mit ihren rachenförmigen Bogenlücken und den Nebelschwaden, die an ihren Flanken hängen wie an einem Berg. Sie ist nicht golden, sondern rostschutzfarben. Wer das Meer liebt, müßte sie eigentlich einem geblähten Segel vergleichbar finden.

„Man bringt vergeblich Geländer und Gitter an, verstopft alle Löcher“, erklärt Phil, „und trotzdem finden fast jede Woche Menschen einen Weg da hindurch, um sich ins Meer zu stürzen.“

„Und dann?“ fragt Cécile und späht nach unten.

„Die Leichen werden nie gefunden. Die Strömung und die Haie! Hier bringt man sich sozusagen dreifach um.“ – „Na, ich würde das lieber mit einem Röhrchen Schlaftabletten bei Musik und in der Badewanne besorgen“, verkündet die Giftnudel. „Du schläfst ganz sanft im warmen Wasser ein und gleitest . . . gleitest immer weiter fort . . .“ – „Und dann, was für eine herrliche Überraschung für deine Eltern“, fertigt Claire sie wütend ab.

Ich weiß nicht, ob Phil hat folgen können. Papa stellt ihm gerade alle möglichen Fragen über den Bau dieser Brücke und vermischt sämtliche Sprachen. Besonders sein Italienisch kommt ihm erstaunlich geläufig über die Zunge, obwohl er es doch völlig vergessen zu haben glaubte. Nun schaut San Francisco zu, wie wir das Meer überqueren.

Ich lasse mich in die Polster zurücksinken und versuche ein paar Sekunden lang, mich zu konzentrieren. Die Golden Gate Bridge, Kalifornien, Amerika. Ich habe den Eindruck, Wörter zu erleben, nicht die Wirklichkeit! Pauline, La Marette, gestern – es geht alles zu schnell für mich.

Eben erklärt Phil Mama, die ihn gebeten hat, doch langsamer zu fahren, daß er schon mehrere Male wegen zu langsamen Fahrens angehalten worden ist. Das darf doch nicht wahr sein. Ein Übermaß an Langsamkeit. Warum nicht ein Übermaß an Glück, Freude, Liebe? Ein großer Lastwagen überholt uns, und da fängt die Brücke plötzlich an zu schaukeln. Ich habe den Eindruck, daß in meinem Innern alles nur so dahinrast. Und wenn nun die ganze Reise so verläuft? Eine Abfolge von Eindrücken, Lächeln, Schocks – ohne daß man jemals tiefer in die Dinge eindringt. Es ist seltsam, aber mir scheint, daß man aufhören müßte, so genau hinzuschauen, um die Dinge wirklich ergründen zu können. Es heißt ja auch, daß man nicht zu sehr nach dem Glück trachten darf, um es wirklich zu erringen.

Als ich die Augen wieder öffne, liegt San Francisco weit hinter uns, und Mama sieht mich an: „Schläfrig?" – „Das ist es nicht! Mir dreht sich alles." – „Mir auch", sagt Mama – „Und mir auch!" ergänzt Claire. – „Ich dachte, Grenzen machen überhaupt keinen Unterschied ...", erinnert Cécile sie maliziös an eine ihrer früheren Äußerungen. – „Wenn man einen Ozean überquert, ist das anders!"

Das Meer verändert alles. Sie hat recht! Und sie tut auch recht daran, keine Uhr zu tragen! Ich möchte die Zeit wieder zurückdrehen.

Nachdem wir schon glaubten, es gäbe in diesem Lande nur achtspurige Autobahnen, befinden wir uns plötzlich auf einer kleinen Landstraße wie irgendwo in Frankreich. Ach nein, ich habe mir ja geschworen, niemals zu sagen „wie in Frankreich". Ich will Frankreich vergessen.

Ich sage mir also „Vergiß Frankreich; vergiß vor allem, daß du Französin bist" – und erwache vor dem Haus!

Es ist lang, ganz aus weißen übereinander greifenden

Holzlatten erbaut. Überall sind Lampen: auf den Gartenmauern, Treppenabsätzen, zwischen den Blumenrabatten, im Laub der Bäume. Im Parterre sind lauter kleine viereckige Fenster, und zur ersten Etage gelangt man über eine Außentreppe, die von einer fantastisch schönen Glyzinie umrankt wird.

Was uns geradezu umwirft, als wir aussteigen, ist der Duft, der überall in der lauen Luft aufsteigt. Es riecht nach Tannennadeln, feuchter Erde, Blättern, Mimosen. Überhaupt wußte ich gar nicht, daß es so große Mimosenbäume gibt.

Ein Junge stürzt die Treppe herunter. Er ist rundlich und sieht sympathisch aus.

„Willkommen", sagt er. „Bienvenue!" – „Das ist Gary", stellt Phil vor, „und damit kennen Sie auch gleich sein gesamtes französisches Vokabular!"

Das also ist der fünfzehnjährige Sohn! Ich sehe Céciles Blick, der von seinen Tennisschuhen zu den ausgefransten Bermudas gleitet und dann versucht, die Inschrift auf dem von irgendwelchen Saftflecken gemusterten T-Shirt zu lesen. Gary gibt uns nicht die Hand – das tut man hier nicht –, aber er schenkt jedem ein herzliches Lächeln.

Dann kommt eine sehr hübsche, wie ein junges Mädchen gekleidete Frau, und der andere Junge neben ihr ist, wie ich vermute, der ältere Sohn Tracy. Er ist schmal, fast mager, und hat ein sanftes Gesicht. Fast wie Stéphane, nur ohne Krawatte, und mit ganz langen blonden Haaren, blonder, als es die Prinzessin trotz all ihrer Kamillenspülungen zustandebringt. Nur die Tochter Sally fehlt noch. Alles verschwimmt in einem Nebel von Stimmen, Düften und Müdigkeit. Wir sitzen im Wohnzimmer und trinken einen Fruchtsaft. Dazu gibt es kleine Sandwiches, Oliven und Chips, die man in eine Mischung aus Sahne und Roquefort taucht. Herrlich! Zur Begrüßung hat mir die Mutter gerade eben die Hand auf die Schulter gelegt, und trotz ihres Lächelns habe ich eine gewisse Traurigkeit an ihr verspürt.

Daran sollte ich mich noch erinnern.

Man zeigte uns unsere Wohnräume. Das ganze Erdgeschoß für unsere Familie, mit eigenem Ausgang in den unteren Garten! Wir sollten sagen, wenn uns noch irgend etwas fehle und uns wie zu Hause fühlen. Mrs. Miller wollte Marjory genannt werden.

Dann teilten wir die Zimmer untereinander auf. Das schönste für die Eltern mit zwei Ehebetten, was Mama bedauert, denn sie fröstelt leicht und schätzt es, sich in schlaflosen Stunden an ihren Mann schmiegen zu können, auch wenn sie ihn dadurch aufweckt. Das mittelgroße Zimmer für Cécile und mich. Ein Kämmerchen für die Prinzessin, die davon am liebsten noch eine Schlafnische abteilen würde. Eine goldene Nische, versteht sich!

Als Phil uns empfahl, die Fliegengitter vor den Fenstern immer unten zu lassen, fühlte ich mich so richtig in Kalifornien angekommen.

Im Elternschlafzimmer gab es eine Kühlschrankbar und einen großen tragbaren Fernsehapparat, den sogar Cécile hochheben konnte. Am meisten beeindruckt hat mich jedoch die Schale mit einer Pyramide aus frischem Obst und einer Mangofrucht obendrauf.

Marjory hat gemeint: „Wollen Sie nicht noch ein wenig schwimmen, um sich zu entspannen, bevor Sie sich hinlegen?“ Und so haben wir uns denn alle beim Schönsten eingefunden, das dieses Haus zu bieten hat: beim Swimmingpool.

Er liegt im oberen Garten. Man erreicht ihn entweder über die Außentreppe oder vom Wohnzimmer aus. Und taucht plötzlich in eine Harmonie von Wasser und Blumen. Das Wasser ist tiefblau und von unten angestrahlt. Blumenmuster auf dem Grunde des Beckens. Nicht zu reden von den Bänken, Liegestühlen, Sesseln, von der Hollywoodschaukel und all dem, was für morgen schönes Wetter verspricht.

Ich glaube, für die Prinzessin war das fast zu viel auf einmal. Cécile umkreiste Gary, wagte aber noch nicht, ihn ins Wasser zu schubsen. Marjory legte einen Stoß dicker, weicher Frottiertücher auf das Sprungbrett. Jeder sollte sich seine Farbe auswählen und sie beibehalten.

Phil nahm Mama bei der Hand und führte sie zu einer dickfleischigen Pflanze, der ein Duft nach Früchten entströmte. Papa demonstrierte seine Kraul-Künste. Ich stieg ganz langsam über die Steintreppe in das lauwarme Wasser hinab.

Es lag zweifellos an diesem Wasser, der Luft, an all jenen sich vermengenden Düften und meiner Müdigkeit, daß ich die seltsame Vorstellung hatte, in das Innere einer Mangofrucht zu versinken.

8

Blumen, Wasser und Sonne

Ich erinnere mich noch an eine Sommernacht bei meiner Großmutter in der Bourgogne. Ich war in meinem Zimmer eingeschlafen, das ich zwar liebte, das mir aber auch Angst einflößte, weil mein Patenonkel, der manchmal darin schlief, Priester war und ich überall seinen prüfenden Blick zu spüren meinte.

Im Schutze eines dicken Daunenbettes, von dem man mir verhieß, es hielte schön warm, weil es mit dem Flaum von noch warmem Federvieh gefüllt worden war, schlief ich ein – und wachte an einem mir unbekannten Ort auf.

Es war stockdunkle Nacht, und was mir sogleich und vor allem auffiel, war der Grabesgeruch eines grauen, feuchten Kellers. Ich stand aufrecht, in meinem Nachthemd vor Kälte schlotternd, spürte Erde unter den nackten Füßen, berührte mit der ausgestreckten Hand eine Steinmauer. Ein Schritt – und irgend etwas schob sich mir wie ein Schleier vors Gesicht.

Noch heute erinnere ich mich an ein dumpfes heftiges Herzklopfen. Angst packte mich. Es kam mir vor, als sei ich tausend Meilen von allen irdischen Dingen entfernt. Schon immer habe ich mich so vor der Dunkelheit gefürchtet; immer wenn ich nichts sehen kann, überkommt mich das Gefühl, daß ich eigentlich blind sei. Wo ist die Tür?

Ich habe Angst – und dennoch: bevor ich zu schreien anfange, versuche ich, einen Ausgang zu finden.

Auch da also noch die Befürchtung, man könne „auf mich aufmerksam werden". Dann muß aber wohl doch der panische Schrecken gesiegt haben, denn da sind plötzlich all die verblüfften und beunruhigten Gesichter meiner Familie in Nachtgewändern, die mich, die ich schluchze, umringen. Wie liebe ich sie doch! Mein Herz zerspringt fast vor Liebe! Kein Gedanke daran, daß ich ohne sie leben könnte ... Ich befand mich in einem abgelegenen Kellerraum, in den niemand mehr hinunterkam, seit man in den Kriegs- und Nachkriegsjahren die edlen Weine dort behelfsmäßig gelagert hatte.

Ich war zwei Etagen hinabgestiegen und hatte drei Türen geöffnet; auch jene wieder hinter mir geschlossen, die sich mit einem ungeheuren Eisenriegel gegen das Betreten jenes Ortes wehrte, dessen Existenz ich bislang nicht einmal geahnt hatte. Wer hatte mich im Schlaf dorthin geführt?

An diesem ersten Morgen in Amerika, als ich die Hand ausstreckte, um Licht zu machen und nicht an das Holz meines Nachttisches, sondern an eine unbekannte Wand stieß, spürte ich wieder das Herzklopfen jener Kellernacht. Dann schlug ich die Augen auf – und war in Kalifornien!

Ich laufe zum Fenster und ziehe den Vorhang auf. Alles ist lichtüberflutet. Ein ganz anderes Licht – jung, heiter. Vor dem Haus parkt ein weißer Lieferwagen. Augenblicklich wird mir klar, daß sein Motorengebrumm mich geweckt hat. Wie spät ist es? Meine Uhr zeigt wenige Minuten nach sieben. Also ist es in Frankreich zwei Uhr nachmittags. Kein Wunder, daß ich mich in Hochform fühle. Und einen Hunger habe ich! Einen Bärenhunger . . . !

Am anderen Ende des Zimmers liegt eine Kugel unter der Decke, in einem Bett, das dem meinen gleicht: Cécile. Und schon haben wir die schönste Unordnung! Gestern abend konnte sie ihr neues Nachthemd nicht finden, und da hat sie ganz einfach ihren Koffer auf den Fußboden ausgeleert. Kleiderknäuel hier und dort. Als ihr das Nachthemd schließlich in die Hände fiel, war es vollständig von der Akne-Lotion durchtränkt. Nun trocknet es über einer Stuhllehne. Cécile hat wutschnaubend lieber nackt geschlafen, als in ihrem alten Schlafanzug.

Ich angle meine Kleider vom Fußende des Bettes und verschwinde im Badezimmer. Mama hat schon eine ganze Anzahl von Fläschchen auf der Konsole über dem Waschbekken aufgereiht. Das reicht fürs erste. In einem Glasbehälter leuchten pflaumenförmige Seifenstücke in allen Farben. Darf man sie benutzen? Auf jeden Fall sind sie echt! Sie duften, und der Fingernagel ritzt eine Spur hinein . . .

Gestern abend vor dem Schlafengehen habe ich das Terrain sondiert! Komme ich an einen unbekannten Ort und soll dort sogar schlafen, so muß ich wissen, wo die Ausgänge sind. Großmutters Keller – zweifelsohne! Und vielleicht kommt ja auch von jenem Keller mein Horror vor festverschlossenen Aufzugskabinen. Bliebe eine stecken – ich stürbe vor Angst! Ich gehe den Flur entlang und die Innentreppe hinauf, die zu einem weiträumigen Zimmer – einer Art von Wohnküche – führt und zum oberen Garten, wo das Schwimmbecken liegt. Manchmal kommt anscheinend ein wildes Reh hierher und knabbert von den Blumen der Einfassung Kostproben ab.

Ich steige die Treppe hinauf und stehe plötzlich einem weißgekleideten Unbekannten gegenüber. Auch seine Mütze ist weiß. Er sitzt vor dem weitgeöffneten Kühlschrank und macht sich Notizen. Lächelnd sieht er mich an und sagt: „Hello! How are you today? I am Bernard, the milkman." („Böned", spricht man das aus. Und er ist also der Milchmann.) Er hat außerordentlich schöne Zähne und Arme wie ein Volleyballspieler. Nachdem er den Inhalt des Kühlschranks durchgesehen hat, macht er sich an die wahrhaft monumentale Tiefkühltruhe. Wie kommt es, daß niemand dabei ist und ihn überwacht?

„Ihr seid also die Franzosen?" fragt er. Ich bejahe. Er schüttelt den Kopf und erklärt, er werde das berücksichtigen müssen – oder irgend etwas dergleichen – und dann rennt er schon zu seinem Lieferwagen und kommt mit unzähligen Kartons voller Milchprodukte, Eis und Tiefkühlkost zurück, die er im Eisschrank aufschichtet, als wäre er hier zu Hause. Dann winkt er kurz und ist verschwunden. Mir läuft das Wasser im Mund zusammen, aber ich wage mich nicht heran . . . Ich verlasse die Küchenecke, deren erstaunlichster Bestandteil ganz entschieden der große Tisch in Form eines Halbmondes ist, in dessen Mitte die Kochplatten eingelassen sind. Und ich gehe hinüber in den Wohnzimmerteil, auf die Sonnenseite. Hier warte ich also und lasse mich von der Sonne bescheinen! Wenn man sich nach einem wirklich bequemen Wohnraum sehnt, so ist dieser hier ideal. Kein einziges stilvolles Möbelstück, nichts Zartes oder Zerbrechliches: eine riesenhafte, um die Ecke verlaufende Couch, Sitzkissen, ein Schaukelstuhl, ein Teppichboden, in den der Fuß einsinkt.

Auf dem Kaminsims steht das Bild eines Mädchens, das Marjory ähnelt, aber lustig-krauses, blondes, sehr kurz geschnittenes Haar hat. Sie lächelt schüchtern aus fragenden Augen. Wahrscheinlich ist es Sally, die älteste Tochter, die wir noch nicht gesehen haben.

Offenbar schlafen alle noch. Die Terrassentür steht zum Schwimmbecken hin offen; also nehme ich die Gelegenheit wahr und setze mich neben das Sprungbrett gegenüber dem Hause. Die Luft ist noch frisch, aber es wird bald heiß werden. Über die Umzäunung hinweg bemerkt man in der Ferne einen von Morgendunst umhüllten Hügel. Versunken starre ich ihn solange an, bis ich nicht mehr Pauline Moreau bin, sondern eben irgendein achtzehnjähriges Geschöpf, das sich einem neuen Tag gegenübersieht, dem es sich ganz weit öffnen, den es unbedingt so tief wie möglich in sich aufnehmen muß. Dann versuche ich mir ein Urteil über das Haus zu bilden.

Zunächst einmal ist es seltsam und keinesfalls, was ich erwartet hatte! Mit seinen Holzwänden statt der gewohnten Steine wirkt es irgendwie provisorisch. Doch weiß, leicht und fröhlich scheint es aus dem Blätterwerk sozusagen hervorzuspringen. Kein Haus für Schlupfwinkel, Erinnerungen, heimliches Getuschel, verborgene Geheimnisse und unerforschte Keller. Nein – ich hab's! Ein Siedlerhaus, wie das Heim von Pionieren aus einem Wildwestfilm. Während ich sein Spiegelbild im Schwimmbecken betrachte, sehe ich ganz deutlich im leicht sich kräuselnden Wasser, daß Tracy mich von seinem Fenster aus beobachtet. Und schon ist es um meine schöne Ruhe geschehen! Da oben ist jemand, auf den ich insgeheim Macht ausübe. Er schaut mich an ohne zu wissen, daß ich ihn gesehen habe. Eine unwiderbringliche günstige Gelegenheit, ihm von mir, der jungen Französin, ein interessantes und möglichst anmutiges Bild zu vermitteln. Mit einer langsamen, eleganten Handbewegung fahre ich glättend über das Wasser. Ich posiere mit Denkerstirn – und innen drin in meinem Kopf herrscht unterdessen jahrmarktartiges Durcheinander. Zu blöd und kindisch, ich weiß!

Gerade erst hatte ich begonnen, Amerika zu entdecken an diesem frühen Morgen – und siehe da, schon denke ich nur noch daran, jemandem zu gefallen, von dem ich nicht einmal weiß, ob er mich überhaupt interessiert. Im übrigen hat er gerade sein Fenster wieder geschlossen, was beweist, daß ich ihn jedenfalls nicht interessiere. Ich wollte mich in seinen Augen schöner machen – und habe mich vor mir selbst lächerlich gemacht. Na gut! Doch da taucht er schon mit kühnem Sprung ins Wasser, so daß sich weithin Spritzmale auf den weißen Steinen abzeichnen, und kommt in drei Zügen heran, um mir seine Begrüßung ins Gesicht zu schmettern. „Guten Tag, Peoline!" – „Guten Tag!"

Mit amerikanischem Akzent gesprochen, klingt mein Name weniger häßlich, stelle ich fest. Er schwingt sich zu mir hinauf. „Ich habe dich vom Fenster aus gesehen!" Und nun bin ich glücklich, daß er den Wunsch gehabt hat, zu mir zu kommen und hoffe doch auch, daß sein Plantschen das ganze Haus geweckt hat, weil ich überhaupt nicht weiß, was ich mit ihm reden soll, außer daß mein Englisch gräßlich ist, sein Haus mir gefällt und daß ich mich freue, hier zu sein. Alles unnütze Phrasen, die zu Beginn einer Bekanntschaft jene Seite unseres Wesens verletzen, die insgeheim von echteren und tiefergehenden Begegnungen träumt. Auch mein Vater, dieser Glückspilz, der ja sein Gleichgewicht bei Mama gefunden hat, behauptet, daß im Grund in jedem von uns eben dieses niemals ganz befriedigte Bedürfnis schlummert, von einem anderen Selbst verstanden, gesehen und geliebt zu werden.

Während das Wasser sich über die Steine verbreitet und in meinen Rock zu rinnen beginnt, sag' ich also, daß mein Englisch lückenhaft ist, das Haus mir gefällt – und daß ich froh bin, hier zu sein. Doch bevor er mich mit ebenso blöden Phrasen noch überbieten kann, erscheint – wie zur Antwort auf meinen geheimen Wunsch – die glanzvolle Gestalt der Prinzessin in langem Velour-Bademantel, und sie macht sich nun auf, den Lohn für all die qualvollen Stunden, die sie in der Sonne gebraten hat, einzuheimsen – in dem Augenblick nämlich, da sie die Samtrobe (75 FF der Meter!) zu Boden fallen und ihren gebräunten Körper zutage treten läßt.

Claire kommt also als erste. Dann Mama in einem Rock, den ich noch nie gesehen habe. Ihr auf den Fersen Charles – frisch rasiert – oh Wunder, obgleich er doch zu Hause immer behauptet, er schnitte sich glattweg die Gurgel durch, wenn er das vor dem Kaffee täte. Und dann folgen Phil und Marjory, beide in Bermudas, und Cécile.

Und nun stelle man sich einen harmlos aussehenden Baum vor, einen richtigen Baum mit duftenden Blättern und Vögeln drauf, um den herum eine Sitzbank verläuft. Im Innern des Stammes aber schließt man eine elektrische Kaffeemaschine an, einen Toaster mit sechs Fächern, eine Pfanne für Eier mit Schinken. Denken Sie sich noch Obst hinzu, Cornflakes, viele Sorten Marmelade – und Sie haben unsere erste amerikanische Mahlzeit, einen „Brunch", die Kombination von Frühstück und Mittagessen in einem. Es riecht nach Kaffee, heißer Milchschokolade und besonders nach ausgebratenem Speck. Die Männer übernehmen die Zubereitung der Eier. Die Prinzessin wollte unbedingt die Fruchtsäfte servieren.

Cécile sitzt mit den Füßen im Wasser neben mir, ein Butterbrot in der Hand. Man sieht ihr an, daß ihr irgend etwas nicht paßt.

„Alles in allem ist diese Tätowierung eine Schweinerei", sagt sie und schlägt sich auf die Brust, dorthin, wo das Friedenszeichen prangt. Ich verstehe schon, daß sie im Grunde nicht mehr wagt, es zur Schau zu tragen. „Du brauchst doch nur zu sagen, daß es aus Zufall entstanden ist." Sie schaut mich mitleidig an. „Deine Zufälle sind ganz schön berechnet! Und die da sehen darin zweifellos irgendeinen Hintergedanken. Aber ich konnte ja nicht wissen, daß Amerika *so* ist bei all dem, was die immer im Fernsehen zeigen!"

Trotzdem beißt sie herzhaft von ihrer Schnitte ab, dort wo die Erdbeermarmelade sich mit dem Honig vermischt.

„Weißt du, wo Gary ist?" – „Schläft er noch?" – „Ganz

und gar nicht. Er fährt Zeitungen aus bei den Nachbarn; in einem kleinen Lieferwagen mit seinem Freund. Der fährt, hält vor den Häusern, und Gary schmeißt ihnen die Zeitung genau vor die Tür. Und rate, weshalb?" – „Um sich Taschengeld zu verdienen?" – „Aber nein. Um später sein Studium damit zu finanzieren."

Bewundernswert! Jetzt späht Cécile angewidert unter ihr T-Shirt. „Und obendrein hab' ich auch noch Pickel überall! Diese Scheißpubertät – den ganzen Rücken hab' ich voll!" – „Das kann man wohl sagen", bemerkt Claire. Die Prinzessin hat sich neben uns auf ihrem Samt-Bademantel ausgestreckt, wohingegen wir ihr doch in La Marette niemals auch nur mit der Fingerspitze nahekommen durften – wegen der Richtung der Sonnenstrahlen!

Cécile betrachtet neidisch die glatte Haut Claires – mein Décolleté ist dem ihren ebenfalls nicht vergleichbar –, dann suchen Céciles Augen Mama.

Die sitzt unter dem Steckdosen-Baum, wo auch ein Telephon angeschlossen ist, scherzt mit Phil und versucht gleichzeitig, die letzte Ladung Eier mit Schinken vor dem Anbrennen zu bewahren.

Cécile geht entschlossenen Schrittes zu ihr hin; sie verschwendet keinen Blick an unseren Gastgeber. „Nächsten Winter gehst du endlich einmal mit mir zum Arzt", befiehlt sie.

Unnötig zu erwähnen, daß Mama aus allen Wolken fällt. Zumal wir ja einen im Haus haben, der bisher völlig ausgereicht hat. Aber vor Céciles ernster Miene läßt sie die Pfanne bruzzeln und fordert sie auf, sich zu setzen.

„Was ist denn los?" – „Ich brauche nicht Vater", sagt Cécile und wirft Charles, der etwas abseits mit Marjory diskutiert, einen gehässigen Blick zu. „Ich brauche einen Pickel-Spezialisten!" „Einen was?" – „Ein Dermatozoon!" erklärt Cécile gereizt. (Sie meint: einen Dermatologen.) Ich glaube, Mama wäre vor Lachen ins Schwimmbecken gefallen, wenn in diesem Augenblick nicht das Telephon geläutet hätte.

Es ist Bernadette. Zunächst legt sie Wert darauf, Papa wegen der Telephonrechnung zu beruhigen. Sie ruft nicht von zu Hause an, sie hat vielmehr einen Supertip gekriegt: Von einer Telephonzelle in Pontoise aus kann man für fünfzig Centimes mit der ganzen Erde sprechen. Es wird eben nur solange dauern, wie es geht, aber was man hat, das hat man, und es tut gut zu wissen, daß wir wohlbehalten gelandet seien, meint sie.

Die Verbindung bleibt bestehen. Wir sprechen jeder der Reihe nach. Mag man einander auch erst gestern verlassen haben, es gibt alles mögliche zu erzählen. Bernadette kann es nicht fassen, Kalifornien „live“ zu hören. Und wie ist das Golden Gate? Wie das Haus, die Luft, die Menschen? Sie befiehlt uns streng, uns bis zum Geht-nicht-mehr an Kalifornien zu berauschen und uns vor allem den Spaß nicht durch Frankreich verderben zu lassen, wo alles zum besten stehe, angefangen bei Miss Fanny, Papas Lieblingsrose, deren tiefrote Blütenblätter tatsächlich keine Tautropfen brauchten, um ein Gedicht zu sein. Ansonsten entpuppe sich Stéphane als Meistergärtner, und Antoine Delaunay, Vaters Vertreter, bleibe ihr ein Rätsel, immerhin ein Rätsel, das eine tolle Eistorte zum Abendessen mitgebracht habe, deretwegen man ihm in Zukunft noch allerlei verzeihen werde.

Wir kleben alle fünf wie angewachsen am Apparat. Wirklich zu blöd, daß sie es nicht fertiggebracht habe, mitzukommen – das ist alles, was ich herauskriege. Cécile bemächtigt sich des Apparates. Sie habe vergessen, Bernadette etwas ganz Wichtiges anzuempfehlen: Unter keinen Umständen dürfe Antoine Delaunay, noch sonst jemand ihr geheimes Tagebuch lesen, das sich in der Küche befinde, oben auf dem Konservenschrank unter der Schachtel mit den Kerzen.

Schließlich sagt uns Bernadette gute Nacht. Wir stünden ja vielleicht am Rande eines traumhaften Schwimmbassins und am Beginn eines herrlichen Tages, sie aber entschwebe jetzt unter die Dusche und dann ins Bett, weil sie müde vom Laufen sei. Hinzukomme, daß ein Typ draußen vor der Zelle sie so komisch anstarre; falls das ein Schutzmann sei, wäre es wohl besser, der Volksbelustigung ein Ende zu machen.

Nachdem wir aufgehängt haben, können wir nicht umhin, ihrer Stimme noch nachzulächeln. Alles erscheint uns noch besser, noch fröhlicher und angenehmer. Cécile schickt sich an, den Millers die Sache mit der sagenhaften Telephonzelle zu erzählen, als Papas wütender Blick sie gerade noch zurückhält. Wenn es um Ehrlichkeit geht, reagiert Charles nicht ganz normal. Wir haben es erlebt, daß er dem Vorsteher einer U-Bahn-Station einen überzählig aus dem Automaten gefallenen Kaugummi zurückgebracht hat.

Wir erklären den anderen, daß Bernadette eines Tages eine große Reiterin sein wird und daß sie einem ausgedienten Pferd das Gnadenbrot gibt. Im übrigen: ein Starrkopf mit goldenem Herzen! Ein Klischee, wie es leibt und lebt; aber wenn man sich daran stößt, erinnert man sich ihrer wenigstens.

„Wem ähnelt sie?" will Tracy wissen und schaut uns prüfend an, wobei sein Blick an mir hängenbleibt. „Keine ähnelt der anderen", seufzt Papa. „Man kann sie auch nicht einmal gruppieren. Jede beansprucht gesonderte Zuwendung."

Ich glaube, Mama hat Claire die Hand auf die Schulter gelegt, und wir alle lachen über Charles' verdrossenes Gesicht, der doch so gern das starke Geschlecht vertreten möchte, sich aber leider immer in der Minderzahl befindet.

Und in jenem Augenblick erfasse ich – wie tags zuvor – in Marjorys Blick einen traurigen Widerschein, der mir das Herz abdrückt. Einen Schmerz.

Und wie um mir zu bestätigen, daß ich mich nicht getäuscht habe, legt Phil ihr die Hand auf die Schulter und läßt sie einen Augenblick darauf ruhen.

9

Stetes Wiederholen

Cécile hat die Arme über ihrem bloßen Oberkörper verschränkt und wartet, daß Mama damit fertig wird, den Haken an ihrem Büstenhalter wieder anzunähen.

Cécile hat ein kompliziertes System von Verschlüssen und Trägern herausgefunden, um ihre Mini-Brust hervorzumogeln.

Das System ist recht wirksam, verursacht aber den raschen Tod des ihr so wichtigen Kleidungsstückes.

Mama setzt den goldenen Fingerhut auf, den sie mit fünfzehn dafür bekommen hat, daß sie das ganze Jahr über der „Feenfinger" in ihrem Nähkurs war – was immer das bedeuten mochte.

Papa versucht gerade, seinen Bauch in die Leinenhose zu zwängen, die er vor der Abreise im Ausverkauf erstanden hat.

„Nun sag' doch endlich, was du von all dem hier hältst – von Amerika, dem Bunker hier, und so?" sagt Cécile. – „Im Augenblick beschränke ich mich noch darauf, zu empfinden, zu erschauern", bemerkt Mama, „es ist fast zuviel auf einmal!" – „Willst du sagen ‚fast zu emotionell'?" setzt Cécile das Verhör fort. – „Emotional", sagt Mama und nimmt ihren Faden wieder auf. – „Ihr müßtet euch einmal hören!" sagt die Giftnudel. Sie betrachtet Mama prüfend aus den Augenwinkeln. Irgend etwas gefällt ihr offenbar nicht. „Und Phil, wie findest du den?" fährt sie in unbeteiligtem Ton fort. – „Phil? Großartig", begeistert sich Mama, „entspannt, humorvoll, entgegenkommend, warmherzig!" – „Was denn noch alles?" protestiert Cécile. „Du, die uns immer vorhält, wir sollten kein vorschnelles Urteil fällen, gibst uns jetzt so ein schlechtes Beispiel?!"

Durch den anklagenden Ton ihrer Tochter aus der Fassung gebracht, schaut Mama von ihrer Handarbeit auf. Mit unendlicher Aufmerksamkeit starrt die Giftnudel auf ihre Sandalen-Schnalle. Ich habe begriffen! Auch ich habe seit unserer Ankunft bemerkt, wie Phil Mama ansieht. Auch ihre glänzenden Augen habe ich bemerkt: unsere Mama auf Urlaub, frei, begeisterungsfähig und jugendlich.

„Und Papa?" fragt Cécile, „ist er etwa auch entspannt, humorvoll, großartig, entgegenkommend und warmherzig?"

Papa ist es endlich geglückt, seinen Bauch in die Hose zu zwängen, aber nun hat er anscheinend das Hemd im Reißverschluß eingeklemmt. Unbehelligt von all unseren Problemen, strengt er sich erbittert und stöhnend an, mit dem seinen fertigzuwerden. Mama neigt sich zum Ohr ihrer Tochter. Sie lächelt boshaft. „Dein Vater, das ist ganz etwas anderes! Den liebe ich, weißt du?"

„Nicht möglich! Du liebst ihn? . . . Das habe ich fast erwartet", stellt Cécile fest. „Du liebst ihn . . . , aber eigentlich schaust du ihn nicht mehr an; du siehst ihn gar nicht mehr." – „Ich sehe nur ihn, auch jetzt, glaub' es mir", lacht Mama und fügt hinzu, „und ich liebe ihn sehr, obwohl er die ganze Nacht geschnarcht hat."

Entrüstet nimmt Vater uns wieder wahr: „Ich und schnarchen? Ich habe noch nie im Leben geschnarcht! Du bist die erste, die mir das sagt!" – „Das hoffe ich sehr", erwidert Mama. – „Keine Streitereien vor den Kindern", höhnt die Giftnudel.

Nie zuvor hat sie ihren Namen mehr verdient als heute.

Der Haken ist dran. Mama nützt die Tatsache aus, daß Cécile alle Hände voll zu tun hat, um ihre Nacktheit zu verbergen, ergreift sie bei den Hüften und zwingt sie, ihr ins Gesicht zu sehen. „Wenn du mich gefragt hättest, was ich von Marjory denke, so hätte ich dir geantwortet: Schön, intelligent, liebenswürdig, und du solltest vielleicht auch ein bißchen beobachten, wie Phil *sie* anschaut. Das würde dir zeigen, daß man einander immer noch sieht – auch nach zwanzig Jahren Ehe!"

Papa hat den Versuch mit der Hose aufgegeben. Stillvergnügt zieht er die alte vom vorigen Jahr an und deutet irgendwelche Gymnastikübungen an, um uns zu beweisen, wie wohl er sich darin fühlt. Mama lacht aus vollem Herzen.

„Kompliziert, solche Eltern, findest du nicht auch?" seufzt Cécile und setzt sich zu mir. Aber sie sieht sehr erleichtert aus.

Dann folgt ein Riesenwirrwarr. Wir packen die Koffer aus – mit Fernseh-Untermalung. Man braucht nur zu wählen zwischen Wildwestfilmen, Krimis, Zeichentrickfilmen und Liebesgeschichten – zu jeder Tageszeit. Aber die Werbesendungen dazwischen sind abstoßend; im spannendsten Moment machen sie alles kaputt.

Als wir die Schubfächer und Kleiderablagen unter uns aufgeteilt haben, ist es schon Mittag. Gleich müssen die vier Eltern nach San Francisco fahren, wo Charles mit dem Organisator des Kongresses zusammentreffen wird. Über der Stadt liegt anscheinend dicker Nebel. Dort herrscht jetzt winterliche Kühle – im Sommer! – und es empfiehlt sich, einen Mantel mitzunehmen. Wußte ich's doch, daß hier alles durcheinandergeht und in Frage gestellt wird, sogar die Jahreszeiten!

Wir aber machen uns auf, den Pazifik zu entdecken! Freunde von Tracy sind am späten Vormittag vorbeigekommen und haben uns vorgeschlagen, am Strand eine Grillparty zu veranstalten. Sie sehen sympathisch aus und ohne Hemmungen. Einer von ihnen ließ die Prinzessin nicht aus den Augen, so einer mit einem ganz struppigen Bart. Es schien sie nicht ganz kalt zu lassen.

Alle außer Papa haben sich über ihre Ankündigung amüsiert, daß sie, um sich nicht lächerlich zu machen, beschlossen habe, kein Wort Englisch zu sprechen. Hingegen sei sie bereit, Spanisch zu sprechen, wobei sie dann mit den anderen auf dem gleichen kümmerlichen Niveau stehe.

Auf dem Flur kreuzen sich unsere Wege. Sie hat ihre Haare zu Zöpfen geflochten. Das steht ihr gut, es läßt sie ganz frisch und sehr jung aussehen. Ihre Augen glänzen. „Hier versteht man zu leben!" ruft sie mir zu und scheint aufzuatmen. Ich weiß, was sie damit sagen will! Claire hat noch nie gerne gerechnet. Vielleicht war sie letzten Endes auch dazu geschaffen, anders zu leben. Denn man muß ja wohl zugeben, daß man den ganzen Tag über irgend etwas berechnet: die Zeit, das Geld. Womöglich auch noch Liebe oder Freundschaft. Und hier hat man den Eindruck, daß an allem Überfluß herrscht, wobei ich nicht allein von materiellen Dingen sprechen will. Hier gibt es mehr Himmel, mehr Sonne, mehr Blumen, mehr Lächeln. Alles ist größer und schöner.

Soeben habe ich beim Einräumen meiner Sachen ganz hinten im Kleiderschrank ein vergessenes Kleid gefunden. Es ist malvenfarben, im Oberteil mit Blumen bestickt, und scheint genau meine Größe zu haben. Und plötzlich muß ich es überstreifen – ich weiß selbst nicht warum, aber es überkommt mich wie ein Zwang.

Ich schließe mich im Badezimmer ein. Es ist ein Kleid zum Sonnenbaden, das man auf der bloßen Haut trägt. Fliegende Hast packt mich – und schon bin ich nackt. Es steht mir gut. Man möchte meinen, es sei für mich gemacht. Ein leichter Parfümhauch schwebt darin. Gehört es Sally? Und wo ist sie, diese Sally – abgesehen von dem gerahmten Bild auf dem Kaminsims? Wie kommt es, daß niemand von ihr spricht, nicht einmal Mama, die doch sonst immer nach dem Wohlergehen aller Leute fragt? Ich drehe mich im Kreise. Der Rock folgt den Bewegungen, streichelt mir die Schenkel, den Leib. Und plötzlich erfaßt mich Verlangen nach Pierre; ich brauche ihn. Irgend etwas in mir lodert und schreit nach ihm. Pierre, der du wie ich das Meer überquert hast! Der du auch in Amerika bist.

Ich denke daran, wie Mama vorhin gelacht hat, wie fröhlich sie war. Sie hat es leicht! Einfache Sache, fröhlich, gut und all so was zu sein, wenn man sich geliebt weiß! Ich liebte auch alle Welt, als Pierre mich liebte. Ich öffnete mich allem, wenn er mich erschloß. Ich spüre Tränen in den Augen – und setze mich entmutigt auf den Rand der Badewanne. War das wohl der Mühe wert, hierherzufahren, nur um noch mehr zu heulen?

Ich habe das malvenfarbene Kleid unter einem von meinen eigenen versteckt. Ich wollte nicht, daß man es mir wegnimmt. Es schien mir, als habe Sally es absichtlich vergessen, als Botschaft an mich. Aber da spielte mir gewiß wieder nur meine Einbildungskraft einen Streich. Ich neige zu sehr dazu, mir von allem um mich her Winke und Zeichen zu erträumen.

Und dann der Pazifik!

Wir sind in drei Wagen hingefahren. Tags zuvor noch hatten wir ihn nur erahnt. Als ich ihn tief unter mir entdeckte, wie er am Fuße des mit versengtem Gras bewachsenen Abhangs gegen die Steilküste schäumte, da habe ich begriffen, daß er einen ruft, wo immer man ist, und sei man auch sehr weit entfernt von ihm. Selbst wenn man ihn nicht kennt, spürt man seine Gegenwart doch in einem verborgenen Teil seiner selbst. Und vor ihm zu stehen, endlich angekommen zu sein, ist für mich zunächst einmal ein furchterregendes Erlebnis gewesen.

Wir brauchten sehr lange, um ihn endlich einzuholen, ihn berühren zu können. Je mehr man auf ihn zuging, desto deutlicher hörte man seinen Ruf. Aber es ist ein gleichgültiger

Ruf, wie der herablassende Befehl eines Königs.

Sein Wasser ist kalt. Man spürt, daß es bewohnt ist. Und wie! Von Seehunden, Barracudas, Haien. Im letzten Jahr soll ein Hai einen Schwimmer angefallen haben. Die Verlobte des Mannes war dabei – und hatte gerade noch Zeit, ihn auf dem Sandstrand zu taufen, bevor er starb.

Soweit das Auge reicht, erstreckt sich ein glatter, weicher, goldbrauner Strand. Winzige Vögel auf hohen Stelzfüßen laufen mit komischen Trippelschrittchen immer den Saum der Wellen entlang. Alles ist grau-grün; ein nicht endenwollender Triumph von Wasserfontänen, sich heranwälzenden Wogen, Schaum. Es gibt keine Worte, um das zu beschreiben. Dazu bedürfte es der Musik: eines einzigen langgezogenen Tones, der tief, sanft und eindringlich zugleich sein müßte.

Da steht man nun vor so viel Schönheit – und wagt zu lachen, herumzurennen, Hunger zu haben, einander zu sagen, wie herrlich dieser gegrillte Mais mit frischer Butter und einem Schuß grünen Zitronensaftes schmecken wird! Und das ist nicht alles. Es gibt riesige Steaks und in Folie gebratene Kartoffeln mit einem Löffel Sahne dazu.

Unter Freudengeheul rennt Cécile völlig angezogen ins Wasser und wieder heraus, Gary im Gefolge, den sie sich anscheinend schon völlig versklavt, ja dem sie sogar ein Paar Bermudashorts ausgespannt hat.

Hier ist es offenbar Sitte zu baden, ohne sich auszuziehen. Man läuft den Saum einer Welle entlang, und manchmal fällt sie eben über dich her: Das Meer kreuzt deinen Weg.

Ich höre Claires Lachen, die neben ihrem Rauschebart sitzt. Er hat seine Gitarre im Arm und möchte ihr beibringen, wenigstens amerikanisch zu singen, wenn sie es schon nicht sprechen will.

Tracy und ich sitzen nebeneinander auf dem feuchten Sand, das Gesicht den Wogen zugewandt. Gerade eben hat sich ein Mann riesige Flügel umgeschnallt und hat sich von der

Steilwand herabgestürzt. Zuerst fand ich das toll, aber dann kam mir der Gedanke, daß es sich doch eigentlich nicht lohnt, wenn die Flügel nur dazu verhelfen sollen, unverletzt zu stürzen statt höher hinaufzusteigen.

„Ich möchte gern nach Frankreich!" sagt Tracy. Das Kinn auf die Knie gestützt, starrt er in die Ferne. Und in seiner Stimme wird mein Land zu etwas Kostbarem, Kleinem, Entzückendem: zu einer Art von alter Spieluhr, die Dörfer, Kirchtürme und Felder besingt.

„Wie ist das Land?" – „Sehr schön. Lebendig. Alt. Nein, nicht alt, eher ehrwürdig, vergangenheitsträchtig. Ein Auge rückwärts gewandt und eins nach vorn!" – „Und weiter?" – Ich sage, recht dümmlich: „Dort gibt's keine Haie." Und füge hinzu – ich weiß wirklich nicht warum, es kommt einfach so: „Aber im letzten Winter gab es bei uns einen alten Wolf, und die Leute haben ihn umgebracht." – „Einen Wolf?" – „Ja, einen Wolf."

Tracy sieht mich erstaunt an. Er hat mich nach Frankreich gefragt, und ich habe geantwortet: „Ein alter Wolf!" Aber ich fühle nur, wie aus einem tief verborgenen Winkel meines Herzens der Groll heraufsteigt. Er war alt und ausgehungert, dieser Wolf. Sagt mir, wer die Wölfe nährt? Die Leute nannten ihn „das Ungeheuer". Sie sprachen von ihm wie von einem menschlichen Wesen. Als ob sie um der größeren Aufregung willen gewünscht hätten, er wäre eins. Mit fünfzig Mann haben sie sich zur Hetzjagd nach ihm aufgemacht.

Ich sehe sie wieder vor mir, wie sie aufbruchbereit vor dem Dorfcafé herumstehen, das Gewehr unterm Arm, und sich als Helden aufspielen! Eigentlich tun sie mir leid.

Zwei Wochen lang haben sie den Wolf gehetzt. Schließlich fragte man sich schon, ob er nicht überhaupt ein Hirngespinst sei, dem Jagdfieber der Menschen, ihrem Verlangen nach Selbstbestätigung entsprungen. Was soll's? Ich wußte nicht einmal, daß ich ihn so liebgewonnen hatte, diesen Wolf, der zwei Schafe gerissen haben soll.

Aber dann dieses Schlußbild – mein Gott! Ein Meter fünfzig glanzloses Fell zwischen den Beinen der gar nicht mehr so stolzen Jäger, Haut und Knochen; ein schieres Skelett.

Genug von Frankreich!

Wir sitzen ja am Rande des Pazifiks, neben einem zwanzigjährigen Amerikaner, der mit der Fingerspitze Kreise in den Sand malt. Er hat lange, von blondem Flaum bedeckte Beine, leicht gelocktes, sehr feines Haar, das er hinter die Ohren zurückstreicht. In seinem Blick liegt ein Zögern, das mir gefällt. Vor uns stemmen sich Männer in schwarzen Gummianzügen breitbeinig auf ihre Surfbretter und reiten dann auf einer endlosen Woge. Bevor die Woge zu unseren Füßen verebbt, beweist sie uns, daß das Meer nur ein stetes geräuschvolles Wiederholen von längst Gedachtem ist.

Und plötzlich ist es wundervoll, achtzehn zu sein und noch so viel vor sich zu haben! Bricht nun mein Lebenshunger durch, wie Papa das nennt?

Ich wende mich Tracy zu: „Du, sag, ist es wahr? Ich bin in Amerika?" Und Amerika kriecht überall in mich hinein, fegt mich hinweg, schwemmt mich fort. Nun bin ich wirklich angekommen.

Tracy schaut mich an, und ich glaube, er begreift. Wir bleiben einen Augenblick lang so sitzen, bis es vorbei ist.

Wenig später rufen die anderen, das Essen sei fertig, und es duftet verheißungsvoll nach Mais und gegrilltem Fleisch. Bevor wir uns zu ihnen gesellen, fällt mir plötzlich Sally ein. „Deine Schwester – wo ist sie?" – Tracy hatte gelächelt; sein Lächeln gefror jetzt. Er wandte sich ab. „Sally ist krank."

Irgend etwas in seiner Stimme hält mich davon ab, weiter in ihn zu dringen. Krank ist sie? Und ich spüre noch den Stoff ihres Kleides auf meiner Haut, sehe wieder ihr Bild auf dem Kamin vor mir, das ein wenig scheue Lächeln, die fragenden

Augen, und vor allem das drollige Kraushaar, ganz hellblond, fast wie Pfirsichflaum.

Tracy hat sich wieder nach hinten sinken lassen, und ohne den Blick vom Himmel zu wenden, der allmählich verblaßt, legt er seine Hand auf die meine. Das ist alles! Mit seiner Hand deckt er meine Hand zu. Er versucht weder, meine Finger zu ergreifen, noch sie zu streicheln. Er legt seine Hand auf meine, und ich spüre den kühlen Sand darunter.

Und während wir so den Himmel betrachten, warum nur denke ich da auf einmal, wir seien zwei Waisenkinder? Warum befällt mich plötzlich wie von weither aufsteigende Einsamkeit, die nichts mehr wirklich heilen kann – ich ahne das.

Was haben wir verloren? Was werden wir verlieren?

10

Ein malvenfarbenes Kleid

Das Telephon weckt mich. Nicht das schrille Klingeln von La Marette, sondern ein musikalisches Perlen von Tönen wie in amerikanischen Filmen. Vier Uhr! Ich meine: morgens. Das bläuliche Licht zu Céciles Füßen ist der mit ganz leisem Ton eingeschaltete Fernsehapparat. Meine kleine Schwester schläft im Sitzen vor der Mattscheibe, mit ernstem Gesicht, als lausche sie jener Diskussion dreier biederer Herren, die im übrigen ziemlich verschlafen dreinschauen.

Oben nimmt jemand den Hörer ab, und das Läuten hört endlich auf. Ich rühre mich nicht. Jetzt hängt alles an dieser Telefonstimme, die ich nicht höre. Bernadette? Instinktiv rechne ich nach: vier Uhr morgens hier, Mittag dort drüben. Aber nein. Das würde sie nicht wagen!

Über mir im Wohnzimmer vernehme ich das Geräusch von

Schritten, ein hastiges Hin und Her. Ein dringender Fall? Wir kennen das ja auch. Und am nächsten Morgen ist Vatrs Gesicht dann grauer und vor Müdigkeit eingefallen, wie die Wangen von Mme. Cadilacs Hund, der anscheinend viel durchgemacht hat.

Hinter dem Vorhang wird der Garten hell. Das Gartentor öffnet sich mit leisem, elektrisch gesteuerten Gleiten. Stimmengemurmel. Der Motor eines Autos wird angelassen. Ich stehe auf, schalte den Fernsehapparat im Vorbeigehen aus und trete ans Fenster, ziehe den Vorhang auf. Vor dem abschüssigen Weg, der zur Arroyo-Canyon-Straße hinunterführt, diskutiert Marjory – in Mantel und Kopftuch – mit Tracy. Dieser scheint sie um etwas zu bitten. Er bedrängt sie sogar.

Ich versuche, ihren Gesichtsausdruck zu erkennen – zu spät. Phils Wagen fährt im Rückwärtsgang heraus. Er öffnet die Tür, und Marjory wirft sich hinein. Tracy beugt sich vor, spricht noch etwas. Aber der Wagen entfernt sich ohne ihn.

Ich kann nicht mehr schlafen. Um mich herum ist alles in Hochspannung. Wo sind sie hingefahren? Phil alleine – das hätte ein Notfall sein können. Aber Phil und Marjory zusammen? Wieder denke ich an Sally, ihr malvenfarbenes Kleid mit der Blumenstickerei. Und mir kommt eine Erleuchtung: Dieses Zimmer ist das ihre. Als wir die Tapeten sahen, die Möbel, Vorhänge und den herumstehenden Kleinkram, sagten Cécile und ich wie aus einem Munde: Das ist ein Zimmer wie für uns gemacht, eine Jungmädchenbude. Sallys Bude natürlich! Wieso hab' ich das nicht vorher begriffen? Und ich schlafe vielleicht in ihrem Bett! Ob sich ihre Krankheit heute nacht verschlimmert hat?

Bewegungslos hat Tracy den verschwindenden Schlußleuchten nachgeblickt. Im Fenstereck verborgen, warte ich mit angehaltenem Atem, daß er das Licht löscht und ins Haus zurückkommt. Aber nein! Er geht in entgegengesetzter Richtung; er steigt links die Stufen hinauf zum Swimming-pool. Ich streife meinen Morgenrock über und ziehe ganz leise, um Cécile nicht zu wecken, an dem Knauf der kleinen Tür, die zum Garten führt. Das war das erste, worauf Marjory uns aufmerksam machte, als sie uns das Zimmer zeigte: „So seid ihr ganz unabhängig.“ Und Mama hat uns noch lachend mit dem Finger gedroht: „Aber nicht zu sehr, bitte, nicht übertreiben!“ Das war erst vorgestern. Wie müde wir waren! Wie geheimnisvoll alles noch war! Während ich diese Tür jetzt aufstoße, kann ich nicht umhin zu glauben, daß sie für eben diesen Augenblick entworfen wurde. Für dieses Vier-Uhr-Morgen, wenn der Garten im Licht der zwischen den Baumgruppen angebrachten Lampen erzittert und ich noch innerlich unter dem Nachhall jenes unglückverheißenden Läutens erschauere.

Die kalte Luft fällt über mich her. Deshalb war Marjory im Mantel! Es herrscht tiefe Stille. Aber es ist nicht die Stille der Mitternacht und auch nicht die Stille der Morgendämmerung. Es ist das abgrundtiefe Schweigen zwischen dem vergehenden und dem beginnenden Tag. Charles hat mir einmal erzählt, daß sich gewisse Regierungen eben diese Stunden aussuchen, um überraschende Verhaftungen vorzunehmen, weil der Mensch sich dann so verlassen, so ausgeliefert vorkommt, als sei er zwischen zwei steigenden Gewässern eingeschlossen. Ich erinnere mich nicht mehr, von welchem Land Charles damals sprach. Aber was für Dreckskerle müssen das sein, die sich so etwas zunutze machen!

Ich steige die Stufen hinauf. In deren Ecken vermischen sich Tannennadeln mit Erdklumpen. Tracy hat oben das Licht eingeschaltet und starrt ins blaue Wasser des Swimmingpools. Wutentbrannt befördert er mit der Schuhspitze Grashalme in das saubere Wasser, das einem beim Schwimmen die Schultern umschmeichelt – und dies, obgleich wir doch alle so furchtbar darauf achten, daß es ja nicht verschmutzt wird.

An seinen Schuhen erkenne ich, daß er ganz und gar

angezogen ist. Cordhosen, dicke Wolljacke, in der sein zarter Hals völlig verschwindet, Blouson. Er wollte seine Eltern begleiten – darum hat er Marjory gebeten, und sie hat es ihm abgeschlagen. Wohin wollte er mitfahren?

Ein Rascheln fährt durch die Bäume. Der Wind oder ein Vogel. Tracy blickt zu den Zweigen hinauf, und da bemerke ich, daß er weint. Sein so zerbrechlich und wehrlos wirkendes Gesicht, das einem schon in ruhiger Zeit Kummer bereiten kann, ist ganz verzerrt von Schmerz. Die Lippen zittern. Und plötzlich steigt ein Knurren aus seiner Brust auf, entringt sich ihr als ein mit Gewalt unterdrücktes Schluchzen. Warum nur können Männer nicht richtig weinen? Warum wehren sie sich gegen ihre Tränen? Was ändert es denn, wenn man seinem Leid lieber freien Lauf läßt, als es hinter berstenden Deichen zu verschanzen oder nur stoßweise dem Herzen zu entreißen?

Er hat sich auf eine Bank sinken lassen und kämpft gegen die Wogen des Schmerzes, die ihn schütteln. Ich schäme mich, halte mir die Ohren zu und finde mich am Fuß der Treppe wieder – auf der Suche nach einem Versteck. Gestern habe ich auch am Rande dieses Beckens gesessen, aber nur daran gedacht, ihm ein verfälschtes Bild von mir zu vermitteln. Und plötzlich erinnere ich mich an jenes schreckliche „Präsentierzimmer", das ich als Kind bei einem Kaufmannsehepaar besichtigen mußte. Dort hatten sie alles zusammengetragen, was sie für das Beste hielten und aller Welt zeigen wollten, um Ehre einzulegen.

Ich sehe noch im Halbdunkel jenen spiegelblanken Parkettfußboden, den schweren Truhenschrank mit der stummen Standuhr, das schöne Buch mit kunstvollem Einband, das ganz gewiß noch nie aufgeschlagen worden war, die Stickdecke auf dem Tisch, den Überwurf aus Satin auf dem mit Häkelkissen verzierten Bett.

Sie hatten die Tür hinter uns geschlossen, und ich sah ihr Leben in diesem Zimmer aufgespießt, wie man einen Schmetterling nadelt, ohne zu bedenken, daß er ja eigentlich fliegen, Nektar saugen, Sonnenstrahlen umgaukeln sollte. Da habe ich losgeschrien, ich wollte fort, fort aus diesem Raum . . . Meine Eltern begriffen das nicht. Aber da waren Fensterläden, die man nicht öffnet; Sonne, die man nicht hereinläßt; Blumen, die unter den Fingern wie Papier knistern, eine Standuhr mit erstarrten Zeigern, ein Buch, dessen Inhalt ungelesen zunichte wird . . . Die guten Leute glaubten, das Leben eingefangen zu haben, doch es war der Tod!

So hatte ich gestern Tracy nur meine „Schokoladenseite" zeigen wollen, die Kitsch-, Tand- und Flitterseite mit dem Zahncrèmelächeln, mit viel Haut und wohlgeformten Rundungen.

Und nun sitzt er hier vor mir – mit diesem entblößten, zerrütteten Gesicht, diesem fassungslosen Schluchzen, das aus tiefstem Herzen kommt!

Ich nehme die Hände von den Ohren. Kein Seufzen mehr dort oben. Ich werde diese Stufen wieder hinaufsteigen, mich ihm nähern und seinen Namen sagen. Genau so wie er am Strand seine Hand auf die meine legte, so werde ich ihm zu verstehen geben, daß ich da bin. Wir werden den Rest der Nacht Schulter an Schulter verbringen, ohne zu reden, die Füße im blauen Wasser. Das wird schön sein; er wird lächeln.

Ich steige die Treppe wieder hinauf und mache absichtlich Lärm, um ihn vorzuwarnen, daß jemand kommt.

In dem Augenblick, da ich oben bin, gehen alle Lichter aus. Er ist nicht mehr da!

Als ich wieder in unser Zimmer zurückkomme, sitzt Cécile kerzengerade im Bett. „Wo warst du?" – Ich sage: „Nirgends!" und befehle: „Schlaf!" Und als ich wieder aufwache, ist es heller Tag. Zehn Uhr! Die Giftnudel hat ihr Bett schon gemacht. Man höre: bereits gemacht! Vor dem Haus steht ein anderes Auto, langausladend und lackglänzend. Im Wohnzimmer singt eine Negerin in rosa Bluse mit kehliger Stimme beim Staubsaugen. Sie hat übrigens glatte, glänzende Haare. Der schöne Wagen draußen gehört ihr. So ist das hier. Als sie mich sieht, lacht sie, schwingt die Arme, als schicke sie sich an, davonzufliegen, und sagt zu mir: „Ausgeflogen! Sie sind alle weg!"

Ich finde jedoch Mama neben dem Swimming-pool. Sie sitzt im Liegestuhl und betrachtet im Schoß ihres Rockes irgend etwas, das in der Sonne glitzert. Sie lächelt mir zu. „Da kommt sie ja doch noch!" – „Warum habt ihr mich nicht geweckt?" – „Wir haben's ja versucht!" – „Und wo sind die anderen?"

Phil und Papa sind auf dem Kongreß. Deshalb sind wir ja schließlich hier. Papa war übrigens ein bißchen aufgeregt; denn er sollte heute sprechen. Er hat vor Mama geübt, die sich in den Arm kneifen mußte, um ihn nicht wegen seines Akzents auszulachen, und das hat ihn völlig unsicher gemacht. Der Rauschebart hat schon bei Tagesanbruch unsere Prinzessin entführt, um ihr ‚seine' Universität zu zeigen. Tracy hat Marjory zum Markt begleitet. Gary und Cécile sind auf Skorpionen-Jagd. Gary hat schon drei davon in einem Weckglas. Es erübrigt sich zu erwähnen, daß Cécile im siebten Himmel schwebt.

„Und ich war ganz froh, ein bißchen allein zu sein", bekennt Mama, „schau, was ich gefunden habe!"

Aus den Falten ihres Rockes holt sie Muschelreste, ein halbes ausgeschnittenes Zeitungsfoto, ein Stück Stoff hervor. Meine Mutter hat einen Sammeltick. Sie belächelt meine geringe Begeisterung für das Zeug. „Täusch dich nicht! In all dem liegt ein Stück dieses Landes, ein Stück seines Himmels, seiner Sonne, seiner Geschichte."

Und um das Gesagte zu belegen, reicht sie mir einen langen, verbogenen rostigen Nagel, den unsereiner zehnmal in den Mülleimer werfen würde, der jedoch bei genauerem Hinsehen fast lebendig wirkt und wie von der Zeit gestaltet. All das wird eines Tages zu einem Meisterwerk mit dem Titel „Kalifornien“ beitragen.

Ich setze mich auf die Kacheln ans Wasser. Auf dem Etikett des Kanisters für das Bassin-Reinigungsmittel schwört man fälschlich, es dufte nach Nelken, ich finde hingegen, es riecht ganz schlicht nach „Wäscheweich“. Es ist schön, mit Mama allein zu sein. Ich weiß nicht, ob es nur an heute nacht liegt, aber mir geht es schlecht. Übrigens ist es schon seit Beginn der Reise so. Ich lebe ruckweise, bald in einer rosa Wolke, die mir das Herz weitet, bald in einer grauen, die mich erdrückt. Wir sind jetzt mitten in der grauen. Ich möchte lieber in La Marette sein. Bernadette fehlt mir, mein Dachboden, mein gemütliches Federbett, das ich bis zur Nase heraufziehen kann – und unser lächerlich kleiner neuer Apfelbaum, der sich beim Wachsen anstrengt, um die anderen einzuholen. Ganz Amerika tausche ich gegen die erste Blüte dieses Apfelbaumes ein! Natürlich gibt's hier den Pazifik. Gut und schön; Pech gehabt, großer Pazifik – zu den Akten mit dir!

Claires Badeanzug trocknet auf einer Sessellehne genau vor meiner Nase. Ich tippe mit der Zungenspitze dran. Nicht salzig! Sie hat also vor dem Wegfahren noch hier gebadet. Sie wird auf einmal ganz schön aktiv, unsere Prinzessin! Mama hätschelt noch immer ihren Kalifornien-Nagel.

„Da läßt du also Claire mir nichts dir nichts mit irgend so einem Typ von morgens bis abends wegfahren!“

Mama reißt erstaunt die Augen auf. Braun ist sie geworden, und um die Augenwinkel sieht man nun den kleinen Fächerkranz von Falten um so mehr. Aber was macht das schon? „Claire ist nicht mehr in dem Alter, in dem man ihr das verbieten könnte. Und sie hätte die Reise schließlich auch sehr gut ganz allein unternehmen können.“

Irgend etwas würgt mich in der Kehle; ich hab' einfach Lust, ungerecht zu sein: „Jetzt kann sie also machen, was sie will – und dir ist das wurscht?" – „Das ist mir nicht wurscht. Und wenn ich sehe, daß sie irgend etwas tut, was mir mißfällt, so wird sie es erfahren. Du kannst beruhigt sein, ich werde es ihr sagen." – „Sagen – das ist für die Katz. Verbieten mußt du's ihr!"

Mama legt ihren Nagel fort und setzt sich neben mich. Sie schaut mich nicht an, aber ihre Schulter berührt meine. Ich habe wahrscheinlich vergessen zu sagen, daß ich größer bin als sie.

„Weißt du, eines Tages mußt du eben lernen, deinen Weg ganz allein zu finden. Es ist wie mit dem Autofahren. Man hat dir Gangschaltung, Bremse und Gaspedal gezeigt, dich über die Regeln und Risiken aufgeklärt. Eines Tages sitzt du dann auch am Steuer!" – „und fährst in den Graben!" Mama lacht: „Aber keinesfalls!"

Sie schaut mich hintergründig an, wie sie das so gut kann: „Und wenn du es unbedingt wissen willst, dir muß ich noch allerlei verbieten . . ."

Ja, untersage mir nur ruhig alles! Verbiete mir wegzufahren. Verbiete mir zu lieben, verbiete, daß man mir wehtut. Verbiete mir, die Welt zu sehen. Ich glaubte, ich sei so stark geworden. Ich hab' doch nur einen Zipfel vom Leben erwischt und bin schon dabei, ganz schnell die Tür hinter mir zuzuschlagen. Das wird Pierre lehren, was es bedeutet, mich sitzen zu lassen. Ich werde wieder zum Kind!

„Was ist eigentlich mit Sally los?" Mamas Blick wendet sich von mir ab, ist nicht mehr derselbe wie vorher, sondern grau und verschleiert.

„Was weißt du von Sally, Pauline?" – „Mir scheint, sie ist krank." – „Wer hat es dir gesagt?" – „Tracy. Und heute nacht ist irgend etwas passiert."

Davon hatte Mama nichts bemerkt. Wohlbehütet in den Armen ihres Mannes, nehme ich an. Ich erzähle ihr alles: vom Telefonklingeln, von der Abfahrt im Auto, von Tracys

Verzweiflung. Fast alles! Nicht, daß ich mich so geschämt habe; das ist meine Sache. Ich habe mir vorgenommen, von nun an wahrhaftiger zu sein. Um beim Grimassenschneiden anzufangen: Ich werde nicht mehr vor meinem Spiegel den leeren Gesichtsausdruck der Mona Lisa nachäffen, bis ich mir selbst schließlich die Zunge herausstrecke und sage: „So blöd bin ich nicht, meine Liebe. Ich durchschaue dich: Du bist in Wahrheit niederträchtig, dumm, hochnäsig und eine verkrachte Existenz!"

Mama hört mir ernsthaft zu – und sieht so verdrossen aus wie im letzten Winter, wenn wir von Jean-Marc sprachen, unserem Freund, der an Krebs gestorben ist. Bis zum Schluß hatten wir noch für ihn gehofft, obgleich man wußte, daß es vergeblich war. Mama hat jetzt wieder diesen Ausdruck, der zu sagen scheint: „Ich habe es satt; was das Leben uns aufpackt, überschreitet denn doch manchmal die Grenzen des Tragbaren."

Ich klage sie an: „*Du* weißt, was sie hat, nicht wahr?" – Sie nickt mit dem Kopf. „Ich kann dir nichts sagen. Ich darf es nicht." – „Warum?" – „Man hat mich um Geheimhaltung gebeten." – „Wer ist ‚man'?" – „Zuerst Vilain, den wir hier vertreten. Dann Marjory. Nicht einmal Gary weiß es." – „Ist es etwas Ernstes?" – Wieder nickt Mama. Mit einem Blick umfängt sie das Haus, den Garten, den Pool, all diese Schönheit hier. Man hört die Schwarze im Wohnzimmer singen.

„Und man begreift", sagt Mama, „daß all das hier überhaupt nicht zählt! Daß sie alles hingeben würden . . ." – „Wofür?" Mama antwortet nicht. Ich denke an Marjorys schönes Gesicht, das manchmal so traurig ist. Und auch daran, wie zärtlich und besorgt Phil sie oft ansieht. Letzten Endes habe ich es schon an jenem ersten Abend, als sie im Garten erschien, gespürt, daß irgend etwas in der Luft lag.

„Sie sind alle unglücklich hier", sage ich.

Mama stimmt zu. „Und sie sind alle außergewöhnlich! Es gibt Menschen, die das Leid verschlossen macht. Sie werden rachsüchtig, verübeln es den anderen, wenn die glücklich sind. Und im Gegensatz dazu gibt es jene, die ihr eigenes Leid für andere aufgeschlossen macht. Das ist bei Phil und Marjory der Fall."

Ihre Stimme ist belegt. Etwas nagt in mir, höhlt mich aus. „Ist Leid eigentlich unausbleiblich?" – Mamas Blick hüllt mich ein. Ich wende mich ab; starr auf die Stelle, wo sich Tracy heute nacht gequält hat und höre noch sein verzweifeltes Schluchzen – tief drinnen in mir.

„Wenn ich dir verspräche, daß du niemals leiden wirst, würde ich dir etwas vorlügen", sagt Mama mit sanfter Stimme. „Du wüßtest das im übrigen ganz genau und hättest noch viel mehr Angst. Dem Leben ins Auge blicken ist eben dies: Einsehen, daß es manchmal Kampf ist, aber daß man damit fertig wird."

Ich stehe auf, habe genug davon. Meine eigene Mutter hat mir gerade verkündet, daß ich eines Tages leiden werde. Daß sie den Gedanken daran einfach so hinnehmen kann, empört mich zutiefst. Ich war doch ein Kind in ihren Armen. Damals hat sie mich doch vor allem beschützt! Und nun? –

Angst? Im Gegenteil! Sie wird schon noch sehen.

„Na gut, sage ich, wenn man also unglücklich sein muß; wenn es unausbleiblich ist, wenn das Leben so ist, dann los! Hier und jetzt!"

11

Zwölf eingemachte Wespen

Heute, da es glücklicherweise einmal nicht neblig war, haben wir San Francisco besichtigt! Wir sind mit zwei Autos gefahren: im großen Wagen Mama, Marjory, Gary und Cécile; im kleinen Tracy und ich.

Wenn man von San Francisco spricht, hat man fürs erste Golden Gate vor Augen, dann Wolkenkratzer, hügelige Landschaft, den Pazifik und das berühmt gewordene Erdbeben. Man denkt auch an Überfluß, Lebensfreude und womöglich an Freiheit. Für mich aber wird sich der Name San Francisco immer mit jener Konservendose von der Größe einer Sardinenbüchse verbinden, die zwölf eingemachte Wespen enthielt. Jawohl: zwölf völlig heile Wespen mit gestreiftem Körper, angelegten Flügeln, Fühlern und allem, eingelegt in Honig . . .

Aber dieses offenbar von Leckermäulern geschätzte Gericht habe ich natürlich nicht gleich kennengelernt, denn wir haben beim Hafen angefangen.

Die Luft dort war ganz von Kaffeeduft geschwängert, der aus den riesigen Säcken mit der Aufschrift „Brasilien", „Kolumbien" oder „Guatemala" aufstieg, die sich in den Docks stapelten. Ein kleines Orchester von Schwarzen spielte im Freien auf Schlagzeugen, als ob es dieses würzige Aroma auf seiner Reise mit dem Wind begleiten wollte. Wir sind auf den Quais herumgewandert. Vor den Restaurants holten Männer rauchende Taschenkrebse aus riesigen Bottichen. Früher beheizte man diese Kübel anscheinend mit Holz, doch dann wurde es problematisch, genügend Brennmaterial im Hafen zusammenzubringen.

Marjory hat solche Krebse fürs Abendessen gekauft. Mama war entzückt, denn Charles ißt leidenschaftlich gern Meeresfrüchte. Besser als jeder andere findet er die schwache Stelle am Panzer, wo man das Messer ansetzen und den Krebs zweiteilen muß, bevor man ihn feierlich serviert. Aber man erwarte von ihm nicht, daß er ihn auch selbst ins kochende Wasser wirft. Zu Hause hat nur Bernadette den Mut dazu, während Claire hinter vorgehaltener Hand zuschaut und Cécile Zeter und Mordio schreit, sich aber doch schon die Lippen leckt, weil ihr das Wasser im Munde zusammenläuft. Als der Krebsverkäufer hörte, daß wir Franzosen seien, bot er jedem von uns einen Becher Rotwein mit Venusmuscheln an. Diese Muschelart ist der Herzmuschel verwandt, die man bei Ebbe in der Normandie aus dem Watt fischt. Ihr Versteck kann man dort finden, wo sich rundherum ein Schlammhäufchen gebildet hat. Dahinein steckt man zwei Finger, und falls man nicht gerade einen dicken ekligen Wurm erwischt, zieht man die Herzmuschel heraus.

Es schmeckte gut und paßte zu dem Geruch nach Tang und salzigem Seewind. Wie in allen Häfen sah man Schiffsmasten, Maler solcher Mastenwälder und Leute, die diesen Malern zuschauen und ihre Kunst bewundern. Und über all dem den sehnsuchtsvollen Himmel, der von immer wieder verschobener Abreise erzählt.

Nach dem Hafenrundgang kletterten wir einen Hügel hinauf – und fanden uns in China wieder!

Auf einmal waren alle Straßenschilder in chinesischen Schriftzeichen geschrieben. Und um uns her gab es nur noch gelbe Gesichter und Seidengewänder. Sogar die Telefonzellen, Banken und Tankstellen hatten Pagodendächer, was ihnen ein ganz und gar unernstes Aussehen gab. Gewürzaroma stieg aus den Lädchen am Straßenrand auf, und in den Auslagen sahen wir unbekannte Gemüsesorten in seltsam verdrehten Wuchsformen, wohl eher als Wurzelgemüse zu bezeichnen. Es gab auch an Schnüren aufgehängte, mit Wachs übergossene Enten. Und in einem dieser Geschäfte habe ich dann jene eingelegten Wespen gesehen, als Mama Marjory gegenüber unbedingt darauf bestand, den Nachtisch zum Abendessen einkaufen zu wollen.

Cécile zeigte sich höchst interessiert an einer nackten kleinen Porzellanfrau, die in Rückenlage ihre hochaufgerichteten enormen Brüste als Salz- und Pfefferstreuer darbot. Ich vergaß zu erzählen, daß die Eltern in einem Anfall von Großzügigkeit jeder von uns einen großen Geldschein spendiert hatten, damit wir uns ein Andenken an Amerika kaufen könnten. „Wir sind sowieso ruiniert", hatte Charles gesagt und achselzuckend die Augen verdreht. Cécile hatte sich zunächst eine Weile geziert, das Geld zu nehmen, bis Claire, deren Schein schon auf geheimnisvolle Weise verschwunden war, ihr nahelegte, ihr Vermögen doch der Negerbewegung zu stiften. Der Negerin Rose zum Beispiel, die ja zur Hand sei. Aber dieser Vorschlag ist bei Cécile gar nicht gut angekommen!

Nun lebte die Giftnudel nur noch mit dem Gedanken, so viel wie möglich für ihren Schein zu erstehen. Sie hatte ihn gewechselt und klimperte beim Laufen mit dem Kleingeld in der Hosentasche. Zu Anfang gab sie sich damit zufrieden, in einem Notizbuch unter der Rubrik „Wünsche" alles, was sie reizte, mit Preis und Adresse aufzuschreiben. Das war bald eine so lange Liste geworden, daß Mama schon bedauerte, Cécile über ihren Reichtum nicht erst am Vorabend der Abreise ins Bild gesetzt zu haben.

Ich betrachtete Tracy neben mir und sagte mir immer wieder, daß alles aus und vorbei sei. Ich hatte ihm doch begreifbar machen wollen, daß ich bei ihm, für ihn da sei. Aber niemals hatte ich mich ihm so fern gefühlt. Ich brachte kein natürliches Wort heraus. Und er tat alles mögliche, um nach außen hin für uns lustig und spaßig zu erscheinen – was ihn nur noch unglücklicher aussehen ließ. Ich kam mir völlig überflüssig vor. Und schließlich wäre es mir lieber gewesen, wenn die Millers gar keinen Sohn gehabt hätten.

Die Geschichte mit dem Armband war dann auch noch hinzugekommen! Während der Fahrt nach San Francisco hatte ich auf dem Boden des Autos einen Goldreif gefunden. Ich hatte ihn aufgehoben und mechanisch übers Handgelenk gestreift. „Gib ihn mir", hatte Tracy mit tonloser Stimme gesagt und mich dabei nicht angeschaut. Ich fühlte mich ihm gegenüber einmal mehr schuldig. Dieses Armband mußte wohl Sally gehören. Es ging also weiter. Ich bewohnte *ihr* Zimmer, hatte *ihr* Kleid anprobiert, *ihr* Armband angelegt. Vielleicht war das auch noch *ihr* Wagen! Ich hatte die ganze Zeit über schon Schuldgefühle gehegt, aber noch nicht zu fragen gewagt. Wie weggefegt, unter den Teppich gekehrt, waren all die großartigen Beschlüsse, Mut zu zeigen!

Später, so gegen vier Uhr, ist dann aber doch noch etwas Tröstliches geschehen: wir hatten eine riesige Postkarte für Bernadette gekauft und jeder ein paar Worte draufgekritzelt. Als ich drankam, schrieb ich nichts als: „Du fehlst mir" – und es war keinesfalls ein Zufall, daß Tracy das T seines Vornamens ganz dicht daneben setzte, ja fast in das E des meinen hineinmalte, als legte er noch einmal seine Hand auf die meine.

Nach Chinatown haben wir dann in einem „Drive-In-Café" haltgemacht. Ein Drive-In ist ein Ort, von dem aus man geradenwegs in die Irrenanstalt verfrachtet würde, verfiele man auf die Idee, dort zu Fuß hinzugehen. Es gibt „Drive-In-Kinos", wie man weiß; „Drive-In-Banken", wo man Geld abheben kann, ohne sich aus dem Fahrzeug zu bemühen; bei „Drive-In-Apotheken" legt man sein Rezept in eine Klappe, und die spuckt dann die Medikamente aus. Man kann aber auch schon in einer „Drive-In-Kapelle" der Messe beiwohnen und auf Hawaii kann man im „Drive-In-Krater" einen Vulkan brodeln sehen.

Wir blieben also mit den Autos vor den telefonbestückten

Pfählen stehen, streckten den Arm hinaus, um abzuheben und bestellten viermal gemischtes Fruchteis, ein Bananen-Split mit Sahne und eine „Inselwonne". Das Ganze wurde uns dann von einer Kellnerin in weiß-rosa Kleid sozusagen frei Haus serviert. Aus einer Schachtel unter dem Telefon konnte man soviele Kleenex-Tücher herausnehmen, wie man wollte. Den Abfall ließ man in einen Korb fallen, der unter der Schachtel hing, und als besondere Zugabe gab's obendrein noch Musik.

Cécile jubelte und meinte, das sei ein Leben! Mama war ganz und gar nicht ihrer Ansicht; denn sie mag Autos nicht. Sie läuft gern und fährt außerhalb der Stoßzeiten auch gern mit öffentlichen Verkehrsmitteln, weil man dort anderen Menschen begegnet. Fährt sie in Paris mit der Metro, so bleibt sie in den Gängen stehen, um den Musikanten zuzuhören, und wenn sie ihnen etwas gibt, so tut sie's nicht im Vorbeigehen und verstohlen um Entschuldigung bittend, sondern sie schaut den Leuten ins Gesicht und bedankt sich bei ihnen. Ich bin ihr Zeuge! Sie dankt ihnen für die Fröhlichkeit, für einen Augenblick, der Gestank und Staub vergessen ließ, eben für alles.

Im Fond des großen Autos redeten Cécile und Gary unaufhörlich aufeinander ein, in einem Mischmasch aus Französisch, Englisch, Körperverrenkungen, Urlauten und Gelächter. Worum es ging, war völlig unwichtig; sie verstanden einander glänzend.

Zu Garys großer Verzweiflung hatte Cécile beschlossen, ihm den Tick abzugewöhnen, andauernd an Taschentüchern zu saugen. Morgens nimmt er ein frisches und abends ist es nur noch ein armseliger Fetzen. Es stellte sich heraus, daß er sich jedes Jahr zu Weihnachten 365 neue wünscht. Sowie er nun ein Taschentuch hervorholte, nahm Cécile es ihm weg. Er hielt sich so gut es ging an seinem T-Shirt schadlos, aber da schritt dann seine Mutter ein. Warum er nicht gleich seine Hose zum Saugen benütze, das käme dann die Familie doch noch viel teurer zu stehen.

Nach dem Eisessen ging's auf zwei weitere Hügel hinauf. Umwerfend hohe Wolkenkratzer, Fontänen aus Glas und Stahl unter ziehenden Wolken. Und dann kamen wir zum Broadway. Das ist das Vergnügungsviertel, und da Vergnügen anscheinend Musik, Alkohol und nackte Frauen bedeutet, gab es eben nur das, und zwar alle drei Dinge zugleich. Bars, Restaurants, Theater – überall kündigte man dir in schreienden Lettern an, daß eine noch viel nacktere Frau als die von nebenan dich in Empfang nehmen und bedienen werde und dann würdest du schon was erleben ... Man hätte glauben können, die ziehen sich auch noch die Haut aus!

Marjory erklärte Mama, daß man die Serviererinnen nicht anrühren dürfe, daß aber gerade die Franzosen in diesem Punkt unbelehrbar seien. Sie faßten die Damen trotzdem an, wohingegen die Amerikaner so täten, als seien die Schönheiten, die sich um sie bemühten, zur Gänze bekleidet, und dabei ernsten Gesichts von Mann zu Mann über Börsenkurse oder das Wetter sprächen.

All das schien die Jugendlichen nicht sonderlich zu beeindrucken, die auf den Gehsteigen saßen, verschiedene Instrumente spielten und von den Passanten Geld erbettelten, den Gaben jedoch anscheinend keine große Bedeutung beimaßen.

Trotz ihrer aufgesetzten blasierten Miene entging Cécile kein Jota von dem hier Gebotenen, und unter dem Vorwand, eine Überraschung für Bernadette suchen zu wollen, lief sie die Schaufenster sämtlicher Porno-Boutiquen entlang. So hatte sie alsbald die Entkleidungsbrillen entdeckt; den Teleskopnagel, den man in die Wand seines Hotelzimmers einschlägt, um mitzuerleben, was im Zimmer des Nachbarn vor sich geht; auch den kleinsten nackten Mann der Welt in der Größe eines Konfetti-Tupfers. Es gab auch viele Schallplatten mit nackten Frauen in unglaublichen Stellungen auf den Hüllen. Aber da verbarg immer ein Klebestreifen die interessantesten Stellen, und den Streifen konnte man nur ablösen, wenn man die Platte gekauft hatte.

Mama versuchte, ihre Schritte zu beschleunigen. Hochrot im Gesicht, nutzte Gary die Gefechtspause, um sein Taschentuch zu zerzupfen. Plötzlich war die Giftnudel dann ganz und gar verschwunden. Wir trieben sie in einem mit noch mehr Waren bestückten Laden auf, wo sie sich gerade nach gewissen, ihr interessant scheinenden Instrumenten erkundigte und vorgab, den Verkäufer nicht zu verstehen, der sie in allen Weltsprachen anflehte, sich doch ehebaldigst aus dem Staube zu machen. Ekelhafte Kerle, die vor aufgeschlagenen Zeitschriften oder Diareihen an den Tischen saßen, schielten bereits lüstern nach ihr. Wenn ich bedenke, daß ich in ihrem Alter noch nicht einmal wagte, die Statuen im Louvre von vorn anzuschauen!

Inzwischen war der Abend gekommen, und die Lichtreklamen begannen Zeichen in den Himmel und zu Füßen der Passanten zu malen. Mama schaute mehrmals auf die Uhr. An der Art, wie sie sich um den Zustand der Krebse sorgte, die wir im Auto zurückgelassen hatten, erriet ich, daß sie eiligst zu Charles heimkehren und wissen wollte, wie er sich an diesem Kongreßtag aus der Affäre gezogen hatte.

Wir gingen also zu den Autos zurück. Seit einiger Zeit zwang sich Tracy nicht mehr zum Sprechen. Er marschierte mit geneigtem Kopf voraus, und ich spürte, daß er nachdachte. Als wir bei den Wagen ankamen, drehte er sich abrupt um und fragte mich, ob ich wohl mit ihm zum Essen in der Stadt bleiben wolle. Wir würden in ein mexikanisches Restaurant gehen.

Mama war sofort damit einverstanden, aber Cécile war wütend. Bernadette in La Marette, Claire in der Universität, Papa bei seinem Kongreß, ich in einem mexikanischen Restaurant – wozu waren wir eigentlich eine Familie? Und ich möge nur ja nicht damit rechnen, daß sie mir auch nur ein Krümchen vom Krebspanzer aufheben werde . . . (den behalte ich nämlich noch lieber als die Scheren!)

Um sie zu beruhigen, versprach ich ihr, sie bei meiner Rückkehr – ganz gleich, wann das sein würde – zu wecken und ihr haarklein zu erzählen, was wir erlebt hätten. Marjory hatte Tracy die Hand auf die Schulter gelegt. Sie sprachen miteinander. Marjory schaute ihn fragend und besorgt an. Da küßte er sie einfach auf die Stirn, wie ich es auch tue, wenn ich nicht der Wahrheit entsprechend antworten will, und setzte sich zu mir ins Auto. San Francisco war nun ganz hell erleuchtet. Wir fuhren neben einem „cable car" her. Das ist ein antiquierter Straßenbahnwagen, in dem die Passagiere eng zusammengepfercht sind. Er schnauft, knarrt und stolpert wie ein alter Clown, der nicht mehr weiter kann. Wenn man im oberen Teil der Straße angekommen ist, steigen die Passagiere aus, um dem Fahrer beim Umwenden zu helfen. Die langausladenden, geschmeidigen und leisen Autos schienen dem alten erschöpften Clown das Geleit zu geben – und auch das war Amerika! Ebenso wie die Orchideenhändler an den Straßenekken, deren fertige Gestecke an den Kleidern der Damen den Abend verschönern sollen.

Die Straße hieß „Missionsgasse" und das Restaurant „Sánchez". Ein farbenfrohes, freundliches Gastzimmer. Hatte man im Hafen Italienisch sprechen gehört, weiter oben Chinesisch, so war jetzt Spanisch an der Reihe. Das einzige Englisch sprechende Lebewesen hier war ein von Motten zerfressener Papagei, den sie „Gringo" riefen.

Ich ließ Tracy die Gerichte aussuchen. Die mexikanische Küche kenne ich überhaupt nicht, und bei einem Abenteuer lasse ich mich lieber führen. Er bestellte Eier auf Chilisauce, Blätterteigpasteten, Schaumgebäck in Brotform und Hühnchen mit Schokoladeüberguß. Ich sagte, er solle aufhören, es sei zuviel! Niemals würden wir das alles aufessen können! Das

Hühnchen mit Schokolade reizte mich ohnehin nicht so sehr. Aber es war, als kämen Tracys Augen nicht mehr von der Speisekarte los, und später erst habe ich begriffen, daß er immer mit Sally in dieses Restaurant gekommen war und nun auf einen Schlag alle ihre Lieblingsgerichte bestellte.

Als diese dann würzig duftend auf dem Tisch standen, kam der Wirt in mexikanischer Kleidung zu uns und wünschte uns guten Appetit. Er hatte die Augen seines Landes, Augen von feierlicher Traurigkeit. Er fragte Tracy: „Und wie geht es dem Fräulein Schwester?“ Tracy krallte die Hände ganz fest um die Tischkante, schaute ihm gerade ins Gesicht und antwortete herausfordernd: „Gut! Sehr gut!“ Worauf der Wirt meinte, dann sei ja alles in bester Ordnung, und er werde uns jetzt ein köstliches Weinchen aus seiner Heimat zu kosten geben . . .

Als er weg war, lockerte Tracy die verkrampften Finger wieder, aber ich merkte, daß er meinen Blick mied. Er starrte das Huhn in seiner Schokoladensauce an, als wolle er es daran hindern, ihm ins Gesicht zu springen, und es schien mir, daß der Schmerz ihn von neuem übermannte, derselbe heftige Ausbruch, den er schon gestern nicht hatte zurückhalten können. Mir tat das dermaßen weh, daß mir diesmal die Worte ganz von allein kamen:

„Tracy! Was ist denn los? Ich bitte dich, sag' es mir, sag's doch!“

Ich legte all mein Empfinden in meinen Blick. Alles was ich war und nicht war. Wenn ich jemandem, der leidet, gegenüberstehe, habe ich immer ein Gefühl, als zerbröckelte ich, als löste ich mich auf. Besonders abends denke ich oftmals an alle, die viel gelitten haben, die man seelisch oder körperlich gefoltert hat, und das einzige, was mich noch aufrecht hält und womit ich meine Angst verjagen kann, ist, daß ich mir ständig wiederhole „Zum Glück sind sie ja tot und spüren nichts mehr.“ Bernadette sagt, ich sei feige.

Tracy's Lippen zitterten, aber nun schaute er mich an. Ich hatte den Eindruck, er frage mich, ob ich es wirklich wissen wolle. Ich wiederholte: „Ich flehe dich an, sag es mir endlich!" Da warf er mehrere Geldscheine lose auf den Tisch, ohne zu zählen, und stand auf.

Ich fürchtete schon, ihn ungewollt verletzt zu haben. Aber er reichte mir die Hand, ich erhob mich auch, und wir ließen alles stehen. Der Kellner war gerade mit dem Wein unterwegs und lief uns nach, die Flasche in der Hand, den Korkenzieher schon halb drin. Er fragte uns auf Spanisch, ob uns irgend etwas mißfallen habe. Auch der Wirt mischte sich ein; sie begriffen das alles nicht – und ich übrigens auch nicht. Aber ich lächelte so herzlich ich konnte und winkte ihnen freundschaftlich zu, damit sie nicht glaubten, daß wir ihretwegen wieder gingen. Ich hatte das wirre Gefühl, an aller Welt Verrat zu begehen.

Sie standen auf der Schwelle ihrer geschmückten Tür und schauten uns nach, als wir wegfuhren. Der Himmel war rot, fast von der Farbe gekochter Krebse – jawohl! Auf den Straßen, entlang den niedrigen bemalten Holzhäusern, hinter denen die Bataillone von Wolkenkratzern wie Wachtürme aufragten, schöpften ganze Familien ein bißchen frische Luft. Kinder drehten noch ein paar Runden auf dem Fahrrad oder „surften" im Winde, und ihr Geschrei klang nicht anders als in Frankreich um diese Stunde zwischen Arbeiten und Schlafengehen. Und bis zum Hafen, wohin Tracy mich führte, bis zu der großen grauen Pforte, die weder ein Krankenhauseingang war, wie ich angenommen, noch ein Gefängnistor, wie ich plötzlich befürchtet hatte, sprach er kein einziges Wort.

12

Kalter Truthahn

Als wir eintraten, überraschte es mich doch, daß auch hier Essenszeit war, dementsprechend banale Gerüche in der Luft hingen und das übliche Geschirrklappern zu hören war.

Neben der Tür saß ein junges Mädchen an einem Tisch, auf dem ein dicker Registrierband lag. Mir fiel sofort ihr Blick auf, der sozusagen nach uns schnappte, uns anrief und festnagelte. Aber das lag vielleicht an ihrer Magerkeit. Ihr Gesicht bestand fast nur aus diesen großen seelenvollen Augen.

Sie sagte: „Ich heiße Myriam." Sie trug Jeans und eine kurzärmelige Hemdbluse. Wäre dieser Blick nicht gewesen, ich hätte geglaubt, sie sei aus Zufall dort.

Später habe ich erfahren, daß sie in jenem Hause einander beim Empfang ablösen. Der Empfang ist ein überaus wichtiger Augenblick, weil der, der diese Tür aufstößt, oftmals noch nicht wirklich entschlossen ist, zu bleiben. Ein Blick, ein unbedachtes Wort oder eine ungeschickte Geste können ihn schon umstimmen und für alle Zeit vertreiben! Wer empfängt, muß also zugleich überzeugend und vorsichtig sein. Ohne viele Worte muß er alles verstehen und auch alles begreiflich machen können.

Tracy wies sich als Sallys Bruder aus, ja, jener Sally, die vergangene Nacht zurückgekommen sei; er wünsche sich so, sie nur einen Augenblick lang zu sehen . . . Myriam zögerte ein wenig: „Sally geht es gut; man braucht sich ihretwegen keine Sorgen mehr zu machen." – „Ein paar Minuten nur, bitte", flehte Tracy mit belegter Stimme. „Nur ein paar Minuten." Sie schickte sich schon an, ja zu sagen, da fiel ihr meine Anwesenheit auf, und sie überlegte es sich noch einmal.

Sie schaute mich an: mich, Pauline, gerade volljährig,

„brünett“, in einem Kleid, das aus der „Kaufhauskette“ von Pontoise stammt, mit Sandaletten und Umhängetasche – und ich spürte zum erstenmal, was ich eine ganze Nacht hindurch fühlen sollte: nämlich, daß ich eine Fremde war. Ich will gar nicht einmal sagen: Ausländerin, Französin. Ich war nur jemand, der aus einer anderen Welt als der ihren kam. In ihrem Blick lag keinerlei Mißachtung, auch nicht die geringste Überlegenheit, nur einfach eine Art von erstaunter Distanziertheit.

Tracy sagte: „Das ist eine Freundin von Sally –“ und wiederholte, daß wir nicht lange bleiben wollten, sondern „sie nur sehen“ und einfach sichergehen wollten, daß sie gut aufgehoben sei. Da hat Myriam das Registrierbuch geöffnet, damit wir uns eintragen sollten – und ich habe ihren Arm bemerkt. Er sah aus wie der Arm Jean-Marcs, den die Injektionsnadeln so zerstochen hatten, daß er wie abgestorben aussah. Ich glaube, ich hatte von Anfang an begriffen, wo ich mich befand, seit mich Myriams brennender Blick aus ihrem hohlwangigen Gesicht getroffen hatte. Ich hatte es mir nur noch nicht eingestehen wollen. Und dann: die Eingangspforte war nicht verschlossen; man hatte nicht einmal klingeln müssen; man stieß die Tür auf, und sie gab den Weg nach drinnen frei. Treten Sie ein, wir sind für alle da. Und hier sah es überhaupt nicht nach einem Ort für Kranke aus. Eine Atmosphäre, in der man frei atmen konnte, keinen weißen Kittel sah, nicht wie im Krankenhaus darauf gefaßt war, hinter den Türen Klagelaute zu hören. Es roch sogar nach einer guten Suppe, nach geruhsamem Familienabendbrot. Dummerweise redete ich mir auch noch ein, daß Tracy nicht im karierten Hemd an einen leidvollen Ort gegangen wäre. Aber dann sah ich diesen Arm, wußte Bescheid, und Angst überfiel mich. Über das Registrierbuch gebeugt, schrieb Tracy seinen Namen. Ich war ihm böse. Es war nicht fair, mich ohne Vorwarnung hier hineinzuschleusen. Dazu kannte er mich nicht gut genug. Ich könnte ja seelisch labil sein. Orte wie dieser zeichnen Menschen fürs Leben, wandeln ihren Blick für alle Zeiten. Man nimmt deine Hand am Strand und glaubt dann, man kann sich alles erlauben, ja? Er mußte doch wohl auch ahnen, daß Mama damit nicht einverstanden gewesen wäre. Ich sah ihr Gesicht von heute morgen vor mir, ihre leuchtenden Augen: „Du mußt dem Leben trotzen, Pauline ...“ Na gut! Jetzt würde ich also dem Leben ins Gesicht sehen. Sie hatte es ja so gewollt! Als mir Tracy den Bleistift reichte, nahm ich ihn und unterschrieb mit großen Lettern neben seinem Namen, wie vorhin auf der Karte an Bernadette.

Liebe Bernadette,

Liebe Sally!

Das Mädchen schloß das Register. Sie sagte etwas mir Unverständliches zu Tracy und wies ihm dabei die Richtung. Er nahm mich wieder bei der Hand und zog mich mit sich. Nun standen wir an der Schwelle eines riesigen Raumes, in dem sich junge Leute zu schaffen machten. Auf langen, aneinandergereihten Tischen, die eigentlich, wie ich bemerkte, nur aus Brettern auf Hockern bestanden, stellte jeder von ihnen irgendwelche Dinge fürs Abendessen ab: Teller, Platten, Wasserkaraffen, große Brotkörbe. Andere trugen Bänke und Stühle herbei. Ich fragte mich, wie wir in diesem Durcheinander Sally ausfindig machen sollten, doch ich beruhigte mich auch ein wenig. Vielleicht hatte ich mich ja geirrt. Böse Träume – das passiert mir ja öfter! Schließlich ging es hier eher fröhlich zu. Wir befanden uns vielleicht doch in einer Jugendgruppe oder in einem Klub. Die Amerikaner lieben das Klubleben. Sie haben Klubs für alles: für Geschiedene, Wiederverheiratete, Krebsgeheilte, für was immer man will. Nur, wenn es sich um einen Klub handelte, warum hielt mich Tracy dann so fest bei der Hand? Und wenn, dann hätte dieser Klub wahrhaftig den Namen „Klub der Langsamen" verdient oder auch der Spindeldürren und der Bleichsüchtigen ...

Niemand beachtete uns. Ich erinnere mich an jenen baumlangen Schwarzen in scharlachrotem Hemd mit kahlgeschorenem Schädel, der alle bevormunden wollte. Die anderen riefen ihn „dreckiger Neger", aber in dieser Bezeichnung lag nicht der geringste Rassenhaß. Es tat offenbar gut, das zu ihm sagen zu können und bewies, daß man keinen Unterschied machte. Ob dreckiger Neger, dreckiger Weißer oder dreckiger Jude – so ein Typ fällt einem immer auf den Wecker, und man hat durchaus das Recht, sich gegen ihn zu wehren. Ein Mädchen in langem Kleid erinnerte mich sehr an Ophelia, weil sie in einem nur ihr allein sichtbaren Flußbett mehr dahinzugleiten als zu laufen schien.

„Komm," sagte Tracy, „da hinten ist es!"

Da hinten, am anderen Ende des Saales, erriet man eine Ruhezone mit gedämpfterem Licht und wabenförmigen Zellen, in denen Liegen standen. Und auf einer davon haben wir sie gefunden.

Sie lag ausgestreckt unter Decken und schlotterte vor Kälte. Sie zitterte so sehr, daß man ihre Zähne klappern hörte. Ich habe sie an ihren Haaren erkannt, an dieser Art von Babyflaum, der mir schon auf dem Foto im Wohnzimmer so sonderbar aufgefallen war. Ihr Gesicht sah man nicht; es war zur Wand gekehrt und halb in Kissen versunken. Zwei Burschen saßen neben ihr. Einer auf der Liege, der andere zusammengekauert zu ihren Füßen. Wenn sie mit einer ruckartigen Armbewegung versuchte, die Decken zurückzuwerfen, hüllten sie Sally wieder bis zu den Schultern ein. Sie strichen ihr übers Haar und beugten sich oftmals über sie, um ihr etwas ins Ohr zu flüstern. Ich habe nichts verstanden, aber es klang sanft und zärtlich.

Und wir beide standen daneben; Tracy zerdrückte mir fast die Hand, und ich hätte am liebsten geschrieen, daß sie doch einen Arzt brauche, ein Bett in einem weißgetünchten Zimmer, Medikamente, Pflege, zumindestens ihre Mutter! Aber meine Kehle war wie zugeschnürt. Ich konnte nur immerzu diesen Flaum anstarren, die zuckenden Schultern, und auf das gräßliche Geräusch aneinanderschlagender Zähne hören.

Endlich löste Tracy seine Finger aus den meinen und trat ein wenig näher heran. Jetzt massierte einer der Burschen Sallys Beine, die sie steif wie in einem Krampf von sich streckte, und diesmal verstand ich auch, was er zu ihr sagte. „Hold on! Hold on!" sagte er. „Durchhalten! Weitermachen!"

Hinterher habe ich erfahren, daß man hier den am Leben Erkrankten diese beiden Wörter „Hold on!" als einziges Heilmittel anbietet. Und manchmal noch zwei andere, nämlich „Ich auch". Mir ist es auch so ergangen wie dir, und du siehst doch, hier bin ich – ohne Zähneklappern, und ich hab' auch keine Schmerzen mehr in den Beinen. Also – halt auch du aus! Hold on!

Tracy stand jetzt neben der Liege. Hätte Sally sich umgedreht, sie hätte ihn sehen können. Ich vermute, er hätte sich selbst genug Kraft zugetraut, das zu ertragen. Er preßte die Kieferknochen aufeinander und zwang damit sein Gesicht zur Ruhe. Nur war es eben nicht mehr das Gesicht eines Zwanzigjährigen, sondern eines um Jahre Gealterten. Und ich wußte, daß diese Maske erst im Schutze der Nacht schluchzend zerbrechen würde.

Der junge Mann, der auf der Couch saß, stand auf, wies Tracy seinen Platz an, und dieser setzte sich. Ich hatte Angst vor dem, was nun kommen würde, wußte nicht, wohin mit mir. Ich fühlte mich überflüssig, unnütz, konnte mich noch weniger leiden als sonst. Um mich weniger zu fürchten, lenkte ich meine Gedanken auf weit entfernt liegende Dinge. Ich zählte mir die Gerichte vor, die wir auf dem Tisch des

Mexikaners hatten stehen lassen: die roten Bohnen und jenes seltsame Hühnchen in Schokolade. Ich dachte auch an den Papagei, der mich wie alle seine Artgenossen enttäuscht hatte; man erhofft sich von seinesgleichen einen regelrechten Satz, eine intelligente Bemerkung, ein Wunder oder sonstwas. Aber nichts von dem! Gar nichts! Letzten Endes kannte ich ja dieses Mädchen überhaupt nicht! Hätte sie bei ihrer Familie gelebt, wir wären einander vielleicht nicht einmal sympathisch gewesen. Sie konnte ebensogut dumm, angeberisch und uninteressant sein. Aber wenn dieses anhaltende Erschauern über ihren Rücken rann, fühlte ich es in meinen eigenen Schultern. Jeder ihrer Seufzer zerriß etwas in mir – und es waren Seufzer eines von Alpträumen geplagten Kindes, nur daß dieser Alptraum Wirklichkeit war und kein Ende nahm.

Die jungen Männer sprachen mit Tracy und entfernten sich dann – wohl um essen zu gehen. Und als hätte Sally ihr Fortgehen gespürt, drehte sie sich nun um, sah, daß ihr Bruder gekommen war. Über ihren Gesichtsausdruck werde ich nichts sagen.

Ich werde die Erinnerung daran mein ganzes Leben lang mit mir herumtragen, aber ich werde ihn nicht beschreiben!

Tracy hatte ihr die Hände auf die Schultern gelegt. Es gelang ihm sogar, sie anzulächeln. Aber die Kälteschauer hatten sie von neuem aufs heftigste gepackt; sie versuchte vergeblich, ihm etwas zu sagen. Da riß er sie an seine Brust und flüsterte ihr ebenfalls unentwegt dieses „Halte durch" und „Es wird schon werden" und „Mein Liebling" zu.

Ich wandte mich nach den anderen um und suchte mit tränenverschleiertem Blick Beruhigung in ihrer Anwesenheit. Schulter an Schulter saßen sie auf den Bänken und aßen Abendbrot. Man hörte Löffel klirren und Teller klappern, Bruchstücke von Unterhaltungen, manchmal sogar ein Lachen. Und allem zum Trotz waren das Geräusche, die Leben, Hoffnung, also Mut bedeuteten. Auch sie sagten auf ihre

Weise „Hold on“ zu Sally und bei dieser Gelegenheit auch gleich zu mir.

Später habe ich erfahren, daß die Tage, in denen es die Kälteschauer und die Schmerzen zu überwinden gilt, sich immer auf den Liegen im großen Saal abspielen und daß die Gefährten einander der Reihe nach abwechseln, um denen Mut zuzusprechen, die dort liegen, nicht mehr weiterkönnen und sterben zu müssen glauben. Für diese „Eiszeit“ haben sie eine grausige Bezeichnung gefunden: „Cold Turkey – Kalter Truthahn“, wohl der Gänsehaut wegen.

Tracy hielt Sally lange Zeit im Arm, dann legte er sie aufs Kopfkissen zurück und nahm ihre Hand. Er schaute sie an und versuchte, ermutigend zu lächeln. Das war alles. Sie hielt die Augen geschlossen. Ich hatte mich, wie der Bursche vorhin, auf den Fußboden gesetzt. Es war bedeutungslos, daß alle mich vergessen hatten. Das einzig Wichtige war dieser anstrengende Kampf, den Sally unbedingt gewinnen mußte und den ich mir vorzustellen versuchte, um ihr näher zu sein.

Ich weiß nicht mehr, wie spät es war, als ein Mädchen mir Tee brachte. Ich erinnere mich an ihre Sanftheit und an mein Gefühl untertäniger Ergebenheit ihr gegenüber. Ich glaube, ich hatte das Bedürfnis, sie um Verzeihung zu bitten, daß ich Glück gehabt hatte und verschont geblieben war.

Sie hieß Maria, war Kanadierin und sprach ein drollig holpriges Französisch. Ein Mann, den die Drogen fast umgebracht hatten, so erklärte sie mir, hatte eines Tages beschlossen, diese Familie zu gründen. Alle, die sich nun dorthin flüchteten, jeden Alters und jeder Hautfarbe, umfaßte sie mit diesem einen Wort: Familie. Das klang sehr schön und tröstlich.

Für die Leute von draußen mochte das alles vielleicht einen Anstrich von „Gute-Werke-tun“ haben. Man muß sich jedoch klarmachen, daß barmherzige Schwestern oder Sozialarbeiterinnen hier eher angespuckt worden wären und es vielleicht keine fünfzig Sekunden in diesem Schuppen ausgehalten hätten. Alle, die ich dort sah, alle, die dort lebten und arbeiteten, waren selbst durch diese Hölle gegangen, aber derlei Wahrheiten kaute man für gewöhnlich anderen Menschen nicht gern vor. Hier war Wahrheit eine Frage des Überlebthabens. Die ersten, denen sie zugute kam, waren jene Schwachen und verlorenen armen Schlucker auf den Liegen, dann aber waren es auch all die Lügner und Diebe, zu denen Leute werden können, für die das Rauschgift lebensnotwendig ist.

Man durfte nicht etwa glauben, daß alle Probleme gelöst seien, wenn man diese Tür aufstieß. Damit begann es erst. Sie kamen, wenn sie am Ende ihrer Kraft waren, weil sie alles übrige schon versucht hatten und nur der Sarg ihnen noch als einziger und baldiger Ausweg blieb.

Zumeist kamen sie sozusagen als „falsche Fuffziger" mit der Vorstellung „Wir werden hier ein bißchen auftanken; uns kostenlos vollfressen und wenn's uns wieder besser geht, scheren wir uns zum Teufel. Tschau, Kameraden, auf einen neuen langen Trip!" Sie wollten eigentlich nur provisorisch geheilt werden. Dann aber lief alles ganz anders, als sie es sich vorgestellt hatten. Im Krankenhaus, sogar im Gefängnis gab man einem immer noch von der gewohnten Droge. Hier aber bot man ihnen nur Worte, Aspirin und Kaffee, woraufhin sie schier verrückt wurden. Wie man weiß, ist eine totale Entwöhnung fast schon unmenschlich. Dabei riskiert man seine Haut. Die Neuen schlugen alles kurz und klein, schworen, die Bude anzuzünden und abzuhauen. Manchmal taten sie es ja auch wirklich: sie scherten sich zum Teufel! Die Tür stand ja offen, man hielt niemanden zurück. Aber die meisten versuchten durchzuhalten. Oder sie kamen wieder – wie Sally.

Maria erzählte. Sie hatte etwas Düsteres an sich, das – wie ich spürte – niemals mehr ganz von ihr abfallen würde. Aber was machte das schon aus? Sie war darüber hinweg; steckte nicht mehr drin in dem Sumpf! Ich wußte nicht so recht, wie ich es anstellen sollte, es ihr begreiflich zu machen, daß ich sie verstand.

Als sie fort war, schaute ich sie mir alle an und fühlte mich durchdrungen von dem Empfinden, das mir gestern mit Tracy am Strand der Wind, die Schönheit und Unermeßlichkeit des Ozeans vermittelt hatten. Diesmal freilich wußte ich es zu deuten: Jenseits eines gewissen Punktes vermag niemand mehr etwas für uns auszurichten. Wenn man das aber weiß und eng zusammenrückt, so ist diese Einsicht schon viel weniger bedrückend. Mag sein, daß darin die stärkste zwischenmenschliche Bindung überhaupt besteht: begriffen zu haben, daß eigentlich jeder allein ist.

Nach und nach leerte sich der Saal. Sie trugen die Bretter wieder fort und klappten die Hocker zusammen. Stattdessen stellten sie Sessel auf. Bald leuchteten nur hier und dort noch einzelne Lampen wie Scheinwerfer.

Tracy erhob sich und forderte mich zum Gehen auf. Er sagte, es sei an der Zeit, aber ich konnte nicht fort. Es war zu spät. Mir schien es, als hätte ich hier noch etwas Wichtiges zu erledigen, ohne daß ich sagen konnte, was. Als er mich allein bei Sally zurückließ, um einen Kaffee zu trinken, wußte ich, daß der Augenblick gekommen war, auf den ich wartete.

Ich setzte mich zu Sally auf die Liege. Sie schien zu schlafen, mußte aber doch wohl den Unterschied gespürt haben; denn sie öffnete die Augen. Anscheinend wunderte sie sich nicht, mich neben sich zu sehen. Sehr langsam, als versuche sie mich zu erforschen, schob Sally mir ihre Hand entgegen. Ich war bereit und ergriff sie. Sie war kalt. Ich sagte: „Ich hab' dich lieb; ich bin da." Sie hat mir die Hand gedrückt – und nichts auf der Welt wird mich dazu bewegen können, diese Hand wieder loszulassen.

Ich glitt neben sie unter die Decke, um sie zu wärmen und

auch, weil ich müde war. Ich betrachtete diese fremden Wände; roch diese seltsamen Gerüche großer Häuser; erriet, daß in den Sesseln ringsum andere saßen und ihren Kampf ebenso ausfochten wie Sally. Und plötzlich hieß mein Vater Phil, meine Mutter Marjory. Wie man so schön sagt, hatte ich eine herrliche Kindheit mit allen Vorzügen am Rande eines blumenumwucherten Swimming-pools verbracht. Es hatte mir weder an Liebe noch an Brot gefehlt. Warum also? Warum?

Am frühen Morgen kam ein Mann, und ich begriff sofort, daß er der Familienvater war, von dem Maria mir erzählt hatte. Er hatte graues Haar, sah erschöpft aus, und doch leuchtete sein Gesicht förmlich von innen her. Sally sah ihn aus weitgeöffneten Augen an. Es schien ihr besser zu gehen. Er beugte sich über sie und sagte zu ihr: „Schau, du bist ja noch da! Ich hätte nicht gedacht, daß du den Mut dazu aufbringen würdest! Na, wir werden ja sehen, ob du diesmal durchhältst. Ich bin wirklich neugierig . . .“

Da hat sich Sally auf den Ellbogen hochgestemmt und mit vor Zorn rauher Stimme seinen ersten Satz nachgestammelt: „Du hast ja auch den Mut dazu gehabt. Du bist ja auch noch da.“

Ein wunderbares Lächeln verriet seine Freude. Er umfaßte ihre Schultern und drückte sie an sich. Und da, glaube ich, hat er mich erst entdeckt. Einen Augenblick lang schaute er mir in die Augen. Er schien mich nicht, wie die anderen immer, nur von weitem zu sehen. Vielmehr sah er aus, als fragte er mich: Und du, Pauline? Und du?

13

Die tieferen Gründe

„Komm!" sagt mein Vater. Er steht neben der Liege und reicht mir die Hand. Ich wickle mich ganz sacht aus der Decke. Über dem Arm hat er einen Mantel, der ihm nicht gehört. „Sie schläft jetzt gut. Schau sie an; es geht!"

Ich knöpfe meine Strickjacke bis zum Hals zu. Am liebsten knöpfte ich noch weiter, wenn das ginge. Mir ist kalt und ein wenig übel. Wo ist Tracy? Man kann sie doch nicht allein hier liegen lassen!

„Hab keine Angst. Es wird sich schon jemand um sie kümmern."

Ein Mädchen in züchtigem Hauskleid mit Blümchen und rundem Kragen kommt herbei. Ganz à la „Kleines junges Ding in den Ferien bei ihrer Großmutter". Sie setzt sich ans Ende der Liege, schlüpft nicht unter die Decke. Furchtbar müde sieht sie aus, aber sie lächelt. „Vergiß deine Handtasche nicht", sagt mein Vater.

Ich hebe das Ding auf. Komisch: „Meine Tasche!" Warum schleppt man eigentlich all diese Nichtigkeiten mit sich herum, die nachweisen, wie man heißt, wo man wohnt, wann man womit wogegen geimpft worden ist?

Wir durchqueren den Saal in der Mitte. Zwei oder drei Leute schlafen in den Sesseln – zusammengekrümmt wie Embryonen oder wie Schlangen aufgeringelt. Vater hat einen Arm um meine Schultern gelegt und sich dem Rhythmus meiner Schritte angepaßt. Auch ich gehöre heute zu diesem Klub der Langsamen.

Jetzt sitzt ein junger Mann da vorn an der Tür vor dem Registrierbuch, in dem mein Name steht. Für immer. Für alle Zeit steht auf diesen Seiten mein Name neben dem Namen Tracys geschrieben. Ich kann nicht mehr behaupten, hier niemals gewesen zu sein.

Der Junge grüßt uns mit einem Kopfnicken. „Auf Wiedersehen!“

Bis bald?

Schon sind wir draußen. Überall das Flattern und Kreischen von Möwen. Stimmt ja, der Hafen! Leer, grau, tiefgründig, von Masten verstellt, die den Blick auf das Meer verwehren. Zu denken, daß es Menschen gibt, die nur dafür leben, um solch einen Hafen zu malen: mit einer kleinen Wolke, an der sie drei Stunden lang herumpinseln. Oder – lachen Sie nur! – vielleicht sogar drei Tage! Ein Leben lang?

Mein Vater hängt mir den Mantel über die Schultern. Ich bringe nicht die Kraft auf, ihm zu sagen, daß es sich nicht lohnt, daß ich drauf verzichten kann. Später vielleicht!

„Gehen wir Kaffee trinken!“ Man hört unsere Schritte widerhallen, zumal ich Klappersandalen anhabe. Es klingt wie „Ich bin's, jawohl ich, immer ich.“ Es muß noch sehr früh sein. Der Himmel ist milchig weiß. San Francisco erwacht. Die schönste Stadt der Vereinigten Staaten? O. k.! Aber spröde! Zerbrechlich mit ihren zum Himmel aufstrebenden Wolkenkratzern, den Spielzeughäuschen daneben, den Gärten im Nebel und diesem Ozean, der daran erinnert, daß man darin ertrinken kann. Charles scheint zu wissen, wohin er gehen muß. Er hat wohl schon die Örtlichkeiten erkundet. Ich möchte wirklich mal den Tag erleben, da dieser Mensch *nicht* weiß, wohin er geht! Ein kleines neonbeleuchtetes Café in einer Straße, wo die Müllabfuhr noch nicht vorbeigekommen ist und wo es nach verfaulten Äpfeln riecht wie immer, wenn sich Abfälle häufen. Kein Gast. Eine einzige Serviererin hinter dem von Barhockern gesäumten Schanktisch. Sie haben wohl eben erst aufgemacht, und doch duftet es schon nach Kaffee.

Wir setzen uns an den letzten Tisch ganz hinten an der Wand. Auch in Wohnungen wählen die Menschen zum

Schlafen mit Vorliebe das Hinterzimmer. Da fühlt man sich irgendwie abgesichert. Auf unserem Tisch stehen ein Papierserviettenhalter, Zahnstocher, Zucker, Süßstoff, die Karte mit Farbabbildungen der empfohlenen Gerichte. Papa hat sich mir gegenüber hingesetzt. Er sagt oft zu Mama, daß er dem Gesprächspartner lieber gegenübersitzt und ihn ansieht, als neben ihm, weil dann, entgegen dem äußeren Anschein, doch jeder mehr für sich allein ist. Sein Gesicht ist grau wie nach einem nächtlichen Notfall. Er beugt sich zu mir, streckt die Hand nach mir aus. Schnell frage ich: „Ging's gut gestern auf deinem Kongreß?" Er zieht die Hand zurück, streicht sich mit dem Rücken des Zeigefingers übers Kinn. Das ist sein Tick und ärgert die Prinzessin immer sehr. „Der Vortrag ging ja noch. Aber hinterher haben die Kerle mich mit Fragen bombardiert. Weißt du, was ich da getan habe?" Ich schüttle den Kopf: Nein, natürlich nicht! – „Ich habe erklärt, ich würde auf Französisch antworten. Ich wollte mich nicht lächerlich machen." – „Wie die Prinzessin, was?" murmle ich vor mich hin. „Wie die Prinzessin!" –

Wieder reibt er sich das unrasierte Kinn. Es knirscht hörbar. Krawatte hat er auch nicht um. Er sieht aus, als habe er die Nacht als Schauermann beim Entladen von Schiffen verbracht. „Weißt du übrigens, was die Prinzessin uns gestern angetan hat?" – „Nein." – „Sie hat uns eine Zwiebeltorte fabriziert." „Was? eine Zwiebeltorte?" – „Es roch danach im ganzen Garten, als wir heimkamen."

Bernadettes Spezialität: Mürbteig, eine Menge Zwiebeln, frische Sahne, rohe Tomaten und irgendeine geheime Zutat, die das Ganze herrlich würzt. Zwiebeltorte!

Ohne mich anzuschauen sagt Papa: „Auf dem Markt ist sie jedenfalls ganz schön angeschmiert worden; denn auf ein Kilo hat sie nur eine einzige Zwiebel bekommen." – „War ihr Rauschebart auch da?" – „Getreu zur Stelle", sagt Papa. – „Wie es scheint, steht er vor dem Staatsexamen. Ich weiß ja nicht, was er für ein Bild abgeben wird, wenn er ein Plädoyer hält, aber bislang hab' ich noch nicht mal den Klang seiner Stimme vernommen. Er schont sich wohl noch."

So ist es, wenn das Blut wieder zu zirkulieren beginnt; es tut überall weh. Man kann sich kaum bewegen. Die Prinzessin ... Cécile, die ich beim Heimkommen zu wecken versprochen hatte, Bernadette ...

Der Kaffee kommt. Es war auch Zeit! Richten wir unser Augenmerk lieber auf die Serviererin. Sie erinnert mich an jemanden: große Zähne, lange Nase, Knoten auf dem Langschädel, ein Gesicht wie ... Ich lache. Jetzt hab ich's! „Olive Oil!" Papa lacht ebenfalls. „Ja, Olive Oil, die Frau von Popeye the Sailor. Wollen wir eine Dose Spinat bei ihr bestellen? Vielleicht verrät sie sich!" Ich beuge mich über meine Tasse; denn jetzt ist es mit mir durchgegangen. Ich hätte ja weiß Gott warten können, bis diese Olive Oil wieder hinter ihrer Theke verschwunden war, aber nein! Das Schlimmste ist dieses Schluchzen, das aus meiner Kehle aufsteigt und nicht aufhört. Es pfeift, schnauft, heult aus mir heraus wie eine Sirene. Verschwommen sehe ich, wie Papa mir einen Stoß Papierservietten reicht. Ich höre ihn sagen: „Versuch gar nicht erst zu sprechen. Wir haben ja Zeit!" Als ob ich sprechen könnte! Als ob die Zeit für irgend jemanden außer Sally zählte. Jetzt braucht er nur noch „Halt's aus!" zu sagen, wenn er schon dabei ist ... Ach, diese Claire mit ihrer kiloschweren Zwiebel!

„Wird sie es schaffen?" frage ich. „Wird sie da wieder herausfinden?" Er nimmt meine beiden Hände in seine. Wenn man keinen Vater hätte, der ab und zu so etwas tut – es wäre wirklich verdammt blöd. „Ja", sagt er, „und du mußt ganz fest daran glauben, um ihr dabei zu helfen."

Mein Anfall ist vorbei. Papa winkt Olive Oil herbei. Komisch, er schämt sich nicht! Stimmt es vielleicht, daß das Äußere keine Rolle mehr spielt, wenn man den ganzen Tag über ins Innere der Menschen hineinschaut? Ich höre ihn eine Menge Zeugs bestellen – Haferflocken, Eier mit Schinken. Um ein Haar wäre Olive Oil im Sturm zur Theke gerannt. Sie muß glauben, daß mir vor Hunger schlecht ist.

„Wie ist sie bloß dazu gekommen?" Langsam ballt er die Hände zu Fäusten, schaut mit zusammengepreßten Lippen darauf. Man muß ihn kennen, den Doktor Moreau, um zu erraten, wann er in Wut gerät.

„Ein Kerl natürlich! So ein Dreckskerl, den sie vor zwei Jahren kennengelernt und der sie da hineingezogen hat. Sie war gerade achtzehn!"

Er beugt sich zu mir herüber. „Es war ihr erstes Abenteuer. Ihr erster Mann."

Ja. Ich kann mir das vorstellen: der erste Mann. Das erste Mal. Wenn sich dein Körper nach und nach dem anderen öffnet und du ganz sicher glaubst, daß du nie mehr allein sein wirst.

Er hat sie in eine Gruppe von Freunden eingeschleust: verkommene, armselige Typen. Anfangs hat sie nur ein bißchen mitgeraucht. Um sich der Stimmung anzupassen. Dann ein- oder zweimal schon stärkeres Zeug, um zu sehen, wie es wirkt. Und sicherlich auch, weil man sie dazu drängte. Aber erst, als er sie sitzen ließ, ist es ernst geworden, weil sie diese Leute weiterhin aufgesucht hat, im Glauben, ihm dort wieder zu begegnen.

Hoffnung? Verzweiflung? Ich kenne das. Da steht sie und wartet. Ganz tief drinnen sagt ihr eine Stimme, daß er nicht wiederkommen wird. Aber sie hat dennoch ihr malvenfarbenes Blümchenkleid angezogen, um ihm zu gefallen; hat ihr Haar kräuseln lassen. Nach all dem, was zwischen ihnen war, kann er sie doch nicht ganz einfach verlassen haben. So ist das!

Man braucht lange, bis man sich eingesteht, daß alles hin und verloren ist. Übrigens bin ich sicher, daß man sich nie ganz damit abfindet. Sogar an seinem letzten Tag muß der

Mensch immer noch einen Rest von Hoffnung schöpfen können. Denn wenn in einer engen Bindung einer der Partner sich aus dem Staube macht, hinterläßt er eine Leere, aus der sich die ganze übrige Welt verflüchtigt. Der Zurückbleibende fühlt sich wie ein Trichter, durch den alles hindurchläuft und zerrinnt.

„Und dann kam eins zum anderen", sagt Papa, „Zigaretten, Stoff, Spritze."

Zigaretten, Stoff, Spritze. Klingt wie ein Chanson, nicht wahr? Oder wie ein Dolchstich. Je nach Wahl. Wähle, *das* ist das Leben! Und wenn du nun das Schlimmste wählst? Dein Pech! – „Und dann?"

„Vor einem halben Jahr ist sie von selbst in das Haus gegangen, wo du gerade herkommst. Aber sie hat nicht durchgehalten. Man hat sie überall gesucht. Dir ist klar, was das für ihre Eltern bedeutet hat. Und vor zwei Tagen haben sie nun erfahren, daß Sally zurückgekommen ist."

„Natürlich, ihre Eltern!" sage ich. „Wie haben die denn eigentlich darauf reagiert?" – „Sie haben es alle zu spät erkannt. Sally ist ja volljährig, siehst du! Sie lebte fast gar nicht mehr bei ihnen."

Was hatte ich zu Mama gesagt? Geradenwegs in den Graben!

Mein Vater hat mich bei den Händen gefaßt. Olive Oil steht neben unserem Tisch mit Haferflocken, Eiern und belegten Broten. Unsere ineinander verschränkten Finger, unsere Arme sind hinderlich und Olive Oil wartet etwas geniert darauf, das Essen servieren zu können. Ihr langer Körper, die lange Nase, der hochaufgetürmte Knoten sind diskret den Blümchen-Plastikvorhängen zugewandt. Schließlich lösen wir uns aus der Erstarrung.

„Ixkjus mi", sagt Papa. Ich lache. „Ixkjus mi . . .", nein wirklich! Ohne eine Miene zu verziehen rafft sie die verknautschten Serviettenreste zusammen und nimmt sie auf ihrem Tablett mit. In meiner Vorstellung wird Olive Oil zur Witzzeichnung in einer Illustrierten. Gleich wird aus ihrem Mund eine Sprechblase quellen, in der etwas von Glück – mit vielen Ausrufungszeichen versehen – steht. Ich bin ein kleines Mädchen und verstehe das beim Lesen alles falsch. Für mich ist das Leben ein Ausflugsvergnügen. Punktum!

„Iß deine Eier, bevor sie kalt werden", befiehlt mein Vater.

Klar, sehr wichtig – die Eier dürfen nicht kalt werden. Ich nehme eine neue Serviette. Diesmal zum üblichen Gebrauch . . . Die Butter ist bereits auf die Brote gestrichen. Hier nehmen sie einem alle Arbeit ab. Und wenn Pierre nun auch ein solches Schwein gewesen wäre wie dieser Kerl, der Sally da hineingezogen, verdorben und dann sitzengelassen hat? Wenn er mich nicht nur in die Welt des „Wir", sondern auch auf diese Trips mitgenommen hätte, die in Eiseskälte enden? Was wäre jetzt mit mir?

Mein Vater spricht zu mir mit seiner geliebten Stimme, die immer den Eindruck macht, er spräche auch zu sich selbst. „Siehst du", sagt er, „da zerbricht man sich den Kopf und sucht nach den tieferen Gründen, die Heranwachsende zu den Drogen greifen lassen: die Gesellschaft, familiäre Schwierigkeiten, unbewußte Gleichgültigkeit der Erwachsenen, all das. Aber diese ‚tieferen Gründe' hat es ja immer schon gegeben, und wir haben uns auch damit herumschlagen müssen. Nur, jetzt gibt es eben – mit oder ohne eigentlichen Grund – die Drogen an jeder Straßenecke. Willst du welche? Da hast du was. Und weil man sich mit achtzehn niemals so ganz wohl in seiner Haut fühlt und jeder dann und wann Liebeskummer hat, ist das eben eine leichte Lösung. Über allen Kümmernissen schweben ist schön – und zu einfach! Die Gefahr aber begreift man erst, wenn man schon bis zum Hals im Sumpf steckt. Da hast du's!"

Jawohl! Den Dreckskerlen, die vom Drogenhandel leben, würde mein Vater am liebsten den Hals umdrehen. Es gibt keinerlei Entschuldigung dafür, Jugendliche in die „Szene" einzuführen und dann auf ihre Kosten das große Geld zu machen.

Er dämpft seine Stimme und wischt sich den Schweiß von der Stirn. Ich spüre genau, daß er an uns denkt und Angst hat wie alle Eltern. Und währenddessen werden auf seinem Teller die Eier kalt. Ich frage: „Was kann man denn dagegen tun?" Gegen Versuchung, Schwäche, Gelegenheitsversuche – ja auch das? Gegen die Lieblosigkeit trotz all der nach außen hin überall propagierten Liebesfreuden?

„Tun!" sagt er. „Genau das ist es: Man muß etwas tun! Nicht die Arme hängen lassen und sitzen bleiben. Etwas zustande bringen. Guter Gott, wenn einem nichts einfällt, braucht man sich ja nur nach den anderen umzusehen. An Arbeit fehlt es nicht, das verspreche ich dir. Und wir Eltern, wir müßten versuchen, unserer verflixten Brut beizubringen, auch nein sagen zu können."

Er lugt durch den Plastikvorhang auf die Straße, als mache er sich Vorwürfe wegen Sally. Die Mülltonnen stehen immer noch dort. Jetzt treiben sich schon Hunde herum. Draußen ist alles noch ein bißchen zitterig in der Morgenkälte. Wie zornig er das gesagt hat „. . . unsere verflixte Brut", wieviel Liebe schwang aber auch in diesem Wort mit! Hafengasse! Ich glaube, ich werde mich immer an den milchigen Schlauch zurückerinnern, der mir bis hin zu seinem Modergeruch wie abgestorben vorgekommen war, in den aber nun nach und nach wieder Leben einkehrt.

Er läßt den Vorhang wieder fallen „Und weißt du, was man auch noch tun muß? Unbedingt Frieden mit sich selbst machen!"

Schön hat er das gesagt: Unbedingt den inneren Frieden suchen; den Teil seiner selbst, in dem man sein Ich bejaht. „Das ist gar nicht so leicht", entgegnete ich, „es geht alles so durcheinander." – Er lacht. „Darf ich mir eine persönliche

Bemerkung erlauben?" – „Wenn's sein muß?" – „Ich habe eine Tochter namens Pauline", sagt er, „die wirklich manchmal zu sehr zur Nabelschau neigt." – Ich spüre, wie ich scharlachrot anlaufe und protestiere: „Und doch war ich über eben jenen Punkt mit meiner Mutter verbunden! Wenn du meinst, daß das nichts ist, bitte sehr . . ."

Er muß wohl oder übel zugeben, daß das stimmt. Wir lachen. Er träufelt Sirup auf meine Flocken. Ein Aroma von Baumrinde steigt auf. Ich fühle, wie gern er mich zum Essen verführen möchte. Einen Löffel für Mama; einen Löffel für die Zukunft; einen Löffel für den Zweifel. Ich sagte immer: „Einen Löffel für den Wolf." Na bitte, so hatte er wenigstens keinen Appetit mehr, mich des Nachts zu fressen! Vielleicht stammt daher meine Liebe zu Wölfen; insbesondere zu dem alten Wolf. Ich habe ihn schließlich gefüttert!

Die Flocken ähneln Goldstücken und schmecken gut. Ich verschlinge sie; esse für zwei, nein, für zehn. Und nochmals Kaffee. Und nochmals Eier, knusprigen Schinken, dick bestrichene Butterbrote! Jetzt endlich kann ich dem Herrn seinen Mantel zurückgeben, den er irgendwo entwendet haben muß, um damit seine frierende Tochter zudecken zu können. Dieser Herr, der mich wieder und wieder anschaut und dessen Augen – auf mein Wort! – tatsächlich feucht geworden sind. Oh nein, wir werden nicht wieder von vorn anfangen!

Ich befehle meinem Vater: „Iß die Eier, bevor sie ganz kalt werden." Er zerzaust mir das Haar. Olive Oil weiß nicht mehr, was sie davon halten soll. Wenn man mich fragt, so hat sie jetzt eine seltsame Meinung von uns Franzosen.

14

Ein himmelan ragender Mammutbaum

„Schau"", sagt Cécile, „mach's wie ich. Los, los! Hab keine Angst! Die Leute schauen dich schon nicht an, die haben anderes zu tun, glaub' mir! Du wirst sehen, der hat seine zweitausend Jährchen auf dem Buckel – und nicht zu knapp, der arme Alte!"

Sie liegt ausgestreckt auf dem Boden, hat die Finger wie eine Brilleneinfassung um die Augen gelegt und nimmt die Spitze des Mammutbaums an eben der Stelle ins Visier, wo er den Himmel berührt.

„Verstehst du", sagt sie, „ich denke an all die Menschen, die der hat vorbeiziehen sehen, an all die Stürme, die er über sich ergehen lassen mußte. Sogar den Brand von San Francisco hat er bis in seine alten Knochen hinein zu spüren gekriegt. Mir tut es gut, zu sehen, daß er immer noch da ist."

„Mir auch", sage ich. „Mir tut das auch gut; aber eines Tages wird er doch herunterkrachen." – „Das ist gar nicht so sicher", sagt Cécile in geheimnisvollem Ton. „Ich würde das nicht beschwören, weißt du? Professor Ochsenviertel betont immer wieder, daß es für jedes Ding auf der Welt auch das genaue Gegenstück gibt. Da es Eintagsfliegen gibt, weshalb also sollte es nicht auch Ewiges geben? Für mein Empfinden sieht der Baum hier nach etwas Ewigem aus." – „Wovon sprecht ihr?" fragt Gary zwischen zwei Taschentuchbissen.

Sein sympathisches Mondgesicht ist ganz verstört, weil er nichts versteht. In seine Bermudas eingezwängt, auf der Seite liegend, betrachtet er meine Schwester, die ihn sichtlich mehr interessiert als eine zweitausend Jahre alte Sequoia. Cécile wendet sich geduldig ihm zu: „Man sagt, er sei alt. Very, very old. Und es heißt auch, er werde niemals sterben." – „Niemals", wiederholt Gary im selben Brustton der Überzeugung.

Ich habe schon bemerkt, daß sich sein Verständnis am Tonfall meiner Schwester orientiert. „Niemals, bei allen Puffmüttern!"

Befriedigt, daß ihre Lektionen in zotiger Ausdrucksweise bereits so schöne Früchte tragen, schenkt Cécile ihrem gelehrigen Schüler ein wohlgefälliges Lächeln. Gary mag sich fragen, weshalb ich mich – mit der Nase in einem Häufchen Sequoia-Nadeln – in Lachkrämpfen winde. Nun erzählt Cécile ihm von La Marette. Ihrer Aussage nach haben wir daheim einen Swimming-pool, der alles andere als geheizt ist, nämlich eisgekühlt, von einer in regelmäßigen Abständen sprudelnden Trinkwasserquelle gespeist. „Als wenn man Eis in seinen Fruchtsaft täte", erklärt sie.

Gary ist tief beeindruckt: ein Swimming-pool „on the rocks". Er wußte gar nicht, daß so etwas existiert und würde gern darin baden und gleichzeitig davon trinken. Hier darf er nicht vom Wasser des Beckens trinken, weil es gechlort ist.

„Das Wasser ist toll, aber ich muß gestehen, man friert sich die wichtigsten Bestandteile ab", gibt Cécile zu. Nebenbei läßt sie fallen, sie habe ihrer Schwester ein Reitpferd geschenkt. Gleich wird Gary uns für Milliardäre halten! Halb ernsthaft, halb belustigt sitzt er da, stampft mit den Füßen und fleht: „Don't go, don't go: Ich möchte nicht, daß du wieder wegfährst!" – „Ich komme ja wieder", verspricht die Giftnudel allen Ernstes. „Nach Kalifornien kommt man immer wieder zurück!"

Denn schon in zwei Tagen werden wir Kentfield verlassen. Dann sind wir bereits zehn Tage hier. Der Kongreß ist zu Ende. Die Millers tun etwas ganz Großartiges: Sie leihen uns ihren tollen Wagen. Wir werden wie Prinzen durch die Lande fahren, mit Klimaanlage, läutenden Sicherheitsgurten und Mülleimer unter dem Armaturenbrett. Wenn man nämlich hier sein Kaugummipapier aus dem Fenster wirft, kriegt man jedesmal fünfzig Dollar Geldstrafe aufgebrummt.

Wir stehen auf. Ein Regen von Tannennadeln, Grashalmen, Erde geht hernieder. Der Wald regnet. Ich fasse die Rinde dieses Urahns an. Eine Tafel besagt, daß Jesus Christus, wäre er hier vorbeigewandert, schon im Schatten des Baums hätte ruhen können. Der Mammutbaum sieht aus, als summe es in seinen Zweigen von Wind und Erfahrung zugleich. Ich höre ihm zu und fühle seine warme Rinde an meinem Ohr. Cécile umschlingt ihn von der anderen Seite; wir stehen beiderseits am Rande einer Welt für sich.

„Bist du schon im Bilde wegen Claire?“ fragt Cécile. „Mama hat mir's gesagt. Sie will nicht mitkommen. Landschaften interessieren sie anscheinend nicht“, erklärt Cécile und läuft neben mir her. „Sie zieht Menschen vor! Sofern sie einen Bart tragen, nehme ich an.“ – „Was heißt ‚Bart‘?“ fragt Gary. Cécile deutet es ihm durch Gesten an. Ich forsche weiter: „Wie ist das denn gekommen?“ – „Neulich beim Abendessen mit der Zwiebeltorte. Schon als ich es roch, wußte ich, daß das ein Köder war. Sie hatte Jeremy eingeladen, um sich Mut zu machen. Da der sich aber Petersilie in den Bart gekrümelt hatte, worauf ihn niemand aufmerksam zu machen wagte, verlor er seine ganze Autorität. Später hat er mir dann erklärt, daß so ein Bart sehr unpraktisch ist beim Essen, vor allem bei Suppe und Sauerkraut.“ – „Und Claire?“ – „Die hat die Komplimente für ihre Torte entgegengenommen. So mit „Aber nein doch, ich bitte Sie, es ist wirklich nicht der Rede wert, es war mir ein großes Vergnügen“ und so. Und dann war's vielleicht ein Vergnügen für Papa, als sie plötzlich beim Krebsessen verkündete: „Ich habe mich übrigens entschlossen, ich komme nicht mit auf die Rundreise. Ihr könnt mich ja am Schluß hier abholen.“ – „Und dann?“ Charles hat seine Krebszange fallen lassen und wie's weitergeht, weißt du ja! Papa schaut Mama an, die ihrerseits Claire anschaut, die wiederum ins Gelände starrt, als ob dieses ihr bestätigen müßte, daß sie im Recht ist. Natürlich hat sie's nicht zufällig so gedreht, daß sie das vor den Millers bekanntgegeben hat. Wegen der schmutzigen Wäsche natürlich; die wäscht sie ja lieber nicht zu Hause ..."

„Was heißt ‚zu Hause'?" fragt Gary. – „Das sind wir", antwortet Cécile. Ich frage weiter: „Und was haben die Millers gesagt?" – „Sie würden sich freuen, Claire bei sich zu behalten, sofern wir einverstanden seien." – „Und Jeremy?" „Der massakrierte einen Krebs mit seinem Petersilienbart und lächelte uns allen zu, als sprächen wir gerade darüber, wie schön das Wetter ist. Für einen Anwalt hat der meiner Meinung nach nicht das richtige Gespür für Situationen!" Cécile schaut Gary und mich vorwurfsvoll an.

„Ich habe die ganze Nacht über auf dich gewartet, um dir das zu erzählen. Es war ja nicht vorherzusehen, daß du außer Haus übernachten würdest."

Sie schlief fest, als ich heimkam. In meinem Bett. Aus Bosheit, nehme ich an. Ich wollte gerade das ihre aufdecken, da wachte sie auf – und wurde zur Furie. „Die Eltern kannst du vielleicht täuschen, du. Aber mich nicht!"

Mein Vater fällt mir ein. Gerade an jenem Abend – erst Claire, dann ich! Eine schöne Bescherung für ihn! Manchmal mag er wohl die Nase voll haben von seinen Töchtern!

„Und wie ist das Ganze ausgegangen?" – „Hinter verschlossenen Türen im Zimmer der Eltern. Claire versuchte zwar, sich gleich nach dem Dessert davonzumachen, aber Mama hat sie wieder eingefangen. Sie haben ihr vorgehalten, daß man in einer Familie miteinander reden, aber nicht einander in die Enge treiben sollte." – „Und sie?" – „Hat geantwortet, daß bei ihrer ‚repressiven' Erziehung jeder spontane Ansatz zum Gespräch ja schon im Keim erstickt worden sei." Erstaunter Pfiff meinerseits. – Auch Cécile scheint von dieser Antwort beeindruckt zu sein. „Sag', ist ‚repressiv' das Gegenteil von ‚liberant'?" – „Von ‚liberal'", erkläre ich. – Cécile seufzt: „Ich hasse unsere Sprache."

Fremdwörter übersteigen ihren Horizont. Das Wörterbuch ist ihr ein Greuel; sie nennt es den „Wörterfriedhof".

„Und was kam dann?" – „Papa hat schließlich zugestimmt, unter der Bedingung, daß sie jeden Abend zu den Millers heimkommt." Cécile tritt nahe an mich heran, und ihr Gesichtsausdruck ist mit einemmal wahrhaftig ängstlich.

„Ich hoffe, wenigstens du kommst mit. Einzige Tochter zu sein, liegt mir nicht. Eltern setzen dann ihre ganze Hoffnung auf diesen Sprößling; ich weiß nicht, ob dir klar ist, wie schwer das in meinem Falle wiegt!" – „Ich komme natürlich mit. Ich hab' ja schließlich keinen Bärtigen im Hintergrund." – „Du hast aber Tracy." – „Der ist nur ein Freund." Sie blickt erleichtert drein. So hatte sie sich also mein nächtliches Fernbleiben ausgelegt: Tracy und ich! In unbefangenem Tonfall erklärt sie mir: „Mein Geld hab' ich übrigens Claire gegeben. Wie stehen wir denn da, wenn sie sich von ihrem Bartmenschen aushalten läßt?" Und humorvoll fährt sie fort: „Von der Negerbewegung zur Prinzessin, ein ganzes Stück Weg, nicht wahr?"

Nun geht sie wieder zu Gary, der in einiger Entfernung sein T-Shirt auffrißt, aus Rache dafür, daß er von unserer Unterhaltung ausgeschlossen blieb. Sowie er Cécile kommen sieht, hellt sich seine Miene auf. Jungen können sich ganz einfach nicht verstellen! In gleiche Bermudashorts gekleidet, laufen Cécile und Gary davon. Cécile hat sich ohne weiteres der Garderobe ihres Freundes bemächtigt, die ausschließlich aus Jeans und Bermudas besteht. Da sie kleiner ist als er und weniger Speck angesetzt hat, sieht sie in seinen Hosen unglaublich lächerlich aus. Hose und Rock, die daheim zu Ehren Kaliforniens gekauft worden waren, hat sie noch nicht ein einziges Mal getragen. Mama ist schon ganz vergrämt deswegen. Claire hat es aufgegeben zu knurren.

Ich gehe den Weg zu der Lichtung zurück, auf der wir gepicknickt haben. „Du hast ja Tracy!" Manchmal schaut er mich an, als erwarte er irgendein Entgegenkommen von mir, und dann erfüllt mich Unbehagen und Bedauern. Ich möchte ihm sagen, daß er das nicht tun sollte.

Zu Füßen der großen Bäume kriechen kleinere am Boden entlang, als hätten sie den Mut verloren, eines Tages doch noch bis zum Lichte vorzudringen. Drei Tage ist das jetzt her mit Sally! Das Haus am Hafen! Vor drei Tagen glaubte ich noch, das Leben werde für mich niemals mehr in den gleichen Farben leuchten wie bisher. Aber das Leben geht weiter, hängt in den Zweigen, schwebt im Wind. Und ich fühle mich wohl dabei, fühle mich sogar beschützt. Ist das krasser Egoismus? Der Weg biegt nach rechts ab. Eine kleine Steigung, und man ist auf einem großartig angelegten Picknick-Platz. Hier stehen nicht nur Tische und Bänke, sondern auch noch ein Grill und Holz kostenlos zur Verfügung.

Die Füße in der Sonne, den Kopf im Schatten, liegen dort Herr Dr. Moreau und sein Fachkollege Phil lang ausgestreckt im Gras und sehen mir ganz danach aus, als ob sie schliefen. Ein schöner Anfang für Papa, den es seiner Behauptung zufolge nach weiteren Ausblicken dürstete, da er ja bislang nur Hämatologenschädel gesehen und Luft nur in den Adern, nicht aber draußen auf dem Lande zu spüren bekommen habe.

Neben Marjory sitzt auf einer Bank meine Mutter, die natürlich wieder Waldandenken hortet. In gewissem Sinne ist sie nie über das Muschelsammelalter hinausgekommen, über die Periode, in der man an sommerlichen Stränden Souvenirs für den Winter aufliest. Wie könnte man da schon voraussehen, daß man dann in den Tiefen einer Schublade zerbröckeln lassen wird, was zuvor jahrelang den Glanz des Meeres widergespiegelt hat?

„Sieh da, meine Tochter!“ sagt Mama. – „Jawohl.“ Ich setze mich zu ihr. – „Geht's dir gut?“ In ihrer Stimme liegen alle Fragen, schwingt alle Zärtlichkeit einer Mutter.

Wir haben nicht über meine Erlebnisse gesprochen, aber sie

weiß Bescheid. Das genügt. Eines Tages werde ich ihr vielleicht am Kaminfeuer in La Marette von Sally erzählen, umgeben vom aromatischen Duft verbrennender Holzscheite aus unserem gefällten Apfelbaum.

„Ja, danke!“ Cécile flitzt wie ein Pfeil herbei und zerrt Gary am Handgelenk hinter sich her, der sich loszumachen sucht. Vor Mama bleiben sie stehen: „Mama, können wir Gary nicht mit nach Frankreich nehmen? Er ist einverstanden. Er sagt, Amerika ist eigentlich nur ein Scheißhaufen. Ich habe ihm von La Marette erzählt – und das gefällt ihm. Weißt du, er hat so Lust, selber die Kirchenglocken zu läuten, wenn eine Hochzeit stattfindet und der Pfarrer freiwillige Helfer anfordert. Hier läuten alle Glocken nur auf Knopfdruck. Richtige gibt's nur noch im Kino. Wär' doch schön für ihn, echte Glocken zu sehen!“

Hochrot wie immer, wenn man von ihm spricht, starrt Gary auf die Spitzen seiner Tennisschuhe, auf die seine Söckchen herabkringeln. Mama streicht ihm übers Haar. Ich spüre, daß ein Sohn ihr auch nicht gerade mißfallen hätte. Ein Bub ist vielleicht zuverlässiger, unbefangener und natürlicher, weniger albern als Mädchen. In bezug auf die Frisur macht er allerdings nicht mehr Staat als die Giftnudel, die sich am ersten Tag zwar noch Mühe gegeben hat mit der Haarpflege, dann aber unter dem Vorwand damit aufgehört hat, daß man nach der Pazifik-Taufe das Salz so lange wie möglich auf dem Kopf behalten müsse.

„Gary ist herzlich bei uns eingeladen, wann immer er will“, sagt Mama. „Aber ich glaube doch, daß seine Eltern da noch ein Wörtchen mitzureden haben.“ – „Eben“, sagt Cécile mit einem Riesenseufzer in Richtung auf ihren Freund. „Mordsscheißpuff“, echot Gary, ebenfalls seufzend.

Papa schlief dann letzten Endes doch nicht. Er hatte sogar sehr aufmerksam unserer Unterhaltung zugehört und schoß nun zornsprühend hoch wie ein Pfeil. Ein flammender Blick traf die Giftnudel und nach ihr Mama, die plötzlich überaus geschäftig mit Tellern und Bestecken hantierte – von Marjory lachend imitiert. Komischerweise versteht Marjory viel besser Französisch, als ich dachte. Céciles starrer Blick auf die Zweige eines Baumes sprach Bände. Phil als einziger rührte sich nicht.

„In diesem Sommer geht Gary mit Freunden in ein Ferienlager", sagt Marjory nun. „Aber für nächsten Sommer hätte ich nichts dagegen."

„Wenn es uns dann noch gibt", orakelt Cécile in düsterem Tonfall und lauert dabei aus den Augenwinkeln auf die Reaktionen der Eltern, in der frohen Erwartung, daß die Ankündigung einer allgemeinen Katastrophe sie besänftigen werde. „Jeremy hat gesagt, man riskiere immer mehr, eine Bombe in die Fresse zu kriegen, und es sei realistischer, mit Monaten als mit Jahren zu rechnen." – „Bombe oder nicht", donnert Papa los, „könntest du vielleicht deiner Mutter beim Anrichten des Picknicks helfen?" Cécile fügt sich und winkt ihrem Freund mit einer befehlenden Handbewegung.

„Mich tröstet nur eins", mault sie, „nämlich, daß die Totengräber dann immer noch genug zum Leben verdienen werden, wenn wir so weitermachen."

Einer unserer Freunde ist im Winter gestorben. Cécile mochte ihn sehr gern. Sie hat dem schwarzgekleideten Kerl, der das Begräbnis organisierte, die Trauermiene nicht verziehen, da er doch Jean-Marc lebend gar nicht gekannt hatte. Reine Heuchelei also! Ich werde nie den Augenblick vergessen, da sie ihm sagte, er solle sich die Tränen sparen, denn die stünden nicht auf der Rechnung.

Vom besagten düsteren Tonfall meiner Schwester angeregt, öffnet Gary den Mund. Aber Cécile schneidet ihm mit furchterregendem Blick das Wort ab. Marjory unterdrückt erneut ein Auflachen. Seit zwei Tagen ist sie viel fröhlicher; da unten am Hafen scheint es ganz gut zu laufen. Abends unterhält sie sich noch lange mit Mama, was mich freut.

Und plötzlich stimmen die beiden Kleinen aus vollem Halse die Marseillaise an; eine Überraschung, die sie lange im Kellergeschoß des Hauses geprobt haben.

Die tausendjährigen Bäume um uns her haben ja gewiß schon viel zu hören bekommen. Ob aber diese Melodie? Es würde mich wundern!

Ich muß mit Claire sprechen! Unsere Verbindung ist abgerissen, seit wir hier sind. Also muß ich doch ein bißchen an der Schnur ziehen – nur um zu zeigen, daß ich noch da bin.

Wer weiß, wozu das eines Tages noch gut ist?

15

Sausalito

Anscheinend sieht man immer nur das, was man sehen will. Mag die Wahrheit einem auch ins Auge springen, man dreht sich so, daß man woanders hinblickt. Ein berühmter Krebsspezialist erkannte eines Tages an seinen Röntgenbildern, daß er selbst von der Krankheit befallen war, behauptete jedoch bis zuletzt, jemand habe sich in der Beschriftung und Katalogisierung der Aufnahmen geirrt.

Was mir mit Tracy widerfahren mußte, war so offensichtlich, daß es ein Blinder hätte sehen können. Seine Hand auf meiner, seine Blicke, auch unser gemeinsames Schweigen und die tiefere Verbindung seit jener Begegnung mit Sally. Ich hätte das nicht einmal benennen können – vielleicht verband uns etwas wie innere Einsamkeit. Jedenfalls führte all das unweigerlich zu dem Augenblick, in dem er versuchen würde, mich in die Arme zu nehmen, um mir noch näher zu sein. Und da ich diesen Augenblick fürchtete, bemühte ich mich, ihn nicht kommen zu sehen. Ich sagte mir: „In zwei Tagen reisen wir ab; was also kann sich schon noch abspielen bis dahin? Nicht ein einziges Mal habe ich ihn ermutigt, mir mehr als ein Freund zu sein.“ Nicht einmal aus Koketterie. Im Gegenteil: verschwollene Augen und eine triefende Nase – so einen Anblick bietet man doch höchstens einem Bruder.

Ich suche Freundschaft. Ich möchte einen Jungen oder einen Mann finden, mit dem ich alles teilen kann, ohne daß es eines Tages unweigerlich dazu kommt, daß man auch das Körperliche einbezieht. Einen Bruder will ich, aber eigentlich auch wieder nicht. Aber einen, mit dem alles denkbar wäre – nur daß man eben kein Verlangen empfindet und trotzdem vollkommen miteinander harmoniert. Dem ist nichts hinzuzufügen; das sagt wohl alles! Als Tracy mich bat, jenen vorletzten Abend mit ihm und ein paar Freunden zu verbringen, spürte ich eine gewisse Unruhe. Doch sogleich schaute ich anderswo hin, sah nur in Richtung Vergnügen, auswärts essen – im Restaurant eines Ortes, von dem ich nur den heißen, klangvollen Namen „Sausalito“ kannte.

Sausalito ist ein Fischerdorf mit Hafen, das San Francisco gegenüber auf einem Hügel liegt. Je reicher man ist, desto weiter oben wohnt man. Junge Leute und Künstler aber leben auf Schiffen, die sie in Häuser ungewandelt haben. Von überall her kommen Leute, um sie zu begaffen!

Tracy hat ein Restaurant ausgesucht, dessen Terrassen über dem Meer hängen. Von der anderen Seite der Bucht herüber gibt San Francisco uns Leuchtzeichen. Die Stadt liefert uns ein Schauspiel wie auf der Bühne. Man erkennt deutlich, daß sie nicht groß ist, von Hügeln und Wasser eingeengt wird; man weiß, daß sie nach Algen und Blumen riecht. Aber wieder einmal sind auch hier im Restaurant wegen der klimatisierten Luft alle Öffnungen hermetisch verschlossen, gehen uns alle draußen aufsteigenden Düfte verloren.

Wir sind vier Burschen und ebensoviele Mädchen. Ich kenne sie alle. Seit unserer Ankunft sind sie fast jeden Tag gekommen, um mit uns im Swimming-pool zu tauchen und Cécile zu jagen, die zwar brüllt, aber doch nur darauf gewartet hat.

Die Burschen kommen mir unbedeutend vor. Wie die, mit denen ich in Frankreich manchmal tanze. Vielleicht ungehemmter. Einer von ihnen – unförmig dick – hat viel Humor und entlockt seinem Publikum unentwegt wahre Lachsalven. Wenn er läuft, wabbelt es um seine Hüften, als trüge er einen altmodischen Unterrock.

Zwei der Mädchen sind sehr hübsch, langbeinig, hellhäutig wie viele hier. Das dritte ist eine Katastrophe! Schwarzbraun, gedrungen, bitterböse und mit der ganzen Welt verfeindet. Ich denke oft, wie schrecklich die Erkenntnis sein muß, daß man häßlich ist und davon träumt, plötzlich schön und anziehend zu sein. Ahnt denn jemand, was für ein enormes Maß an Lebenstüchtigkeit, Freundlichkeit, Begeisterungsfähigkeit und was noch alles ein häßliches Mädchen aufbringen muß, damit man sich überhaupt mit ihm abgibt? Man empfindet es doch bereits als ungerecht, wenn ein zierliches Mädchen sich vor unseren Augen mit Brot vollstopfen kann, während man selbst die Schnitten abzählen muß. Stellen Sie sich nun vor, Ihr Haaransatz reicht bis zu den Augenbrauen, Sie haben eine Hakennase und einen faltig-schlaffen Körper mit vornübergeneigter, in den Knien einknickender Gangart . . . Es muß weiß Gott schwer sein, damit zu leben, auch wenn man sich unablässig vorbetet, daß andere – Behinderte etwa – noch viel schlimmer von der Natur benachteiligt sind.

Tracy hat mir erzählt, daß dieses Mädchen „Kurse für reizvollere Umgangsformen“ besucht hat. Dort bringt man den Schülern bei, wie sie ihre jeweiligen Vorzüge hervorheben und in jeder Lage Gefallen erwecken können. Nun weiß sie, wie man eine Unterlippe betont, um sinnlich zu wirken (aber nicht zu sehr!), wie man eine lange Nase kürzer, die Backenknochen aber höher erscheinen läßt und wie man seinen

Bauch einzieht. Sie hat gelernt, sich geschickt zu frisieren und zu kleiden, ja sogar, welche Schuhe zu ihr passen. Sie weiß, wie man am liebenswürdigsten einem Autofahrer dankt, der einem die Vorfahrt läßt, wie man einen lästigen Verehrer los wird oder wie man einen Cocktail entgegennimmt.

Aber es gelingt ihr nicht; es wird nur noch schlimmer. Und zu allem Unglück haben ihre Eltern sie auch noch Grace nennen müssen!

Wir fangen mit einem Apéritif an. Große Gläser mit einer Mischung aus Fruchtsaft und Rum. Für gewöhnlich meide ich Alkohol. Claire trinkt eher zu viel, Bernadette mit Maßen, Cécile ist verrückt danach, sobald sie Gelegenheit hat, also anläßlich von Festen. Ich glaube, für mich ist Alkohol immer gleichbedeutend mit Papas Jugendfreund gewesen – einem von der Art, wie man sie später niemals mehr findet. Der ist so von Alkohol durchtränkt, daß Charles nur noch mit sehnsuchtsvoller Trauer von ihm spricht, als sei er ohne Hoffnung auf Wiederkehr in ferne Länder gegangen.

Heute abend nun hat man mich gar nicht erst nach meiner Meinung gefragt. Das Glas war mit Orangen- und Ananasstückchen gefüllt; also hab' ich mich darüber hergemacht, und als ich es zur Hälfte geleert hatte, fühlte ich mich schon überaus wohl in meiner Haut, kam mir sogar schön und intelligent vor.

Ich versuche mich darin, Amerikanisch mit japanischem Akzent zu sprechen, was alle – auch Tracy – zum Lachen bringt. Es macht mir Spaß, ihn fröhlich zu stimmen. Ich denke an Sally und habe den Eindruck, daß ich ihm ein Beispiel von Optimismus und Mut gebe. Wie Papa glaube ich, daß es Menschen in Schwierigkeiten helfen kann, wenn man mit aufrichtiger Hoffnung an sie denkt. Kurz, ich finde mich gut, und die von den Wänden auf uns herabrieselnde Musik könnte mir fast Tränen des Wohlbehagens entlocken.

Dann essen wir Krabben in einer geheimnisvollen „Sauce

der tausend Inseln", Steaks, neben denen die des Fleischers von Mareuil erblassen würden, und jene berühmten mit frischer Sahne gefüllten Kartoffeln. Dazu gibt es Salat mit Roquefort-Dressing und heißes knuspriges Brot, als ob Sonntag wäre.

Jetzt verstehe ich auch, warum der Fettmops so dick ist: er nimmt von allem zwei Portionen. Im großen und ganzen ist die Atmosphäre o.k. Aber auf einen Schlag ist dann alles verdorben! Es ist zweiundzwanzig Uhr. Wir haben gerade den Nachtisch bestellt. Für mich eine Eisspezialität aus Kokosnuß, ein „Mystère" für Grace. Während wir alle leichte Kleider anhaben, trägt Grace eine Bluse mit Puffärmeln und Stehkragen. Der Dicke verkündet ihr mit bewegter Miene, daß Mysterium sei wohl sie selbst! Nämlich was sie da unter ihrem Oberteil verberge. Warum man sie denn nie baden gehen sehe?

Ich glaube noch nicht einmal, daß er wirklich gemein sein wollte. Er badet übrigens selbst auch nicht, und wahrscheinlich aus demselben Grunde. Aber es ist das erstemal, daß überhaupt jemand Grace direkt anspricht – und dann gerade, um ihr so etwas zu sagen!

Zunächst einmal antwortet sie nicht, sieht aus, als ob sie nachdenke. Dann steht sie plötzlich auf und beginnt, ihre Bluse aufzuknöpfen, wobei sie verkündet, wenn es schon um Mysterien gehe, dann werde sie uns jetzt ein nie erlebtes Schauspiel bieten: nämlich den Striptease eines häßlichen und schlecht gebauten Mädchens. Und warum auch nicht, da in einem Lokal am Broadway ja zur Zeit sogar eine schwangere Frau auftrete und in einer Supershow ihren Bauch zur Schau stelle. „Zwei in einer" sei der Titel und ein toller Schlager, weil die Leute sich ganz was anderes darunter vorstellen.

Wir sitzen an einem Tisch im hinteren Teil des Restaurants. Das Licht ist gedämpft wie in den meisten dieser Vergnügungslokale, und die Kellner können noch glauben, daß sich der Aufruhr bei uns wieder legen werde. Aber er legt sich keineswegs. Denn diese Blödmänner stacheln Grace zum Weitermachen an, während die Mädchen sich zurückhalten und sie nur mitleidig ansehen, so daß sie erst recht losschreit, sie seien ja doch heilfroh, nicht so wie sie auszusehen und kämen sich um so verführerischer vor. Mir ist ganz schlecht von diesem Auftritt. Ich möchte ihnen ins Gesicht schreien, was für Schweine sie sind; insbesondere den Mädchen. Aber ich wage es nicht. Mit Bernadette zur Seite wäre das schon längst geschehen. Schweine! Wegen morgen zumal; wenn Grace morgen aufwachen und sich an die heutige Szene erinnern wird ... Hat auch nur einer von ihnen daran gedacht?

Sie kann sich nicht einmal mehr auf den Beinen halten – wegen des Alkohols und der hohen Absätze. Dazu wieder diese säuselnde Musik zur Untermalung des Schauspiels! Das Oberteil hat sie schon abgestreift. Es liegt mit geblähten Puffärmeln auf dem Stuhl. Sobald die Burschen ihren apfelgrünen BH sahen, haben sie geklatscht. Jetzt schließen sie Wetten über die Farbe der Unterhose ab. Schon hakt Grace den Rock auf. Das Schlimmste ist ihr Lächeln. Dieses Lächeln aus der Charme-Schule, eine schlecht sitzende Maske. Ich weiß, das ist ein banaler Ausdruck dafür, aber wer wüßte einen passenderen! Sie hat sich eine Maske über das Gesicht gestülpt, und darunter knistert es nur so vor Erwartung und dem unterdrückten Aufschrei, man möge sie doch zur Kenntnis nehmen.

Ähnliches las ich im Gesicht jener alten Großmutter in Mareuil, die im vergangenen Winter ihren Mann verloren hat und deren ständiges Lächeln nur den Augenblick herbeiruft, da auch sie für immer fortgehen darf.

Ich sehe Tracy an. Er beteiligt sich nicht an dem Tamtam, schaut jedoch interessiert zu. Der Rock fällt zu Boden. Kein grünes Unterhöschen erscheint, sondern ein Unterrock. Erneuter Beifall. War der Striptease etwa geplant? Sollte sie zufällig auch darin Unterricht genommen genommen? Denn in San Francisco gibt es tatsächlich Kurse für geschicktes Entkleiden. Sie sind in der Hauptsache für Frauen bestimmt, die ihren Mann wiedergewinnen wollen, wenn das Feuer erloschen ist. Wie boshaft! Man wird dabei mit Musik berieselt wie hier.

„Mach', daß sie aufhört!" gebiete ich Tracy. Er schaut mich erstaunt an, denn ich habe Tränen in den Augen. Jedenfalls schneidet er mit einer Handbewegung den anderen das Wort ab und sagt: „Genug. Das reicht. Hört auf damit!" Er nimmt Graces Bluse und wirft sie ihr zu. „Zieh dich wieder an!"

Aber nun wird es noch schlimmer. Grace ist der Faden abgeschnitten, sie wirkt wie zerbrochen. Auf ihrem Rock stehend, sieht sie Tracy an, als habe er sich vor ihren mit hundert Sachen dahinrasenden Wagen geworfen und als wisse sie nicht, nach welcher Seite ausweichen.

Und als ob sie nur auf diesen Augenblick gewartet hätten, stehen plötzlich eine Frau und der Kellner mit dem Eis vor uns. (Das „Mystère" strotzt von Mandeln und schwimmt in Schokoladensauce!) Die makellos frisierte und zurechtgemachte Dame in sehr elegantem Kleid wird wohl die Besitzerin des Lokals sein. Sie hat sogar ein Lächeln für uns übrig, bittet aber Grace mit eisiger Stimme, den anderen Gästen doch nicht ein Schauspiel dieser Art zu bieten. Grace steht immer noch unbeweglich mit offenem Munde da, als ob sie gleich losschreien wollte: „So weckt mich doch endlich auf!" Ich halte es nicht mehr aus und gehe.

Draußen ist es kalt. Aber das tut gut; fegt mit einem Schlage Lichter, Musik und Alptraum beiseite. Ich laufe an den Booten entlang und atme so tief wie möglich, hefte die Augen fest auf den rosafarbenen Himmel. Warum kann ich mich denn nie in Situationen dieser Art behaupten? Warum möchte ich mich dann unter dem Tisch verstecken, mir Augen und Ohren zustopfen, als ob es um mich selbst ginge?

Ein Mädchen zieht sich öffentlich aus, na und? Sie trägt einen apfelgrünen BH – warum auch nicht? Sie ist häßlich, andere sind's auch! Es ist sehr komisch oder sehr traurig – aber so ist es eben im Leben. Wen kümmert es schon, daß sie ihre Haut zu Markte trägt? Wenn's ihr Spaß macht!

Der Wind schaukelt die Hausboote hin und her. Aber Grace ist doch ein Mädchen wie ich! Auch sie kennt Hoffnung und Verzweiflung, hat Träume und Vorlieben ... Manche Schiffsbrücken sind zu Gärten umfunktioniert worden. Da gibt es Büsche, Gehwege, Wäldchen mit Bänken, was immer man will. Auf einer Bank sitzt ein Mann mit der Pfeife im Mund und betrachtet zufrieden lächelnd San Francisco, als gehöre die Stadt ihm. Es ist wichtig, ein für allemal zu begreifen, daß der Wind, das Geräusch der Wellen, irgendwelches Licht immer da sein werden, uns in der Tat allen gehören und vielleicht sogar unseren kostbarsten Besitz darstellen.

Dann geht plötzlich Tracy neben mir her, und ich müßte lügen, wenn ich behaupten wollte, ich hätte ihn nicht erwartet. Er hat mich umgefaßt und sagt mir, ich sei nicht wie die anderen. Jawohl, ich greife nicht an; ich schweige. Aber weißt du, alter Freund, ich wünschte manchmal auch, ich könnte zuschlagen, intelligent reden. Du irrst, wenn du glaubst, ich hätte mir's ausgesucht, zu sein, wie ich bin ...

Er lacht. Ich hab' noch nicht genug betont, daß er ein schöner Mann ist. Seine Schönheit bringt einen nicht zum Erschauern, so nicht; aber sie bewegt und rührt; vor allem seine hellen Augen, die sich irgendwie verschatten vor dem, was er in dir sucht.

Es ist herrlich, jemand bei sich zu haben, der zu verstehen versucht. Ich möchte es ihm sagen, aber in dem Augenblick beugt er sich zu mir und küßt mich.

Der erste Kuß seit Pierre; seit ich an jenem Abschiedsabend in La Marette Pierres Lippen noch einmal auf den meinen spürte. Seit jenem unendlichen Kuß, in dem alles mitschwang, was uns nun nie mehr widerfahren würde, da es ja der letzte war; doch auch alles, was uns noch hätte widerfahren können . . .

„Aber – du weinst ja . . .“, murmelt Tracy. Für „weinen“ sagt man auf Englisch „cry“, fast wie „Schrei“, „cri“ im Französischen, nur noch verstärkt durch das „y“.

Ich sage ihm nicht, weshalb ich weine. Mag er denken, der Grund hiefür seien Grace, der Wind, der Rum, jene kleinen Lichter an den Schiffsflanken, die so verloren nach Festlichkeit aussehen.

Er sieht derart unglücklich aus, daß nun ich es bin, die ihn küßt und ihm den Grund meines Kummers doch verrät. Nicht seinetwegen, er ist blond und zärtlich – wenn ich könnte, hätte ich ihn anders geliebt.

Es gibt Augenblicke wie diesen, die das Alltägliche überbrücken. Wir sitzen auf einer Bank, mein Kopf lehnt an Tracys Schulter, und von seinem Boot aus schaut der Bärtige mit Sympathie zu uns herüber. So würde ich gern Kalifornien Lebewohl sagen, im Angesicht einer Stadt, die schöner ist als andere und niemals ganz in Schlaf versinkt.

Dann steigen wir wieder ins Auto, wortlos und einander sehr nahe. Die Sitzbank ist weich, und die Wärme tut gut. Wir küssen einander noch einmal, diesmal bei Musik. Mozart – um genau zu sein! Was ich empfinde, ist nicht schmerzvolles Verlangen, nicht Aufruhr der Sinne; es ist eher beruhigende Erholung, Zuflucht. Zwischendurch schiebt mich Tracy ein Stück von sich fort und fragt mich etwas. Ich verstehe nicht genau, sage aber jedenfalls ja; und plötzlich befinde ich mich allein im Wagen vor einem Motel mit zuckender Neonreklame und dem verheißungsvollen Namen „Das Paradies“.

Der Paradies liegt zwischen einem Supermarkt, dessen Armee von ineinander verschränkten riesigen Einkaufswagen man im Dunkeln erkennen kann, und einer Tankstelle, auf die ein übergroßer Pfeil hinweist und verkündet, daß dort der billigste Brennstoff unseres Planeten zu haben sei.

Vor jeder Tür des Motels steht ein Schaukelstuhl, und über den Türen leuchtet ein Licht auf, wenn das Zimmer besetzt ist. In einer Art von Schilderhäuschen aus Glas ist Tracy gerade im Begriff, einem Mann vom Schlage eines amerikanischen Film-Hotelbesitzers Dollars hinzublättern. Mit einemmal bin ich hellwach, springe von einer Brücke, die hoch über das Alltägliche hinwegführt, wieder zurück auf festen Boden. Harten Boden, jawohl! Während über der Nummer 44 das Licht aufleuchtet, begreife ich, daß das Geschäft in dem Glaskäfig abgeschlossen und das Zimmer für uns bereit ist.

Ich aber will das nicht! Niemals habe ich solchem Vorhaben zugestimmt. Tracy steckt seine Brieftasche wieder ein. Daß er das viele Geld umsonst ausgegeben hat, betrübt mich am allermeisten. Ich denke zwar „umsonst", mache aber keinerlei Anstalten zur Flucht. Und schon steigt er wieder neben mich in den Wagen, küßt mich, bevor er losfährt, um vor Nr. 44 wieder anzuhalten, als habe er soeben den ersten Teil eines Vertragsvollzuges erfolgreich zu Ende geführt.

Es ist ein bombastisches Zimmer. Eine ganze Wandseite ist mit schweren weißgoldenen Vorhängen verdeckt. Ein Überwurf aus demselben Stoff liegt auf dem großen Bett, einem „King-size", wie man das hier nennt, also einem Bett für einen König: mindestens zwei Meter lang. An den Wänden hängen Bilder mit verschneiten Berglandschaften – wie immer am Meer, wohingegen man im Gebirge Brandungswogen von den Stränden der Bretagne oder der Normandie vorfindet. Natürlich auch ein „King-size"-Fernsehapparat. Ein Durcheinander von Stühlen.

Eine Hausbar ist vorhanden und auf dem Nachttisch alles, was man braucht, um sich vom Bett aus ein warmes Frühstück zuzubereiten: Streuzucker, Milchpuder, Nescafé.

Ich stehe blöderweise wie angewachsen vor all dem, während Tracy ins Badezimmer geht, wo ich wider Willen das Wasser rauschen höre. „Wenn Mama mich so sähe, mein Gott!“ sage ich vor mich hin. Es ist einfach unvorstellbar. Ich bin gar nicht da; bin niemals mit einem jungen Mann, für den ich keine Liebe empfinde, in ein Hotelzimmer gegangen. Im übrigen spüre ich meinen Körper überhaupt nicht mehr. Er ist wie die Kleiderpuppe bei der Schneiderin, die früher meine Sachen nähte. Geschlechtslos, in der Brustgegend sanft gewölbt, gefühllos, gleichgültig, mit Sägemehl gefüllt. Damals steckte ich Nadeln hinein, und es tat köstlicherweise *mir* weh, nicht ihr.

Die Tür geht auf, und Tracy erscheint wieder, mit nacktem Oberkörper, als habe er mich schon erobert. Seifengeruch dringt bis zu mir her. Er ist erstaunt, mich noch vor dem Pulver-Frühstück vorzufinden. Anscheinend war er darauf gefaßt, daß ich schon im Bett läge und ihm ein Bein oder eine Brust wie zufällig entblößt präsentierte . . .

Er kommt heran und nimmt mich in die Arme. Seine Lippen streicheln meinen Hals. Noch ahnt er nicht, daß er die Schneiderpuppe umarmt. Ich lasse ihn meinen Pulli ausziehen. Jetzt sitzen wir auf dem Bettrand. Ich bin keiner Bewegung fähig. Seine Jeans fallen geräuschvoll zu Boden. Er trägt eine Badehose.

Am einfachsten wäre es, mich hintenüber fallen zu lassen, die Augen zu schließen und seine Annäherung hinzunehmen. Es wäre so etwas wie ein Abschiedsgeschenk. Ein zärtliches Geschenk. Und ich bin plötzlich so müde, denke zugleich „Warum nicht?“. Aber ich weiß doch, daß ich es nicht tun werde. Es ist mir ganz einfach unmöglich. Mein Körper läßt mir keine Wahl: Meine Brust fällt ein, ich presse die Knie gegeneinander, mein Leib verschließt sich. Ich fasse seine Hände und ziehe sie von mir fort. Plötzlich steht die Welt still zwischen uns.

„Ich kann nicht“, sage ich. Er begreift nichts; besteht darauf, mit mir zu schlafen. Weshalb bin ich denn mit ihm gegangen? Warum habe ich seine Küsse hingenommen? Er hat ein Recht. Warum?

Er steht auf, und ich hege die Hoffnung, daß er verzichtet. Aber das ist keineswegs der Fall. Er sucht in seiner Hose nach einem Geldstück und steckt es in einen Automaten, der am Kopfende des Bettes angebracht ist. Und nun beginnt das Bett zu vibrieren. Ein Massagebett also! Es stimmt, daß die Lendengegend dadurch erwärmt wird und – dann muß es eigentlich gut gehen. Nein!

Jetzt bin ich es, die sich erhebt, und ich ziehe meine Strickjacke wieder an. Er liegt auf dem Bett und hat die Arme unter dem Kopf verschränkt. Er sieht unglücklich aus. Wie soll ich es ihm erklären? Wie soll ich es dir denn sagen, Tracy? Ich will Schwung und Kraft, aufwühlende Worte, eine vor Erregung trockene Kehle, vielleicht sogar Tränen. Ich will ein überfließendes Herz, einen von den Wogen der Leidenschaft überrollten Körper. Ich will jemanden, der die Ebbe malt, ich will den Mann, der mich verlassen hat, und keinen anderen.

16

Das große Spiel mit der Kälte

„Was fällt dir denn ein?“ fragt Claire. Von ihrem Bett aus schaut sie mich an, die ich auf der Schwelle zu ihrem Zimmer stehe. Prinzessinnenhafter denn je liegt sie in den Kissen; das Haar fällt auf ihr Spitzennachthemd herab, Parfumhauch umschwebt sie, und ich schnüffle auch den Mandelduft ihrer Handcrème.

„Nun steh’ doch nicht wie angewachsen herum! Mach die Tür zu, sonst kommen noch Mücken herein!“

Ich schließe die Tür, trete näher heran. Meine Kehle ist ganz trocken, so glücklich bin ich, seit ich bei ihr noch Licht sah.

Ohne Hast legt sie ein Lesezeichen in ihr Buch und deponiert es auf ihrem Nachttisch, wo schon ein Glas Wasser auf einer Untertasse steht, eine Silberschachtel mit einem Schlafmittel für alle Fälle, Lippenpomade, ihr Ring, ihr Wecker.

„Wenn dir kalt ist, kannst du kommen, das weißt du ja." Sie hebt die Steppdecke hoch. Ich ziehe meine Sandalen aus und schlüpfe zu ihr ins Bett, das gerade für anderthalb Personen ausreicht. Wunderbar!

„Fang' nicht gleich an zu reden. Du hast Zeit, erst einmal Atem zu holen." Sie überläßt mir ein Stück ihres Kopfkissens. Ich schließe die Augen; habe genug davon, außer Atem zu sein. Habe genug von allem, was mit Herz und Schweigen zusammenhängt. Während der ganzen Rückfahrt hat Tracy kein Wort mehr gesprochen. Es war gräßlich! Und dabei diese vertrauenerweckenden, schimmernden Lichter auf den Hügeln, diese von Blumen gesäumte Autostraße, dieses Abenteuer für nichts und wieder nichts. Amerika für die Katz'!

„Ich nehme an, es ist Tracy!" sagt Claire.

„Es ist Tracy! Er wollte – ich wollte nicht. Klassischer Fall – wie's im Buche steht! In eben dieser Minute widerfährt das einer Million anderer Leute ebenfalls, vermute ich. Ohne all die vielen mitzuzählen, die gerne möchten, aber nicht können, und umgekehrt. Doch der Gedanke an diese ganze Menschenmenge, die es in dieser Sekunde versucht, bei denen es klappt oder nicht, der tröstet mich nicht, verstehst du? Das ist vielleicht das Unerfreulichste daran."

„Mach dich doch nicht unnötig verrückt deshalb", sagt meine Schwester. „Es lohnt sich wirklich nicht."

Aber ich muß jetzt Dampf ablassen, alles loswerden. Und dann ist Tracy auch noch ganz langsam gefahren, als erwartete er, daß ich mich dennoch anders besinnen würde und als ob für ihn alles nur an dem einen von mir verweigerten Wort hinge. „Weißt du, Claire, mir war, als ob mich jemand plötzlich verriegelt hätte. Es war nicht nur so, daß ich nicht wollte, ich *konnte* nicht. Ich sah seine Hände auf meinem Körper und empfand nichts. Ich betrachtete den jungen Mann in der Badehose und fragte mich, was wir hier denn sollten! Er sieht doch wirklich gut aus, ich mag ihn gern, und gar nicht selten spüre ich ein körperliches Verlangen – zumal in der morgendlichen Wärme meines Bettes. Begreifst du das? Ob das nun jedesmal so sein wird, wenn ein Mann mich begehrt? Wenn nun Pierre durch sein Weggehen eine wesentliche Feder in meinem Reaktionsmechanismus verbogen hätte? Man liest das ja immer wieder, daß das Verlangen eine zerbrechliche und mysteriöse Sache ist, nicht anders als die künstlerische Inspiration. Und wenn nun für mich Verlangen und Sinnenfreude für immer an die Angst vor dem Leidenmüssen gekoppelt bleiben, was tu' ich dann?"

„Wie ist das alles denn passiert?"

Ich höre mich lachen. „Ich habe mich in ein Hotel mitschleppen lassen. Weißt du, was das heißt?" – Claire hebt interessiert eine Augenbraue. „Was für ein Hotel?" – „Ach, du hast ja keine Ahnung, Vorhänge, Möbel – wie im Ritz!"

Sie seufzt. Es klingt fast wie Bedauern: „Und du bist bis ins Ritz mitgegangen, um schließlich nein zu sagen?"

„Es ging alles so schnell. Ich hatte kaum Zeit, mir darüber klar zu werden. Er hat mich in die Enge getrieben – und da konnte ich nicht."

Ich hatte aber schon vorher im Wagen Bescheid gewußt, als ich sah, wie er bezahlte – für nichts.

„Du machst alles zu kompliziert", sagt Claire. „Eine Frau kann immer. Und wenn er doch so gerne wollte . . ."

Ich schüttle den Kopf. Es sei nichts als ein Schutzsuchen gewesen, so wie wenn man einander bei der Hand nimmt. Ich hätte es nur aus Freundschaft getan, nicht aus Liebe – wie es doch sein soll. Man tut es auch aus Haß, aus Gewohnheit, aus Gleichgültigkeit, aus was weiß ich für Gründen.

„Ich will das nur, wenn ich wirklich liebe!" Claire zuckt mit den Schultern. Sie rutscht tiefer unter die Decke. Jetzt ist mir warm. Ich bin bei ihr und fühle mich wohl. Hie und da sticht noch ein Rest von Groll, aber der wird schon verschwinden.

Da liegt ja ein schöner, reifer Pfirsich auf ihrer Frisiertoilette. Wenn man in La Marette mitten am Vormittag ohne anzuklopfen in ihr Zimmer tritt, kann es vorkommen, daß man sie unter einer Obst- oder Gemüsemaske vorfindet. So nährt sie ihre Haut.

„Wirklich lieben", sagt sie, „wie willst du das wissen? Wenn du einen, der dich begehrt, hinhältst, wird er natürlich auf jeden Fall glauben, er sei verliebt in dich. Und dir geht's genauso, wenn er dich warten läßt. Verlangen? Liebe? Das klärt sich alles erst, wenn du's hinter dir hast. Erst dann weißt du, woran du bist."

Ich schaue sie an. Wenn ich bedenke, daß wir achtzehn Jahre im selben Haus gelebt haben und jetzt zum erstenmal dieses Thema besprechen, um das sich die Welt dreht, wie man so sagt: Verlangen, Liebe! Könnte man die Sache nicht wirklich vereinfachen? Liebe zwangloser erledigen und anderen, dauerhafteren und leichter zu umreißenden Dingen mehr Aufmerksamkeit widmen: dem Frieden, der Gerechtigkeit, der Freundschaft, der Achtung?

Ich weiß nicht mehr, woran ich bin. Etwas in mir gibt Claire recht, anderseits steigt Protest in mir auf. Noch nie habe ich jene Mädchen leiden können, die mit dem Verlangen des Mannes spielen, ihn mit ihrem Körper zu ködern versuchen. Aber wenn das so weitergeht, werde ich noch dahin kommen, dieses Wort zu verabscheuen. Er geht mir nämlich allmählich auf die Nerven, dieser Körper, der will, wenn niemand da ist und nicht mehr will, wenn es mit einem Blonden, Schönen möglich wäre; weil der Körper zu sehr an jenem ersten hängt, der ihn besessen hat.

„Claire, hast du eigentlich schon wirklich geliebt?“ – Sie zögert nicht: „Mit dreizehn. Seither niemals mehr. Christiane – weißt du noch?“

Und ob ich mich erinnere! Christiane – das war ihre Französischlehrerin. In diesem Fach war die Prinzessin über ein gut Teil des Schuljahres hinweg die Beste und riß sich darum, in Racines Tragödien mitzuspielen. In diesen Rollen konnte sie ihre Liebe ins Publikum hinausschreien, die Augen immer starr auf den Souffleurkasten gerichtet, in dem die Heißgeliebte saß.

Das hat dann ein schlimmes Ende genommen. Eines Tages ertappte Claire nämlich Christiane mit einem Mann. Daraufhin zerfiel ihre Liebe, und die Französischnoten sanken rapid.

„Und Jeremy?“ – „Aber ja, wir verstehen einander ganz gut; wir kommen miteinander aus.“ – Ich kann mein nervöses Lachen nicht unterdrücken wegen ihres „Wir verstehen einander.“ Wenn man nur an das Kauderwelsch denkt, in dem die zwei sich verständigen! Erneutes Lachen. Claire runzelt die Stirn: „Legst du absolut Wert darauf, die Eltern zu wecken?“ Ich nehme mich zusammen. Sie geruht zu lächeln, öffnet die Nachttischschublade und reicht mir ein gutgebügeltes, leicht parfümiertes Taschentuch. Unentbehrlich in einer Familie, eine solche Prinzessin-Schwester!

Sie verschränkt die Arme unter dem Kopf. Ich mag diesen zarten, schutzbedürftigen Teil des Armes zwischen Achsel und Ellenbogen. Einer der ersten, die mit fortschreitendem Alter schlaff werden, wie man am Strand feststellen kann. Wäre ich ein Mann, fingen meine Lippen dich dort zuerst zu liebkosen an.

Und nun beginnt sie zu reden! Als hätte sie in den achtzehn Jahren des Nebeneinanderlebens nur darauf gewartet. Vielleicht wartet sie im Grunde tatsächlich darauf, daß jemand zu ihr hereinkommt, wenn sie abends ein wenig vor allen anderen in ihr Zimmer hinaufgeht? Sie hofft, daß man sie braucht. Man bildet sich immer ein, sie, Claire, sei die Schutzbedürftige. Wenn es nun anders herum wäre?

Sie erzählt mir, daß für sie bei der Liebe das Schönste erst hinterher kommt: jener Augenblick der Zärtlichkeit, wenn sie ihren Kopf eine Zeitlang an die Schulter des Partners lehnen kann, wenn sie miteinander sprechen, nicht unbedingt von wichtigen Dingen, aber doch über das, was ihnen im Leben Spaß macht, was sie sich wünschten, um freier atmen zu können. Wenn zum Beispiel er sagt, er begreife, weshalb sie sich nicht in den allgemeinen Irrsinn einbeziehen lassen wolle; wenn er sie streichelt, aber nur weil es so schön ist, einander nur noch sanft zu liebkosen. Man hat einander besessen, doch man muß nicht darauf zurückkommen. Dann weiß sie, daß es richtig war, sich hinzugeben und erlebt Minuten des Glücks, wie sie sagt.

Doch es ist auch vorgekommen, daß der Partner kurz nach dem Liebesakt aufgesprungen ist, sich auf seinen Tabak, seine Kleider, Akten oder in seinen Wagen gestürzt hat. Dann verschließt sie die Tür ihres Herzens und sagt mit einem kleinen Lächeln zu sich selbst: „Vorbei, mein Lieber! Du kannst dich für alle Zeiten mir zu Füßen werfen, mir dein Leben und Vermögen anbieten, ich werde dir niemals wieder angehören."

„Ist dir das denn schon passiert?" frage ich. – „Was?" – „Das mit dem Leben und dem Vermögen." – Sie lächelt befriedigt: „Ja, aber wozu hätte das gut sein sollen – mit einem Ausländer?"

Ich betrachte sie wieder und wieder. Sie sieht so unverletzt aus – so unberührt trotz allem. Das ist es: Sie ist noch nicht wirklich wachgeküßt worden – die Prinzessin!

„Hast du schon einmal die vollkommene Erfüllung in der

Liebe erlebt?“ wage ich zu fragen.

Sie läßt sich Zeit mit der Antwort. Ich liege fast eingeschüchtert da. Ihre Beine bewegen sich unter der Steppdecke. Sie streicht ihr Nachthemd glatt. „Vollkommen? Nein! Sehr angenehm in gewissen Augenblicken, ja, aber niemals so, wie's immer dargestellt wird. Überall! In Romanen, im Kino, in Zeitschriften. Besser als das Beste; ja, als das überhaupt Mögliche ...“ Sie dreht sich zu mir und betrachtet mich argwöhnisch. „Vorsicht! Fang' nicht etwa an, mich zu bedauern. Das ist unwichtig; es wird schon noch kommen.“

„Und wenn es kommt, und du dann alles zugleich hast: Liebeserfüllung, Zärtlichkeit und Zwiegespräch?“

Jetzt scheint ihr die Sache problematisch zu werden.

„Ich weiß nicht, die Liebe verbrennt doch alles, wirft alles über den Haufen, wohingegen Zärtlichkeit versteht und entschuldigt. Beides paßt nicht zusammen. Ich ziehe Zärtlichkeit vor.“

Und sie fügt hinzu: „Auch weil ... Na ja, bei mir darfst du nicht damit rechnen, daß ich mich jemals von jemandem abhängig machen werde.“

Damit rechne ich auch nicht. Mit genau derselben Stimme sagte sie im letzten Winter, daß sie sich niemals in ein Büro einsperren lassen werde. Sie folgt nur ein- und derselben Bahn. Schön, frei und ungebunden – weder an einen Mann gebunden noch an die Arbeit.

Ich höre noch Papas Gegenargument: „Wenn nun alle so handelten wie du?“ Und ich kenne ihre Antwort: „Erstens haben nicht alle solche Bedürfnisse ...“ Dann: „Das wäre übrigens großartig. Man würde endlich aufhören, hin und her zu rennen.“ – Und Papa darauf: „Und ernährte sich wie, bitte sehr?“ – Bernadette: „Von der Luft und vom Wetter, stelle ich mir vor ...“ – Mama (sanft): „Jeder hat nicht soviel Glück wie du, weißt du?“ – Darauf Claire: „Hab ich, weiß ich – und ich nutze es auch aus!“ Das konnte stundenlang so weitergehen. Und eines Tages ist sie deshalb im letzten Winter auch davongelaufen.

Ich ziehe die Decke noch höher hinauf. Unten schauen vier Füße heraus. Und plötzlich fällt mir etwas ein ...

„Claire, erinnerst du dich noch an unser Spiel? An DAS Spiel ...?“

Auf einmal glänzen ihre Augen, und sie lacht wieder ihr altes Lachen. „Natürlich erinnere ich mich daran!“

Mit einer schnellen Bewegung befördert sie die Steppdecke zu Boden und kommandiert: „Füße!“

Das spielten wir abends vor dem Einschlafen, wenn unsere Eltern ausgegangen waren. Bernadette, Claire und ich. Cécile war noch zu klein; sie hätte gepetzt. Wir wählten uns immer die kältesten Winterabende dafür aus, öffneten das Fenster; ein Wunder, daß wir noch am Leben sind. Ich sehe uns noch alle drei nackt auf unseren Betten liegen. Claire kommandierte. Ich höre ihre Stimme: „Füße!“ Das hieß, man durfte sich die Füße zudecken. „Knöchel!“ Vier Zentimeter höher „Waden!“ – „Schenkel ...“ Die Decke rutschte allmählich höher und mit ihr wellenweise auch die Wärme, jedesmal ein Stückchen weiter. Aber man mußte abwarten, bis sie „Hals“ gesagt hatte, um es endlich rundherum warm zu haben. Wie herrlich war es dann, sich ganz eingraben zu können, sich zu dehnen, sich mit Wärme vollzutanken. Und wie oft hätte die eine oder die andere von uns beinahe das Spiel abgebrochen, die Decke mit einem Schlage hochgezogen; aber dann wäre man bei den beiden anderen unten durch gewesen. Claire verlängerte die Phasen der Bewährungsprobe jedesmal um Sekunden. Unsere Körper waren damals noch glatt und flach wie Bretter. Das war übrigens auch die Zeit, da die Prinzessin Christiane liebte. Unsere Kindheit!

Ich erzähle ihr von dem Massagebett, das die Lenden wärmt. Ihre Augen funkeln. Das wäre doch was, wenn man unser Spiel auf einem solchen Wackelbett spielen könnte! Sie gäbe was dafür, das ausprobieren zu können. Ganz entschieden gibt es in Frankreich nichts so Überraschendes. Wirklich ärgerlich!

Die Zeit vergeht. Claire stellt ihren Wecker. „Wenn du hier schlafen willst, meinetwegen. Ich bin jetzt müde und lösche das Licht."

Blitzschnell werfe ich die Kleider ab, aus Furcht, sie könnte sich noch anders besinnen. Bevor ich mich neben sie lege, ziehe ich noch schnell die Vorhänge ein wenig auseinander. Die Scheinwerfer unter den Blumen brennen noch. Ob Tracy jetzt schläft? Cécile wird sich einbilden, daß ich bei ihm bin. So weit, so gut. Vorausgesetzt, daß sie nicht morgen tausend Anspielungen macht. Auf keinen Fall wird sie mir glauben, daß die Prinzessin ihr königliches Lager mit mir geteilt hat.

Ich schlüpfe zu Claire ins Bett. Es ist ein Uhr. Also ist soeben unser letzter Tag bei den Millers angebrochen. Nun wünsche ich mir, daß er schnell zu Ende gehen möge. Aber Claire bleibt ja hier; es drückt mir das Herz ab.

„Und wenn du doch mitkämst?" Sie schaut mich an, zögert, und ihre Antwort macht alles hell und düster zugleich: „Ich hab' euch zu lieb", sagt sie, „ich muß mich davon lösen!"

Als sie sich hinüberbeugt, um das Licht zu löschen, spüre ich, wie ihre Brust die meine streift. Nur das Licht aus dem Garten scheint gerade noch ein bißchen durch die Vorhangspalte. Kann man denn wirklich zu sehr lieben? Sich schmerzlich angekettet fühlen? Ja, hundertmal ja. Claire hat wieder einmal recht.

Ich habe mich in bezug auf sie geirrt. Eines Tages werde ich mit Mama darüber sprechen müssen.

„Weißt du, was in diesem Hause fehlt?" fragt sie mit schlaftrunkener Stimme. „Der gute Geruch nach Pferdestall!" Ich lächle in die Dunkelheit hinein. In der Tat, nur Bernadette fehlt. Aber wenn Bernadette hier gewesen wäre, dann wäre ich heute abend zu ihr gegangen. Ihr Pech also. Oder sogar: um so besser. Sie hätte mich nämlich nur angeschnauzt. Ich höre sie bis hierher: „Ein Hotel? Ein Bordell, willst du sagen! . . .“ Und ihr Lachen: „Da bist du also in einem Stundenhotel gelandet, ohne dir klarzumachen, was er wollte . . .?“ Ich hadere. Sie hat gut reden. Mit ihrem Stéphane, mit Germain und ihren unverrückbaren Zukunftsplänen sticht sie uns alle aus, wie Cécile sagen würde.

Claire atmet kaum. Von drüben her steigt mir ganz deutlich der Pfirsichduft in die Nase. In gewissem Sinne ist ein Duft wie ein Licht. Ich denke an Claires Worte: Zärtlichkeit, Liebkosungen, die von Herzen kommen . . . Da glaubt man ein Mädchen mit moralischen Grundsätzen zu sein und ist oft nichts weiter als ein krasser Egoist. Denn ich habe mich ja Tracy nicht aus Prinzip oder aus Gründen der Moral verweigert, sondern weil ich keine Lust hatte. Und wenn er nun gerade meine Zärtlichkeit gebraucht hat? Claire hätte sich ihm hingegeben.

Es gibt die „Hundertundeins Positionen der Liebe“. Verkauft sich übrigens gut, wie's scheint. Es gibt auch die hundertundeins Positionen des Herzens – und meiner Meinung nach sind die alle gut.

Beispielsweise werde ich mich jetzt gleich, wenn meine Schwester fest schläft, so nahe wie möglich an sie drängen, ohne sie zu wecken. Ich werde die Augen schließen, meine Hüftlage der ihren angleichen, meine Atmung nach der ihren richten – und werde doch wissen, daß wir zwei sind.

17

Die verzauberte Stadt

Heute, am letzten Morgen in Kentfield, haben wir einen Brief von Bernadette bekommen.

In Frankreich geht alles seinen Gang. Das Wetter ist schwül, Unwetter hängen in der Luft, kommen aber nicht zum Ausbruch. Stéphane hat einen Job als Tankwart in Pontoise gefunden und verbringt seine Tage mit dem Schlauch in der Hand: entweder dem Benzinschlauch oder dem Gartenschlauch. In einer Nacht hat er schon davon geträumt, daß er Papas Rabatten mit Super gegossen habe! Davon abgesehen, ist er ganz zufrieden und bekommt haufenweise Trinkgeld, so sehr das auch den lieben Saint-Aimonds mißfallen würde!

Mit Delannay, dem „Ersatzmann", wie ihn unsere Schwester weiterhin nennt, gibt es keine Probleme. Er scheint viel Arbeit zu haben und kommt im allgemeinen erst nach dem Abendessen heim. „Aus Taktgefühl", vermutet Bernadette. Doch Papa möge beruhigt sein: Mareuil kann sehen, daß jeden Abend in mehreren Zimmern des Hauses Licht ist und kann Wetten darauf abschließen, bei wem Bernadette sich gerade aufhält. Die Ehre ist gerettet!

Am Schluß des Briefes stand noch ein PS für Claire; Bernadette wolle ihr eine einfache Frage stellen: Die Prinzessin habe doch die Tasche für Marjory bei der Hinfahrt dazu benutzt, ihre eigenen Sachen unterzubringen. Wie sie die denn nun wieder nach Hause zu transportieren gedenke?

Wir schauten einander an. Daran hatte noch keiner von uns gedacht. Während Gary und Cécile am Nachmittag mit Stiefeln und Rucksack ausgerüstet auf Reptilienjagd gingen, fuhren die Eltern wie ein verliebtes Paar zu Besichtigungen in die Umgebung von San Francisco. Jeremy kam Claire abholen, um sie wieder in seine legendäre Universität mitzunehmen. Da haben sie mir vorgeschlagen, sie doch zu begleiten.

Wie soll ich das alles beschreiben?! Die Verschwendung, die Möglichkeiten, den Reichtum, die Schönheit hier. Diese langgestreckten hellen Gebäude inmitten von Sonne und Grün; ein Hörsaal am anderen, und alle Türen bleiben während der Vorlesungen halb offen. Wollen Sie eintreten? Sie sind willkommen. Man verlangt nichts dafür.

Es gab auch Lesesäle mit Sesseln und Sofas, mit Schreibmaschinen ausgestattete Arbeitszimmer, Säle für Musik, Kinovorführungen, Tanz, Malerei und Meditation – ich erwähne nicht einmal ein Fünfzigstel des Angebots.

In den Gängen sprudelten alle zwanzig Meter kleine Eiswasserbrunnen. Stadien, Schwimmhallen und Sportanlagen haben wir nicht besucht, sind aber gleich an mehreren Bars, Cafeterias und Restaurants vorbeigekommen. Es war eine regelrechte Stadt für sich. Eine ganze Stadt, die nur den Studenten gehört und ihren Einfällen zu Gebote steht.

Anfangs hatte ich vor Bewunderung nur die Augen aufsperren können. Es fällt einem schwer zu glauben, daß hier wirklich nicht gerechnet wird, daß alle Türen offenstehen, niemand einem auf die Schulter tippt und höflich fragt, was man hier zu suchen habe. Claire aber glaubte sofort daran. Sie zeigte mir alle Einzelheiten, als wären sie eigens für sie entworfen worden. Sie hätte gern dort gelebt, wo man über alles sprechen kann, wo alles akzeptiert wird, erlaubt und möglich ist.

Schließlich streckten wir uns auf einer der Rasenflächen aus. Ein wenig weiter weg spritzten in einem Bassin nackte Studenten einander an. Jetzt empfand ich so etwas wie Angst oder Unbehagen. Ich erinnerte mich jener Geschichte, die Mama mir einmal vorgelesen hat: Ausgehungerte Kinder kommen in eine Wunderstadt, wo alles eßbar ist: Bäume, Büsche, Blumen. Aber auch die Häuser, Bänke, Möbel und alle anderen Dinge. Aus den Brunnen am Marktplatz fließen süße Getränke. Es regnet Bonbons und schneit gesponnenen Zucker.

Ich liebte den Anfang der Geschichte, wenn die Kinder an der Schwelle der verzauberten Stadt überwältigt stehenbleiben und noch zögern hineinzugehen. Ich war ihnen zur Seite, drang vorsichtigen Schrittes mit ihnen weiter vor, ohne zu wagen, von all den angebotenen Köstlichkeiten zu naschen, die Mama unter meinen Lieblingsspeisen auswählte. Das war wirklich der schönste Augenblick des Märchens!

Die Kinder entschlossen sich dann, ein Haus zu betreten und brachen, furchtsam noch, ein kleines Stück Schokoladenwand ab. „Hat das gut geschmeckt?" fragte ich. – „Großartig", sagte Mama. – „Und dann?" – „Nun, dann haben sie ein kleines Stück Sofa aus Lebkuchen gegessen", meinte sie. – „Und weiter?" – „Erst ein oder zwei Schlückchen aus dem Orangensaft-Hahn, dann ein Stück Schublade aus Nougat, ein Minzenbusch-Blättchen . . ."

Ich folgte den Kindern im Geiste, begann mit ihnen von allem zu kosten, wurde dessen aber sehr schnell müde, stellte Mama keine Fragen mehr, war übersättigt. Nun wollte ich das Ende der Geschichte hören, den Augenblick genießen, da die Kinder sich von den Bewohnern der Stadt verabschiedeten und von diesen gedrängt wurden, doch zu bleiben. Aber die Kinder weigerten sich allen Ernstes. „Wir müssen nach Hause zurück." Die Einwohner der verzauberten Stadt konnten es nicht fassen. Zurück nach Hause, wo alles abgezählt wurde, wo sie manchmal Hunger litten, wo sie arbeiten mußten?

Aber sie erkannten bald, daß nichts ihre Gäste zurückhalten konnte, also kehrten sie ohne Eile wieder zu ihrem einzigen Lebenszweck zurück: zum Essen – hier ein Stückchen Bank, dort ein bißchen Baumrinde aus Nougat oder ein Eckchen Gehsteig!

Unendlich erleichtert schlug ich mit den Kindern den

Heimweg ein. Vielleicht würde ein wenig Sehnsucht bleiben, aber ich fühlte mich doch befreit und war glücklich, heimzukehren.

Oft stelle ich fest, daß wirklich wichtigen Ereignissen, Umwälzungen, die mit einem Schlage unser ganzes Leben auf den Kopf stellen und die übliche Abfolge der Dinge stören, Warnzeichen vorangegangen sind, die man nur nicht zu deuten gewußt hat.

Mir scheint es doch so, daß man in einer tief verborgenen Kammer seiner selbst sehr wohl Kenntnis davon hat, ob die Vorhaben und Pläne, die man schmiedet, sich verwirklichen lassen oder nicht. Aber aus jener Kammer blitzt oder wetterleuchtet es für uns nur kurz herauf, und wir beeilen uns, das sofort wieder zu vergessen wie alles, was man nicht mit dem Verstand einkreisen kann.

Jedenfalls hat sich an jenem letzten Abend in Kentfield keiner von uns, wodurch auch immer, vorgewarnt gefühlt. Nichts hat unsere Pläne durchkreuzt oder getrübt, und Gott weiß, was wir da noch alles geplant haben!

Gegen sechs Uhr breiteten Papa und Phil die Straßenkarte auf dem Teppichboden des Wohnzimmers aus, und Charles zeichnete mit leuchtendem Filzstift den Weg ein, den wir während unserer achttägigen Rundreise einschlagen wollten. Diese Strecke mied die allzu großen Autostraßen, und indem wir ihr auf dem Papier folgten, genossen wir schon im voraus die Küsten des Pazifik oder die hübsche Stadt Carmel, wo wir eine Nacht verbringen wollten und in der es, wie Phil versichert, ein Restaurant gab, wo man einander mittels Tischtelefons zum Tanzen auffordern konnte.

Die nächste Etappe war Los Angeles, und die Giftnudel feierte bereits, vor Erregung zitternd, ihren triumphalen Einzug in Hollywood, um das sie einen blutroten Kreis gezogen hatte.

„Wie die blutenden Herzen, die sie sich dort zu brechen

anschickt", hat Charles gescherzt. Gary wollte die Übersetzung von „blutenden Herzen" wissen und setzte, nachdem er verstanden hatte, eine solche Leidensmiene auf, daß Cécile ihm eines seiner von ihr konfiszierten Taschentücher zurückgab.

Phil bezeichnete unablässig sehenswerte Punkte auf der Karte, und wenn man das alles hätte besichtigen wollen, hätte das Jahr nicht dafür ausgereicht. Manchmal frage ich mich, warum man eigentlich derart darauf aus ist, anderen das schmackhaft zu machen, was einem selbst gefallen hat. Tut man das wirklich für sie oder nur, um sich selber zu bestätigen, daß man die richtigen Dinge liebgewonnen hat? Ich neige mehr zu der zweiten Lösung – wegen Lammhirns, Kalbsleber, Kutteln, schleimiger Austern und all der unnennbaren Dinge, die Erwachsene ihren Kindern unbedingt immer aufzwingen wollen unter dem Vorwand, das schmecke gut.

Unsere Mütter saßen auf dem äußersten Rand ihrer Sessel und folgten der Rundreise mit je einem großen Glas farbenfrohen Cocktails in der Hand. Es gab derartig viele kleine salzige Kekse und Mandeln zum Apéritif, daß Cécile zum erstenmal in ihrem Leben erklärt hatte, sie könne nicht mehr zugreifen. Claire war nicht da. Sie war zur Universität zurückgefahren, um einen anscheinend aufregenden Vortrag über das Thema „Emotionaler Strom und geometrische Abstraktion" – natürlich auf Englisch – zu hören. Auch wenn sie spät heimkehren würde, sollten wir sie morgen früh wecken, um ihr Lebewohl zu sagen – hatte sie mit den Eltern abgemacht. Unsere Abfahrt war für acht Uhr angesetzt.

Wir hatten beschlossen, diese letzte Mahlzeit gemeinsam am Swimming-pool einzunehmen. Es war ein herrlicher Abend. Ein sanfter Windhauch bewegte die Luft. Manchmal erlebt man Augenblicke von so intensiver Vollkommenheit, daß einem das Herz eng wird. In dem Maße, wie die Nacht sich herabsenkte und die Farben verblaßten, sprachen die

Düfte um so deutlicher zu uns, sie schienen die am Horizont versinkende Sonne einholen zu wollen. Tracy war nicht da. Ich deckte den Tisch dennoch auch für ihn.

Phil und Charles brieten Lammfleisch auf dem Grill. Papa durchstöberte den Garten auf der Suche nach seltenen Kräutern zum Würzen des Fleisches. Er war wie entfesselt. Von heute abend – dieser Minute, dieser Stunde – an, hatte er erklärt, sei er nicht mehr der angesehene Hämatologe Dr. Moreau, sondern schlicht „Herr" Moreau, hervorragender Koch, Gatte der hier anwesenden charmanten Dame und Vater von vier heiratsfähigen Töchtern. Letztere Tatsache verursache ihm allerdings gewisse Sorgen, zumal die Töchter, was die Mitgift betreffe, allein auf ihre schönen Augen angewiesen seien . . .

Marjory und Mama lachten. Papa braucht eine gewisse Anlaufzeit, bis er humorvoll wird, aber wenn er einmal losgelassen ist, läuft er den besten Komikern den Rang ab. Natürlich lauerte inmitten all unserer Fröhlichkeit die Trauer der Abreise, aber wenn wir Claire abholen würden, wollten wir noch einmal so zusammen essen und, wer weiß, ob die Millers nicht im nächsten Sommer gar nach Frankreich kommen würden.

So lag denn milde Ruhe und Wohlgeruch über allem, was wir an jenem Abend taten. Wenn uns nun jemand gesagt hätte, daß wir unser Gepäck vergebens in den Kofferraum des großen Autos geladen hatten, daß wir die Häuser von Carmel niemals sehen würden, daß Cécile nicht auf den Spuren der Hollywood-Stars über den Sunset-Boulevard wandeln, daß Los Angeles für uns ein Name auf der Karte bleiben würde?

Wenn man uns gesagt hätte, daß Papas Lachen und seine Späße einmal zu unseren um so schmerzlicheren Erinnerungen gehören sollten, als sie dem unerwarteten Schicksalsschlag so unmittelbar vorausgingen . . ., wir hätten es niemals geglaubt.

Das Telefon läutete, als wir den Lammbraten gerade aufgegessen hatten. Cécile sprach davon, daß sie im Pool auf einer Luftmatratze übernachten wolle – und warum eigentlich nicht? Warum sollte man den Kindern zu tun verweigern, was einem selbst nie in den Sinn gekommen wäre?

Marjory ging ans Telefon. Wie ich schon erklärt habe, befindet sich der Apparat wenige Meter vom Gartentisch entfernt in einem Baumstamm. Marjory sprach nur wenige Worte. Dann kam sie zum Tisch zurück und lächelte Vater an: Das Gespräch war für ihn. Aus Frankreich!

Papa stand fröhlich auf. Frankreich, das konnte nur Bernadette sein. Sie rief wohl wieder aus ihrer wundertätigen Telefonzelle an, um uns eine gute Reise zu wünschen. Aber Marjory sagte: „Nein, das war eine Männerstimme."

Ich glaube, ich hatte nun plötzlich Angst. Dennoch konnte es ja auch Dr. Delaunay sein. Papa hatte ihm empfohlen, ihn anzurufen, falls die kleine Richaud wieder Blut spucken sollte. Ich verspürte Angst, weil mir plötzlich alles – bis hin zu diesem Eindruck von fast schmerzhafter Schönheit gerade jetzt – dazu angetan schien, das Eintreffen einer schlechten Nachricht vorzubereiten.

Ich rechnete schnell nach: Elf Uhr abends hier. Das bedeutete sieben Uhr morgens dort – und war normal. Sie mochten denken, daß wir nachher bald schlafen würden, und vorher war es ja bei ihnen Nacht gewesen.

Ich suchte Mamas Blick. Marjory setzte ihr gerade etwas auseinander, das mit unserer Reise zu tun hatte, aber Mama konnte doch nicht umhin, immer wieder nach dem Telefon zu schielen.

Papa hatte fröhlich und mit schrecklichem amerikanischem Akzent „Hallo" hineingeschrien, um bei dem Gesprächspartner Eindruck zu schinden. Dann aber hatte er geschwiegen und hörte nur noch zu. Cécile war weit vom Schuß: Sie flocht Garys Haarmähne zu einem Zopf. Der arme Kerl durchlitt mit stoischer Ruhe sein letztes Martyrium. Mit einemmal fiel mir Claires Abwesenheit besonders auf.

Papa hatte anfangs mit uns zugekehrtem Gesicht gesprochen. Dann wandte er sich langsam um, und wir sahen nur noch seinen Rücken, den ein wenig gebeugten Rücken eines Vaters, bei dessen Anblick man vor Liebe, Wut und Bedauern weinen und gegen die verrinnende Zeit anheulen möchte.

Nun stellt er leise, kurze Fragen: „Wie ist das passiert?" – „Was sagen sie genau . . .? – „Wieviel Zeit?"

Marjory hatte aufgehört zu reden und sah Mama an, die nun Charles zugewandt saß. Phil stopfte seine Pfeife, und ich erinnere mich noch des Geräusches, mit dem die Klinge im Pfeifenkopf herumkratzte. Mit einemmal herrschte Totenstille, und wir hörten Papa sagen: „Gut, wir geben Ihnen telefonisch unsere Ankunftszeit durch." Da begriffen wir, daß unsere Reise zu Ende war.

Mein Vater legte auf und blieb ein paar Sekunden lang abgewandt stehen, ohne sich zu rühren. An unserem Schweigen merkte nun auch Cécile, daß etwas geschehen war. Sie ließ Gary mit seinem halbfertigen Zopf sitzen und lief zu Papa. „Was ist denn los? Wer hat da angerufen?"

Mama ging zu ihnen hin. Im zitternden Licht der gedrehten Kerzen sah das Ganze fast ein wenig theatralisch aus. Ich hielt den Atem an; denn ich wußte bereits, daß nun nicht Herr Moreau, der ausgezeichnete Koch, vor uns stand, sondern Dr. Moreau, der eine schlechte Nachricht erhalten hatte.

Wenn er nach seiner Arzttasche greift, sich weigert, den Mantelkragen ordentlich herunterzuklappen und sagt: „Ich weiß noch nicht, ob ich zum Essen da sein werde; wartet jedenfalls nicht auf mich." Mit böser Stimme, als ob wir etwas dafür könnten.

Dr. Moreau wandte sich also um und sagte mit betont ruhiger Stimme, daß Bernadette einen Reitunfall gehabt habe. Es sei ernst; sie liege im Krankenhaus. Wir müßten sofort Claire benachrichtigen und flögen mit der nächsten Maschine nach Hause.

18

„Omertà“

Ich sehe Stéphane als erste. Er steht hinter dem Schild „Nichts zu verzollen“ neben den Zöllnern. Ich sehe ihn und zögere doch, bevor ich ihn ganz erkenne. Es ist zwar seine Kleidung, aber man könnte meinen, er habe darin geschlafen. Und erst sein Gesicht! Für gewöhnlich ist in Stéphanes Gesicht ein Zug von durchscheinender, Hoffnung erweckender Leichtigkeit. Heute ist dieses Gesicht grau, angespannt, fast feindselig. Da steht jemand, der Probleme hat, mit der ganzen Welt im Widerstreit liegt. In der Métro würde man sich ganz gewiß nicht neben ihn setzen.

Er hebt die Hand in dem Augenblick, da die ganze Familie ihn bemerkt. Mit einer befehlenden Geste nagelt Papa uns auf der Stelle fest: „Ihr Mädchen bleibt hier und wartet auf das Gepäck!“ Er und Mama gehen auf Stéphane zu. „Die Mädchen . . . das Gepäck . .“, seufzt Claire. „Da haben wir die Katalogisierung. In den großen Augenblicken des Lebens tritt immer die Wahrheit zutage.“ – Cécile zeigt mit ausgestrecktem Zeigefinger auf Stéphane. „Willst du ihm den Gnadenstoß geben? Bitte sehr!“

Hinten, jenseits der Absperrkette, unter den Augen der Zollbeamten hat Mama gerade etwas Unerwartetes getan: Sie hat Stéphanes Kopf mit beiden Händen umfaßt und küßt ihn: einmal, zweimal.

„Sie ist nicht tot!“ stellt Cécile fest. „Wenn sie gestorben wäre, hätte Mama Stéphane keinen Kuß gegeben. Dann hätte Stéphane Mama wortlos umarmt – vom großen, stummen Schmerz erstickt – und sie hätte sofort alles verstanden.“ – „Halt die Schnauze, please!“ sagt die Prinzessin und spricht damit, soweit ich weiß, ihr erstes englisches Wort seit dem Beginn unserer Reise. Verletzt entfernt sich Cécile sofort und preßt dabei die geheimnisvolle Tasche aus grober Leinwand an ihr Herz, die Gary ihr zum Abschied geschenkt und die sie seither nicht mehr losgelassen hat. „Wird Bernadette sterben?" war das erste, was sie gestern nach dem Telefonanruf gefragt hat. Ich dachte, Papa würde sie vor Zorn ins Schwimmbecken stoßen. Als er aber sah, daß sie bereit gewesen wäre, sich selbst mit einem Stein am Hals hineinzustürzen, hat er sie nur an der Schulter gerüttelt: „Wenn du doch nur eine Sekunde lang mit deinem Gefasel aufhören würdest . .!"

Der Kopf ist es! Bernadette hat sich bei ihrem Sturz vom Pferd am Kopf verletzt. Anscheinend nicht so schwer, daß man das Schlimmste befürchten muß, aber doch schlimm genug, daß wir uns aus dem Konzept bringen lassen und das erste Flugzeug für die Heimreise nehmen! Daß wir nur noch mühsam verzerrt lächeln können, und Mama den ganzen Flug über an der Schulter ihres Ehemannes lehnt und die Menü-Tabletts unbeachtet läßt, auf die sie sich doch bei der Hinreise wie ein Schulmädchen gestürzt hat.

Es war nicht einfach gewesen, Claire zu finden. Da die Telefonanrufe bei den Freunden nichts einbrachten, fuhren Phil und ich mit dem Auto zu ihrer unglückseligen Universität. Statt bei einer Vorlesung war sie in Jeremys Zimmer, und es dauerte ewig, bis die beiden endlich aufmachten. Sie hörten Musik und lagen auf dem ziemlich zerwühlten Bett, in eine Rauchwolke eingehüllt.

Natürlich mußte *ich* es ihr sagen: „Bernadette liegt im Krankenhaus. Wir fahren heim."

Während der ganzen Autofahrt hatte ich mir diesen Satz zurechtgelegt und mir vorgestellt, wie ich ihn zu ihr sagen würde, blaß, mit unendlich behutsamer Überredungskunst, auf der Türschwelle stehend: „Bernadette ist im Krankenhaus.

Wir fahren heim." Bei Claire weiß man ja nie, wie sie reagieren wird. Wenn sie nun etwa doch bleiben wollte?

Sie erhob sich, zog den Reißverschluß ihres Rockes hoch, ergriff ihre Handtasche und sagte: „Worauf warten wir noch?"

Man muß das gesehen haben, wie Jeremy mitsamt seinem Bartgestrüpp und dem aus der Hose gerutschten Hemd für sie sofort tot und begraben war. Phil hat ihm alles erklären müssen, weil seine Liebste schon mit mir im Flur draußen war und meine Schultern knetete: „Wenn's was Ernstes ist, will ich's wissen, hörst du?"

Die Eltern kommen wieder auf uns zu. „Es geht", sagt Charles, und in seinem Blick, der über uns hinfährt, steht: ‚ihr drei kerngesunden Kamele'. – „Nichts Neues. Ich fahre jetzt mit Stéphanes Wagen direkt ins Krankenhaus. Eure Mutter bleibt bei euch, und Tavernier wird euch mit dem Gepäck nach Hause bringen."

Denn grosso-modo ist da! „Fehlt nur noch die Fanfare!" konstatiert Cécile. Papa hält an sich. „Bis nachher daheim!"

Die Hände in den Taschen geht er durch den Zoll und mit Stéphane, der anderswo hinschaut. Als ich ihn vorhin sah, hatte ich einen seltsamen Eindruck. Sein Gesichtsausdruck erinnerte mich an den von Marjory an jenem ersten Abend. Aber weshalb?

„Gehen wir", sagt Mama. „Sucht mir schnell ein paar Gepäckskarren, damit wir keine Zeit verlieren!" – Claire fragt: „Wann können wir sie sehen?" – „Morgen", sagt Mama. „Man darf sie nicht ermüden." – „Und du heute, nehme ich an", forscht Cécile. „Ich noch heute abend, natürlich!"

Mama legt der Giftnudel die Hand auf den Kopf, die aber macht sich mit einer heftigen Bewegung los und beginnt, einen Fleck auf der Mauer zu untersuchen, wobei sie auf ihre Tasche einredet. Zu dumm, Gary und sie haben auch Fotos ausgetauscht. Brenzlig wurde die Sache ja erst, als wir am

Flughafen merkten, daß sie ihrem Freund das Paßfoto geschenkt hatte. Ein Wunder, daß wir überhaupt hier sind!

Das Förderband setzt sich in Bewegung, und da sind auch schon unsere Gepäcksstücke. Das schönste ist der Koffer, den Marjory Claire geliehen hat! Wir laden alles auf die Karren und gelangen ohne Stichprobe durch den Zoll. Eine Mutter mit drei Töchtern sieht zu seriös zum Schmuggeln aus. Der Braungebrannte neben uns hingegen riskiert wohl, die Nacht hier zu verbringen. Der Arme! Wir haben nichts zu verzollen außer unseren Sorgen und anzugeben wäre höchstens, daß drei Sätze am Telefon ausreichen, um dem Leben eine ganz neue Richtung zu geben.

Am Ausgang wartet grosso-modo. Er hat ein für die Gelegenheit passendes Gesicht aufgesetzt, das schon fast komisch wirkt. Man möchte ihn fragen, wie es denn um seine eigenen Leiden stehe . . . Und Frankreich sieht seltsam aus mit seinen winzigen Autos, seinen Miniatur-Parkplätzen und dem auch irgendwie beengteren Himmel, mit seiner begrenzten Anzahl von Antenne, Schäfchenwolken und Schwalben . .!

„Was täten wir ohne Sie, Herr Tavernier!“ sagt Mama tapfer lächelnd und drückt grosso-modo fest die Hand. Er schaut irgendwo hin, nur nicht ihr in die Augen, und stammelt, das sei doch selbstverständlich. Und in dem Augenblick, da er nun sichtlich den einstudierten langen und pathetischen Satz Bernadettes wegen loswerden will, fährt Cécile mit ihrem „Und Ihre Lende? Die Sache ist doch hoffentlich gut verheilt?“ dazwischen.

Sofort taucht er im Kofferraum unter. Claire hat sich schon auf der hinteren Sitzbank niedergelassen. Ich möchte am liebsten aufs Feld hinauslaufen. Ein Duft von welkem Gras hängt in der Luft. Ein Duft von Frankreich. Ich fühle mich schon wieder ganz von meinem Heimatland in Besitz genommen, habe das lebhafte Empfinden, daß es lieb, gefällig und unvollkommen, aber eben doch mein Zuhause ist. Amerika ist so fern, daß man sich fragt, ob es das überhaupt gibt. Was hat es mir bedeutet? Ein paar Vornamen. Besonders zwei, die auf Y enden. Und ein malvenfarbenes Kleid mit Blumenstickerei, das ich tief unten in meinem Koffer versteckt habe. Ist das Diebstahl? Es war stärker als ich.

Wir nehmen die Autobahn in Richtung Paris. Auf der Gegenfahrbahn herrscht ein Irrsinnsverkehr. Wagenkolonnen, Koffer oder Fahrräder auf den Autodächern, Motorräder, Boote, Hupen, Staub. Natürlich – der erste August naht. Für die alle beginnen die Ferien ja erst jetzt.

„Wissen Sie, wie es geschehen ist?“ forscht Mama in ihrem um eine Spur zu ruhigen Ton.

„Hmm, grosso-modo gesagt, geschah es vorgestern nach dem Frühstück“, sagt Tavernier. „Wir sahen Ihre große Tochter hinkend auf unser Haus zukommen, und meine Frau machte mich noch darauf aufmerksam, daß Bernadettes Reithose zerrissen war und daß sie am Knie blutete. Meine Frau hat ihr gleich vorgeschlagen, ein Pflaster draufzulegen, aber Bernadette wollte vor allem Aspirin haben, weil der Kopf . . . verzeihen Sie, aber das ging nicht.“

„Aspirin ist doch in der Hausapotheke im Eltern-Badezimmer“, erklärt Cécile trocken. „Wir haben immer mehrere Röhrchen davon auf Vorrat, und meine Schwester weiß das sehr wohl.“

Durch den Rückspiegel wirft grosso-modo einen Blick auf die Giftnudel. Er hat niemals Kinder gehabt, und Cécile fasziniert und erschreckt ihn zugleich. Für ihn ist sie Mars, der Kriegsgott!

„Und dann?“ fragt Mama.

„Meine Frau hat ihr zwei Tabletten in Wasser aufgelöst, damit es schneller wirkt, und hat die Wunde am Knie gereinigt.

„Eine Wunde – das ist sicher zu hoch gegriffen!“ unterbricht Cécile von neuem. „Die Menschen neigen doch immer zu Übertreibungen. Außer wenn es um angenehme Dinge geht, natürlich!"

Grosso-modo schweigt entmutigt. Rechts erhebt sich im Dunst eine neue Stadt – ohne Dächer und Rauchwolken – wie erstaunt darüber, sich nun dort zu befinden, wo einmal Bäume standen und wo im Frühling Blumen auf den Wiesen blühten. Ich versuche, mir die Leute vorzustellen, die in diesen Häusern wohnen. Es ist schade und gut zugleich, daß man sie alle niemals kennenlernen wird. So kann man sich immer sagen, daß einer unter ihnen vielleicht genau zu einem passen würde.

„Ich möchte gern den Namen des Hundesohns wissen, der sie abgeworfen hat", sagt Cécile grollend.

Tavernier fängt wieder an zu erzählen: „Sie sah ganz danach aus, als wüßte sie nicht so recht, wo sie war. Meine Frau hat ihr geraten, zu Dr. Delaunay zu gehen, und ich wollte sie sogar hinfahren." – „Und?" – „Sie hat mich gebeten, sie zur Manege zurückzubringen, wo sie ihr Mofa stehengelassen hatte. Das Pferd war anscheinend allein zurückgelaufen. Was sie ärgerte, war, daß sie ihre Kappe nicht mehr wiederfinden konnte."

Erstaunt schaut Tavernier die Giftnudel an, weil sie ihn nicht wieder unterbrochen hat. Aber sie scheint gar nicht mehr zuzuhören, sieht sogar völlig gleichgültig aus. Sie zeigt auf die Spur neben uns, wo die Autoschlange zum Stillstand gekommen ist. „Schaut doch. Schaut euch das einmal an! Die sind schon in einem vorgerückten Stadium, die Arschlöcher!" – „Laß sie doch fahren, dann sind's weniger", läßt Claire fallen. Mama dreht sich eine Sekunde lang um und schaut uns an. In Amerika hatte sie so jung ausgesehen! Zwanzig Jahre älter wirkt sie heute nachmittag – oder heute abend – ich bin ganz durcheinander wegen der blöden Zeitverschiebung. Es ist fünf Uhr, aber man fühlt sich wie um Mitternacht. Ja, zwanzig Jahre älter – in den Mundwinkeln und um die Augen.

„Ist sie dann doch noch zu Dr. Delaunay gefahren?" fragt Mama behutsam. „Ja, mit dem Mofa", seufzt Tavernier. „Und ich bin heimgefahren, weil ich gerade an einer Dauerwelle mit Färben arbeitete."

Tavernier liebt Haare. Zusammen mit seinen Blumen trösten sie ihn darüber hinweg, daß er sein Geschäft aufgegeben hat. Er spielt für Madame grosso-modo den Friseur. Er hat uns gestanden, daß ihr „schon kriminell" ausladender Hinterkopf seine künstlerische Aufgabe nicht gerade erleichtere! Seit neuestem frisiert er auch Madame Cadillac – und gar nicht so schlecht.

In Mareuil gibt es nämlich keinen Friseur. Papa hat Mama in aller Form untersagt, sich etwa auch von grosso-modo massakrieren zu lassen.

„Und um sechs Uhr hat sie dann bei uns angerufen, um uns mitzuteilen, daß sie zur Beobachtung im Krankenhaus bleiben müsse, aber es sei nicht schlimm . . ."

Bernadette sagte nichts über Stéphane. Der war aber gerade zu Hause. Grosso-modo konnte erkennen, daß der Gartensprenger in Betrieb war. Also lief er hinüber, um Stéphane zu benachrichtigen.

Sonst wäre ja sicher seine Frau gegangen, aber sie versteckt sich lieber, weil die Farbe danebengeraten ist. Sie ist „umgekippt", hat sich ins Gegenteil verkehrt, wie das manchmal bei Mayonnaise der Fall ist. Es sollte ein Platin-Blond werden wie bei Marilyn Monroe, und nun ist es Bischofs-Lila.

„Aus Versehen natürlich", höhnt Cécile.

Als grosso-modo Stéphane mitteilt, daß „seine" Bernadette im Krankenhaus liege („seine" Bernadette – man höre!) wird Stéphane kreidebleich, so daß grosso-modo glaubt, er werde gleich umfallen. Er konnte nur immerzu sagen: „Und das ist meine Schuld, meine Schuld!" Wir sehen uns erstaunt an. Warum seine Schuld? Wie meint er das? – „Weil wir sie ihm anvertraut haben", deutet Mama diese Reaktion. „Wenn in einem solchen Fall etwas passiert, fühlt man sich natürlich schuldig."

Jetzt weiß ich, was mir am Flughafen an Stéphanes Gesichtsausdruck aufgefallen war und was dem Marjorys geähnelt hatte: Das Schuldgefühl stand in seinen Zügen geschrieben.

„Und so kam es, daß ich gestern abend, als Herr Stéphane mir sagte, Sie kämen nach Hause, gleich gedacht habe: Dann hole ich Sie mit all Ihrem Gepäck ab!" sagt grosso-modo.

„Wir danken Ihnen", kommt es hoheitsvoll von der Prinzessin.

Endlich Schweigen! Ich fühle mich plötzlich leer, empfinde nichts mehr: keinerlei Angst oder Unruhe. Vor allem nach La Marette heimkommen, mich hinlegen, dann wird man weitersehen. Unter dem Birnbaum werden sich die Gefühle schon wieder normalisieren! Noch nie zuvor hatte ich grosso-modos lockiges Nackenhaar bemerkt. Jetzt habe ich Lust es anzufassen, weil es ihn jung, verletzlich und mir irgendwie lieb erscheinen läßt. Ich mag ihn gern, unseren Nachbarn, und bin froh, daß er bei solch einem Unglücksfall gleich zur Stelle war. In der Normandie holen die Rettungsschwimmer bei hohem Seegang ihr Boot immer schon vorher aus dem Schuppen und überwachen die Fluten. Ein Notruf genügt, und zwei Mann können das Boot im Laufen sofort zu Wasser lassen. Es ist angenehm zu wissen, daß für den Notfall Menschen da sind, die sich um einen kümmern. Aber wie Béa ganz richtig sagt, muß man achtgeben, daß man wirklich nur gelegentlich auf sie zurückgreift, denn sonst ist niemand mehr dazu bereit. Man gewöhnt sich sehr schnell an das Unglück anderer. Einmal findet man sich damit ab, daß deswegen die Haarfarbe mißraten ist; ein zweites Mal nicht. Ich werde nicht vergessen, wie Claire gesagt hat: „Worauf warten wir noch?", als sie von Bernadettes Unfall erfuhr. Wie schnell sie draußen und Jeremy in der Versenkung verschwunden war.

„Sie sagen, sie hat ihre Kappe nicht wiedergefunden?" forscht Mama zögernd weiter.

„Das ist es ja", antwortet grosso-modo. „Als sie bei uns war, sagte sie auf einmal: Ach, du lieber Himmel, meine ‚Bombe', was hab' ich denn damit gemacht? Und meine Frau hat nicht gleich kapiert, wovon sie sprach – wegen der Bombenattentate überall, wissen Sie?"

Endlich lächelt Mama. Claire betrachtet Tavernier freundschaftlich. Wer sie als Königin behandelt, kann ihrer Nachsicht gewiß sein.

„Ich habe mir zu bemerken erlaubt, daß die Mütze wohl bei dem Sturz davongerollt sein müsse", sagt grosso-modo. „Da hat sie gelacht und gemeint: Dann ist mein Kopf wohl mitgerollt, denn ich spüre ihn gar nicht mehr. In diesem Augenblick hatte ich das Gefühl, sie sollte lieber zu Dr. Delaunay gehen, weil . . . ich bin einmal vom Rad gefallen, wissen Sie, und – grosso-modo – hab' ich damals an die vierundzwanzig Stunden gebraucht, bis ich wieder wußte, wo ich war!"

„Hoffen wir, daß Sie's jetzt wieder genau wissen", sagt Cécile mit süßem Lächeln. „Wer weiß übrigens, ob das nicht alles ein böser Traum ist? Vielleicht amüsieren wir uns noch in San Francisco, und Sie liegen noch auf der Erde neben Ihrem Fahrrad . .!"

Natürlich weiß grosso-modo nun überhaupt nicht mehr, woran er mit uns ist und bremst plötzlich. Mißgestimmt gibt Mama der Giftnudel einen Wink.

„Wären Sie so freundlich, endlich dieses gräßliche Ding da zu überholen?" bittet Claire und zeigt auf einen Molkereilaster, der seit einiger Zeit im selben Tempo neben uns herfährt, während der Fahrer sich alle Mühe gibt, der Prinzessin durch Gesten anzudeuten, daß er ihr gerne den Beifahrersitz anbieten würde . . .

Grosso-modo kommt ihrer Aufforderung nach. Claire fährt

hocherhobenen Hauptes an dem Laster vorbei. Ich lasse mich in die Polster zurücksinken. Als mein Arm dabei Céciles Tasche streift, bewegt es sich plötzlich darin. Ich kann ein Auffahren nicht unterdrücken. Cécile blickt mich flehentlich an. Claire ist in die Landschaft vertieft. Ich frage leise: „Eine Schildkröte?“ Cécile winkt ab. „Eine Ratte?“ Nochmals ‚nein‘. – „Was dann?“ Cécile preßt die Lippen zusammen; dann fragt sie alle Anwesenden: „Wer von Euch weiß, was ‚omertà‘ heißt?“ Niemand weiß es, und es interessiert auch keinen. „Das ist das Gesetz der Verschwiegenheit bei der Mafia! Man vertraut dir ein Geheimnis an. Wenn du das verrätst, wird man es dir niemals verzeihen. Und wenn die Mafia beschlossen hat, nicht zu verzeihen, bist du so gut wie erledigt.“ – „Auch ohnedem ist das Französische eine sehr reichhaltige Sprache“, seufzt Claire. Cécile wehrt sich nicht. Sie schaut mich nur erwartungsvoll an. „Einverstanden im Sinne von ‚omertà!“ sage ich, aber ich werde wohl bis zu Hause warten müssen, ehe sie das Geheimnis lüftet.

La Marette – trotz allem steigt eine Woge der Freude in mir auf. Ich bin da, zu Hause! Fröhlicher Sonnenschein, es riecht wie immer – tröstlich, lieblich, ein bißchen schmerzlich. Während wir das Gepäck ausladen, taucht Madame grossomodo auf, hält ihre Haarpracht aber unter einem Tuch verborgen. Feige liefern wir Mama ihr aus.

Auf der Treppe öffnet Cécile die Tasche einen Spalt weit. Eine schwarz-weiße Schlange liegt auf Stoffetzen in einer Art von Käfig. „Ungefährlich“, sagt Cécile, „ich schwöre es dir.“

Ich stehe ein paar Stufen höher. Da sagt Cécile noch: „Wenn sie stirbt, stirbt auch Bernadette, wenn sie am Leben bleibt, tut Bernadette es auch.“ Im Augenblick schläft sie zum Glück!

19

Eine Patience namens „Uhr“

„Also“, sagt Charles, „keine Angst, ich werde nicht lange reden. Aber ich möchte euch doch die Sachlage erklären.“

Er wendet sich zu Delaunay. „Herr Dr. Delaunay, der sich seit dem Unfall um Bernadette gekümmert hat, wird bezeugen können, daß ich nichts verharmlose.“ Jetzt spricht er zu Cécile, die ein wenig abseits an einem Bridge-Tisch sitzt und hingebungsvoll zwei Kartenspiele mischt. „Dies sei vor allem gewissen Leuten kundgetan, die ärgerlicherweise dazu neigen, die Dinge stark zu übertreiben ...“ – „Das Leben übertreibt, nicht die ‚gewissen Leute‘“, sagt Cécile entschieden, ohne die Augen zu heben. Schweigen! Delaunay, der von uns nur Antoine genannt werden will, sieht neugierig zu, wie unsere Schwester mit den Karten eine Patience namens „Uhr“ legt.

Vom Rathausturm schlägt es Neun. Die vier Erwachsenen sind gerade erst heimgekommen. Die vier, die Bernadette besuchen dürfen, so oft sie wollen. Wir aber durften Koffer auspacken, aufräumen, Blumen gießen, fürs Abendessen einkaufen gehen. Und in Mareuil war natürlich jeder auf dem laufenden! Die Leute hatten eine gewisse vorsichtige Art, mit uns zu reden. Aber Cécile trompetete fröhlich lächelnd, alles laufe prima, und macht mich damit wirklich allmählich nervös, obschon ich ja weiß, daß ihr Getue nur eine Schutzhaltung ist.

Als wir heimkommen, erwartet uns im Wohnzimmer ein loderndes Kaminfeuer – von Claire entfacht. Am ersten August, bei großer Hitze! Aber eben auch das aus Sorge, zur Erinnerung ... Und nun mischen sich am offenen Fenster Flammen- und Sommerwärme. Charles schaut uns der Reihe nach an und erklärt ohne Umschweife: „Bernadette hat ein sogenanntes Schädel-Hämatom. Ihr wißt alle, was ein blauer Fleck ist: Adern platzen, und ein Blutgerinnsel bildet sich unter der Haut. Bernadette hat sich beim Fallen so einen großen blauen Fleck am Kopf geholt. Man behält sie im Krankenhaus, um zu überwachen, wie der Schaden sich entwickelt, aber es besteht kein Grund, sich über die Maßen zu beunruhigen." – „Über die Maßen", sagt Cécile, ohne die Karten aus den Augen zu verlieren. „Wenn man's bedenkt, so passen diese beiden Wörter schlecht zusammen: ‚über' wie ‚überaus' und ‚Maßen' . . ." – „Wie mäßig oder maßvoll", ergänzt Claire gereizt. Sie wendet sich an Papa: „Wann können wir sie besuchen?"

Sie sitzt auf ihrem gewohnten Platz – ganz aufrecht natürlich – und ihr gespanntes Gesicht zeigt Herausforderung und Besorgnis zugleich. Sie sieht sehr schön aus. Die Ringe unter ihren Augen beweisen, wie jung und empfindlich ihre Haut ist. Sie hat Zeit gefunden, sich inzwischen die Haare zu waschen – wahrscheinlich hat sie sich auch noch eine Packung gemacht mit irgendeiner ihrer tollen Placenta-Ampullen, die das Zusammenfallen der Frisur verhindern sollen. Die kosten sie alle ihre Ersparnisse – und zum Teil auch meine, aber ich bin jetzt geradezu verrückt darauf, zu erleben, wie sie bewundert wird.

„Morgen, nicht alle auf einmal, und nur kurz", sagt Papa. „Aber, wenn ihr erlaubt, ich bin noch nicht ganz fertig." Er holt ein Taschentuch heraus und tupft sich Stirn und Nacken ab. Mich peinigt am meisten, daß er einen viel zu schönen Anzug anhat: den Kongreßanzug aus leichtem Stoff, den er sich für Kalifornien gekauft hat. Eine Festkleidung. Aber das Fest hat ein böses Ende genommen, und jetzt muß er hier Rede und Antwort stehen. Mama läßt ihn nicht aus den Augen, und von Zeit zu Zeit schöpft er eine Sekunde lang Kraft aus ihrem Blick. „Wundert euch nicht, wenn ihr gewisse Veränderungen im Verhalten eurer Schwester feststellt!" – Claire hat brüsk den Kopf gehoben: „Gewisse Veränderungen?" – In mir zieht sich etwas zusammen. – „Ja, zum Beispiel Gedächtnisstörungen", sagt Papa. „Insbesondere was die letzten Stunden vor dem Unfall betrifft. Versuche, ihr zu helfen, sich zu erinnern, sind unnötig; das kommt von selbst wieder." – „Ist das auch wirklich sicher?" fragt Stéphane. Seine Stimme klingt, als wäre sie eingerostet. Seit er ins Wohnzimmer gekommen ist, hat er noch nichts gesagt. Er hat uns zwar die Hand gedrückt, aber nicht richtig, nur so aus Höflichkeit. „Sie hat gute Chancen", sagt Vater. Wieder zückt er das Taschentuch. Er sieht müde aus. Aber wegen der Zeitverschiebung sind wir alle wie in Trance, und ohne Bernadette wäre mehr als eine von uns bereits im Bett; denn für uns ist es jetzt sechs Uhr morgens. Stéphane starrt wieder ins Feuer. – „Erinnert sie sich an uns?" fragt Cécile ruhig, immer noch über ihre „Uhr" gebeugt. – „Sie hat mich sogar nach dir gefragt, stell dir vor", mischt sich nun Mama ein. „Sie hat zu mir gesagt: Was macht denn die Giftnudel?" – „Und was hast du geantwortet?" – „‚Sie giftet', sagte ich." Das tut sie wirklich! Mit ihrer „Uhr", ihrem Lächeln vorhin in Mareuil, ja, vielleicht mit ihrer Frechheit, dieser haarsträubenden Art, sich in alles einzumischen und nichts so wie jeder andere zu machen. Von der Schlange gar nicht zu reden!

Verwundert starrt sie mich an. Normalerweise wird sie nur von Claire oder Bernadette in die Schranken gewiesen. Ich mag die Art nicht, wie Dr. Delaunay uns amüsiert beobachtet. Sie sind hier nicht im Theater, Herr Doktor! Er als einziger hat sich nicht hingesetzt, sondern lehnt an der Wand. Die Hände in den Hosentaschen vergraben, sieht er aus, als sei er hier und doch gleichzeitig anderswo, wie von einem Schutzwall umgeben. Ich wußte nicht mehr, daß er so gut aussieht. Doch das einzige Mal, da wir ihn zu Gesicht bekamen, war ja am Vorabend der Abreise, und da hatten wir nur noch Augen für Amerika gehabt.

„Wie lange wird sie denn im Krankenhaus bleiben?" fragt Claire. – „Das hängt davon ab, was aus dem Blutgerinnsel wird."

Die Prinzessin wendet sich Mama zu. Claire stellt sehr selten Fragen, daher herrscht frommes Schweigen, wenn sie es doch einmal tut. „Mama, bist du sehr in Sorge?" – „Das sind wir alle", sagt Mama, „aber . . ." – „Die Wenn und Aber sind unnötig", unterbricht Claire sie, „ich kenne sie." Wir sind still, und Antoines Blick ruht ernst auf der Prinzessin. Mir scheint, es gibt da nichts mehr zu sagen – und Papa spürt das wohl auch. „Ich würde gern einen Whisky trinken", erklärt er mit einer Stimme, die gar nicht mehr die seine ist, „und ich glaube, Antoine und Stéphane werden auch nicht Nein sagen."

Claire erhebt sich sofort. Ich folge ihr. Die Küche ist ohne Gerüche, also seelenlos. Dennoch habe ich das Bedürfnis, mich dort hinzusetzen und zu warten, bis ich wieder zu einem kleinen, von keiner Woge bewegten Flüßchen werde. Ich mag das Holz des Küchentisches! Ein einfacher Tisch aus einem Bauernhaus, mit einer Schublade für die Servietten. Dickes, honigfarbenes Holz. Er besteht aus mehreren Brettern, in deren Zwischenräumen sich Brotkrumen ansammeln. Werden es zuviele, gibt es eine einzige Methode, sie wegzukriegen: den Staubsauger.

Auf der Anrichte stehen noch Bernadettes Vorräte: ein ganzes Brot, ein Bund Petersilie – die sie überall drantut –, ihr Topf mit Wabenhonig. Es beeindruckt mich immer, wenn sie den ißt. Man meint, sie beiße in das Leben selbst hinein.

Stillschweigend weist Claire mit dem Kinn auf die Kalifornien-Karte an der Wand. Bernadette hatte uns doch versprochen, uns in Gedanken zu begleiten, und sie hat es tatsächlich getan. Sie ist uns sogar schon vorausgefahren: Ein Farbbonbon klebt auf Carmel, der Stadt an der Pazifikküste, wo wir jetzt wären, wenn sie sich nicht zuschanden geritten hätte. Als sie noch klein war, schrieb sie ihre Briefe aus den Ferien bei Großmutter immer schon, bevor sie hinfuhr, aber das hat nie jemand durchschaut. Nun muß man allerdings zugeben, daß sich in der Bourgogne auch wirklich nichts verändert. Sie bleibt sich immer gleich mit ihren alten Weinen, ihren alten Kirchen, ihren alten Denkmälern. Unbeweglich, selbst wenn hinten, gerade unter dem Berghang, ein langer Zug durchs Land rollt, während man mit Onkeln und Tanten aller Art Kaffee trinkt.

Wenn man die Eiswürfelschale mit nassen Händen aus dem Kühlschrank nimmt, bleibt die Hand dort kleben, und man hat den unangenehmen Eindruck, daß die Haut mit abgehen wird, wenn man sich loseist. Trotzdem kann man nicht anders: Man tut es wieder und wieder. Nur um zu sehen, ob man es aushält.

Als wir ins Wohnzimmer zurückkommen, Claire mit dem Tablett voll klirrender Gläser und ich mit den Flaschen, erzählen die Eltern Stéphane und Antoine von San Francisco. Doch mir kommt es so vor, als ob Stéphane nicht zuhöre. Papa holt die Whiskyflasche, die er im Flugzeug zollfrei gekauft hat. Gewiß, man mag eine Tochter mit Gedächtnisschwund haben, aber man muß doch auch an das leibliche Wohl denken! Für ihn nur mit Wasser, für Antoine mit Soda, mit Orangensaft für Mama, auf Eis für Stéphane – und da verlangt man, daß sich die Leute auch noch über ein politisches Programm einig werden sollen?

„Dürfte ich wissen“, forscht Cécile von ihrem Bridgetisch aus, „ob sich hier jemand mit Schlangen auskennt?“ Alle drehen sich erstaunt nach ihr um. Ihre Augen blicken unglaublich klar und schuldlos drein. „Genauer gesagt, mit der Anpassung von Schlangen an fremden Boden“, präzisiert sie. – Papa tauscht einen beunruhigten Blick mit Mama, aber ich bin sicher, er stellt sich nicht im Traum vor, daß im oberen Stockwerk, in einem Korb, auf weichem Grasbett, reichlich versehen mit toten Fliegen und einer Tasse frischer Milch, ein kalifornisches Reptil es sich bequem macht. Ich wüßte nur zu gern mit Sicherheit, ob es wirklich harmlos ist.

„Über dieses Problem habe ich eigentlich noch nie nachgedacht", sagt Papa gutwillig. „Ist das denn wichtig?" – „Ziemlich", zischt Cécile. Antoine schlendert von der Wand zum Bridgetisch. Was uns Bernadette über ihn geschrieben hat, stimmt. Er sieht nach einem Mann mit Geheimnissen aus und spricht offenbar nicht gern über sich selbst.

Was wissen wir denn über ihn? Er muß ungefähr fünfunddreißig sein, also alt genug, um verheiratet und Familienvater zu sein. Dem Alter nach könnte er bereits große Erfolge oder Mißerfolge aufzuweisen haben und nicht noch einmal von vorn anfangen wollen. Er setzt sich neben Cécile und besichtigt „die Uhr", die trotz des ablenkenden Geredes allmählich aufgeht. „Ich glaube", sagt er, „dank ihrer soliden Schuppenschicht kann sich eine Schlange wohl schlechthin jeder Lage anpassen, was meinst du?" – „Hoffen wir's", ist Céciles knappe Antwort. Sie legt wieder ein paar Karten um, dann hebt sie die Nase: „Du kannst mein Zimmer nehmen. Ich werde bei Pauline schlafen." – „Vielen Dank", sagt Antoine, „aber ich hab' letzte Nacht ganz gut in Pontoise geschlafen und mach' es wieder so. Die Liege in der Praxis deines Vaters ist recht bequem, und Fräulein Poubeau hat mir sogar frische Croissants zum Frühstück gebracht."

Fräulein Poubeau, Papas Sekretärin und Assistentin. Croissants? Wie treulos!

„Im Haus ist für jeden Platz", bockt Cécile. Aber nun ist Stéphane aufgestanden. Er nähert sich Mama und sagt mit fiebriger Stimme, da man gerade von Zimmern rede, er habe schon mit seinem Tankstellen-Chef abgemacht, daß er in Pontoise übernachten werde. Mama protestiert. Und Bernadettes Zimmer? Stéphane schüttelt den Kopf. „Nein", sagt er,

„das könnte ich nicht . . .“

Antoine ist herangekommen und sieht Stéphane an, als ob er etwas wüßte, was wir noch nicht wissen. „Stéphane sollte lieber in Céciles Zimmer ziehen, und ich werde mich den weiteren Befehlen fügen!“ – „Dann nehmen Sie eben Bernadettes Zimmer“, entscheidet Claire. „Es ist nicht gut, es leerstehen zu lassen.“ – „Eben, es soll sich gar nicht erst daran gewöhnen“, die Giftnudel haut in dieselbe Kerbe: „Ich habe schon Zimmer gesehen, die ihren Bewohnern die Wiederaufnahme verweigerten. Denen blieb nichts weiter übrig, als zu krepieren.“ Ihre Stimme klingt ein bißchen gebrochen, aber dann trompetet sie weiter und sieht dabei Stéphane und Antoine der Reihe nach an. „Wenn ich recht verstehe, haben wir aber in unserem Fall einen Bewohner eingebüßt und zwei dafür gewonnen.“ – Antoine lächelt sie an. „Siehst du? und außerdem paßt mir das sehr; denn für einen einzigen überbakkenen Toast von La Marette gäbe ich zehn der besten Croissants her.“

In diesem Augenblick hört man ein Knarren des Gartentors und den Kies unter Schritten knirschen. Wo habe ich diesen massigen Mann mit Bürstenschnitt schon einmal gesehen, der da in sehr gerader Haltung steifen Schrittes auf die Haustür zukommt? Da bemerke ich Bernadettes Reitkappe unter seinem Arm. „Crève-coeur“, warne ich, „der Besitzer des Reitstalls!“ – „Wie heißt er richtig?“ fragt Papa überstürzt; denn dieser Name, der so viel wie „Herzensbrecher“ bedeutet, kommt ihm unwahrscheinlich vor. Wir schauen einander entgeistert an. Keiner hat je von einem anderen Namen gewußt.

Und da steht er schon stramm – mitten im Wohnzimmer. Er hat Mama die Hand geküßt und uns mit Handschlag begrüßt. Wir alle denken an Germain, Bernadettes Liebling, den dieser Mann aus Altersgründen an den Pferdeschlächter verkaufen wollte. „Mach ja keine Geschichten“, hat Mama

Cécile noch strikt befohlen, während Stéphane schon zur Tür ging.

„Ich hab' Licht gesehen", sagt Créve-coeur, „da dachte ich mir, daß Sie wieder da sind und wollte Ihnen die Kappe zurückbringen." Er zeigt sie herum, sieht aus, als wisse er weder, was er damit – noch mit sich selbst anfangen soll.

Ich nehme ihm die Kappe ab. Offenbar hat er sie gesäubert – keine Spur von Erde oder Gras. Ein oder zwei Kratzer im Samt, aber die stammen vielleicht schon von früher. Claire kommt heran. „Einen Whisky?" – „Lieber ein Bier, wenn's geht!"

Während sie es holt, schaut er sich um, betrachtet er die Möbel, uns, besonders das Feuer. Unser Kaminfeuer am ersten August! Ich glaube, er lebt ganz allein mit seinen Regimentsfotos. Diese Atmosphäre macht ihm natürlich zu schaffen, verändert ihn offenbar.

„Setzen Sie sich doch", sagt Mama und ergänzt: „Ich bedaure wirklich, daß wir Ihre Bekanntschaft erst unter solchen Umständen machen müssen."

Er senkt dankend den Kopf und bricht sich fast den Hals dabei. Sein Nacken ist rot und wulstig. Hat ihn schon jemals eine Frau gestreichelt? Kann es vielleicht vorkommen, daß ein Mann sein ganzes Leben lang auf derlei zärtliche Gesten verzichten muß? Mag sein, daß Mama ihm deshalb mit diesem kleinen Satz aus der Klemme helfen, ihn aus seiner Einsamkeit herausholen wollte. Mama, die Spezialistin für Einzelgänger!

Cécile hat ihre Patience liegen lassen und versucht gar nicht erst, ihr Interesse zu verbergen. Sie verschlingt mit den Augen den ehemaligen Offizier, der immer noch in strammer Haltung – nun auf dem Rand des Sofas sitzt und in die Flammen starrt, die in seinen blankgewichsten Stiefeln ein wahres Leuchtfeuer entzünden. „Wo haben Sie die denn gefunden?" fragt Mama und deutet auf die Kappe. – „In einem Waldstück", sagt er, „sie war ziemlich weit weggerollt.“ Er räuspert sich, wendet sich an Antoine. „Herr Doktor, wie ging es der Kleinen heute abend?“ – „Eigentlich unverändert“, sagt Antoine, „man muß abwarten.“ – „Da wird mir die Zeit ganz schön lang werden“, sagt Crève-coeur, indem er sich zu den Eltern umwendet. Und er fügt hinzu: „Ich hatte ihr doch verboten, mit ‚Prinz‘ auszureiten!“ Prinz – ein dreijähriges Jungpferd, das ein wenig wild ist und jeden abwirft. Doch Bernadette sei an jenem Morgen ja das reinste Nervenbündel gewesen und habe nicht hören wollen, sagt Crève-coeur traurig. Wenn er sie nun doch gern hatte, trotz all der üblen Dinge, die Bernadette über ihn erzählt? Stéphane hat sich inzwischen aufs Fensterbrett gesetzt. Er meidet unsere Blicke. „Ein Nervenbündel“ war sie . . . Wieso?

„Das Pech war, daß Prinz sich in der Halle so anständig betragen hat“, fährt Crève-coeur fort, „darum wollte sie ihm zur Belohnung einen Ausritt schenken.“

Und eine halbe Stunde später sieht er Prinz ohne seine Reiterin zurückkommen. Als er sich gerade anschickt, auf die Suche nach ihr zu gehen, kommt sie mit Tavernier an. Sie sagt zwar, es sei nichts passiert, hat aber fürchterliche Kopfschmerzen. Er wendet sich an Papa: „Glauben Sie, man muß operieren?“ Dieses Wort nagelt uns fest.

„Davon ist im Augenblick nicht die Rede“, meint Charles ganz ruhig. – „Jedenfalls können Sie sie wegen Germain beruhigen“, sagt Crève-coeur, „wir kümmern uns um ihn.“ Er schaut alle an, aber besonders Cécile.

„Ein verdammter Dickkopf, ihre Tochter! Aber ohne sie – na ja, ohne sie ist es eben leer in der Halle!“

„Wissen Sie eigentlich“, schaltet sich Claire hoch aufgerichtet ein, „daß Bernadette Ihretwegen nicht nach Amerika mitgekommen ist?“ – Crève-coeur ist verblüfft; wir sind’s ebenfalls. „Ääh –“, macht er, „wieso meinetwegen?“

„Sie hatte sich verpflichtet, deshalb ist sie hiergeblieben. Eben weil sie so ein verdammter Dickkopf ist!“

Eine Sekunde lang hält Claire Crève-coeurs Blick stand, dann geht sie in den Garten. Die Audienz ist beendet. Wie freue ich mich über Céciles bewundernden Augenaufschlag zur Prinzessin hin! „Innerlich jubilieren" nennt man das, was ich spüre: ein plötzliches Aufwallen von heißer Freude. Claires Bemerkung hat indessen eher Kälte verbreitet, falls man es überhaupt so ausdrücken kann bei ungefähr vierzig Grad Hitze im Zimmer; denn irgendeine von uns hat das Kaminfeuer immer wieder angefacht . . .

„Whisky plus Zeitverschiebung – mir dreht sich der Kopf", stellt Mama fest. „Wie wär's denn, wenn wir zur Abwechslung etwas äßen? Ihr werdet mir wohl nicht sagen, daß niemand Hunger hat."

Und als alles auf dem Tisch bereitstand, auch der Wein, italienische Spaghetti und Tagliatelli – Nudeln für ein ganzes Regiment –, ist Crève-coeur auf Mamas Befehl zum Essen dageblieben und hat sogar selbst die Sauce aus Tomatenmark, Olivenöl, Zwiebeln, einem alten Stück Wurst, das noch herumlag, und Lorbeerblättern zubereitet. „Das ist natürlich nur eine Routine-Sauce", sagt er zu seiner Küchenhilfe – Cécile –, die ihn als Gegenleistung unaufhörlich mit der Frage plagte, wieviele Feinde er denn in seinem Leben schon getötet habe. Es ging heiß und hoch her bei diesen Vorbereitungen, trotz allem aber auch fröhlich – und als wir fertig waren, bemerkten wir, daß Stéphane nicht mehr da war. „Er hat mich beauftragt, ihn zu entschuldigen", sagt Antoine förmlich. „Er wollte doch lieber nach Pontoise zurückfahren!"

20

Ein seltsamer Blick

„Na, wie war's denn in Amerika?" fragt Bernadette. „War's schön?" – „Sehr schön!" – „Und die Familie?" – „Klasse! Sie bestand aus Phil, Marjory, ihrer ältesten Tochter Sally und zwei Jungen: Tracy und Gary." – „Ypsilon, Ypsilon . . ." sinniert Bernadette, „man kann nicht behaupten, daß sie sich wegen der Endsilben ein Bein ausgerissen haben!"

Als ob sie von den wenigen Worten erschöpft wäre, schließt sie die Augen. Übrigens spricht sie schwerfällig, undeutlich; die Worte kommen ihr nur mühsam über die Zunge.

Ein Sonnenstrahl fällt durch die Gitterstäbe des Bettes. In einer Wandecke hängt ein Ventilator. Auch ich schließe eine Sekunde lang die Augen. „Lieber Gott, laß es nicht wahr sein! Mach, daß Cécile gestern recht gehabt hat und all das nur ein Traum ist; daß ich in einem kalifornischen Haus erwache, das nicht nach Krankenhaus riecht."

Aber der Geruch ist da. Als wir klein waren, sagten wir „es riecht nach Spritze"! Also: Augen wieder auf! Schauen wir uns lieber um, da wir eben hier sind!

Ihr Kopf ist kahlgeschoren, und nur die Augenbrauen erinnern daran, daß sie kastanienbraunes Haar hatte, lockig und weich anzufassen; man hätte immer meinen können, es gehöre ihr gar nicht: Seide auf einem Dickkopf, hart wie Holz. Sie mag ein Schädel-Hämatom haben, aber sie hat sich auch das Gesicht zerschunden. Lauter Schrammen. Nicht schlimm. Nur sehen violette Schmisse zwischen einem weißen Schädel und fahlen Lippen eben nicht sehr schön aus. Und sie passen nicht zusammen mit Begriffen wie Gesundheit, Sicherheit, Glück . . . Weshalb auch dieses Nachthemd? Es gehört übrigens Claire. Bernadette mag nur Pyjamas. Männerschlafanzüge natürlich; denn an denen, die für Frauen hergestellt werden, muß ja anscheinend immer irgendwelcher Firlefanz dran sein. In diesen Spitzen sieht Bernadette zehnmal kränker aus, und ihre nackten, bis zum Ellenbogen kupferbraunen, darüber aber weißen Arme wirken lächerlich. Nie habe ich erlebt, daß Bernadette sich sonnte. Das langweilt sie zu Tode. Und doch weist ihre Haut schlagartig Bräune für jeden Geschmack auf – von hell bis schokoladenfarben, je nach den Konturen des Décolletés oder auch der Höhe der aufgekrempelten Ärmel und der Stärke der Sonneneinstrahlung am betreffenden Tag entsprechend.

Aber das ist ja nicht so schlimm. Ich werde ihr einen Schlafanzug mitbringen. Sogar einen von Papas Schlafanzügen, die sie so gern hat, und ich möchte wetten, daß Papa diesmal nichts dagegen haben wird. Ihre Haare werden auch wieder nachwachsen! Was einem wirklich wehtut, wenn man sie so sieht, ist ihr Blick.

Achtzehn Jahre meines Daseins habe ich gebraucht, um zu entdecken, wie wichtig ein Blick sein kann. Versuchen Sie einmal, sich an jemand zu erinnern! Wenn sie seine Augen vor sich sehen, haben sie den ganzen Menschen. Ich erinnere mich an Pierres Augen. Sie hatten die Farbe des Meeres und der Seerosen, der Angst und der Liebe, meiner Liebe! Bernadettes Blick ist düster, lebhaft, spöttisch, manchmal mürrisch, wie der Blick eines Stiers, der mit den Hufen den Sand aufwirbelt, bevor er losrast; wenn sie will, kann Bernadette einem mit Blicken die Haut abziehen.

Dem Mädchen in diesem viel zu hohen Bett, in Reichweite des Arztes, fehlt das Leuchten im Auge; schlimmer noch, ihr Blick irrt unstet umher. Das also sind die „gewissen Veränderungen“, von denen Vater sprach! Ich möchte auflachen. Natürlich, sie hat noch ihre zwei Beine, ihre Arme mit Händen dran, ihren anscheinend gut funktionierenden Leib, ihre Nase, ihren Kopf! Nein, eben nicht ihren Kopf – so wie wir ihn kennen. Das ist nicht ihr Gesicht, ihr Starrkopf, ihr verdammter Dickschädel! Was hat der Doktor Moreau sich eigentlich gedacht? Etwa, daß wir nichts merken würden? Ich sehe schon voraus, wie Cécile vor diesem Pechvogel hier stehen wird – ohne die „Uhr" zum Ablenken . . . Und Claire erst! *Die* wird ein Gesicht ziehen! Denn ich bin als erste hergekommen. Wissen Sie, wieso? Papa hatte doch gesagt, wir sollten sie der Reihe nach besuchen und in Abständen. Irrsinns-Familie, die wir sind, haben wir gelost. Und ich hab' gewonnen! Ich sah wohl, daß Mama gern mitgekommen wäre. Aber sie war ja schon heute am frühen Morgen dort und sah danach so kaputt aus, daß Claire sich dazu herbeiließ, ihr einen Jasmin-Tee zu brühen. So habe ich abgelehnt: „Ab zu deinem Tee – und dann ins Bett. Das ist ein Befehl!" Sie hat mich nur noch wegen der Haare vorgewarnt. Was interessieren mich die Haare? Was darunter ist, zählt! Mein Vater hat mich dann aber doch bis zur Tür begleitet und aus dem Augenwinkel ganz unverfänglich nach mir und meiner Reaktion geschielt, als wir eintraten. Aber ich habe mich nicht ertappen lassen. Mit ruhiger Stimme bat ich ihn: „Laß uns allein." – Er klopfte mir auf die Schulter: „Mach dir keine Sorgen; es wird schon werden; es wird alles wiederkommen . . ."

Alles? Was weiß er schon darüber? Hat er in diesen Schädel hineingesehen? Kann er behaupten, das da wirklich nichts kaputt und für alle Zeiten versaut ist? Und wenn nun dieser Blick niemals mehr . . .? Von nun an werde ich ein Wort aus meinem Vokabular streichen: das Wort „niemals"!

Sie sieht aus, als schlafe sie. Das hat man mir auch schon vorher gesagt. Sie schläft mit einem Mal ein, so wie unsereiner gähnt! Blumen, Mineralwasser, ein ungeöffnetes Geschenk-Päckchen sehe ich, spüre diese Verhaltenheit, die einem in allen Krankenhäusern irgendwie die Kehle zuschnürt.

Ich stehe auf. Was habe ich für einen starken Körper, und wie ungeheuer gesund bin ich doch! Mein gesundes Hirn fordert jetzt einen Beweis, daß das da wirklich Bernadette ist. Ich öffne den Wandschrank. Da stehen tatsächlich zwei schöne, derbe, von ihren Waden ausgebeulte Reitstiefel, an denen noch ein wenig Lehm klebt. Da sind das Cowboy-Hemd, das Stéphane ihr geschenkt hat, und ihre alten, fast farblosen Arbeitsjeans. Hier schaukelt vor meiner Nase ihr großes Reisenetz, in dem sie uns einmal eine Meeresspinne mitgebracht hat.

Deren Scheren hatten sich in den Maschen verfangen; wir glaubten schon, man müsse es zerschneiden. Hier im Schrank ist die richtige, ist unsere Bernadette. Nicht die zerschundene, kaputte dort drüben.

Ich stecke die Nase in das Hemd, atme ihren Geruch, verliere mich darin . . .

„Pauline!" Sie schaut mich mit einem Rest ihrer früheren Skepsis an. „Was treibst du denn da?" – „Ich sehe nach, was du anhattest, als . . . als das passiert ist." – Ihr Gesicht verzerrt sich ein wenig. „Und das hatte ich an? Zeig es mir!" Ich öffne die Schranktüren weit, zähle mit heiterer Miene auf: „Alte Stiefel, Arbeitsjeans, Stéphanes Hemd . . ." – „Sprich mir nicht von diesem Schweinehund", spuckt sie. Ich sage absichtlich „spuckt". Man kann das nur so nennen, wenn jemand in derart zornigem Ton, mit solcher Rachsucht loslegt.

Sie ist auf das Kopfkissen zurückgesunken, ihre Wangen scheinen noch eine Spur blasser zu werden, und die Augenlider sind nicht nur geschlossen, sondern fest zugepreßt. Plötzlich ist mir übel; wie wenn man nach mehrtägiger Schiffsreise von Bord geht und zu spüren glaubt, daß Land nicht mehr fester Boden ist, sondern etwas, das auf dem Wasser schwimmt und sich bewegt. Hat sie tatsächlich gesagt: „Dieser Schweinehund?" Und damit Stéphane gemeint? Ich schließe den Schrank und setze mich vorsichtig neben sie. Sie macht die Augen wieder auf. Sie sind noch immer haßerfüllt. „Seinetwegen bin ich hier." – „Wieso?" – „Seine Eltern . . . sich von mir trennen . . . Er hat zu mir gesagt . . . zu mir gesagt . . ."

Sie findet die Worte nicht. Ich sehe wieder Stéphanes Gesicht von gestern abend. Jetzt klärt sich alles auf. Er sagte immer „es war meine Schuld" zu Tavernier, schien nur an diese „Schuld" denken zu können. Er hat sich geweigert, in Bernadettes Zimmer zu schlafen; hat das Haus wie ein Dieb verlassen.

Aber ich darf keine Fragen stellen. Verboten! Das ist unnötig und ermüdend! „Nicht versuchen, ihr zu helfen, sich zu erinnern", hat mein Vater gesagt.

Die Tür geht auf, und eine Schwester kommt herein. Das einzige, was ich an ihrer Kleidung einigermaßen ertragen kann, sind die weißen Strümpfe. Man hat den Eindruck, als wolle sie sich gleich mit ausgebreiteten Armen aufs Eis hinausschwingen und Schlittschuh laufen. Sie sieht mich freundlich lächelnd an. „Welche sind Sie denn?" – „Pauline!" – „Sie sehen ihr aber gar nicht ähnlich!" Was weiß die schon davon? Ich habe Haare, sie nicht! Ich stehe gesund auf meinen Beinen, sie ist wehrlos. Und wenn Bernadette sich in einem solchen Zustand befindet, dann ist sie ganz einfach nicht mehr Bernadette.

Die Schwester steht neben dem Bett. „Wie geht's uns denn?" – „Es hämmert", beklagt sich meine Schwester und rollt mit den Augen, um zu zeigen, wo. Da oben: in der Kommandozentrale! Da, wo doch wohl alles, was man erlebt, sieht und fühlt, sich für immer einprägt. Da, wo vor Tagen noch ihre Liebe zu Stéphane eingraviert war.

„Wir werden Ihnen etwas geben", sagt die Schwester, „und dann schlafen wir ein bißchen . . ."

In normalen Zeiten sollte jemand so zu Bernadette sprechen! Ihr Gelächter – und wie sie ihr Bettzeug hochheben würde: „Wir schlafen jetzt? Na, dann nur herein ins Bett. Los, kommen Sie!"

Aber Bernadette erlaubt dieser Unbekannten, ihr das Nachthemd hochzuheben und ihr das besagte Etwas in die Hinterbacke zu spritzen.

Nachdem sie Bernadette wieder zugedeckt hat, gibt mir die Schwester einen Wink, ihr zu folgen. Aber ich gehe erst noch zum Bett. Ich streife mit den Lippen eine Wange, küsse eine Fremde. Als ich meine Schwester das letztemal küßte, stand sie auf der Freitreppe von La Marette. Die Sonne spiegelte sich in der Motorhaube von grosso-modos blitzblank geputztem Wagen. Wir reisten nach Kalifornien. Ich erinnere mich jener plötzlichen Angst, als das Auto abfuhr und Bernadette im Haus verschwand. Ich hatte mich nach dem Wohnzimmerfenster umgewandt und betete darum, sie noch einmal wiederzusehen. Ich wußte es doch!

Sie öffnet ein Auge. „Amüsier dich gut! Es sind doch noch Ferien." – „Darauf kannst du wetten!"

Im Flur erwartet mich die Schwester mit dem Medikamenten-Tablett. „Sie hatte eine schlechte Nacht. Alpträume. Das kommt in solchen Fällen häufig vor. Sie erleben alle den Unfall noch einmal. Dr. Moreau ist noch hier", fügt sie hinzu, „wollen Sie ihn sehen?" Ich sage: „Nein. Ich habe mein Mofa unten und eine dringende Verabredung." – „Na bestens! Dann bis bald!" Sie hat es eilig.

Das ist der richtige Augenblick, um zu fragen – als ob es selbstverständlich und nebensächlich wäre: „Glauben Sie, daß operiert werden muß?" – „Wir warten noch auf den Befund von Professor Bernard. Er kommt heute nachmittag aus Paris." – „Danke." – Danke. Danke sehr. Ganz ruhig gehen; die Schritte zählen. Das hilft. Sie soll es nicht bereuen müssen, mit mir gesprochen zu haben. Sie darf meinem Vater nicht erzählen, daß ich von der bevorstehenden Operation an

Bernadette weiß. Ich weiß es ja schon seit gestern; seit Crèvecoeur diese Frage gestellt hat. Ganz so wie ich schon in grosso-modos Auto wußte, daß meine Schwester bei unserem Wiedersehen nicht mehr dieselbe sein würde. Wir warten noch darauf, was Professor Bernard meint. Und der kommt extra aus Paris? Was ist denn nun mit diesem Schädel-Hämatom? Was werden sie mit diesem Blutgerinnsel anstellen, das meine Schwester daran hindert, ordentlich zu sprechen?

Sally! Tracy! Das ist mein Sommer! Pierre! Das ist mein Jahr! Ich schwöre, es gibt in allen Krankenhäusern – ausnahmslos in allen – eine Frau mit wirrem weißem Haar, die in Morgenrock und Filzpantoffeln einen düsteren Gang entlangschlurft und dich im Vorübergehen ansieht, als warte sie auf etwas Unmögliches. Man kann sich noch glücklich schätzen. Es gibt immer noch Schlimmeres. Es gibt Leute, die überhaupt nichts mehr erwarten!

Die Steintreppe. Meine Beine gehören nicht mehr so recht mir. Tief durchatmen . . . ein Ratschlag von Bernadette! Sie mißt der Atmung enorme Bedeutung bei. Atmen, als wäre man ausschließlich dafür auf der Welt. Ah, die Empfangshalle! „Wenden Sie sich an den Pförtner . . .“ Endlich der Hof, Wind, ein unbestimmter Geruch nach Feldern, die man zwar nicht sieht, deren Nähe man jedoch spürt wie zwei weit ausgebreitete Arme, in die man sich flüchten kann.

Zurück zu meinem Mofa . . . Aufsteigen, als ob nichts gewesen wäre und als ob die Welt sich weiterhin hauptsächlich um mein eigenes Glück drehte. Vor allem ja nicht anfangen zu heulen!

21

Der Streit

Drei Tankstellen habe ich abgeklappert, bevor ich die richtige fand. In Pontoise herrschte reges Treiben. Es war Markttag, und im August kommen an solchen Tagen außer den Leuten aus der Umgebung immer noch eine Menge Touristen hierher. Meine Eltern beten uns ja auch immer vor, man solle überall, auch im Ausland, die Märkte aufsuchen, weil man dort dem Leben der Menschen ein wenig näherkommt.

Ich habe die Unterschiede in den Verhaltensweisen beobachtet. Es gab jene, die nur gekommen waren, um einzukaufen und sich dabei beeilten, und jene, die lächelnd spazierengingen. Ich habe auch einen alten Mann gesehen, der lange Zeit zögerte, bevor er sich entschied, einen noch eßbaren Pfirsich aufzuheben, der in die Gosse gerollt war. Nachdem er es endlich gewagt hatte, schaute er sich herausfordernd um, wischte den Pfirsich am Rockaufschlag ab und biß kräftig hinein.

Stéphanes Tankstelle lag am Ortsausgang, nicht weit von der Oise. Er bediente gerade und trug einen Overall, wie sie von den großen Couturiers in diesem Jahr zur Mode erklärt worden sind. Wenn ich Arbeiter wäre, würde ich darüber lachen – oder weinen. Das Komischste war die Mütze. Sie erst machte ihn wirklich zum Tankwart.

Ich ließ mein Mofa an der Zufahrt stehen, nicht weit von jenen Büschen, die zur Zierde gepflanzt werden und immer so aussehen, als würden sie mit Benzin gegossen. Als der Kunde wegfuhr, näherte ich mich Stéphane.

Zum ersten Male würde ich jetzt allein mit ihm sein. Ich hatte den Eindruck, einen Unbekannten anzusprechen, fühlte mich eingeschüchtert. Zum Glück nicht lange.

Auch er brauchte einen Augenblick, bis er mich erkannte. Dann lächelte er mich so lieb und traurig an, daß es mir die Kehle zuschnürte. Wenn man sich vorstellte, daß ich ebensogut *nicht* hätte herkommen können! „Wie geht's dir, Pauline?" Wir standen hier nicht herum, um vom Wetter zu sprechen, und ich wollte ihm nicht das Gefühl geben, ich sei lediglich aus Freundschaft oder Neugierde gekommen. Daher verkündete ich sofort: „Ich komme aus dem Krankenhaus. Ich habe Bernadette besucht." – Mit leicht zusammengepreßten Lippen sagte er: „Ah!" Dann: „Wie geht es ihr?" – „Sie hat eine schlechte Nacht verbracht. Alpträume. Das ist anscheinend immer so."

Da kam ein Porsche mit einem Gecken am Steuer, der den Tank voll Super verlangte und nicht einmal hinsah, wer ihn da bediente. Keine Sekunde lang ahnte er, daß er mit dem Sohn eines berühmten Rechtsanwalts sprach, der jetzt eigentlich in voller Schönheit auf einer Yacht hätte faulenzen können, einen Schiffsjungen „zu Befehl" auf den Fersen – statt hier einen Tank mit Benzin vollzufüllen. Aber dieser junge Mann liebte meine Schwester – deshalb war er hier!

Stéphane säuberte die Windschutzscheibe, nahm den Scheck entgegen, fragte nach dem Ausweis, steckte das Trinkgeld ein. Dann sagte er zu mir: „Komm!"

Wir gingen in den Kassenraum. Dort legte er den Scheck sofort in die Kasse, schloß sie ab, und während er sich die Hände wusch, rief ich in La Marette an.

Cécile war sofort am Apparat. Sie sagte, sie sei daneben sitzen geblieben, weil Mama wie ein Stein in ihrem Liegestuhl schlafe. Cécile hatte mir eine Menge zu erzählen. Ich informierte sie, daß ich nicht zum Mittagessen heimkommen würde. Sie fragte nicht ein einziges Mal nach Bernadette.

Stéphane hatte zwei Getränke aus dem Automaten gezogen und aus einem anderen einen Kuchen in jener Zellophanverpackung, die man nur mit den Zähnen aufkriegt.

Wir setzten uns zu beiden Seiten des stahlgrauen Schreibtisches. Er so, daß er die Zufahrt überwachen konnte, ich gegenüber einer ganzen Landschaft von Scheibenwischern, Scheinwerfern, verschiedenen Geräten und Werbeplakaten. Ich wußte nicht, wie ich anfangen sollte. Also fixierte ich einen Nebelscheinwerfer – wie passend für diese Gelegenheit! – und stürzte mich gleich mitten hinein in die Geschichte: „Sie will dich nicht mehr wiedersehen!"

Er legte seinen gerade ausgewickelten Kuchen hin und sah gar nicht erstaunt aus. „Was hat sie dir noch gesagt?" – „Daß du Schuld hast an dem, was ihr passiert ist." – „Und weiter?" – Ich lachte, aber nicht, um mich über ihn lustig zu machen, sondern um das Gesagte zu mildern: „Findest du nicht, daß das reicht?"

Er streckte die Hände vor sich aus und betrachtete sie. Trotz Seife und Bürste waren es nicht mehr Stéphanes Hände, und seinen Siegelring trug er auch nicht. „Vielleicht hab' ich tatsächlich Schuld daran."

Er hob den Blick, und darin lag so viel Verzweiflung, ein solcher Hilferuf, daß es mit mir durchging. Ich beugte mich über die Hände und küßte sie. Sie rochen nach Benzin.

Sofort zog er sie zurück und versteckte sie unter dem Tisch. Ihm, der alle möglichen Hände küßt, war das wohl zum ersten Mal widerfahren! Er war puterrot vor Verlegenheit. Und auch mir brannte das Gesicht bis über beide Ohren.

„Ich weiß, daß du ja nicht umsonst hier bist!"

Diesen tiefsinnigen Satz hatte ich mich gerade mit größtmöglicher Überzeugungskraft herauszubringen bemüht, da fuhr ein Feinkost-Lieferwagen heran. Anscheinend blockierte der Fahrer die Melodie-Hupe mit seinem Daumen . . . Stéphane galoppierte los.

Inzwischen aß ich mechanisch ein Stück des Kuchens. Seit dem Flug habe ich eigentlich keinen Appetit mehr. Unterwegs leerte ich alle Tabletts, die durchgegeben wurden, und teilte mir mit Cécile auch noch Mamas Portionen. Dazu tranken wir Wein und schliefen vielleicht deshalb auch so viel.

Stéphane kam zurück. Wiederum die Zeremonie mit dem Verstauen des Geldes und dem Händewaschen! Dann setzte er sich mir gegenüber und erzählte mir alles.

Die Sache hatte mit einem Telefonanruf seiner Mutter begonnen. Sie kam gerade aus Saint-Tropez zurück und verbrachte mit ihrem Mann ein paar Tage in Paris. Stéphane hatte ihr da unten sehr gefehlt. Es ist nicht so einfach, mit Herrn von Saint-Aimond zusammenzuleben; er hat einen unverträglichen Charakter, und seine Frau redet sich gern bei Stéphane ihren Kummer darüber von der Seele. Er predigt ihr Geduld – das ist typisch für ihn! Da sie ihm ziemlich mutlos vorkam, hatte Stéphane ihr gut zugeredet; es werde schon wieder alles ins reine kommen, und sie solle aufhören, sich wegen seiner Verbindung mit Bernadette Sorgen zu machen. In dem Augenblick war Bernadette ins Wohnzimmer gekommen. Nachdem er aufgehängt hatte, gab sie keinerlei Kommentar ab. Das ist bei Bernadette ein schlechtes Zeichen. Ich wäre mißtrauisch geworden.

Möglicherweise sei er, Stéphane, während des Abendessens nachdenklich und zerstreut gewesen. Vor allem aber müde. Zwischen seinen Studien und der Arbeit als Tankwart hatte er keine Ferien gemacht! Bernadette hatte sein Schweigen falsch ausgelegt – als Ärger oder als Reue. Und so war's zum Krach gekommen.

„Wenn du dieses Gesicht aufsetzen willst, dann geh doch wieder zurück zu deiner Mama!"

Stéphane sieht so sanft aus, aber er weiß, was er will, und er ist äußerst empfindlich. Er hat meiner Schwester geantwortet, er fühle sich sehr wohl in La Marette, aber er hätte sich gewünscht, daß sie etwas mehr Verständnis hinsichtlich seiner Eltern aufbringe. Jedesmal wenn sie von ihnen sprächen, zeige sie sofort die Krallen.

Dieser Schlag saß natürlich. Sie fragte, was er denn unter „Verständnis“ verstehe und erklärte, ohne seine Antwort abzuwarten, sie werde sich nicht das Fell über die Ohren ziehen, nur um irgendwelchen bornierten Aristokraten zu gefallen. Stéphane habe erwidert, im Leben seien die Dinge eben nicht so fein säuberlich getrennt. Und obgleich sie sich darin gefalle, das Gegenteil zu behaupten, seien seine Eltern eher intelligent als borniert. Doch sie habe sie ja schon abqualifiziert, noch bevor sie die beiden auch nur kennengelernt habe. Und alles nur, weil sie aus lauter Angst, ihnen zu mißfallen, lieber die Flucht nach vorne angetreten habe. Begabt wie sie dazu sei, Mißfallen zu erregen, sei es ihr denn auch vollkommen gelungen; darüber brauche man kein Wort zu verlieren.

Bernadette hat wohl losgelacht. Ich höre sie lachen! Angst, ihnen zu mißfallen? Aber warum sollte sie ihnen überhaupt gefallen wollen? „Weil es meine Eltern sind“, hat Stéphane mit Recht versetzt. Zudem habe er gehofft, daß es ihm schon eines Tages gelingen werde, seine Familie dazu zu bringen, Bernadette zu akzeptieren, ohne sie deshalb zu zwingen, ihre ach so gewichtige kleine Persönlichkeit zu verleugnen!

Bernadette ist sehr hochmütig. Crève-coeur hat schon recht: Sie hat eine Menge Fehler. „Die Familie dazu bringen, sie zu akzeptieren“ hat sie nicht gelten lassen. Sonst noch was? Entweder man akzeptiert sie sofort – so wie sie ist – oder gar nicht. Der Streit dauerte die ganze Nacht.

„Im Grunde“, sagt Stéphane, „ist das unser altes Problem! Sie will mich nicht mit meiner Familie entzweien, verweigert aber gleichzeitig jedwedes Zugeständnis, um sich akzeptieren zu lassen!“

Ich frage: „Wo trug sich denn der Streit zu?“ – „Unten. In ihrem Zimmer.“ – „Und Antoine?“ – „Wir haben ihn gar nicht heimkommen gehört.“ – „Und dann?“

So etwas beginnt damit, daß man sich festumrissene, aber

eigentlich nicht ernst gemeinte Tatsachen vorwirft. Wenn aber keiner Frieden schließen will, geht man dazu über, einander wehzutun. Man geht sogar so weit, dem „anderen" zu sagen, er habe einen niemals wirklich geliebt, akzeptiert oder verstanden. Dieser „andere" antwortet, ein solcher Egoismus sei ja nun wirklich die Höhe. Aber falls jemand das vergessen habe, man selber sei ja schließlich auch noch da, habe vielleicht manchmal auch das Bedürfnis, verstanden und in seiner Eigenart akzeptiert zu werden! Dann bellt man zurück, diese Unterschiede seien eben wirklich zu groß, Abgründe, zwei total entgegengesetzte Lebensauffassungen, und in diesem Falle müsse man feststellen, daß es sowieso hoffnungslos sei. Sie hat „sowieso" gesagt; er hört nur das „hoffnungslos" und verbeißt sich darin. Nun will er es bis zum bitteren Ende ausfechten. Was sie damit sagen wolle, mit diesem „hoffnungslos"?

Sie sagt zu ihm, er sei ein parfümierter Schlappschwanz, ein viel zu wohlerzogenes Bürschchen, ein kleiner Rechtsverdreher, der wie sein Vater enden werde – nämlich zeitungslesend im Fond seines Wagens, von einem Sklaven mit Schirmmütze herumkutschiert. Darauf er: Wenn er sich recht erinnere, sei sie es, die ihm das Parfum geschenkt habe, und bitte – er ziehe es vor, wohlerzogen zu sein, nicht aber ungehobelt, eigensinnig und bar jeden Humors wie sie, die ja – den Bart weggedacht – Captain Hadock zum Verwechseln ähnlich sehe, zumal wenn sie ihre gräßliche Pfeife rauche, die er verabscheue. Sie brauche ihn gar nicht daran zu erinnern, daß er sie ihr geschenkt habe; er sehe seinen Irrtum selbst ein.

Gestern noch waren sie in eben diesem Zimmer glücklich gewesen. Er lachte darüber, wie sie mit ihrer Pfeife blaue Tabakringe in die Luft blies. Sie schnupperte sein Parfum. Er nahm sie in die Arme. Die Turmuhr von Mareuil mochte wieder und wieder die verrinnenden Stunden schlagen. Sie waren die unbestrittenen Herren von La Marette.

Aus Verzweiflung übertrumpft jetzt einer den anderen, man wird regelrecht bösartig. Sie haben einander die schlimmsten Dinge an den Kopf geworfen. Schließlich ist er hinaufgegangen, um im Wohnzimmer auf dem Sofa zu schlafen. Morgens befahl sie ihm dann, zu seinen Eltern zurückzugehen und ihnen in ihrem Namen – darauf lege sie Wert! – die frohe Botschaft zu überbringen: Sie beide seien fertig miteinander; aus und vorbei! Die Eltern könnten ihn nun mit irgendeiner sonnengebräunten Geld-Fee verheiraten.

Da hatte er die Nase endgültig voll. Er packte seine Tasche, und bevor er zum Tor hinausging, wandte er sich um und rief ihr ein schönes, grobes, wohlklingendes Schimpfwort zu.

Für Stéphane bedeutet „Scheiße" sagen so viel wie eine Granate werfen, alle Brücken abbrechen. Das muß Bernadette zutiefst getroffen haben.

Sie stand dann wohl mit bitterbösem Gesicht breitbeinig auf der Freitreppe. Und ich bin sicher, daß eine Stimme in ihr Stéphane zuschrie, er möge doch bleiben. Der Beweis dafür ist, daß sie nachher das Cowboy-Hemd angezogen hat, das er ihr geschenkt hatte – und nicht irgendein anderes. Aber sie war zu stolz, und so hat sie geschwiegen. Ich glaube, auch seine Hände krampften sich nicht nur vor Wut um das Steuerrad seines Wagens – er wartete auf diesen Schrei. Aber auch er war zu stolz. Zweifellos enden viele Liebesgeschichten so: aus einem Übermaß an Stolz.

Inzwischen hupt es von neuem. Ein Citroën 2 CV. Stéphane erhebt sich, bedient, reinigt, kassiert, bedankt sich bei der Dame, wäscht sich die Hände, setzt sich hin und beginnt nun, den Kuchen zu essen.

Es sieht aus, als gehe es ihm besser. Jetzt scheint er sogar Hunger zu haben. Schließlich hat er ja auch gestern abend nichts von den grünen Nudeln à la Crève-coeur abgekriegt. Vielleicht hat er überhaupt nichts gegessen.

„Du mußt heute abend nach La Marette zurückkommen",

sage ich. „Du kannst ja Céciles Zimmer nehmen." – „Nein! Nicht, solange Bernadette selbst es mir nicht erlaubt hat." Und er fügt hinzu: „Dein Vater ist übrigens im Bilde. Um ihn davon in Kenntnis zu setzen, habe ich ihn ja abgeholt." Daher also die schuldbewußte Miene.

„Jedenfalls bist du aber nicht zu deinen Eltern zurückgekehrt", bemerkte ich. – Er lächelt. „Ich hatte doch hier zugesagt." – „Liebst du sie . . . trotz allem?" Ich denke an den schwierigen Charakter meiner Schwester, aber auch an ihren Kopf. Hadock ohne Bart, sei's drum! Aber Hadock ohne Bart und kahlgeschoren – also doppelt auf dem absoluten Nullpunkt angelangt.

„Immer noch", sagt er ohne zu zögern. – „Hast du sie besucht?" – „Sobald ich es erfahren hatte." Nach dem Streit hatte er einen furchtbaren Tag verbracht. Aber am Abend kam er mitsamt seiner Tasche nach La Marette zurück, bereit, sich wieder zu versöhnen. Bernadette war nicht daheim. Während er auf sie wartete, fing er an, den Garten zu sprengen. „Es ist mein Zuhause geworden, weißt du? Das Blöde ist, ich glaube wirklich daran, daß sich das mit meinen Eltern noch einrenken wird. Es hat von Anfang an Mißverständnisse gegeben. Bernadette ist zum Sylvesteressen in Reitstiefeln und mit der Pfeife im Mund erschienen."

In mir regt sich der Verdacht, daß Bernadette vielleicht arg übertrieben haben könnte mit den Saint-Aimonds. Und die Yacht? Der Chauffeur? Ich muß gestehen, es würde mich enttäuschen, wenn sie das alles nur erfunden hätte!

Kaum hatte Stéphane den Hahn aufgedreht, da kam auch schon grosso-modo mit komischem Gesicht und berichtete ihm, was geschehen war. Stéphane raste zum Krankenhaus. Bernadette schlief. „Hatte sie noch ihre Haare?" – „Zum größten Teil." – Ich warne ihn: „Also, du kannst dich gleich darauf einstellen: Jetzt ist sie nicht mehr Hadock, sondern Yul Brynner!"

Er hatte sich zu ihr gesetzt. Sie öffnete die Augen und – fing an zu schreien. Als ob er ihr schreckliche Angst einjagte. Man hat ihm geraten, nicht mehr wiederzukommen. „Wenn Antoine nicht gewesen wäre!“ seufzt er. Dr. Delaunay hat sich als der vollkommene Nothelfer erwiesen. Nachdem er Bernadette beruhigt hatte, kümmerte er sich um Stéphane, dem es auch nicht viel besser ging. Dr. Delaunay erklärte ihm, daß Bernadette unter einem Schock stehe. Sein Ruf „Scheiße“ dürfte sie so stark beeindruckt haben, daß sie ihn mit ihrem Sturz in Verbindung brachte, alles, was sonst zwischen ihnen vorgegangen war, hatte sie vergessen. Eine bei Schädel-Hämatomen häufig auftretende Erscheinung. Sie konnte sich am Rande ihres Erinnerungsvermögens gerade noch vorstellen, daß Stéphane den Unfall irgendwie hervorgerufen habe.

Er nahm sich ein Zimmer in Pontoise. Die Nacht war für sie nicht gerade gut verlaufen, und am nächsten Morgen hatten Antoine und er dann beschlossen, uns zu benachrichtigen. Den Rest wisse ich ja. Ein schöner kalifornischer Sommerabend. Ein erleuchtetes Schwimmbecken mit Blumen. Ein Vater, der gerade Küchenchef spielt und alle zum Lachen bringt. Ein Duft von gegrilltem Lammfleisch mit Kräutern. Ein Telefonklingeln ... „Und hier sind wir nun!“ sagt Stéphane.

So weit sind wir nun!

22

Eine Karte zur Erinnerung

Schon immer hatte ich das Bedürfnis nach Einsamkeit. Wie mir jetzt wieder einfällt, verbrachte ich als kleines Kind in der Bourgogne ganze Nachmittage in einer Gartenecke, in der Krone eines Baumes oder am Ufer eines Kanals, auf dem damals noch Lastkähne entlang glitten. Eines Nachts hatte ein Onkel meiner Großmutter am Steuer seines schönen Wagens in diesem Kanal den Tod gefunden, weil er das im Mondschein glänzende Wasser für die Straße hielt.

„Was treibst du denn eigentlich?" fragte mich Großmutter, wenn ich vor dem Essen wieder auftauchte, zur Stunde, in der die Kinder mit gewaschenen Händen vor den Erwachsenen im Wohnzimmer erschienen. Und ich schämte mich meiner Antwort „Nichts", weil ich sehr wohl sah, daß es sie beunruhigte.

„Pauline träumt zuviel", bemerkte sie dann meiner Mutter gegenüber, „man müßte sie mehr beschäftigen!" Aber warum? Hatte nicht auch sie ihre Einsamkeit und Träumerei, wenn sie jeden Morgen zum hinteren Teil des Gartens hinaus wanderte, um dort den Sockel einer Heiligenfigur mit frischen Blumen zu schmücken – zum Dank dafür, daß ein Vetter von einer schlimmen Krankheit geheilt worden war?

Ich suche den Augenblick, in dem man spürt, daß sich einem – zahm und ohne Hast – so etwas wie ein anderes Selbst zugesellt, mit dem man sich in vertrauter Übereinstimmung befindet. Sozusagen den Augenblick, in dem man sich in seinen eigenen Schatten setzen kann. Sagt man im übrigen nicht auch „sich sammeln" oder „sich wiederfinden" – alles Worte, die ich liebe, weil sie in etwa soviel bedeuten wie „sich selbst in die Arme nehmen". – „Man liebt nur Gott", sagte Großmutter mit gerunzelter Stirn.

Bevor ich nach La Marette zurückfuhr, machte ich einen Umweg und schlug den von uns so genannten „Weg der Zweige" ein. Dort neigen sich die Bäume so tief herab, daß die Äste einen im Vorübergehen streifen, was mir auf dem Mofa immer ein wenig Herzklopfen verursacht. Dieser Weg führt zu einem Haus, dessen Eigentümer im Sommer auswärts sind. Die Fensterläden waren geschlossen; vor der Eingangspforte hing eine Kette; das Haus schien die Sonne abzuweisen, die auf die armen überhitzten Außenmauern herabbrannte.

Ich stieg über das Tor und setzte mich an die Hauswand aus heißen Steinen, mit dem Rücken gegen die leeren Zimmer – und wartete hoffnungsvoll auf innere Freude und Zuversicht.

Mir ist etwas aufgefallen: Schaut man nur lange genug und mit wahrer Ernsthaftigkeit auf ein Stück unberührter Natur, die nicht notwendigerweise ohne Häßlichkeit ist, aber doch in unzähligen Farben vor unserem Auge flimmerte, so ergreift einen alsbald etwas und hebt einen über die bedeutungslos werdenden Sorgen des Alltags hinaus.

Zweifellos war ich auf der Suche nach einem erhebenden Augenblick hierher gekommen, sah jedoch überall Bernadettes Gesicht. Immer wieder schob es sich zwischen die Landschaft und mich, verstellte mir den Weg zum inneren Frieden. Ich gewann den Eindruck, sie befehle mir, sie nicht aufzugeben, ja sogar für sie zu handeln.

Die Sonne brannte hernieder, als wolle sie durch mich hindurch in das Haus einbrechen. Ich schob meinen Rock hoch – nicht zu weit, denn das war nun wirklich nicht der Augenblick, um auch noch Lust auf Erotisches zu haben. Aber es genügte doch, um daran zu denken – und plötzlich erschien mir wieder alles so schwierig. Ich erhob mich, solange ich noch dazu imstande war – mit brennenden Schläfen und klopfendem Herzen, ganz von meinen Gefühlen überwältigt. Der Versuch war mißlungen! Ich fühlte mich noch unbehaglicher in meiner Haut als zuvor, schwang mich wieder auf mein Mofa und fuhr schnell in Richtung La Marette.

Das Gittertor des Gartens wird von zwei hohen Steinpfosten eingerahmt, die in der Form von Pinienzapfen enden. Auf einem von ihnen hockte Cécile und spähte nach mir aus. Sobald sie mich am Ende des Weges auftauchen sah, sprang sie so schnell herunter, daß sie mir Angst einjagte.

Ihre Besuchszeit bei Bernadette war wegen einer Arztvisite verschoben worden: Professor Bernard! Das sei doch ein gutes Zeichen, nicht wahr? Bernard und Bernadette!

Ich erzählte ihr nichts von der Operation, berichtete jedoch, Bernadette sehe unmöglich aus und faselte allerlei Zeug zusammen, damit Cécile im guten Sinne überrascht sei.

Jawohl, Bernadettes Anblick habe mir einen ziemlichen Schlag versetzt, aber man müsse sich klarmachen, daß das immer so sei bei solchen Schädelverletzungen. (Ich redete schon ganz wie Papa!) Aber es war unnötig. Ich hatte den Eindruck, daß sie mir kaum zuhörte – oder mir gar nicht zuhören wollte.

„Ich war bei Crève-cœur“, verkündete sie. „Ich wollte wissen, an welcher Stelle Bernadette auf die Schnauze geknallt ist.“ – „Na und?“ – „Ein Weg, der plötzlich aufhört, wie's scheint, von einem dicken Ast versperrt wird. Links ein Wäldchen, rechts ein steiniges Feld.“

„Er hat mir erzählt, sie sei morgens hereingekommen, als ob sie alles kurz und klein schlagen wolle, und Prinz sei auch klatschnaß zurückgekommen. Sie muß ihn wie der Teufel geritten haben. Du – da ist doch irgend etwas schon vorher passiert!“

Ich erzählte ihr aber nichts von Stéphane, und wir gingen in die Küche, weil ich vor Durst umkam nach all der Fahrerei in der sengenden Sonne und nach dem Sitzen mit der heißen Wand im Rücken. Da zeigte Cécile mir die Postkarte. Es war das Riesending, das wir vom Chinesenviertel in San Francisco an Bernadette geschickt hatten. Es war erst heute morgen angekommen. Als ich nun all unsere Grüße und Unterschriften sah – so vergebens geschrieben –, da hatte ich plötzlich nasse Augen, ich, der es bisher gelungen war, die Tränen zurückzuhalten . . .

Weil wir so glücklich waren, als wir diese Karte schrieben,

so fern von all dem, was uns erwartete; sozusagen schuldlos an einer Ungerechtigkeit.

„Das hat mich auch ganz schön umgehauen", tröstete mich Cécile, „wirkt wie etwas Totes, nicht?"

Als sie vorhin die Karte sah, hatte sie auch wieder solche Lust bekommen, dort drüben zu sein. Wie unendlich schön war das doch, wenn man ganz und gar angezogen in den Pazifik hineinlief! Du gehst vorwärts und brauchst Sekunden, bis du das Wasser überhaupt spürst. Man könnte fast sagen, du wagst nicht, es wahrzunehmen. Dann greift es überraschend nach dir, durch die Kleider hindurch, und du hast das Empfinden, etwas Ungeheuerliches, Verbotenes zu tun, einen Raub zu begehen. Wie soll man das erklären? Und eines Tages hatte sie sogar etwas Schrecklich-Schönes getan, das ich bis an mein Lebensende keinem erzählen dürfe. Sie war in Bermudas bis zur Taille im Wasser und . . . Na ja, ich erriet das ja wohl, nicht wahr? Einfach so – laufend, und Gary zur Seite . . .

„Du weißt ja nicht, wie das ist . . .", sagte sie ernsthaft zu mir. „Das wirst du niemals wissen können!"

Doch – ich konnte es mir vorstellen! Wir nahmen kühle Limonade aus dem Eisschrank, machten ein Bier auf und mixten uns zwei Drinks daraus. Zum Trotz! – „Jedenfalls geht es dem Kapitän gut!" ließ sich Cécile dann vernehmen. – „Welchem Kapitän?" – Sie schaute mich vorwurfsvoll an. „Na, du weißt doch . . . Komm, wir sehen nach!" Ich wußte ja nicht, daß sie ihre Schlange „Kapitän" getauft hatte. Für so etwas hat man doch nicht gleich einen Namen parat, und warum auch „Kapitän"? Erst später erfuhr ich – zugleich mit der ganzen Familie –, daß dies eine Huldigung an Fouroux, ihren Lieblings-Rugby-Spieler sein sollte.

Unterdessen übte sie sich darin, sich die Schlange um den Hals zu legen. Aber die Schlange war zu kurz, und die Berührung machte Cécile dann doch erschauern.

Dann kam Claire, unterbrach die aufregende Unterhaltung,

und ich ging zu Mama in den Garten.

Bewehrt mit ihrer Sonnenbrille, tat Mama, als lese sie, aber jeder weiß, daß sie mit getönten Gläsern noch nie eine Zeile hat entziffern können.

Ich setzte mich neben sie und erzählte ihr von meinem Besuch bei Bernadette. Eigentlich hätte ich gern von dem Schmerz gesprochen, den ich bei ihrem Anblick empfunden hatte, doch Mama sah mich so angstvoll an, daß ich auf Stéphane umschaltete. Das tat ich zu ihrem Schutz. Obwohl – meine Mutter zu beschützen, liegt mir an sich gar nicht. Es gehörte sich im Grunde doch umgekehrt, zum Kuckuck! Aber mir fiel ein, was unsere Französisch-Lehrerin gesagt hat: Eines Tages werden die Rollen getauscht, und das verstehen, heißt erwachsen werden. Manch einer wird es nie. Sie selbst habe ein Baby von vierundzwanzig Jahren gekannt; und das sei gar kein erfreulicher Anblick gewesen.

Ich saß also wieder einmal neben meiner Mutter, diesmal jedoch war ich ihre Beschützerin. Die ausgebreitete Decke auf dem Gras zeigte an, daß Claire trotz allem ihr Sonnenbad genommen hatte. Wie mir bewußt wurde, hatte ich immer noch die Karte aus San Francisco in der Hand.

„Zeig sie mir", bat Mama. Im Hintergrund erkennt man das Golden Gate. Zwischen all den schönen Wolkenkratzern sieht man auch einen, an den sich ein winzig kleines altes Haus anzulehnen scheint. Das Blau des Himmels ist nicht ganz klar; man spürt den möglicherweise aufkommenden Nebel.

Mama schaute sich das an, und in ihrem Blick lag eine Spur jenes Leuchtens, das wir drüben an ihr erlebt hatten. „Erinnerst du dich?" – „Der Haufen Krebse!" – „Und das Drive-in-Café!" – „Und als Cécile in den Porno-Shop ging, wie die Typen dort geglotzt haben!" – Und wie glücklich wir waren, ohne es zu wissen!

„Wollen wir sie für Bernadette aufheben?" fragte Mama.

Doch ich nahm ihr die Karte aus der Hand und zerriß sie. Mein Pech – denn das war gerade keine sehr erwachsene Reaktion . . . Die Karte war sinnlos geworden. Mit Céciles Gruß: „Trab schön!“ und Mamas: „Das ist eine wundervolle Reise!“ und meinem: „Du fehlst uns!“ Das einzige, was sich aufzuheben gelohnt hätte, wäre das T von Tracy gewesen, das er an das E meines Vornamens angehängt hatte . . .

Ich fragte: „Sie wird operiert, nicht wahr? Jetzt steht es fest!“ – Mama zögerte unmerklich: „Wahrscheinlich. Die Entscheidung fällt heute.“ – „Professor Bernard?“ – „Ja.“ Und sie fügte hinzu: „Das ist eine Lehrbuch-Operation. Dabei wird der Blutsack geleert, der sich unter der Haut gebildet hat.“

Einfach so. – „Und dann?“ – „Die Besserung soll sehr schnell spürbar werden.“ – „Sie wird sich wieder vollständig erholen?“ – Mama legte mir die Hand aufs Haar. „Wir werden ihr alle dabei helfen. Ich zähle sehr auf dich. Ihr beiden versteht euch doch so gut!“

Ich konnte nicht antworten. Wortlos reichte Mama mir ihr Taschentuch. Ich saß zum Becken gewandt, das, nebenbei gesagt, eine Reinigung mit Chlorwasser verdammt nötig hatte. In all dem Schlamm werden wir hier bald eine Froschzucht aufmachen können. Ratschlag für Liebhaber!

Ein wenig später habe ich Mama von meinem Besuch bei Stéphane erzählt. Die Sonne stand oben über dem Hügel mit der langen Reihe von Tannen, die mich immer ans Gebirge erinnern. Mama wußte von dem Streit. Papa hat keine Geheimnisse vor ihr und sie nicht vor ihm. Hinzukommt, daß beide fast in allem den gleichen Geschmack haben. Es ist aussichtslos, da einen Keil hineinzutreiben.

„Angenommen, daß alles zum Besten verläuft“, sagte ich, „daß sie wieder wie vorher wird – ihr Problem mit Stéphane ist deshalb doch noch nicht aus der Welt.“ – „Alles zu seiner Zeit“, sagte Mama, „laß sie erst einmal gesund werden!“

Ich sah Stéphane vor mir, seinen tieftraurigen Gesichtsausdruck. Alles zu seiner Zeit? Ich war froh, daß ich ihm die Hände geküßt hatte. Wie schnell er sie doch zurückzog! „Ruh dich aus!“ sagte ich zu Mama. Sie setzte sich die Sonnenbrille auf die Nase und schlug ihr Buch verkehrt herum auf.

Leise ging ich zum Haus zurück. So werde wohl ich es sein, die Bernadette helfen muß! Aber sie, dieser Sturz, Stéphane, ihre Heilung – das war alles ein und dieselbe dringende Angelegenheit; und ich kam mir so schwerfällig vor, doch zugleich fühlte ich mich auch von Unruhe ergriffen.

Ich wußte, nun würde auch ich einmal handeln müssen!

23

Ein Privathaus in Neuilly

Früh am Morgen fuhr ich los, ohne jemandem etwas zu sagen. Ich hatte das Kleid angezogen, das für San Francisco gekauft worden war, und nur mit einer Strickjacke drüber war mir auf dem Mofa nicht gerade warm. Dann stieg ich in meine Metro um, die auch so ein bißchen nach Ferien aussah. Weniger Fahrgäste als sonst, und eine ganze Anzahl von ihnen hatte gebräunte und entspannte Gesichter. Fährt man jeden Tag zweimal mit der Metro, so fühlt man sich schließlich darin zu Hause. Der Geruch wird einem vertraut; man hat so seine Gewohnheiten und kennt einzelne Gesichter. Außer zu den Hauptverkehrszeiten fahre ich gar nicht so ungern mit der Metro, und heute – so ohne Schultasche oder Texte zum Durchlesen, ohne das Würgen in der Kehle vor den Prüfungen – fühle ich mich hier geradezu in Sicherheit.

Die Plakate waren alle ausgetauscht worden. Diese hier würden mich auch beim Schulanfang begleiten. Ich konnte nicht umhin, im Blick der großformatig posierenden Leute auf den Anschlägen Ermutigung, Verbundenheit, irgend etwas eben zu suchen. Mir scheint immer, wenn ich mein eigenes Gesicht für die Wände der Métrostationen hergeben müßte, würde ich versuchen, eine wichtige Botschaft zu vermitteln. Immer öfter fühle ich mich von solchen Botschaften erfüllt, aber es fällt mir schwer, sie zu entschlüsseln.

Zweimal stieg ich um, und dann kam ich in „Sablons" an. Ich kenne Neuilly kaum. Der Stadtteil kam mir grün, sorglos, unbeschwert vor. Es war ungefähr neun Uhr, die Straßen waren fast leer, und die meisten Wohnungen zeigten heruntergelassene Rolläden.

Wie ich auf dem Stadtplan ausgekundschaftet hatte, verlief die Avenue am Rande des Bois de Boulogne. Sie war breit, gesäumt von vornehmen Privathäusern, deren geheimnisvolle Umrisse man hinter den Gartenpforten wahrnahm.

Kurz bevor ich mein Ziel erreichte, kämmte ich mich noch vor einer Autoscheibe. Ich war ruhig und gefaßt, hatte jedoch in der Nacht fast nicht geschlafen. Nachts malt man sich alles übertrieben aus!

An der Pforte hing ein Schild: „Vorsicht, frisch gestrichen!" Es war ein schönes Dunkelgrün, fast ein Schwarz. Ich habe meinen Finger draufgelegt, der Abdruck ist nun dort eingelassen und wird es immer bleiben. Jawohl!

An der Tür stand nur die Nummer, kein Name, nichts. Ich klingelte, indem ich einen Kupfergriff zog. Das schien einen unglaublichen Lärm auszulösen. Plötzlich fürchtete ich, sie könnten nicht zu Hause sein. Stéphane hatte gesagt: „Sie sind für ein paar Tage zurückgekommen!" Und wenn sie nun schon wieder abgereist waren?

Man hörte ein Knirschen von Kies wie bei uns, und die Pforte ging auf. Ein lächelnder alter Herr mit großer blauer Schürze schaute mich an, als hätte ich mich in der Adresse geirrt. Ich vermute, es war der Gärtner.

„Mein Fräulein?“ – „Ich möchte Herrn oder Frau von Saint-Aimond sprechen.“ – „Monsieur ist fort, aber Madame ist da. Gehen Sie bis zum Haus und klingeln Sie noch einmal.“

Sein Gesicht war sonnenverbrannt, sehr faltig, aber von glücklichen Augen wie erleuchtet. Ich lächelte ihm zu, hätte Lust gehabt, bei ihm zu bleiben, ihm von unserem Garten zu erzählen, mir in ihm einen Verbündeten zu schaffen, aber er zeigte mir das Haus und entfernte sich.

Da erst wurde mir klar, wie gut es hier nach gemähtem Gras roch.

Fast der ganze Garten bestand aus Rasenflächen, und die Mähmaschine hatte schon eine lange, regelmäßige Spur gezogen. In der Mitte lag ein Rundbeet mit bunten Blumen. Genau die Art von Anpflanzung, wie sie Papa so gern hätte: ein Beet, welches das ganze Jahr über blüht. Aber Papa beginnt einzusehen, daß es dazu eines Fachmannes bedürfte. Am Ende des Rasens, unter einer Weide, stand ein weißer Tisch umgeben von Sesseln mit farbigen Kissen.

Ich folgte dem Kiesweg und stieg die Stufen der Freitreppe hinauf, als die Haustür aufging und eine Frau erschien. Madame de Saint-Aimond konnte das nicht sein. Sie war in den Fünfzigern und trug einen Kittel, wie Mama ihn für grobe Arbeiten anzieht. Sie sah nicht sehr liebenswürdig aus und genierte sich keineswegs, mich prüfend von Kopf bis Fuß anzusehen, als wäre ich zum Spendensammeln gekommen, als Bittstellerin . . . Nun, letzten Endes war das ja tatsächlich meine Absicht.

„Ich möchte Madame de Saint-Aimond sprechen.“

„Wen soll ich melden?“ – „Pauline Moreau.“ – Mir schien es, als ob der Name ihr etwas sagte. – „Haben Sie vorher angerufen?“ – „Nein.“ – „Ich weiß nicht, ob Madame Sie zu so früher Stunde empfangen kann. Kommen Sie herein und warten Sie.“

Ich trat ein, und sie ging die Treppe hinauf. Eine breite Steintreppe, die in sanftem Bogen hinaufführte. Ich befand mich in einer grandiosen Vorhalle, stand auf großen beigegeäderten Marmorplatten. Wenn man zu uns hereinkommt, empfängt einen der Geruch von Holz und, man muß es schon zugeben, von Alter: der Geruch der Vergangenheit, wenn man so will. Hier roch es nach Neuem, Schönem, nach Weitläufigkeit. Nur sehr wenige Möbel: eine Konsole mit einem weißen Telefon, eine andere, auf der ein wundervoller Strauß großer gelber Margueriten stand. An den Wänden hingen Ahnen-Porträtscin Goldrahmen wie bei Großmutter.

Ich ging auf und ab. Die Ahnen folgten mir mit den Blicken. Das muß ein Zeichen für die Güte eines Gemäldes sein: Wo immer du dich hinbegibst, sogar unter dem Klavier, fühlst du ihren Blick auf dir.

Ich stellte mir Stéphane vor, wie er diese Treppe hinauf- und herabschritt. Sie paßte sehr gut zu ihm. Wie erbärmlich mußte es ihm in La Marette vorkommen! Ich weiß nicht, was ich mir dabei dachte, aber meine Schuhe hatten Spuren auf den Platten hinterlassen. Ich vergesse immer, mir die Schuhe abzuputzen, bevor ich ins Haus komme. Also versuchte ich, die Dreckklumpen unter eine Konsole zu schieben, gerade als die Frau im Kittel wieder oben auf der Treppe erschien. „Sie können heraufkommen, Fräulein." In diesem Augenblick bemerkte ich in der Nähe des Margueritenstraußes das Porträt von Stéphanes Vater. Das konnte nur er sein! Im Frack mit einer breiten Schärpe quer über der Brust. Er wirkte sehr groß, sehr braun. Stéphane ähnelte ihm aber gar nicht.

Ich ging zu der Frau hinauf. Die Treppenstufen waren mehr crèmefarben als weiß, und abgerundet. Sie wurden wohl jeden Tag gescheuert. Verwundert stellte ich fest, daß ich keine Angst hatte. Was ich spürte, war eher Überraschung, wirklich hier zu sein. Ich sagte zu mir selbst: „Wieviele Orte könnte man demnach kennenlernen, wenn man sich nur traute!“ und dachte an die Millionen von Menschen, die nie eine so schöne Treppe hinaufsteigen würden. Dann nahm ich mich zusammen; wir waren doch nicht in Versailles!

Die Frau klopfte an eine Tür. Eine Stimme sagte: „Herein!“ Die Frau trat beiseite und ließ uns allein.

Die ganze Nacht über hatte ich mir diesen Augenblick vorgestellt, ihn schon durchlebt. Nur daß sich das Ganze im Salon abspielte. Wie jetzt führte mich jemand hinein und schloß geräuschlos die Tür. In meinem Traum aber waren sie beide anwesend. Er ähnelte – abzüglich der Schärpe – dem Porträt, das ich vorhin entdeckt hatte. Sie trug Juwelen und eine hochmütige Miene zur Schau. Ohne zu blinzeln betrachtete ich sie von der Türschwelle aus und sagte schlicht: „Meine Schwester ist sehr krank.“ Schon leicht erschüttert durch den Ton meiner Stimme und die Würde meines Auftretens, wechselten die beiden einen Blick. Fest fügte ich hinzu: „Ihretwegen!“ Sie drängten mich, das näher zu erläutern, was ich mit kurzen, aber wohlgesetzten Worten tat. Sie begriffen, daß sie es mit einer anständigen Familie zu tun und sich auf der ganzen Linie getäuscht hatten. Und dann sprach Herr von Aimond die bedeutsamen Worte: „Was können wir tun, mein Fräulein?“

Nun, Herr von Aimond war nicht da. Seine Frau war sehr schön. Stéphane sah ihr ähnlich. Er hatte ihr blondes Haar und ihr durchscheinendes, verletzliches Aussehen. Sie saß an einem runden Tisch vor einem Frühstückstablett. Ich bemerkte sofort die hohe Kaffeekanne aus Silber, in der sich die Sonne wie ein Leuchtzeichen spiegelte. Das Fenster stand weit offen, und man hörte das Geräusch eines Rechens auf dem Kies. Nur zu gern hätte ich selbst ein solches Zimmer gehabt und morgens jemand die Wege für mich harken hören mögen. Von der Prinzessin gar nicht zu reden! Sie wäre umgekommen vor Neid.

Frau von Aimond reichte mir die Hand, und da der Ärmel

ihres Négligés zurückfiel, roch ich ihr Parfüm. Ich drückte diese Hand – fest, aber ohne sie zu schütteln, so wie Mama es uns beigebracht hat – und schaute Madame gerade in die Augen. Sie lächelte nicht, ich schon.

„Sie sind Bernadettes Schwester?“ – „Ja“ - Sie wies mir den Stuhl auf der anderen Seite des Tisches an, vielleicht denselben, auf den sich sonst ihr Mann zum gemeinsamen Frühstück niederließ. Ich nahm Platz. Sie deutete auf die Kaffeekanne.

„Wollen Sie eine Tasse Kaffee?“ – „Nein, danke.“ – „Dann ein Croissant?“ – Ich nahm an, da ich ja nicht alles zurückweisen konnte. Sie hob die weiße Serviette auf dem Silberkorb hoch, und darunter kamen die Croissants zum Vorschein. Ich nahm eines heraus; es war noch heiß. Ich dachte an unser Frühstück in der Küche. Dieses Durcheinander immer! Das hier war etwas anderes, aber doch auch schön!

Sie schaute mich an, ohne etwas zu sagen, und mir wurde klar, daß ich mit meinem braven Kleidchen und den Sandaletten in gewissem Sinne Verrat an meiner Schwester beging. Absichtlich hatte ich mir gestern abend sogar die Haare gewaschen. Sie waren im Bett noch feucht gewesen, und auch das hatte mich am Schlafen gehindert und mich immer wieder an die Entscheidung erinnert, die ich getroffen hatte. Madame fragte: „Worum handelt es sich? Weshalb wollten Sie mich sprechen?“ Da gab ich mir einen Ruck.

Ich sagte, daß Bernadette zugegebenermaßen der Hochmut in Person sei und mit ihrer Dickköpfigkeit eine Mauer zum Einstürzen bringe. Wenn sie recht zu haben glaube, was oftmals der Fall sei, habe man sie noch niemals nachgeben sehen, um was immer es auch gehe. Aber mein Vater sage selbst, von uns vieren sei sie die beste, selbstsicherste, zuverlässigste, mutigste, tatkräftigste, rechtschaffenste, und unter all ihrem Kapitän-Hadock-Gehaben nach außen hin sei sie zutiefst gutmütig.

Ich erzählte, wie Bernadette im letzten Winter auf die Suche nach Claire gegangen war, die ihr eigenes Leben leben wollte, wie sie Claire zurückgeholt und damit Schlimmeres von uns abgewendet hatte.

Anfangs hatte ich zögernd gesprochen, nun kamen mir die Worte mühelos über die Zunge. Bernadette – wie mutig hatte sie einmal einen Betrunkenen hinausgeworfen, der doppelt so groß wie sie selbst war, sich ins Haus geschlichen hatte und unbedingt mit Mama Walzer tanzen wollte! Und wer hatte bei Großmutter das Hornissennest ausgenommen . . .?

Über dem Bett hatte ich ein Kruzifix mit einem Zweiglein geweihten Buchsbaum bemerkt, und das ermutigte mich; denn es war nicht anders als bei Großmutter in der Bourgogne. Auch Frau von Saint-Aimond konnte gut zuhören! Wenn ich eine Pause machte, sah sie mich fragend an oder half mir mit einem „Ja?“ weiter. Ein bißchen wie Mama ohne Négligé und silberne Kaffeekanne.

Ich habe Madame gesagt, daß ich meine Schwester kenne. Mit ihr kann man immer wieder ins reine kommen. Sie wirft einem die schlimmsten Beleidigungen an den Kopf, aber es genügt, ihr die Hand zu reichen, und alles ist ausgelöscht. Und man dürfe nicht vergessen, daß sie Stéphane liebt und er sie. Aber sie würde niemals den ersten Schritt tun.

Ich hatte mir vorgenommen, gleich von dem Unfall zu sprechen, war ja sogar deshalb hergekommen. Aber nun stand mir der Sinn nicht mehr danach. Ich hatte das Bedürfnis, die Bernadette von einst zu beschreiben. Das tat mir gut; sie lebte plötzlich wieder auf; sie konnte gar nicht anders, als wieder sie selbst werden! Jetzt begriff ich, warum Cécile ganz Mareuil von ihr erzählte, als ob sie abends wieder zurückkommen und sogar wieder losgaloppieren würde; daß sie um ein Haar Verabredungen für Bernadette getroffen hätte. Ich hatte nicht einmal mehr Lust, über den Streit mit Stéphane zu sprechen. Das gehörte ja auch zu dem Unfall.

Als ich geendet hatte, fing Madame an zu reden – zurückhaltend, doch so entschlossen, als habe sie über alles, was sie sagte, bereits nachgedacht.

Sie sei niemals gegen Bernadette gewesen. Sie finde, daß Stéphane frei sein müsse in der Wahl seiner Freundinnen und auch alt genug dazu sei. Im übrigen vertraue sie auf seinen guten Geschmack. Aber Bernadette sei zum Sylvesteressen, bei dem er sie ihnen vorgestellt habe, mit der Pfeife im Mund und in Reitstiefeln gekommen, obwohl „Abendanzug" auf der Einladung gestanden sei.

Während sie sprach, betrachtete ich ihre Hände. Sie waren schön, weiß und feingliedrig, mit langen Fingern als Beweis für Intelligenz.

„Sie hat sich ungehörig benommen", sagte sie ohne Zorn, aber kalt. „Wir haben uns gefragt, warum sie überhaupt zugesagt hat."

Ich kenne meine Schwester, und Stéphane hat recht. Bernadette mußte das Gefühl haben, daß sie ohnehin den Ansprüchen des Hauses nicht gewachsen sei. Daß sie in ihrem selbstgenähten Rock und den Schuhen vom Vorjahr mit der Eleganz der Gäste nicht mithalten könne, ebensowenig in bezug auf Geld, Namen, Studium, sportliche Aktivitäten. So hatte sie eben ihre Art von Persönlichkeit betont – überbetont. Aber ich sagte all das doch lieber nicht, um nicht noch ärgeren Verrat zu begehen.

Am nächsten Morgen habe Herr von Saint-Aimond – was für ein Name! – Stéphane erklärt, er könne Bernadette zwar treffen, wenn er dies wünsche, aber niemals mehr in seinem Hause. Stéphane habe meine Schwester verteidigt, und sie seien zum erstenmal aneinandergeraten, da Stéphane seinem Vater vorwarf, er urteile zu oberflächlich. Sie seien immer lauter geworden, und zum Schluß habe Stéphane seine Absicht kundgetan, meine Schwester zu heiraten.

Als Frau von Saint-Aimond das sagte, erschauerte ich vor

Stolz und Freude. Herr von Saint-Aimond ist es anscheinend nicht gewöhnt, daß man sich ihm widersetzt. Die Tatsache, daß Stéphane sich Bernadettes wegen gegen ihn aufgelehnt hatte, bestärkte ihn noch in seiner Ansicht: sehr schlechter Umgang! Sie sprachen dann nicht mehr davon, aber als er erfuhr, daß Stéphane nicht wie sonst jeden Sommer die Ferien mit ihnen verbringen wolle, ging die Bombe hoch. Sie fahren gern zu zweit mit ihrem Boot aufs Meer hinaus, und das ist bei dem verrückten Leben, das der Vater führt, wohl die einzige Zeit im Jahr, in der sie wirklich miteinander Kontakt haben. Wozu hat man nun eigentlich einen Sohn? Vor lauter Trostlosigkeit hat Monsieur dann Stéphane die Tür gewiesen.

Frau von Saint-Aimond brach ab. Auch sie sah jetzt kummervoll drein. Ihre Augen kamen mir viel dunkler vor, als sie sich nach einem Porträt in der Nähe des großen, ungemachten Bettes umwandte.

„Dieser Juli war für mich ein sehr schlimmer Monat“, sagte sie.

Wenn jetzt Mama da gewesen wäre – sie hätte sicherlich Mittel und Wege gefunden, Madame wieder aufzurichten. Ich betrachtete nun auch dieses Bild und erkannte Monsieur. Diesmal im Tennisdress mit dem Schläger in der Hand, lächelnd zwar, aber dennoch Achtung gebietend.

„Sie sagen, Ihre Schwester wolle nicht den ersten Schritt tun? Erwarten Sie denn, daß mein Mann ihn tut?“

Nein, das nicht. Es war alles so verfahren; und ich war nicht einmal wütend, nur traurig. Hätte ich nur wie Bernadette schreien können, sie seien bornierte Aristokraten! Letzteres waren sie gewiß, aber borniert? Da war ich gar nicht mehr so sicher. Auf ihre Art ist Bernadette bestimmt ebenso borniert. Der Unterschied zu uns lag nur in der höheren gesellschaftlichen Stellung . . . Es klopfte.

Alsbald ging die Tür auf, und ein zweiter Stéphane trat ein – jünger, vielleicht noch hübscher, weil sehr braungebrannt.

„Das ist Eric", stellte Frau von Saint-Aimond vor. Und zu ihm gewandt: „Die Schwester von Bernadette Moreau."

Dieses „Moreau" ließ mich zu Eis erstarren. Es hielt uns auf Distanz. Der Junge drückte mir lächelnd die Hand, küßte seine Mutter, nahm sich ein Croissant aus dem Silberkörbchen, sagte vergnügt und obenhin: „Ich geh' schon!" – und verschwand.

Erst jetzt, da seine Fröhlichkeit, all diese Unbekümmertheit etwas in mir zum Überlaufen gebracht hatte, stieß ich hervor, daß meine Schwester einen schweren Unfall erlitten habe. Und zwar sozusagen als Folge jenes Telefonanrufs – weil sie ihnen Stéphane zurückgeben wollte, der einerseits ohne seine Eltern unglücklich sei, anderseits aber auch *sie* nicht verlassen wolle. Bernadette wisse schließlich um die Bedeutung des Familienlebens, auch wenn es manchmal schwer zu ertragen sei.

Ich fühlte wohl, daß Madame das auf sich bezog – aber das konnte ich nicht ändern. Es gilt ja übrigens für alle Familien – ob sie nun schlecht oder beispielhaft gut zusammenhalten. So etwas bindet und zerrt an einem, beeinflußt die Ansichten, den ganzen Lebensstil. Ich erzählte ihr, daß Bernadette, nachdem sie ihretwegen mit Stéphane gebrochen habe, im Galopp mit Prinz ausgeritten und in der Nähe des Wäldchens auf den Hinterkopf gefallen sei. Daß sie nun blödes Zeug rede. Daß sogar mein Vater hinter seinem sorglosen Getue nur seine Unruhe verberge. Er ziehe nicht einmal mehr die Schuhe aus, wenn er heimkomme – und das beweise viel. Er gehe zu seinem Sessel, oder er komme zu uns, vor allem zu Mama und fange an, heuchlerisch zu lächeln und unnatürlich viel von Dingen zu reden, die keinen interessieren.

Und mit Stéphane sei übrigens nicht viel mehr los; denn er fühle sich zudem noch verantwortlich. Er wolle nicht mehr bei uns wohnen, schlafe in seiner Tankstelle hinter Autozubehör und Ölkanistern auf einem Feldbett – völlig angekleidet ohne Dusche und alles. Also der totale Zusammenbruch auf allen Fronten – und wenn ich übertrieben hätte, um so besser ...

Madames Gesichtsausdruck hatte sich verändert. Sie lauschte sehr ernst und gespannt, zu mir gebeugt, als ob ich ihr jetzt eine ganz andere Geschichte erzählte. Dann reichte sie mir sogar die Hand.

Doch ich war gar nicht geneigt, mich erweichen zu lassen. Sollte ich vielleicht vor ihr flennen und sie meine Tränen abtupfen lassen? Als ich also mein Liedchen gesungen hatte, stand ich auf, verabschiedete mich sehr höflich und verließ das Zimmer.

Sie versuchte nicht, mich zurückzuhalten, rief mich nicht zurück und tat gut daran, weil das ja schließlich alles ihretwegen passiert war. Dieses Hauses, dieser silbernen Kaffeekanne, dieses Gärtners wegen, den man unten pfeifen hörte, während er den Kies für Madames Schritte ebnete, als lebte er im Paradies. Wegen dieses Namens aus der Mottenkiste und all dem, was die Beste von uns hatte befürchten lassen, den Ansprüchen nicht zu genügen: Welchen Ansprüchen, bitte sehr?

Als ich die Treppe hinunterlief, konnte ich kaum atmen. Wenn ich jetzt Eric träfe ... Der hätte mir gerade noch gefehlt!

In der großen Halle blieb ich vor dem Porträt des Hausherrn stehen. Auch ihm schaute ich jetzt gerade ins Gesicht. Die Frau im Kittel tauchte auf. Sie muß wohl an den Türen lauschen – für den Fall, daß man nach ihr läutet. Sie flößte mir keine Angst mehr ein. Und da ich ohnehin nie mehr wiederkommen würde, mochte sie es ruhig wissen.

Ich zeigte auf die Schärpe, die schräg über die Brust des Abgebildeten verlief und fragte: „Was ist das denn?" – „Monsieur ist Großkommandeur der Ehrenlegion", klärte die Frau mich auf.

Diese Antwort war für mich wie ein letzter Tritt in den

Hintern – und ich fühlte mich völlig am Boden zerstört. Was konnten wir in La Marette schon von einem Großkommandeur erwarten? Ich glaube, ich verband ihn in meiner Vorstellung ein wenig mit dem Komtur in „Don Goivanni", mit dem Steinernen Gast, der mir schon immer gräßliche Angst eingejagt hat, wenn er am Schluß erscheint, um den Zügellosen zur Hölle zu schicken.

Zwischen frisch gemähten Rasenflächen ging ich den schön geharkten Gartenweg zurück zum Tor. Dieser Garten hier ist viel besser gepflegt als unserer! Er ist übersät mit Wicken, deren zarte Farben den Blick verzaubern.

Der Gärtner war weit entfernt und wandte mir den Rücken. Er war wohl leider taub wie alle alten Gärtner.

Erst in der Metro ist mir klargeworden, daß ich das Croissant nicht gegessen hatte. Es lag zu Brei zerdrückt in der Tasche meiner neuen Strickjacke.

24

Die umweltfreundliche Tante

Mamas ältere Schwester Nicole ist heute mittag völlig unerwartet bei uns aufgekreuzt. Um sie zu necken, nennen wir sie mit einigem Recht „die umweltfreundliche Tante". Unserer Großmutter, die gern selbst gekommen wäre, ist die Reise ärztlicherseits untersagt worden. So hat sie Nicole geschickt, wie sie uns eigenhändig in einem wütenden Brief mitteilt, dessen letzte Zeilen wie immer unleserlich sind. Denn um Papier zu sparen, schreibt sie auch immer noch die Ränder voll. Aber man weiß es auch so. Der Schlußsatz lautet immer: „Ich liebe Euch, ich denke an Euch und bete für Euch!"

Ich wollte das „Niemals" aus meinem Vokabular streichen –

doch das „immer" hat es wohl bald ebenso nötig, wenn ich mir meine letzten Sätze ansehe . . . Oben rechts auf dem Briefbogen neben dem Datum stand das bei Großmutter übliche kleine Kreuz, und sie hatte mit ihren beiden Vornamen unterschrieben: Marie-Charlotte. Bei ihrer Geburt wurde Großmutter der Heiligen Jungfrau geweiht. Bis zu ihrem fünften Lebensjahr trug sie nur weiß-blaue Sachen und ein Medaillon am Hals, damit man sofort das Marien-Kind erkenne.

Darüber mag lachen, wer will; Mama lächelte jedenfalls froh, als sie den Brief gelesen hatte. Sie entschied, daß die Tante bei Cécile einquartiert werden solle, und Nicole legte Wert darauf, ihren Koffer sogleich selbst hinaufzuschleppen. Sie muß ihn nämlich mit dem Körper abstützen, weil nur sie allein die schwachen Stellen der ewig aufspringenden Schlösser kennt. Als sie den Koffer die Treppe hinaufwuchtete, packte mich Entsetzen. Dort oben hatte Cécile möglicherweise gerade den „Kapitän" freigesetzt. Das konnte übel ausgehen; denn niemand ist doch darauf gefaßt, in der zweiten Etage eines Hauses im Tal der Oise eine kalifornische Schlange vorzufinden. Ich sprach laut, um Cécile zu warnen, und als wir ins Zimmer traten, schien denn auch alles ganz normal zu sein – außer einem beunruhigend hoch gehäuften Kleiderberg auf dem Bett, auf dem Cécile auch noch selber halb ausgestreckt lag.

„Hingelümmelt", bemerkte Mama ungehalten.

Cécile versprach, sofort alles aufzuräumen. Dürfe sie nicht vielleicht in meine Bodenkammer umziehen? Mit Schaudern registrierte ich, daß sie jedenfalls nicht allein zu kommen gedachte!

Nicole ist sechsundvierzig. Aus Trauer um einen jungen Mann, der mit zwanzig starb, als sie neunzehn war, hat sie nie geheiratet. Auf die Tante bezogen meint Vater stirnrunzelnd manchmal, wir seien halt erblich belastet, wenn wir – besonders Cécile – es ihm einmal wieder ordentlich gegeben haben.

Erstaunlich an Nicole ist ihre unbändige Lebenslust. Sie läßt sich durch nichts unterkriegen. Wenn ihr ein schöner Tag bevorsteht, stellt sie sich den Wecker auf fünf Uhr und bleibt dann noch liegen, um dem Kommenden mit offenen Augen in genußvoller Vorfreude entgegenzudenken. Sie ist kugelrund – und steht begeistert zu ihrer Figur, da sie ja nach eigener Aussage niemanden mehr verführen will und ohnehin eine Gegnerin der Nacktkultur ist. Sie sei von ganzem Herzen für das „Mysterium", sagt sie – und wählt es im Restaurant immer als Nachtisch, jedesmal von neuem enttäuscht, daß sich nur ein Vanilleeis-Baiser hinter dieser Bezeichnung verbirgt.

Da wir vom Restaurant sprechen – Charles sagt, Nicoles Eßlust grenze an Freßsucht. Mama und er haben sie einmal ins „Carrefour des mers" ausgeführt, ein sehr gutes Restaurant in Pontoise. Eine Ewigkeit zögerte sie zwischen Fischsuppe nach Anglerart und gefüllte Muscheln nach Art des Hauses. Schließlich entschied sie sich für die Muscheln, verschlang das ganze Menü plus Papas Käse und Mamas Apfeltorte. Nach dem Kaffee bat sie die Eltern dann schüchtern und errötend, *einmal* eine Verrücktheit begehen zu dürfen.

Papa ahnte schon Entsetzliches, doch Mama sagte eilfertig Ja. Da rief Nicole den Geschäftsführer herbei, der ja wahrscheinlich allerlei gewohnt ist, und bestellte die Fischsuppe nach Anglerart. Offenbar hat Nicole die Suppenschüssel dann bis zum Grunde geleert – mitsamt den gerösteten Knoblauch-Brotbrocken und allem drum und dran . . .

Wir essen im Garten. Zu Ehren unseres Gastes endlich wieder richtig, wo wir doch seit unserer Rückkehr aus Amerika nur jeder aufs Geratewohl an den Kühlschrank gingen und mit dem Teller auf dem Schoß aus der Hand aßen.

Papa ist zugegen. Gestern abend hat er uns verkündet, daß

Bernadette am Montag operiert werden wird, von Prof. Bernard in Paris. Sie wird am Sonntag mit dem Krankenwagen hingefahren. Seit dieser Mitteilung hat Cécile den Mund nicht mehr aufgemacht. Aber am Morgen hat sie Germain geholt und ihn hinten im Garten angebunden – unweit der Weide, an deren Blättern er sich so gern gütlich tut. Nicht einmal Papa wagt, etwas dagegen zu sagen. Claire ist äußerlich ruhig, fast „abwesend". Aber anders als sonst. Mehr als wäre sie im Geiste doch bei jemandem. Bei Bernadette?

Gestern abend ging sie als letzte zu ihr. Als Papa Claire abholen wollte, war er ziemlich verblüfft. Sie hatte sich im Zimmer ein Feldbett aufstellen lassen und erklärt, sie werde bei ihrer Schwester wachen für den Fall, daß der Alptraum wieder käme. Charles hat sie dort gelassen und uns beim Heimkommen diese Neuigkeit mit einem gewissen Stolz in der Stimme berichtet. Ich erinnere mich an jene Nacht, die ich in Kentfield in ihrem Bett verbracht habe. Wenn nun Claire, die Prinzessin, unsere schöne gleichgültige Claire, doch davon träumte, daß man sie braucht?

Nicole bereitete sich ein Appetitbrötchen aus Leberpastete mit grünem Pfeffer, einer Spezialität unseres Fleischers, die Mama mich sofort bei Herrn Samson hat holen lassen, als sie ihre Schwester auftauchen sah.

Den Imbiß in der Hand wendet sie sich der immer noch schweigsamen Cécile zu: „Nun, mein Kleines, erzähl mir ein bißchen von San Francisco." – Cécile schaut auf. „Was hättest du lieber gehabt", fragte sie stockend, „eine halbe Schwester – oder gar keine?"

Nicole ist Sozialhelferin und hört die seltsamsten Dinge. Sie wundert sich demnach über nichts, legt nur ihre Pastete auf den Rand des Tellers. „Eine ‚halbe' Schwester?" – „Na ja, in gewissem Sinne eine Geisteskranke", wirft Cécile achtlos hin.

Reizend! Ich schaue die Eltern an. Mama gibt der empörten

Claire ein Zeichen, sich nicht einzumischen. Zum ersten Mal seit gestern öffnet unsere arme kleine Giftnudel den Mund. Dreizehn Jahre ist sie, hat gerade ihre Regel bekommen; schonen wir sie doch!

„Worauf es ankommt", sagt Nicole ruhig, als ob wir seit Stunden nur darüber gesprochen hätten und uns in einem hermetisch abgeschlossenen Plastikbüro unter eiskalten Hirn-Spezialisten befänden, „ist doch nicht, was *ich* lieber hätte, sondern was der Betroffenen lieber wäre!"

„Die Betroffene ist aus dem Tritt geraten", sagt Cécile dumpf. „Du hoffst vergebens, irgend etwas aus ihr herauszuholen. Fragst du sie was, antwortet sie ausweichend. Sagst du ihr, daß wir sie liebhaben und daß sie schnell zurückkommen soll, daß uns der ganze Zirkus mit ihr ankotzt, schnauzt sie dich nicht einmal an wie sonst. Sie starrt dich bloß mit Fischaugen an, als ob sie weit weg in Amerika wäre. Also ich muß schon sagen ..."

Die Eltern halten den Atem an. Claire rächt sich an ihrer Pastete und zerfetzt sie auf dem Teller. Cécile schaut nur Nicole an. Wir sind nicht mehr vorhanden. Uns gibt es gar nicht mehr. Oder doch! Eben deshalb!

„Da sagt man dir, das kommt schon von alleine wieder ins Lot", schimpft sie weiter. „Also macht man sich keine Sorgen, lebt so vor sich hin! Dann spricht man von Operation, aber – kein Problem, ihr Lieben, reine Routinesache! Alle zehn Minuten werden irgendwo Schädel geöffnet. Ich frage mich nur, warum es dadurch besser werden sollte und sage euch, in den medizinischen Nachschlagwerken sind sie gar nicht so optimistisch – und man müßte doch wenigstens Bescheid wissen, ob Operieren überhaupt was bringt!"

„Die Dinge entwickeln sich nicht immer so, wie man sich das vorstellt", sagt Nicole, „und die Ärzte sind keine Wahrsager", ergänzt sie mit entschuldigendem Blick auf Vater.

„Ich möchte hinzufügen, daß medizinische Nachschlagwerke für Fachärzte geschrieben sind", sagt Charles, „für Spezialisten, die ihren Kindern schon zehnmal geraten haben, sich nicht daran zu vergreifen."

Ich bemerke, daß seine Haut sich oben an der Stirn schält, dort, wo er auf dem Ausflug zu den Sequoias einen Sonnenbrand abgekriegt hat. Ich sehe ihn wieder vor mir, diesen zweitausend Jahre alten Mammutbaum. Zweitausend Jahre! Arme Bernadette!

„Und ich will dir auch noch etwas anderes sagen", schließt Cécile, „das Leben ist eine ungerechte Schweinerei!"

Nicole betrachtet ihre Pastete – mit einem gewissen Bedauern, wie mir scheint. – „Was Cécile sagt, stimmt. Das Leben ist ungerecht, unvorhersehbar, blöd und gemein. Verzeihung, wenn ich egozentrisch denke, aber – da stößt du zum Beispiel wunderbarerweise auf den Menschen, der für dich geschaffen ist, und es ist zu spät. Er ist schon gebunden."

Die Luft knistert vor Spannung. „Ich glaube, man muß abwarten", sagt Nicole. „Abwarten, hoffen und natürlich beten!" – Die Giftnudel hebt den Kopf. „Beten", hadert sie, „beten ... Dazu müßte man dir erst einmal zuhören!" – „‚Man' hört immer zu", sagt Nicole fest, „sogar wenn ‚man' dir manchmal eher schwerhörig vorkommt." – Cécile wirft einen grollenden Blick gen Himmel.

„Was soll man denn tun?" – „Nicht aufgeben! Den Mund halten – und glauben!"

Céciles Miene scheint sich ein wenig aufzuhellen. „Ich möchte wissen, ob sie wieder reiten können wird!" – „Oh nein!" sagt Claire mit belegter Stimme, „vor allem das nicht!" – „Dann können wir uns die ganzen Kosten sparen und sie gleich begraben", sagt Cécile, „oder seht ihr Bernadette vielleicht ohne Gäule?"

Cécile schneidet sich ein Stück Pastete ab, legt es zwischen zwei Butterschnitten und wendet sich an Mama, die mir jetzt wirklich leid tut!

„Darf ich aufstehen?“ – „Geh!“ – Cécile entfernt sich. Vielleicht hat sie nie zuvor ihren Namen „Giftnudel“ so verdient wie heute. Und dennoch! In allem, was sie gesagt hat, bin ich ihrer Meinung, nur – ich hätte geschwiegen. Wobei ich nicht einmal weiß, ob ich im Recht bin!

Als Cécile weit genug weg ist, um nichts mehr zu hören, dreht Mama sich zu Nicole um. „Eins steht fest bei dem Mädel, sie frißt alles in sich hinein. Man weiß nie, wann es wieder herauskommt. Darauf ist man nie vorbereitet. Sie hat enormes Temperament!“

Nicole nickt. Liebevoll schaut sie Cécile nach, die in Garys viel zu großen Bermudas davonstiefelt. „Und wenn ich sie nach Montbard mitnähme? Alle ihre Vettern und Cousinen sind dort, das täte ihr doch gut.“ – „Das täte uns allen gut“, übertrumpft sie Claire. – „Ich wäre froh drum“, meint Mama, „aber ich bin nicht sicher, daß sie zustimmt.“ – Papa nimmt seine Brille ab, setzt sie wieder auf, nimmt sie erneut ab. „Vielleicht könnte man sie ja auch einmal zwingen, etwas zu tun“, empört er sich. „Glaubt ihr, daß mich in ihrem Alter jemand nach meiner Meinung gefragt hat?

Mama und Nicole sind zu ihm herumgeschnellt. „Wenn du sie zum Fortgehen zwingst, wird sie das Gefühl haben, wir verbergen etwas vor ihr. Willst du das?“

Will er das? Papa schweigt. Alle drei sehen sorgenvoll und unentschlossen drein. Ich blicke anderswo hin. Es ist noch gar nicht so lange her, da dachte ich, daß Eltern immer recht haben und sich ihrer Sache immer sicher sind. In dem Alter, in dem andere das bestreiten, sage, nein schreie ich meinen Wunsch heraus, daß es doch eigentlich so sein sollte. Dann hätte man wenigstens starke, unfehlbare Wesen über sich, die einem den rechten Weg weisen können. Man brauchte ihm nur zu folgen . . .

Nicole fängt endlich an, ihre Pastete zu essen. Es ist sehenswert, wie sie verlorene Zeit wieder aufholt! Weiter unten, im Obstgarten, steht Cécile ganz klein neben dem guten dicken Germain und reibt ihm kräftig den Rücken. Ich weiß, was sie da treibt: Sie fängt Fliegen. Der Kapitän, mit dem ich schrecklicherweise heute nacht in einem Zimmer schlafen werde, ist anscheinend unersättlich, was Insekten angeht. Germains Rücken dient als Jagdgefilde. Da kommt mir eine Idee! Könnten wir ihn nicht mit Zuckerwasser oder Honig einreiben, damit es schneller geht? Damit Bernadette uns bleibe! Die ganze Bernadette natürlich! Sind dafür nicht alle Mittel recht?

„Wenn der Kapitän überlebt, lebt auch Bernadette! Wenn er stirbt . . .“

Übrigens dürfen wir sie heute nicht besuchen.

25

Beweise es!

Um sechs Uhr abends, als die Kirchenglocken läuteten, gingen Nicole, Mama und ich dann zur Messe.

Vor drei Jahren hatten wir in Mareuil noch einen eigenen Pfarrer. Er war schon betagt und trug immer eine Soutane. Wenn er zu Tisch zu uns kam, wagte man nicht so laut zu sprechen wie sonst. Vor dem Essen sprach er den Segen. Noch heute weiß ich, wie erstaunt ich darüber war, daß er dem Wein zusprach. Ich wurde nicht müde, ihm beim Trinken zuzusehen und hätte am liebsten sein Glas dauernd nachgefüllt. Am meisten aber rührten mich die Hosenbeine und die hohen Schuhe, die unter seinem langen schwarzen Gewand hervorschauten: grobes Schuhwerk, das von seinen Märschen über Land erzählte und deutlich machte, daß auch ein Priester ermüden kann.

Es war schön, daß er zu uns kam, und man fühlte sich aber

auch befreit, sobald er das Gartentor wieder hinter sich geschlossen hatte.

Der Pfarrer von Mareuil ist gestorben, und für diese Gemeinde wird kein neuer mehr berufen. Sein Nachfolger, Abbé Cottard, betreut mehrere Pfarreien, und statt am Sonntag wird die Messe jetzt am Samstag abend gelesen, was ich sehr bedauere.

Ich begleitete Mama nämlich gern frühmorgens zur Kirche, wenn ich gerade aus tiefem Schlaf kam. Beim zitternden Licht der Kerzen und bei den Gesängen wurde ich erst richtig wach. Auf dem Heimweg stopften wir uns dann mit Croissants voll. „Soviele du willst", sagte Mama, der auch drei nacheinander nichts ausmachten. Nie wieder habe ich Croissants bekommen, die so – nach Sorglosigkeit und im Flug erhaschter Lebensfreude schmeckten!

Wenn man zur Kirche gehen will, muß man durchs Dorf, vorbei an der Metzgerei, dem Lebensmittelgeschäft und dem Tabakladen, der auch die Propangasflaschen liefert. Dann steigt man eine kleine Anhöhe hinauf und befindet sich auf dem Kirchenvorplatz, wo immer ein paar Jugendliche mit ihren Rädern oder Mofas herumkutschieren und hinter den Vorübergehenden herpfeifen.

Nicole begrüßte jeden, den sie traf. Da die Kinder zu dieser Zeit meistens im Ferienlager sind, waren es allerdings nur Erwachsene. Herr Samson grüßte von seinem Fleischerladen zu uns herüber. Nicole blieb stehen und fragte, ob er nicht zufällig ein Stück Filet für sie habe. Herr Samson lachte und forderte Nicole heraus, sie solle doch versuchen, ein Filetstück von seinen Rumpsteaks zu unterscheiden. „Na gut! Das werden wir ja nachher sehen", meinte Nicole verärgert und machte mit ihm aus, diesen Kampf bei einem Treffen nach der Messe auszutragen.

Der Metzger ist ungläubig; er sagt, er überlasse Religion den Frauen. Selber schuld!

Überall roch es intensiv nach Hochsommer. Für mich ist diese Jahreszeit der Inbegriff von Innehalten, stillem Reifen und Sich-Weiten – wohingegen Frühling und Herbst ein Bild unaufhörlichen Ablaufs sind. In der Ferne hörte man das Geräusch von hochtourig laufenden Motoren. Jugendliche haben hier irgendwo eine Strecke für ungenehmigte Motocross-Rennen abgesteckt. Die Leute bestürmen meinen Vater, eine Eingabe mitzuunterzeichnen, die das Verbot von seiten der Behörden fordert, aber er zögert noch. Er meint, Motorrad, Geschwindigkeitsrausch und vielleicht auch das Risiko seien heutzutage ein Bedürfnis der Jugendlichen, denen man ja keine Abenteuer mehr bietet.

Unsere Kirche stammt aus dem sechzehnten Jahrhundert. Der frühere Pfarrer, dem sie seit fünfzig Jahren unterstand, hat nach und nach alles Schöne und Wertvolle darin an Antiquitätenhändler verkauft, um den Erlös den Armen zukommen zu lassen. Als das herauskam, gab es einen Skandal – aber es war zu spät. Im wahrsten Sinne des Wortes war alles bereits aufgegessen worden. Übrig blieb jedoch das Wesentliche: die Verbindung von Stein, Licht, Raum und inbrünstigem Glaubenseifer.

Die Kirche war halbvoll – von regelmäßigen Besuchern und einigen Feriengästen, die schweigend die Kapitäle bewunderten, die zu den wenigen Dingen zählen, die der alte Geistliche nicht hat verkaufen können. Sofort zu erkennen war Madame grosso-modo mit ihren bischofslila-gefärbten Haaren. Sie wandte sich um und grüßte uns lächelnd. Letzten Endes gab diese Malvenfarbe ihrem Gesicht einen sanften Ausdruck; sie machte es nicht gerade jünger, verlieh den Zügen jedoch einen Anflug von Resignation.

Abbé Cottard kam herein. Ihm folgte ein Ministrant in viel zu kurzem Chorrock; die Schnürsenkel seines einen Turnschuhs waren nicht zugebunden. Abbé Cottard gehört zu den Priestern der Neuen Welle, und zu Beginn seiner Amtszeit gab es seinetwegen eine Menge Aufruhr. Er legt Wert darauf, daß alle laut mitbeten und will, daß man einander umarmt, wenn er sagt: „Der Friede des Herrn sei allzeit mit euch." Zudem nimmt er der Reihe nach Gemeindeglieder zum Vorlesen des Evangeliums dran.

Die Messe begann. Das Großartigste daran war die Sonne, die durch das weit geöffnete Portal hereinflutete, während auf der anderen Seite des Kirchenschiffes die Heiligen in den bunten Fensterscheiben das Licht auf geheimnisvolle Weise zu dämpfen schienen.

Nicole stimmte inbrünstig in die Gebete ein. Anfangs hatten die Leute sich verstohlen nach ihr umgeblickt, nun ließen sie sich von ihr mitreißen. Ich habe mir gelobt, eines Tages wie sie zu werden. Ich selbst zu sein – ohne Scham!

Mama betete leiser als ihre Schwester, aber mit ernsterer Stimme als zu Hause. In der Kirche überkommt mich oft das Gefühl, sie entferne sich von mir.

Kurz vor der Epistel bemerkte ich beim Hinsetzen, daß Cécile auch da war. Sie stand im Hintergrund der Kirche vor einer Säule und rührte sich nicht. Hinter ihr konnte man auf dem Vorplatz die Jugendlichen noch auf ihren Zweirädern sitzen sehen, aber sie hatten wenigstens die Motoren abgestellt.

Cécile hatte sich umgezogen. Sie trug einen Rock, was selten vorkommt, und eine saubere Bluse mit allen Knöpfen dran, was noch seltener ist. Ihr Gesichtsausdruck gab mir zu denken. Sie sah zornig aus, so als sei sie gekommen, um mit jemandem abzurechnen, und letzten Endes war es denn auch so.

Weder Mama noch Nicole hatten sie gesehen. Ich zögerte, ein Wort zu sagen. Ohne recht zu wissen weshalb, war ich beunruhigt. Warum setzte Cécile sich nicht zu uns?

Links neben dem Altar steht ein Harmonium aus Methusalems Zeiten, an dem sich seit Ewigkeiten Mutter Legris eingenistet hat – immer denselben schwarzen Käseglockenhut auf dem Kopf. Obgleich sie eine alte Jungfer ist, wird sie „Mutter“ genannt, was ihr augenscheinlich gar nicht gefällt. Wenn sie stirbt, wird man wohl ein Tonband anschaffen müssen wie in den meisten abgelegenen Kirchen dieser Gegend.

Mutter Legris fing an zu spielen und schaukelte dabei voll Eifer von rechts nach links; Abbé Cottard stimmte ein Lied an. Er hat eine schöne kräftige und mitreißende Stimme, die aussagt, daß ein junger Mann durchaus auch an etwas so Außergewöhnliches wie das Ewige Leben glauben kann. Die Gemeinde folgte mehr schlecht als recht. Ich schaute wieder zu Cécile hinüber. Während für gewöhnlich ihre Stimme alle anderen übertönt, besonders wenn Touristen da sind, die noch nicht die Ehre hatten, ihren Klang zu hören, hielt sie heute die Lippen fest geschlossen.

Die Predigt handelte von der Liebe Gottes, die oftmals seltsame Wege geht. Wenn manche Menschen den Eindruck gewinnen, es mit einem grausamen, rächenden Gott zu tun zu haben, so irren sie. Alles dient zu unserem Heil; denn in gewissem Sinne läutert das Leiden die Seele, veredelt sie und befreit sie von allem, was zu stark an das Irdische bindet. Man sollte sich also nicht gegen das Leiden aufbäumen, sondern es hinnehmen und Gott zum Geschenk machen. Das sagt sich so leicht!

Cécile war in den Schatten zurückgewichen. Ich konnte ihr Gesicht nicht mehr sehen, fragte mich nur, ob auch sie – wie ich – jetzt an Bernadette dachte. Nicole hatte ja vorhin ungefähr dasselbe gesagt.

Nach der Predigt kam das Glaubensbekenntnis, dann sprach Abbé Cottard die Fürbitte für die Lebenden, unsere Feinde und unsere Freunde. Er setzt immer die Feinde an die erste Stelle; denn man neigt dazu, sie zu vergessen! Er wandte sich an alle Versammelten und fragte, ob jemand ein besonderes Anliegen vorzubringen wünsche, für das dann alle gemeinsam beten könnten.

„Ich!“ sagte Cécile.

Mochte sie es auch mit erstickter Stimme gesagt haben, es war doch von allen zu hören, weil im allgemeinen niemand auf diese Frage zu antworten wagt und dann tiefe Stille herrscht.

Die ganze Gemeinde drehte sich nach Cécile um. Abbé Cottard schaute die Giftnudel an. Er kennt sie. Sie geht alles andere als regelmäßig zur Messe, aber er hat sie schon mehrere Male im Auto mitgenommen. (In Klammern möchte ich hinzufügen, daß es Cécile kategorisch verboten ist, per Anhalter zu fahren, außer mit ihm. Da er einen apfelgrünen asthmatischen 2 CV fährt, erkennt sie ihn immer schon von weitem.)

Nicole legte die Hand auf Mamas Arm, wie um sie daran zu hindern einzugreifen. Mamas Gesicht war ein einziges Flehen.

„Für Bernadette“, sagte Cécile. Sie wandte sich nicht an Abbé Cottard, sondern an den großen Christus am Kreuz links vom Altar, der ja grundsätzlich keiner Nennung des Familiennamens bedarf, um zu verstehen, von wem man spricht.

Ein Erschauern ging durch die Kirche – es war Verlegenheit und Freude zugleich.

Cécile umfaßte mit beiden Fäusten eine Stuhllehne.

„Meinetwegen soll das mit dem Leiden stimmen“, fuhr sie fort, „ich will ja gern an den Sinn des Unglücks glauben, obgleich man mir nicht weismachen wird, daß Krieg, Bomben und das alles in Gottes Programm geschrieben steht. Aber bei Bernadette – da *muß* die Operation ganz einfach Erfolg haben!“

Manchmal kommt es vor, daß Cécile auf sich aufmerksam machen will, was dann alle in Abwehrstellung versetzt. Hier aber nicht! Im Gegenteil. Seit unserer Rückkehr hatte sie ja überall ausposaunt, wie gut es Bernadette gehe, daß ihr nichts Ernstes fehle und daß sie sich anschicke, bald – wenn nicht gar morgen – in Hochform heimzukehren.

Cécile hatte sich derart als optimistisches Großmaul aufgespielt, daß es sie zweifellos unsäglichen Mut kosten mußte, das hier so öffentlich zu sagen und damit ihre Niederlage zuzugeben.

Zuerst hatten die Leute sie angesehen, aber nun schauten sie wie Cécile auf den Christus, außer zwei Buben, die ich am liebsten umgebracht hätte, weil sie kicherten und obendrein noch in der Nase bohrten. Alles erwartete, daß Abbé Cottard nun das Gebet anstimmen würde, aber ich glaube, er wollte sichergehen, daß Cécile mit dem ihren fertig sei. Und das war noch nicht der Fall!

„Wenn du derjenige bist, für den man dich hält", fing sie wieder an, „wenn du der bist, der uns erhört und auf den wir hoffen, dann beweise es!"

Das hatte sie nicht etwa als flehentliche Bitte vorgebracht, sondern vielmehr im Ton einer Drohung. Nicole hielt immer noch Mamas Handgelenk umkrampft, aber eins weiß ich bestimmt, sie war närrisch vor Glück. Cécile wiederholte: „Beweise es!" Und damit war sie am Ende.

Abbé Cottard wartete ein paar Sekunden, und dann sprach er gemeinsam mit allen – aber wirklich allen! – das Gebet „Beschütze deine Dienerin" und nannte dabei zweimal den Namen Bernadette.

Wir in unserer Reihe waren ganz kleinlaut geworden. Madame grosso-modo hatte ihr Taschentuch hervorgeholt. Madame Cadillac, zwei Reihen vor uns, desgleichen. Ich weiß nicht, wie es Mama erging: Sie hatte die Hände vors Gesicht gelegt.

Ich bete nicht in der Kirche. Ich fühle mich dort wohl und in Übereinstimmung mit einer mich umgebenden Allgegenwart, die mich zugleich erfüllt und doch auch übersteigt. In dem Augenblick, da – wie es heißt – Christus mitten unter uns ist und jeder ehrerbietig und demütig den Kopf senkt, behielt ich den meinen oben und verlangte ebenfalls: „Beweise es – an Sally und an Bernadette!"

26

Hausgemachte Saucen

„Peoline", sagt Tracys ferne Stimme, „Peoline, ich denke an dich . . ." Ich sitze wortlos da. Wunderbar – diese Stimme! Daß er mich anruft – trotz allem!

„Wenn ich das gewußt hätte", sagt er, „verzeih mir!"

Verzeihen? Was denn? Ist er verrückt? Ich bin es doch, die ihn um Verzeihung bitten muß. Ich, die ich seine verborgene Zärtlichkeit hinter äußeren Gesten nicht zu erkennen vermochte, nicht wußte, wie ähnlich ein Bruder manchmal dem begehrenden Liebhaber sein kann. Doch wie soll ich ihm all das sagen? – Hier unter den Augen von Mama und Claire, und da ich doch überhaupt keine Worte finde . . .

„Bist du noch da?" fragt er. Natürlich bin ich da! Ich drehe mein Gesicht zur Wand, presse den Mund an den Hörer und flüstere: „Komm!" Das ist alles, was mir einfällt. Ich höre sein Lachen und wiederhole: „Komm! Komm her!" Komm, wie du an jenem ersten Morgen in Kalifornien, als ich dich schon enttäuscht zu haben glaubte, ins Wasser gesprungen, zu mir herübergeschwommen bist und meinen Rock naßgespritzt hast, als du dich neben mich setztest.

„I like you very much, you know, very much", sagt er – und ich Idiotin weiß nichts anderes zur Antwort als „Ich dich auch!" und schon müssen wir den Hörer unseren Müttern überlassen.

Tracys Stimme und seine Worte nehme ich mit in eine Ecke des Wohnzimmers. Ich schwebe dahin, fühle, daß man mich in Kalifornien liebt und mir verzeiht. Ich könnte schwören, daß meine Gedanken und die eines jungen Mannes da drüben sich in dieser Sekunde ineinander verweben. Toll – so ein Telefon, das Leben überhaupt!

„Die sind wenigstens keine kleinlichen Pfennigfuchser", lobt die Prinzessin, die es nicht schätzt, daß man sie zur Ordnung ruft, wenn sie zu lange mit Paris telefoniert.

„I like you very much . . ." Mit angehaltenem Atem lauscht der Garten, erwartungsvoll wie ich. Alles ist schöner und von der Freude vergoldet. Heute rührt mich sogar die gräßliche Standuhr in Form eines Stieres, die es fertigbringt, die Stunden in der entgegengesetzten Reihenfolge zu schlagen; eine geheiligte Familien-Reliquie, die niemand leiden kann.

Mir war nicht bewußt gewesen, daß ich auf diesen Anruf gewartet hatte. Doch im Grunde wartet man immerzu darauf, daß jemand einem sagt, er habe einen lieb! Und jetzt streckt sich zur Antwort ein Teil meines Ichs Tracy entgegen, gesellt sich zu ihm dort am Ufer des Pazifiks, wo die Pärchen ganz nahe am Wasser entlangwandern – und winzig kleine Vögelchen hinter ihnen her. Fußspuren duldet das Meer nicht. Aber den kühlen Sand da drüben werde ich immer in meinen Handflächen spüren.

Ich schließe die Augen. Alles, was ich mir wünsche, ist, daß Tracy jetzt spüren soll, wie sehr ich ihn brauche und daß es ihm genauso wehtun soll! Und für Sallys Heilung gäbe ich Tage meines Lebens hin – einfach so, ohne nachzuzählen; ja, nimm sie nur!

„Wir brauchen Hilfe", ruft Nicole aus der Küche. Ich fliege nur so. Cécile steht schon über ein Stück Fleisch gebeugt und schneidet es in Würfel. Seit der Messe haben wir Cécile nicht mehr gesehen. Sie hat sich wieder in ihre –

vielmehr Garys – Bermudas gestürzt und in das mitgebrachte T-Shirt, auf dem man lesen kann: „Mich liebt und versteht niemand."

In die Schürze gewickelt, die wir eigentlich für die Reinigung des Wasserbeckens aufheben, macht sich Nicole mit dem größeren Stück Rindfleisch zu schaffen. Es war sehenswert, wie sie nach dem Gottesdienst gläubig hinter Herrn Samson her in den Kühlraum stapfte und als erste wieder triumphierend herauskam – mit dem Filet in der Hand. Sie hatte es tatsächlich auf den ersten Blick unter zwanzig verschiedenen Stücken herausgefunden. Der Fleischer wollte sie sofort anstellen, und er hat ihr einen Freundschaftspreis gemacht, weil er hoffte, sie würde „ja" sagen. Und nun bereitet uns Nicole eine Fondue à la Bourgogne zu, weil Sorgen zehren und Essen ein Fest ist.

„Pauline, zerstampf uns ein bißchen Knoblauch", befiehlt sie, „und recht fein, bitte!"

Ich mache mich an die Arbeit. An unserem Holztisch liebe ich, daß man Leben in ihm spürt, wenn man ihn anfaßt. Cécile wirft mir einen – wie mir scheint – etwas eingeschüchterten Blick zu. Ich lächle sie aufmunternd an. Sie sieht so besänftigt aus, als zähle sie nun auf Gott.

„Hier ist eine kleine Stärkung für uns Arbeiter!" sagt Nicole und füllt ein Glas bis zum Rande mit Burgunder. Nachdem sie selbst daran genippt hat, stellt sie es griffbereit mitten auf den Tisch, falls ihre Mitstreiterinnen etwa auch Bedarf daran haben sollten.

Als sie bei ihrer Ankunft den Kofferraum öffnete, um ihr Gepäck herauszuholen, bemerkten wir sofort den Karton mit 1973er Pommard. Ihre Zahnbürste hingegen hatte sie vergessen.

Auch die Prinzessin folgt jetzt dem Hilferuf, wenn auch mit Verspätung ... Sie hält sich die Nase zu wegen des Knoblauchs, wirft aber kannibalische Blicke auf das Fleisch.

„Papa ist gerade heimgekommen", verkündet sie, „er ist mit Mama nach oben gegangen." – „Wir sind entzückt, dies zu hören", meint Nicole, „wenn du aber etwas Safran für uns auftreiben könntest, wärest du uns eine riesige Hilfe."

Nun steckt Antoine die Nase zur Tür herein. Wir stellen ihn Nicole vor; er würde auch gern helfen. – „Sie werden mich auf eine solche Frage nie ‚nein' sagen hören", erklärt Nicole. „Wie wäre es, wenn Sie uns eine Sauce zusammenmixten?"

Schon hat er die Ärmel hochgekrempelt und wäscht sich die Hände unter reichlich fließendem Wasser. Wenn man sieht, daß ein Arzt sich die Hände wäscht, wird einem schon wohler; denn dies ist sein erster Schritt auf dich zu: gleich wird er sich mit dir abgeben. Was die Küche betrifft, so hat Nicole da eine eigene Theorie: wenn man zum Beispiel eine Sauce rührt, so muß man sich voll und ganz darauf konzentrieren. Gleichmäßig rühren, an die Zutaten denken, die man hineingegeben hat, und auch an das Gericht im Topf, das man damit würzen will. Und ohne Zögern kosten – sei es mit der Zungenspitze oder mit dem Finger! Sauce, die mit Vorfreude auf den Gaumengenuß hergestellt wird, den andere daran haben werden, nimmt ganz von selbst ihren Eigengeschmack an. Sie muß „hausgemacht" schmecken!

Antoine ist ganz Nicoles Meinung. Für seine Sauce braucht er drei Scharlotten, zwei Lorbeerblätter aus dem Garten, Mehl und Butter. Dazu ein Glas Pommard für den Gaumen des Kochs und den wahren Geist zum Rühren.

Claire stellt sich zu Verfügung, und anfangs verläuft auch alles ohne Zwischenfälle. Mitten in der heiligen Handlung aber befällt sie ein entsetzlicher Schluckauf – und, je mehr sie ihn unterdrückt, desto lauter triumphiert er und stößt aus ihr heraus wie das Krähen eines Hahnes. Wie entehrend für eine Prinzessin! Es treibt ihr die Tränen in die Augen. Da nimmt Antoine sie bei der Hand, führt sie ins Wohnzimmer, sagt, sie solle sich auf dem Teppich ausstrecken, Beine und Arme mit zur Decke gewandten Handflächen abspreizen und „nun atmen wir ganz ruhig, mein Fräulein: eins, zwei, drei, vier, fünf! Einmal, zweimal . . .!“ Und in dieser Position finden sie die Eltern beim Herunterkommen vor. Was ihnen natürlich einen ziemlichen Schrecken einjagt, zumal Antoine neben ihr kniet und ihr gerade erklärt, wo sich das Zwerchfell und das Sonnengeflecht befinden, die sich da verkrampft haben!

Inzwischen ist der Schluckauf besiegt und Claires Gesicht rosig angehaucht.

Mama hat die Erlaubnis erhalten, den Tisch zu decken; Charles, sich um das Öl und das Spiritus-Pfännchen zu kümmern, ein gefährliches Unterfangen! Als alles auf dem Tisch steht – das Fleisch, die vier Saucen, Brot und Wein, komplimentieren wir die Köchin auf den Ehrenplatz zwischen unsere beiden Männer. Keine Papierservietten! Mama mag das nicht; für sie heißt das soviel wie „kommen Sie bitte nicht wieder!“

„Und Stéphane?“ fragt Cécile. „Sollen wir ihn nicht holen?“ Sie war schon bereit, aufs Fahrrad zu springen, aber Papa redete es ihr aus. Er hatte Stéphane abends besucht. An den Tankstellen herrscht am Samstag Hochbetrieb, und Stéphane hat sich heute für die Nachtschicht gemeldet.

Ich sah ihn wieder vor mir, wie er kassiert und sich fürs Trinkgeld bedankt. Mein Herz krampfte sich zusammen. Vor zwei Tagen erst saß ich Madame de Saint-Aimond gegenüber, und die Sonne leuchtete wie ein Signal auf ihrer silbernen Kaffeekanne: Der eine kommt eben hier zur Welt, der andere dort – und dadurch ist alles anders. Ich hätte nicht nach Neuilly fahren sollen. Was hatte ich mir davon erhofft? Die Ordnung der Dinge umzustoßen?

Das Fleisch ist sagenhaft gut. Die am besten gelungene Sauce ist übrigens meine. Welch ein Aroma! Die Tatsache allein, daß alle zusammen ihre Gabeln in die Fondue-Pfanne stecken und ein bißchen warten müssen, gibt genügend Stoff zur Unterhaltung. Mama erzählt Charles die Geschichte mit dem Fleischer. Ich frage mich, ob sie Papa in ihrem Zimmer oben auch schon von der Messe erzählt hat. Auch ich verlasse mich jetzt auf den Christus am Kreuz. Morgen um neun Uhr wird der Ambulanz-Wagen Bernadette nach Paris bringen. Mama fährt mit; Papa im Auto hinterher. Es ist unnötig, daß wir bei der Abfahrt zugegen sind, das wäre vollkommen zwecklos. Wie es scheint, würden wir Bernadette nicht einmal sehen dürfen.

Ich weiß nicht, ob es vom Wein kommt, aber Nicole und Antoine gefallen einander gut. Sie haben seine Sauce zwischen ihre Teller gestellt und tunken ihre Brotstücke gemeinsam hinein. Er hat sie „Sauce à la Marette" getauft. „Wie ist Ihr Rezept?" fragt Mama. Antoine zählt die Zutaten auf, dann wendet er sich zur Prinzessin und sagt: „Das Wesentliche daran ist, wie sie gerührt wird!" Daraufhin läßt Claire ihr Stück Fleisch ins Öl fallen.

„Pfand her!" schreit Cécile. „Ja, ein Pfand!" nickt Mama, deren Glas Nicole schon wieder nachfüllt.

„Eher sterbe ich!" lehnt Claire kategorisch ab.

Sogar Antoine wundert sich über ihren Ton, den er nicht gewohnt ist. Nein ist nein! Er weiß nicht, daß sie nie mitspielt. Sogar das „große Spiel mit der Kälte" auf unseren Betten war „ernst" gemeint. Natürlich werde ich es sein, die das Fleisch vom Grunde des Topfes herausfischt.

„Warum habt ihr Großmutter nicht mitkommen lassen?" protestiert Cécile. – „Der Arzt sieht es nicht gern, daß sie aus ihrer gewohnten Umgebung herauskommt", antwortet Nicole. „Sie ist immerhin achtzig." – „Wir fahren ja alle zu Weihnachten hin", verspricht Mama. – Nicole wendet sich an Antoine: „Sie sind auch eingeladen! Sie – und ihre Sauce!" – „Alles ist möglich", sagt Antoine.

Alles ist möglich! Niemand begreift, warum mich plötzlich

irres Lachen schüttelt. Aber es stimmt dermaßen, daß „alles möglich ist“. Heute abend werde ich mein Schlafzimmer mit einer Schlange namens „Kapitän“ teilen!

Zwei weitere höchst komische Dinge ereignen sich noch an diesem Abend.

Zunächst erscheint Madame grosso-modo! Sie kreuzt gegen zehn Uhr auf, kommt geradenwegs in die Küche. Da sie Licht gesehen habe, komme sie noch schnell herein, um uns zu sagen, daß ihr Mann und sie an diesem so traurigen Abend ... Wir machten solchen Höllenlärm, daß keiner die Klingel gehört hatte. Als Madame grosso-modo die Tür öffnete, kroch Cécile gerade bellend auf allen Vieren herum – was zur Einlösung ihrer Pfänder gehörte. Papa hatte seine Jacke ausgezogen, um bequemer lachen zu können. Sogar die Prinzessin war von der allgemeinen Heiterkeit angesteckt worden.

Unserer armen Nachbarin blieb der mitfühlende Satz im Hals stecken. Sie begriff nicht, was hier vor sich ging, noch wußte sie, wie sie nun anstelle ihres Begräbnisgesichtes schnell ein fröhliches aufsetzen sollte. Um ein Haar hätte sie Bernadette am Tisch gesucht. Aber nein!

Papa zog die Jacke wieder an. Cécile schlich auf ihren Platz. Nicoles Augen glänzten. Mama versuchte, die Dinge ins rechte Licht zu rücken.

„Verzeihen Sie, Madame grosso-modo, aber wir schöpfen Kraft, um für morgen fit zu sein!“

Jawohl, sie hat tatsächlich „Madame grosso-modo“ gesagt! Glücklicherweise kann man meinen, dazwischen sei ein Komma zu denken: „Verzeihen Sie, Madame, grosso-modo schöpfen wir Kraft!“

Aber unsere Nachbarin lehnt das Glas Wein ab, das Nicole ihr anbietet, und das ist ein schlechtes Zeichen.

Das zweite Ereignis hat sich ganz von allein abgespielt, während wir beim Essen saßen. Um die Waschmaschine zu leeren, war Mama nachher in den Keller hinuntergegangen. Ihr Schrei trommelte uns alle in der Ecke, die „Waschküche" getauft worden ist, zusammen. Alle neuen Slips von Papa, sein schönes schwanenweißes Hemd, seine schneeweißen T-Shirts sind nicht mehr weiß, sondern bonbonrosa. In ihrer Aufregung hatte sich Mama im Waschprogramm geirrt, auf die falschen Knöpfe gedrückt, und alles war durcheinander geraten: so war Weißwäsche mit farbiger vermischt worden, Kochwäsche mit Feinwäsche, Lachen mit Weinen, Glück mit Leid.

27

Germain nimmt Abschied

Ich erwachte erst nach acht Uhr. Cécile war nicht mehr in ihrem Bett. Da ich aber nichts gehört hatte, als sie aufstand, mußte sie wohl jedes Geräusch vermieden haben. Warum? In den Ferien richtet sich mein Zeitgefühl nach der Sonne. Wenn sie auf den dicken Querbalken scheint, der durch mein Zimmer verläuft, ist es acht Uhr. Und es ist neun Uhr, wenn sie die Staubkörnchen zwischen den anderen kleineren Balken aufwirbelt, die so etwas wie das Mastwerk eines Schiffes bilden. Man sieht, ich bin dem Meer verschworen.

Heute schien keine Sonne, und als ich den Fensterladen aufstieß, netzten Tropfen meine Hand. Einen großen Teil der Nacht über mußte es geregnet haben. Der Garten dampfte vor Feuchtigkeit, und um die Sträucher entstand eine Art von tropfendem Heiligenschein. Eine angenehme Überraschung für Papa! Wenn man nämlich seinen Garten liebt, so saugt man den Regen freudig mit ihm auf.

Ohne in Richtung Wandschrank zu blicken, zog ich mir warme Sachen an. Ich hatte wenigstens erreicht, daß Cécile den Käfig mit dem „Kapitän“ dort hineinstellte; doch wegen des lebensnotwendigen Sauerstoffs hatte sie sich geweigert, die Tür des Schranks zu schließen, und so hatte ich mir die ganze Nacht über eingebildet, der Kapitän kröche auf mein Bett zu. Im Unterschied zu Claire, Bernadette und meinen Eltern bin ich als einzige blöd genug, es überhaupt auf mich zu nehmen, mit einer Schlange im selben Zimmer zu schlafen!

Nicole war dabei, die Küche aufzuräumen und machte Durchzug, um den Knoblauchgeruch zu vertreiben. Der wilde Wein, der sich draußen um die Balustrade rankt, troff von Wasser.

Charles versichert, er werde uns noch aus dem Hause drängen, wenn man ihn nicht ständig stutzt, doch so sehr man auch aufpaßt, kleine Triebe finden immer wieder ihren Weg durch die Zwischenräume. Und wenn der Farbanstrich auch darunter leidet, ich liebe das sehr!

Nicole sagte, die Eltern seien sehr früh weggefahren, ließen uns alle drei herzlich grüßen, und Mama habe den Gedichtband mitgenommen, den ich ihr gestern abend noch unters Kopfkissen geschoben hätte. Ich fragte Nicole, ob sie Cécile gesehen habe, und sie sah erstaunt auf: „Aber nein! Ich soll doch mit ihr zusammen Brot backen. Sie hat mir das Versprechen abgenommen, auf sie zu warten.“ Bisher bemerkte man nur einen Mehlberg auf dem Tisch. Ich lächelte der „umweltfreundlichen Tante“ zu und ging im Flur nachsehen. Céciles Stiefel waren nicht mehr da, Claires Stiefel waren es.

Wir tranken zusammen Kaffee. Das heißt, mein Getränk war ein Milchkaffee. Nicole trinkt den ganzen Tag über schwarzen Kaffee. Das gehöre zum Handwerk, hat sie mir erklärt. So ein Täßchen sei oftmals der Schlüssel zu vertraulichen Geständnissen. Wegen ihres Diabetes mußte sie aber auf den Zucker verzichten. Auch das ist übrigens recht praktisch! Wenn einer den Zucker ablehnt, kommt man sofort auf die Gesundheit zu sprechen, und von der Gesundheit ausgehend ergibt sich der Rest ohne Schwierigkeiten ganz von selbst.

Ich ließ meine Tasse halbvoll stehen. Der große Wecker zeigte schon halb neun, und ich fragte mich, ob Paris Bernadette auch mit soviel Nässe empfangen würde.

„Hast du keinen Hunger?" fragte Nicole. Ich schüttelte den Kopf. „Mir ist übel. Ich habe einen Kater!" – „Vom 73er Pommard hat noch nie jemand einen Kater bekommen", verteidigte Nicole ihren Wein und spielte die Beleidigte. Aber ihr Blick sagte mir, ich möge nur weitersprechen, sie sei glücklich, mir zuzuhören. Wenn ich Zeit gehabt hätte, vielleicht. So aber war ich ohnehin schon zu spät dran. Ich wußte zwar nicht so recht, wie ich Nicole beibringen sollte, daß ich sie allein lassen mußte; denn ich konnte ihr ja nicht gestehen, wo ich hinwollte. Also sagte ich: „Warte mit dem Brotbacken auf mich, ich will's auch lernen" – und zog los.

Sie versuchte nicht, mich zurückzuhalten. Und das ist etwas, was ich an Nicole so liebe. Sie läßt einen frei; denn sie ist es selbst!

Als ich durch den Garten ging, spürte ich auf meinen Lippen noch die Berührung mit ihrer schon ziemlich schlaffen Wange – und da gerade Nicole doch Frische und Schönheit so sehr liebt, empfand ich mit Wehmut einen Hauch von Zeit und Vergehen.

Céciles Rad stand nicht in der Garage, worauf ich übrigens gefaßt war. Ich fuhr schnell. Sonntags ist bei uns zum Glück der Verkehr gleich Null. Obgleich ich an die vielen dachte, die noch in einen vergnügten Ruhetag hineinschlafen konnten, empfand ich dennoch kein Gefühl der Ungerechtigkeit, sondern freute mich für sie. Es liegt nicht in meiner Natur, Vergleiche zu suchen. Wenn alles gut läuft, glaube ich eher, daß ich Glück gehabt habe.

Kurz vor Pontoise, als ich durch die wenigen Felder fuhr, die uns die Straßenbauer noch übriggelassen haben, überkam mich – wie immer unvorhersehbar – ein Glücksgefühl.

Ich fuhr allein mitten auf der Straße mit geschlossenen Augen, und der Fahrtwind brauste um mich her wie am Ufer eines aufgewühlten Meeres. Ich kam mir irgendwie geborgen vor und fuhr inmitten der plötzlichen Gewißheit dahin, daß dieser Wind sich aus dem Abgrund der Jahrhunderte erhoben habe, um mir ins Gesicht zu blasen und mir zu versichern, daß ich lebendig sei. Der Gedanke an all die, denen er das schon ebenso klargemacht hat, hätte mich einschüchtern können. Doch die Vorstellung, wievielen er das auch noch nach mir sagen wird, hat mir Kraft verliehen.

Um Viertel vor neun kam ich vor dem Krankenhaus an. Vaters Wagen stand auf seinem üblichen Parkplatz. Es war wohl besser, wenn er mich nicht sah, aber wenn es sich nicht vermeiden ließ, so war es eben mein Pech. Ich wußte nur eins: Ich wollte nicht darauf verzichten, Bernadettes Gesicht noch einmal zu sehen! Nicht zum zweiten Male!

An sich hatte ich erwartet, Céciles Rad vorzufinden. Aber nein! Als Stéphane mir die Hand auf die Schulter legte, fuhr ich dermaßen zusammen, daß er auflachte: „Na, da hat aber jemand ein schlechtes Gewissen!" Und das stimmte. Aber wer hat das nicht, wenn er ein Krankenhaus betritt? Er sagte nur schlicht: „Ich konnte sie doch nicht einfach so wegfahren lassen!"

Nun war er wieder Stéphane de Saint-Aimond – in gutsitzender Jacke (vom besten Schneider, vermutlich), mit Krawatte und untadeligem Hemd. Das einzige, was ihn unserer Familie zugehörig machte, waren die Ringe unter den Augen, die aussahen, als sei er in der Nacht auf Abwege geraten.

Wir durchquerten die Eingangshalle mit so siegessicherer Miene, daß niemand sich nach unserem Ziel erkundigte und stiegen wie zwei Dauergäste zu Bernadettes Stockwerk hinauf. Natürlich ging es nicht darum, sie in ihrem Zimmer aufzusuchen. Dort waren nun wohl die Eltern, die Krankenschwester, womöglich schon der Sanitäter. Aber ich wußte, auf welchem

Wege man die Kranken nach unten transportiert, und dort bezogen wir Stellung.

Stéphane murmelte: „Sie darf mich nicht sehen!", und ich war damit einverstanden. Einen Augenblick lang war ich versucht, ihm zu sagen, daß ich bei ihm zu Hause in Neuilly gewesen sei und seine Mutter und seinen Bruder Eric kenne. Es scheint mir, als verstünde ich ihn jetzt besser denn zuvor. Doch anderseits war er mir auch ferner gerückt. Er konnte nichts dafür, aber er gehört eben in dieses todschicke Haus und nannte die Dame mit der Silberkanne seine Mutter.

Jedenfalls war die Sache ja eher schlecht ausgegangen, und er würde es immer noch früh genug erfahren.

Um fünf vor neun hörte man eine Tür gehen, ein Räderrollen, und ganz in der Nähe Papas Stimme, die dem Sanitäter sagte, er werde ihn unten erwarten. Stéphane wich zurück. Ich überlegte schnell. Vor noch nicht einmal vierzehn Tagen erst war ich in so ein großes Haus gekommen, um eine junge Kranke in Bernadettes Alter zu besuchen. Auch an jenem Tag war ein junger Mann mit verstörtem Gesicht neben mir. Sallys Welt wie die Welt meiner Schwester waren etwas, wohin ich ihnen nicht folgen konnte. Aber Bernadette hatte sich ihr Hirn beim Fallen kaputtgemacht. Sally durch langsames Vergiften. Ich fühlte mich alt und fast schon zu erfahren. Nichts blieb mehr von dem Glück, das ich unterwegs empfunden hatte. Es war mit dem Wind davongeflogen.

Bernadettes Augen waren geschlossen, ihre Hände bildeten einen Buckel unter der Decke. Nur der Kopf war unverhüllt, und wenn sie tot gewesen wäre, hätte eine einzige Handbewegung genügt, um sie gänzlich verschwinden zu lassen.

Ich hatte sie seit meiner Rückkehr nur ein einziges Mal gesehen – und fand sie noch mehr verändert. Sie war abgemagert. Ihr Gesicht war regelmäßiger und ausdrucksloser, nun da die Kratzer und unbedeutenden Schürfwunden nahezu abgeheilt waren.

Der Sanitäter blieb stehen und schaute mich fragend an. Es war ein Schwarzer. Sein weißer Kittel zeigte deutlich die frischen Bügelfalten. Ich lächelte ihn an. Es ist absurd, aber ich freute mich, daß gerade er meine Schwester transportierte. Etwas anderes empfand ich nicht. Absolut nichts eigentlich! In dem Augenblick, als er das Bett in den geräumigen Aufzug schob, kam Stéphane hervor. Er konnte Bernadette gerade noch sehen, bevor die Türflügel sich zuschoben. Ich hielt die Augen geschlossen, um seinem Blick nicht zu begegnen.

Wir gingen die Treppe hinunter. Zwei Etagen. Wieder durchquerten wir die Halle, wo Kranke in Morgenröcken sich mit Leuten im Sonntagsstaat unterhielten. Auf dem Hof trafen wir Claire.

Sie versuchte überhaupt nicht, sich zu verstecken, und ich bewunderte sie wieder einmal. Sie hatte nur eine Strickjacke über ihr Sommerkleid gezogen, und man sah ihr an, daß ihr nicht gerade warm war. Im übrigen begann es auch wieder zu regnen; ein feiner, dichter grauer Schleier hüllte alles ein.

Stéphane ging zu Claire und drückte ihr die Hand. Sie fragte, ob wir Bernadette schon gesehen hätten. Ich bejahte und beteuerte, daß sie ganz gut ausgesehen habe.

In dem Augenblick kamen die Eltern heraus. Als sie uns drei sahen, verhielten sie kurz, ehe sie sich uns anschlossen. Komisch, Mama erschien mir viel kleiner als sonst, und mein Vater älter. Sie nahmen unser Kommen kommentarlos zur Kenntnis; denn schließlich war es uns ja nicht verboten worden. Charles hatte nur gesagt: „Es ist unnötig“. Er mochte denken, daß es uns qualvoll sein könnte. Aber nein. Schwer zu ertragen war nur die Warterei. Ich habe festgestellt, daß es bei Hochzeiten oder Beerdigungen nicht anders ist, wenn der Held der feierlichen Zeremonie noch nicht da ist und man in dem Leerlauf vorher nicht weiß, was man mit sich anfangen soll.

Mama schlug den Kragen meiner Jacke hoch, damit es mir

nicht so in den Nacken regne, und diese einfache Geste tat mir gut. Der Ambulanzwagen fuhr aus dem Kellergeschoß herauf und hielt neben uns. Papa schaute uns an. „Da ihr nun schon da seid, könnt ihr Bernadette auch auf Wiedersehen sagen!“ Er selbst öffnete die Doppeltür am hinteren Ende, und man merkte ihm an, daß er solche Handgriffe gewohnt ist. Als ob sie die Luft und den Geruch nach Regen gespürt hätte, den sie so liebt, richtete sich Bernadette sofort auf.

Stéphane hatte sich in Luft aufgelöst. Bernadette lächelte Claire und mir zu, als sei unsere Anwesenheit selbstverständlich. Vollkommen normal! Ich fragte mich, was sie wohl dachte. Ob sie wußte, wohin und warum man sie wegbrachte? Jedenfalls sah es ihr gar nicht ähnlich, sich so widerstandslos wie ein Paket herumfahren zu lassen. Und wenn alles, was man ist, was das Selbst ausmacht, was man – im guten wie im schlechten Sinne – Persönlichkeit nennt, so auf einen Schlag ausgelöscht werden kann, nur weil man auf die Schnauze gefallen ist, möchte ich am liebsten an gar nichts mehr glauben.

Mama stieg in den Krankenwagen und setzte sich neben Bernadette. Aus war's mit dem Muschelnsammeln und Stoffetzen-Aufheben! Vorbei mit dem so besonderen, von innen her leuchtenden Blick, den wir in Kalifornien an ihr entdeckt hatten. Sie war nur noch die Mutter einer Tochter, der man zu Leibe rücken würde, und ich wollte so schnell wie möglich die Tür sich schließen und das Ganze wegfahren sehen.

An der Ausfahrt des Krankenhauses befindet sich eine Signal-Anlage. Sogar die Krankenwagen machen dort halt und dürfen erst passieren, wenn sie ihr Martinshorn eingeschaltet haben.

An dieser Ampel stand Cécile! Nicht allein, sondern mit Crève-Cœur und Germain. Niemand wird je Crève-Cœur zu gestehen wagen, welch ungeheuerliche Lüge Cécile ihm aufgetischt hatte. Sie hatte ihm weisgemacht, Bernadette wolle vor ihrer Abfahrt das Pferd noch einmal sehen, und die Eltern wären Crève-Cœur dankbar, wenn er es ihr brächte. Er hatte seine schönste Uniform angezogen und hielt sich gerade wie ein Stock. Es fehlten nur noch Trompete, Fahne und Morgengrauen!

Der Krankenwagen hielt an der Ampel. Mir schien es, als sähe ich ein Erschauern über Germains Fell laufen, aber wenn man weit entfernt ist und der Regen dazwischenpfuscht, kann man seiner Sache nicht sicher sein.

Der Krankenwagen fuhr schnell wieder an. Und bald hörte man auch das Horn nicht mehr. Ich weiß nicht, ob Bernadette ihr Pferd gesehen hat.

Aber ich hoffe es!

28

Selbstgebackenes Brot

„Der bewegendste Augenblick kommt, wenn du die Hefe unter deinen Teig mischst", sagt Nicole. „Wenn du ihm sozusagen Leben einhauchst." – „Wenn ich ihn befruchte", sagt Cécile. – Nicole lächelt. „Wenn du so willst." – „Das erinnert mich daran", fährt die Giftnudel fort, „wie unsere Burschen zu den Sexualkunde-Stunden als Spermatozoen verkleidet gekommen sind." – „Na, ich gäbe was dafür, wenn ich diese Verkleidung hätte sehen können", meint Nicole. – „Ich will dich ja nicht schockieren, aber es war so eine Art von Nachtgespenst, das oben spitz zulief und sich zerfaserte", erklärt Cécile. – „Wir sind beim Brotbacken", fährt Claire schneidend dazwischen, „und nicht im Naturkunde-Unterricht!"

Nicole nimmt den Teig in die Hand und hebt ihn in Augenhöhe, um ihn wie ihr Kind zu begutachten. Wir brauchten Butter dafür, Mehl, Milch und Wasser, Salz, Zucker und die Hefe. Alles mußte säuberlich nacheinander und ohne Hast geschehen: zusammenschütten, miteinander verbinden und vermischen, formen. „Darf ich kneten?“ bittet Cécile. – „Nur zu!“

Die Giftnudel taucht andächtig alle zehn Finger in den Teig. Ich verstehe: Sein eigenes Brot backen, heißt sein Leben selbst gestalten. Wenn man weiß, wie's gemacht wird, sagt man sich, daß man schon damit fertig werden wird. Nicole trinkt bereits ihr drittes „Täßchen“! Sehr einfach: die Kaffeekanne steht im Wasserbad auf dem Herd. Man braucht sich nur zu bedienen.

Es ist schon Mittag. Seit zwei Stunden sitzen wir hier um den Tisch, lauschen unserer Tante und schauen ihr genießerisch zu. Als wir eine nach der anderen durchnäßt heimkamen, fanden wir alle Lampen in der Küche und sogar auf der Freitreppe eingeschaltet vor: Der Leuchtturm von La Marette. „Zum Teufel heute mit der Sparerei von Energie!“ hat Nicole erklärt und all die ihre darauf verwendet, uns trockenzureiben, ohne unser Wehgeschrei zu beachten. „Falls ihr glaubt, ich hätte nicht erraten, wohin ihr alle entschwunden seid ... Nur weil man seiner Schwester viel Glück wünschen geht, muß man sich nicht unbedingt eine Angina aufgabeln. Noch dazu im August, da sind Verkühlungen am schlimmsten!“

Sie hält Céciles Hände fest. „So, jetzt reicht's; sonst findest du dein Brot an der Decke wieder. Zuviel Kneten, heißt zuviel Luft untermischen!“ Sie zeigt Cécile, wie man den Teig teilt, abrundet, glättet. Dann legt sie jedes Kunstwerk auf eine Ecke der Anrichte. „Und nun müßt ihr aufgehen, meine Guten!“ Cécile verschlingt auch die geringste dieser Tätigkeiten mit den Augen.

„Brotbacken, Kneten und all das ist schließlich sehr wichtig“, bemerkt sie. – „Und wie!“ bestätigt Nicole. „Und deinen Garten umgraben auch! Dein Kleid selbst nähen! Die

Menschen sind verrückt. Sie wissen nicht, daß ein Teil ihres Hirns mit den Fingern in Verbindung steht und daß die Hälfte ihres Schädels brachliegt, wenn sie ihre Gelenke steif werden lassen. Was du baust und mit eigener Hand gestaltest, geht ja auch von da oben aus und lehrt dich genausogut das Universum und deine eigene Person verstehen wie das, was du in den Büchern liest – und Gerüche und Farben gibt's noch obendrein." – „Dann malt ein Maler also auch mit dem Kopf?" frage ich. – Nicole nickt: „Wie alle wirklichen Künstler. Da kommt's gleichermaßen von ganz oben und ganz unten. Ich hab' welche gekannt, die beurteilte ich ebensosehr nach ihrer Kochkunst wie nach ihren Bildern!" Niemand wundert sich darüber.

„Bleib' bei uns", fleht die Giftnudel. „Du bäckst Brot, machst Fondue und betreibst soziale Beratung in Pontoise." – „Da würde sich deine Großmutter aber freuen", antwortet Nicole. „Und wer wird sich um meinen Gemüsegarten kümmern, kannst du mir das sagen?" Sie lächelt Cécile an: „Aber wenn du willst, nehme ich dich nach Montbard mit, bis Bernadette zurückkommt. Wir könnten unterwegs ein Picknick veranstalten!"

„Sandwiches mit Wespen?" fragt Cécile. Eine Erinnerung an früher. Einmal hatten sie nämlich das Tischtuch über einem Wespennest ausgebreitet! – „Wir werden versuchen, etwas Besseres zu finden", meint Nicole. „Auf jeden Fall brauche ich jemand, der mir bei der Herstellung meiner elsässischen Zwetschgen-Marmelade zur Hand geht!"

Es genügt schon, von Zwetschgen aus dem Elsaß zu reden, um sie vor meinem inneren Auge heraufzubeschwören: goldgelb, saftig, den Sommer widerspiegelnd. Sie zergehen mir nur so auf der Zunge. Wenn das Gehirn solche Botschaften an den Gaumen übermittelt, kann man sich tatsächlich vorstellen, daß umgekehrt auch die Hände Signale zum Gehirn schicken. „Also?" fragt Nicole. – „Kann ich dann auch einen Topf Marmelade für uns mit nach Hause nehmen?" forscht Cécile.

Die Tage verlaufen doch nie so, wie man es vorausgesehen hat. Ich hatte mir vorgestellt, wie tödlich diese Stunden des Abwartens sein würden. Doch sie vergingen eigentlich schnell, obgleich es nicht aufhörte zu regnen.

Wie Angler gekleidet wanderten wir nach dem Mittagessen am Ufer der Oise entlang. Dort roch es nach feuchtem Gras, Erde und Schlamm. Vor noch gar nicht langer Zeit war ich eines Morgens auf eben diesem Weg mit meinem Vater zusammengetroffen. Auch damals hatte es sich um Bernadette gehandelt! Ich wurde nicht mit dem Gedanken fertig, sie zu verlieren. Und heute war ich bereit, alles zu tun, um sie mit dem Manne wieder auszusöhnen, der sie uns entführen wollte. Alles geht bunt durcheinander! Wie dieser Strom, dem wir folgten, zugleich Abfälle, silbern glänzende Fische, Kähne und Wolken mit sich forttrug.

Als wir heimkamen, bot der Brotteig schon einen ganz anderen Anblick. Er dehnte sich aus. „Er macht es sich bequem", sagte Claire beifällig. Ich begriff, warum Nicole so viel Raum zwischen beiden Portionen gelassen hatte. Wir müßten aber noch mehrere Stunden warten, bevor wir die Brote in den Ofen schieben dürften, hieß es. Sie kämen dann gerade recht zum Abendessen heiß auf den Tisch.

Ich ging hinauf, um ein Bad zu nehmen. Ein parfümiertes Schaumbad mitten am Tage, wenn das nicht der Inbegriff von Ferienfreude ist! Nicht lange – und Cécile saß bei mir in der Badewanne. Sie sah sehr verärgert aus: Claire hatte sie nämlich gebeten, ihre Matratze in mein Bodenzimmer hinaufbringen zu helfen. Als sie den Käfig im Schrank bemerkte, regte sie sich auf, was denn dieses alte Rattending, das wie ein verfaulter Waschlappen stinke, darin zu suchen habe.

Cécile hat mit ihrer Antwort noch hinterm Berge gehalten. Doch sie glaubte, wir hätten die moralische Pflicht, Claire über „uns drei“ aufzuklären, bevor wir sie bei uns schlafen ließen . . .

„Und was ist eigentlich mit Stéphane los“, fragte sie schließlich. „Ich seh’ doch, daß er nicht mehr zu uns nach Hause kommen will. Findet er Bernadette jetzt doof – oder was?“

Da hab’ ich ihr alles erzählt: von dem Streit, dem Sturz und ihrem sprich mir nicht mehr von diesem Schweinehund. Ich erklärte ihr, daß in Bernadettes Vorstellung Stéphane es sei, der sie terrorisiert habe. Ich redete von seinem großen Kummer und der Tatsache, daß er nun glaube, er dürfe weder nach La Marette kommen noch nach Hause zurückkehren, weil beides nach beiden Seiten hin wie Verrat aussehen würde. Und nachdem ich Cécile Verschwiegenheit hatte schwören lassen, erzählte ich ihr sogar von meinem Besuch bei den Saint-Aimonds.

Das Bildnis des Kommandeurs interessierte sie am meisten; in zweiter Linie der Gärtner. Ich mußte alle Einzelheiten über das Haus berichten. Sie hätte zu gern Eric gesehen, und von den Croissants hätte *sie* jedenfalls gleich mehrere gegessen!

„Aber dann‘, schloß sie messerscharf, „wenn Bernadette wieder in Ordnung ist, wird das ja trotzdem noch nicht eingerenkt sein, oder?“

Und eben das war das Problem! Und woran würde sie sich noch erinnern? Würde sie Stéphane noch weiterhin beschuldigen? Würde sie ihn wiedersehen wollen? Darüber, über Liebe und Vergessen diskutieren wir im Badewasser, bis unsere Finger rosig und runzlig aussahen wie die Finger von Ertrunkenen.

Nicole und Claire waren immer noch in der Küche. Die Prinzessin saß vor dem Teig und beobachtete bewundernd, wie er lebte. Inzwischen war er zu dreifacher Größe aufgegangen. Wer nicht imstande ist, ein aufgehendes Brot zu bewundern, möge wissen, daß bei ihm nur die Hälfte des Gehirns funktioniert! Noch eine Stunde, und der große Augenblick wird gekommen sein, da wir's in den Ofen schieben können. „Diese Ehre kommt der Jüngsten zu!" erklärte Cécile. – „Nein, der Ältesten", protestierte Claire, die seltsamerweise einmal begierig zu sein schien, ordentlich zuzupacken.

Ich ließ die beiden dieses Problem alleine regeln und ging in Bernadettes Zimmer hinunter. Dort war es schon dunkel.

Bernadette lebt als einzige zu ebener Erde und auf gleicher Höhe mit dem Garten, da man ja bis zum Hauseingang die acht Stufen der Freitreppe hinaufsteigen muß. Ich schloß die Tür hinter mir und konnte nicht umhin, den Atem anzuhalten. Ich hatte das Gefühl, etwas Unerlaubtes zu tun und meine Schwester werde gleich auftauchen. Außerdem nahm ich ihr den ganzen Platz weg. Zuviel Platz! Seit heute morgen empfand ich das übrigens so. Als ob ich alleine die Welt umspannte . . .

Ich schaute mir die Pferdefotos und die aufgereihten Stiefel an; nahm die Mütze zur Hand, die Crève-cœur uns zurückgebracht hatte, setzte sie mir auf den Kopf. Sie war mir zu groß. Ich steckte die Nase hinein, um den Geruch der Haare zu spüren. Als Bernadette noch welche hatte! Ich sagte mir: „Nie wieder! Sie wird sie nie wieder aufsetzen!" Um zu erkunden, wie das klang, wiederholte ich es sogar laut: „Nie wieder!"

Ich schämte mich, aber ich konnte nicht anders. Nie wieder! Und ich hatte nicht einmal das Bedürfnis zu weinen . . . Dann setzte ich mich auf ihr Bett. Es war nicht sehr breit, aber für Stéphane und sie mußte es wohl reichen. Hier hatten sie sich am Abend vor dem Unfall gestritten – und alles andere war dadurch gekommen. Bei Sally war es ähnlich gewesen! Alles hatte mit einem Streit begonnen. Unerbittlich . . .

In meinem Herzen rief ich nach Tracy. „Ich denke an dich; ich liebe dich sehr!" Besonders an sein hinter das Ohr zurückgestrichenes Haar erinnerte ich mich – und an den blonden Flaum auf seinen Beinen! Und an seinen Blick! Aber wenn ich ihn mir ganz und gar vorzustellen versuchte, in einem Stück sozusagen, befiel mich ein Schwindelgefühl. Unmöglich! Wenn er doch dagewesen wäre! Auch bei ihm zu Hause gab es ein leeres Zimmer, das nur von Abwesenheit erfüllt war! Vielleicht hat auch er sich eines Abends, wie ich jetzt, auf das Bett seiner Schwester gesetzt und versucht, dem Wort „Schicksal" auf den Grund zu kommen.

Sally hätte diesen Dreckskerl, der sie zur Droge verführt hat, ebensogut auch *nicht* treffen können – und Bernadette war mehr als zehnmal gestürzt, ohne sich deshalb gleich den Schädel zu zertrümmern. Wer hatte sie geführt, die eine zu ihrem Verderber, die andere zu ihrem Dachschaden? Der Zufall? Oder ihre eigenen Anlagen, die Sally dazu brachten, statt einem anderen gerade dem Mann zu folgen, der sie zugrunde richten sollte? Die Bernadette gerade Prinz wählen ließen, nachdem sie Stéphane aus dem Haus gejagt hatte . . .

Ich öffnete die Schublade ihres Tisches und wühlte in ihren Papieren. Ihr Pech! Ich fand Fotos, Briefe, all die belanglosen Dinge, die man wegwirft, wenn jemand an einem Schädelbruch oder sonstwas stirbt, weil sie nur für ihn selber von Interesse waren.

Die Briefe las ich nicht, obwohl ich sah, daß sie Stéphanes Schriftzüge trugen! Ich versuchte nur, mich selbst zu vergessen; vielleicht zu leiden.

Antoines Koffer stand unter dem Fenster. Er hat nur wenig Platz für seine Sachen gebraucht. Ich wußte das zu schätzen; er hat nicht einmal die Kommodenschublade benutzt, die Mama für ihn geleert hatte.

Ein Lastwagen fuhr vorbei, und der Boden erzitterte. Ich weiß, daß Pferde nicht zwei Etagen hinaufsteigen, um schlafenzugehen, aber ich für mein Teil ziehe das Bodenzimmer vor!

Das Bett war hart wie Holz. Sie legt ein Brett unter ihre

Matratze. Armer Antoine! Und armer Stéphane! Es roch wie auf Pierres Sofa – ich kann es nicht so recht ausdrücken – jedenfalls nicht nach mir. Als ich mit der Hand unters Kopfkissen glitt, entdeckte ich den Schlafanzug. Ich preßte ihn an mich – den Schlafanzug eines Mannes, den ich kaum kannte. Das war so, als wenn man ein unbekanntes Haus betritt.

Er sieht gut aus, dieser Mann, er ist geheimnisvoll und doch imstande, einen ganzen Abend lang über Nichtigkeiten zu lachen – wie gestern. Sofern er es nicht nur unseretwegen getan hat. Man glaubt, zusammenzuleben und lebt doch nur nebeneinander her. Außerdem gibt man sich mit Massagebetten ab, mit Bananen-Split oder auf sechsfache Geschwindigkeit verstellbaren Scheibenwischern ... und eines Tages findet man sich innerlich schreiend an den Schlafanzug eines Unbekannten geklammert auf einem Bett wieder.

Er selbst weckte mich auf, da er das Licht einschaltete. Er stand in der Zimmertür und schaute mich ohne Überraschung an. Beim Näherkommen hob er Bernadettes neben dem Bett liegende Mütze auf. Ich wußte nicht, was ich sagen sollte, war völlig abgestumpft, hatte sogar das Kopfkissen vollgeweint.

Er setzte sich neben mich. Hundert Kilometer weit weg hätte ich mich gewünscht und mußte doch an mich halten, um nicht den Kopf auf seine Schulter zu legen und die Augen zuzumachen.

Er legte mir die Hand aufs Knie, als wäre ich ein kleines Mädchen, das noch niemals einen Mann geliebt hat, gar noch einen, der viel älter war als er ... Mit seiner ruhigen Stimme sagte er mir, die Eltern seien heimgekommen.

Alles verlaufe gut mit Bernadette. Sie sei ruhig und in ausgezeichneten Händen. In wenigen Tagen werde die ganze Geschichte ausgestanden sein.

29

Céciles Erinnerungen

Sobald Cécile das Wohnzimmer betritt, wittere ich Unheil! Wir sind alle versammelt – außer Antoine, der heute abend in Paris verabredet ist. Wegen der Feuchtigkeit sind Fenster und Vorhänge geschlossen. Es regnet zwar nicht mehr, aber der Garten tropft, und heute abend verdient La Marette – „der kleine Tümpel" – seinen Namen wirklich, überall sind spiegelnde Wasserlachen!

Es ist fast acht Uhr, also bald Essenszeit, die heute vom Brot beherrscht wird. Laut Nicole braucht es noch etwa zwanzig Minuten. Sie und Mama halten einen Schwatz auf dem Sofa. Claire hat sich in gleichem Abstand von den Lautsprechern des Plattenspielers niedergelassen und träumt: Wagner! Wotans Abschied von seiner Tochter Brünhild. Claire hätte keine bessere Wahl treffen können. Mama hat sie schon zweimal bitten müssen, die Lautstärke zu drosseln. Papa versucht, Zeitung zu lesen. Zum erstenmal seit der Rückkehr hat er sich zum Essen umgezogen. Er konnte der Versuchung nicht widerstehen, nachsehen zu gehen, wie der Regen seinen Garten aufgefrischt und den Seidenglanz der Rosen gesteigert hat.

Cécile kommt herein und fegt mit ihrem Blick über den Boden des Wohnzimmers. Nur selten betritt sie ein Zimmer, ohne irgend etwas zu rufen. Im allgemeinen ist der Ruf „Mama" die Einleitung zu allem. Heute sagt sie nichts, geht langsam im Zimmer umher, wobei sie neben den Möbeln stehenbleibt. Mit unbekümmerter Miene marschiert sie dann seltsam schwankend weiter wie jemand, der einen Tanzschritt lernt, aber noch nicht so recht weiß, wo er den Fuß hinsetzen soll. Immer wieder bückt sie sich, hebt irgend etwas auf und steckt es in die Tasche. Vergeblich versuche ich, ihren Blick zu erhaschen. Jetzt steht sie hinter dem Fenstervorhang. Dann erscheint sie wieder.

„Rein oder raus“, sagt Claire. „Wenn du dir die Beine vertreten mußt, dann erinnere dich bitte daran, daß wir einen Garten haben!“ – „Hast du etwas verloren?“ forscht Mama.

Cécile bleibt stehen und setzt ein schiefes Lächeln auf. „Aber nein! Weshalb?“ – „Dann komm doch einmal her“, sagt Nicole und rückt ein Stück auf dem Sofa zur Seite. – „Komme schon!“ ruft Cécile. „Aber nimmt denn heute abend keiner einen Apéritif?“ Auch ihre Stimme klingt falsch – nach erzwungenem Schwung. Papa hat seine Zeitung weggelegt und beobachtet sie hinter seinen Brillengläsern. „Das ist eine gute Idee! Einen Whisky mit Wasser bitte für deinen Vater.“ – „Ich mach' das schon“, sagt sie, „rührt euch nicht von der Stelle!“ Sie verschwindet in der Küche.

Die Eltern wechseln einen Blick: diese Unruhe – offenbar wegen Bernadette und dem was morgen früh um Punkt sieben Uhr fünfundvierzig geschehen wird! Ich aber befürchte plötzlich etwas ganz anderes – und fühle mich gar nicht wohl!

Gerade will ich unauffällig in die Küche gehen, um sie auszufragen, da erscheint sie schon wieder mit dem Servierwagen, auf dem sie alles vorbereitet hat. Immer noch so seltsam einherschreitend und den Boden absuchend, bringt sie Papa den Scotch, Nicole und Mama die Weinflasche fürs Essen – weil die beiden nicht gern etwas anderes vorher trinken – Claire und mir einen Pernod mit Eiswasser. Sie selbst nimmt nichts!

Die Platte bleibt stehen. Schon ist Cécile am Tonabnehmer. „Bemüh' dich nicht, ich dreh' sie schon um“, sagt sie zu Claire, die so plötzliche Eilfertigkeit gar nicht fassen kann.

Als Wagner wieder loslegt, hebt Cécile wieder etwas vom Teppich auf und setzt sich schließlich neben Nicole. Kurzes Schweigen. „Ich hab' dir ja vielleicht schon erzählt, daß Gary Sammlungen anlegt – oder?“ beginnt sie. – „Ich kann mich nicht erinnern", meint Nicole. „Was für Sammlungen?" – „Taschentücher und Monster", raunt Claire in ihrer Ecke, „die einen zum Auffressen, die anderen, um von ihnen gefressen zu werden!" – „Schlangen auch!" fügt Cécile hinzu. – „Manche sammeln lieber Blumen oder Schmetterlinge", bemerkt Papa und läßt seine Zeitung sinken. „Das ist natürlich alles Geschmacksache!"

„Was die Reptilien betrifft", beeilt sich Cécile zu sagen, „so wählt Gary nur ungiftige. Erst wollte er auch Skorpione sammeln, aber das war ihm dann doch zu gefährlich. So ist ihm die Idee mit den Schlangen gekommen."

Wieder versuche ich, ihren Blick einzufangen. Wenn sie den „Kapitän" ankündigen will, warum tut sie's nicht gerade heraus? Das würde übel aufgenommen werden, aber es wäre mir lieber. Zum Teufel mit der „Omertà"!

„Giftig oder nicht", sagt Mama, „auf mich üben alle Schlangen dieselbe Wirkung aus." – „Und die wäre?" fragt die Giftnudel leicht beunruhigt. – „Sie ekeln mich." – Céciles Miene verfinstert sich. „Vorurteile!" sagt sie. „Noch etwas Wein?" – „Verlaß' dich drauf, sie will uns besoffen machen", bemerkt Nicole, „sie läßt uns ja kaum Zeit, die Gläser auszutrinken!"

Mama überlegt: „Um mit so etwas fertigzuwerden, würde ich mich lieber einem dicken alten Bären gegenübersehen! Bei dem weiß man wenigstens, wo man ihn beim Kampf anpakken muß. Aber Schlangen – die haben keine Schultern."

„Wer spricht denn von Kämpfen?" protestiert Cécile. „Ich glaube, ich habe gesagt, daß es sich um harmlose Schlangen handelt!"

Mir ist sehr unbehaglich zumute. Ich frage mich ... Céciles Blick wandert schon wieder im Wohnzimmer herum, bleibt dann an Mama hängen. „Nimm an, du siehst jetzt, wie eine hier herumkriecht ..." – „Im Wohnzimmer?" wundert sich Mama. – „Zum Beispiel!" – „Die Feuerwehr – sofort!"

fährt Claire dazwischen. – „Die würden sie aber töten mit ihren Lanzen und all dem Kram", widerspricht Cécile empört. „Und deine Vorhänge, die Möbel, dein geliebter Sessel, die würden auch etwas abkriegen, sei ganz beruhigt!" – „Du wirst ja wohl erlauben, daß ich mich für mein Wohlergehen entscheide, wenn ich zwischen Vorhängen und einem Stich zu wählen hätte", meint die Prinzessin hochmütig.

Cécile klappert gottergeben mit den Augendeckeln. „Klassischer Irrtum! Schlangen stechen nicht, sie beißen! Alle haben Angst vor der gespaltenen Zunge; dabei dient sie den Schlangen nur als Radargerät." – „Zu gegebener Zeit werde ich daran denken", meint Claire. „Und jetzt würde ich gern Wagner hören, wenn's erlaubt ist . . ." – In dem Schweigen, das nun eintritt, betrachtet Charles das besorgte Gesicht seiner Jüngsten. „Da du dich so sehr für das Leben der Reptilien zu interessieren scheinst, könnten wir ja ein Buch darüber anschaffen." – „Ich danke dir", sagt die Giftnudel, „aber gewisse Leute studieren lieber am lebenden Objekt!" – „Ein lebendes Objekt ist nicht immer in Reichweite", bemerkt Nicole lachend. – „Manchmal näher als man glaubt!" Céciles Ton ist sehr überzeugend.

Die Prinzessin erschauert. Die Giftnudel dreht sich beruhigend zu ihr um. „Man macht sich alle möglichen Vorstellungen von Schlangen, sagt zum Beispiel, sie seien glitschig. Wenn du aber eine anfaßt, wirst du sehen, daß das völlig falsch ist. Sie sind sogar besonders trocken, weil die Armen keine Drüsen haben!" – „Die Armen", höhnte Claire. Nicole und Mama tauschen ein amüsiertes Lächeln. Mir reicht es! Omertà oder nicht, mich kommt die Lust an, jetzt ins Fettnäpfchen zu treten. Dieses Versteckspiel zerrt an meinen Nerven. Cécile selbst scheint es auch keinen Spaß mehr zu machen. Warum dann also? Es ist an sich nicht ihre Art, einen günstigen Zeitpunkt abzuwarten. Aber wir sind noch nicht am Ende. „Man behauptet auch, daß sie dich hypnotisieren können", fängt Cécile wieder an. „Das kommt aber nur davon, daß diese Unglücklichen keine Augenlider haben". – „Die Unglücklichen", höhnt Claire, „die Armen, Benachteiligten, Elenden, Unschuldigen . . ." – Céciles Blick sprüht Blitze. „Ich finde dich sehr gebildet, mein Kind", bewundert sie Papa. Die Giftnudel wendet sich ihm zu: „Du, der du dich mit dem Blutkreislauf befaßt, wirst sicherlich daran interessiert sein, einmal eine Schlange aus der Nähe zu erforschen. Ihr Herz ist in drei Kammern unterteilt, und sie haben nur einen einzigen, natürlich länglichen Lungenflügel." – „Nun, das ist ja tatsächlich interessant", sagt Papa und verzichtet endgültig aufs Zeitungslesen. – „Und das alles sind für dich schöne Erinnerungen an Kalifornien, nicht wahr?" stellt Mama liebevoll fest. Da schaut mich Cécile endlich an, und ich weiß, daß sie jetzt aufs Ganze gehen wird.

„Eben", sagt sie fröhlich, „deshalb hat Gary mir ja auch eine geschenkt!" Wagnerianische Generalpause! Denn der Satz ist zweideutig. Man kann noch hoffen, daß man nicht recht verstanden hat. – „Zur . . . Erinnerung?" forscht Papa vorsichtig. – „Eine harmlose!" nickt Cécile eilfertig. „Das kann ich euch garantieren." Ein Kältehauch weht uns an – schuppige, kalte Haut . . .

Nicole schaut mich an, als ob sie bereits erraten hätte, daß ich eingeweiht bin. Feige wende ich mich ab. – „Du willst doch wohl nicht sagen . . .", murmelt Charles. – „Nur eine ganz kleine", sagt Cécile. „Sie ist so gut wie gar nicht vorhanden!"

Claire schaut die Erwachsenen der Reihe nach an und schwankt zwischen Entsetzen, Verblüffung und Ungläubigkeit. Ich habe den Eindruck, sie atmet nicht mehr. Nicole wagt es auszusprechen: „Eine Schlange?" Cécile nickt. – „Aber wo ist sie denn?" fragt Papa. – „Na, hier irgendwo!" gibt Cécile jetzt zu. „Ich weiß nämlich nicht, wo sie geblieben ist. Der Käfig muß aufgegangen sein. Ich hatte ihn bei der Eingangstür abgestellt – und hab' schon überall gestöbert. Ich finde sie nicht mehr!" – Claire stößt einen Angstschrei aus, springt auf einen Sessel und schüttelt ihren Rock aus. Jetzt stehen übrigens alle. – „Anfangs ist es ja vielleicht noch etwas Besonderes", verkündet Cécile und läuft beschwörend von einem zum anderen, „aber ihr werdet sehen, man gewöhnt sich dran. Wer will noch einen Tropfen Alkohol?"

„Sie ist verrückt!" brüllt Claire. „Völlig verdreht, übergeschnappt, anstaltsreif." – „Mit Bernadette sind's dann schon zwei in der Familie", faucht Cécile zurück und hat Tränen in den Augen.

Die drei Erwachsenen rennen erst durchs ganze Wohnzimmer, setzen dann aber, genau wie Cécile vorhin, mit äußerster Vorsicht Schritt vor Schritt. Immer noch hoch oben auf ihrem Stuhl, schreit Claire lauthals, man möge ihr doch den Feuerhaken reichen. Charles packt die Giftnudel beim Handgelenk. Ich habe ihn selten so wütend gesehen. Diesmal hat er ganz offensichtlich genug von seinen Töchtern. Ich tauche unters Sofa. „Falls du nur Spaß gemacht hast", knurrt er zwischen den Zähnen, „dann sag' es gleich!" – „Frag' doch Pauline", schluchzt Cécile. „Sie weiß es!" Ich tauche wieder auf und fühle, daß aller Blicke auf mich gerichtet sind. Ich kann nur ohne Stolz gestehen, daß Cécile recht hat. – „Wie sieht sie aus?" fragt Papa mit Grabesstimme.

„Schwarz-weiß", beschreibt die Giftnudel, „an einem Ende spitz und am anderen abgeflacht. Sehr schön!" – „Und wann hast du sie zum letztenmal gesehen?" – „Das ist so", sagt Cécile. „Die Schlange wohnte oben bei Pauline und mir, aber weil Claire heute ihre Matratze heraufgebracht hat, habe ich die Schlange heimlich nach unten mitgenommen und in den Wandschrank neben dem Eingang gestellt – damit sie sich nicht fürchtet." – Claire schreit erneut los: „Und ich habe diesen Käfig angefaßt . . . Ich hab' ihn angefaßt . . ." – „Na und? Man hört dich noch toben, was beweist, daß du nicht dran gestorben bist!" unterbricht Nicole sie mit schneidender Stimme.

„Ich hab' schon den ganzen Flur durchwühlt", fährt Cécile fort, „und sofern sie nicht Treppen steigen kann – was mich bei einer noch so begabten Schlange wirklich verblüffen würde –, kann sie eigentlich nur hier sein. Nicht pfeifen, wenn ihr sie seht; sonst glaubt sie, man bringt ihr Fliegen!" Cécile holt etwas aus ihrer Jackentasche hervor und zeigt es Papa. „Hier ist der Beweis", seufzt sie. „Sie häutet sich und hinterläßt überall ihre Schuppen. In der Enzyklopädie heißt es, sie müssen sich dann an Widerständen reiben und nehmen auch die geringste Gelegenheit dazu wahr, die Armen!" – „Schuppen", heult Claire, „Schlangenhäute im Wohnzimmer . . .!" – Papa dreht sich zu ihr. Wagner erklingt noch immer in voller Lautstärke. „Jetzt hört endlich auf, du und deine Musik", befiehlt er. – Mama kommt näher. „Wir werden morgen genauer nachschauen, wenn wir saubermachen; aber sie ist anscheinend nicht da." – „Sie kann ja auch ebensogut in den Garten entwischt sein", meint Nicole. „Da gefällt es Schlangen ja wohl auch besser." – „Was berechtigt dich zu der Annahme, daß sie harmlos ist?" verhört Charles Cécile. „Erstens bin ich weder tot noch begraben. Zweitens hat sie keine Giftzähne."

Papa fällt wieder in seinen Sessel und trinkt gierig seinen Whisky aus. Aufatmend rennt Cécile in den Flur und kommt mit dem Käfig zurück. Als sie den sieht, stößt Claire neuerlich einen Schrei aus. Durch einen Kraftakt ist es ihr gelungen, den Plattenspieler abzustellen, ohne von ihrem Podest herabzusteigen. „Ich bleibe keine Minute länger im selben Haus mit einem solchen Tier!" erklärt sie und ermordet Cécile mit Blicken. – „Auf Wiedersehen!" sagt Cécile, ohne sich zu rühren. – Papa greift ein. Er hat sich beruhigt. „Was ist dir eigentlich eingefallen, eine Schlange mitzunehmen?" fragt er. „Und der Zoll? Bist du dir darüber im klaren, was beim Zoll passiert wäre, wenn sie dich durchsucht hätten?"

Nicole kann ein Lachen nicht unterdrücken. Mama versucht, dem zu widerstehen. Claire hat ihren Rock eng um die Beine geschlungen und sitzt jetzt wie eine Marmorstatue auf ihrem Sessel. – „Es ist doch alles wegen Bernadette", erklärt Cécile. „Gary hat gesagt, die Schlange ist ein Glücksbringer. Schließlich hat man doch auch Hamster, weiße Mäuse oder Meerschweinchen, warum also nicht den Kapitän?"

Den „Kapitän"? Die Eltern schauen einander an. Diesmal glauben nun alle, daß Cécile verrückt geworden ist. Sie werfen mir schräge Blicke zu; ich hätte sie warnen müssen.

Und in eben diesem Augenblick klingelt es an der Eingangstür. Ich gehe öffnen.

30

Eine Familienangelegenheit

Sie steht hoch aufgerichtet draußen auf der Freitreppe – und ich erkenne sie nicht sogleich. Vielleicht wegen der Kleidung; auch wegen der Frisur. Als ich sie das erstemal sah, fielen ihre Haare ja auf die Schultern herab. Hinter ihr steht ein großer Mann, untersetzt und von bedeutendem Aussehen. Ich hatte ihn nur auf einem Foto gesehen, erkenne ihn aber sofort. Und bin wie gelähmt. Alles andere ist ausgelöscht. Zum Teufel mit dem Kapitän. Sie sind da! Sie sind gekommen! Ich kann noch nicht recht dran glauben. Das hieße ja, daß Träume manchmal doch in Erfüllung gehen – und noch überwältigender, als man zu hoffen wagte.

„Pauline", sagt sie, reicht mir die Hand und dreht sich zu ihrem Mann um: „Das ist die Kleine, die zu uns gekommen ist!"

Kein Lächeln auf seinem Gesicht! Wie groß er ist! Der

paßt in kein normales Bett hinein, sicherlich hängen seine Füße unten heraus . . . Wenn er mein Vater wäre, hätte ich Angst vor ihm. Ich habe den Eindruck, er schätzte mich ab – äußerst streng noch dazu. „Können wir Ihre Eltern sprechen?"

Ich nicke zustimmend mit dem Kopf. Meine Kehle ist wie zugeschnürt. Und ich lasse sie da draußen auf der Freitreppe stehen! Dann mache ich Licht und winke ihnen, mir zu folgen. Im Flur steht ein ganzer Berg von Schuhen, und mindestens drei Regenmäntel hängen auf ein- und demselben Haken, der sich natürlich durchbiegt. Jetzt fehlt nur noch, daß die Schlange auftaucht. Warum haben sie denn nicht vorher angerufen? Dann hätte man vorher Großputz machen und überall Blumen hinstellen können! Die Prinzessin hätte sich stundenlang feingemacht; Cécile eine weitere Standpauke bekommen, die Eltern . . .

Da geht die Wohnzimmertür auf und Cécile steckt ihren zerzausten Kopf heraus. „Papa fragt, wer gekommen ist?" – „Stéphanes Eltern", sage ich, „die Saint-Aimonds!" Mama hat mir oft von dem erzählt, was sie „Die Gunst der Stunde" nennt. Für sie ist das die unerwartete Kraft, die man in gewissen Situationen aus sich selbst schöpft, um mit den Anforderungen fertig zu werden. Innerhalb weniger Sekunden hat diese „Gunst der Stunde" die Aufregung um die Schlange verdrängt; Teppich und Kissen sind wieder an Ort und Stelle, unsere Gesichter spiegeln die zurückgewonnene Ruhe. Und es war kein Komödienspiel – wie Stéphanes Eltern da hereinkamen, wie seine Mutter mit ausgestreckten Händen und wirklich ganz bestürztem Gesichtsausdruck auf Mama zuging. Ich höre noch, wie Stéphanes Vater sagte, erst heute hätten sie von der bevorstehenden Operation erfahren und legten Wert darauf, daß wir wüßten, wie sehr sie mit ihren Herzen bei uns seien, und wenn sie irgend etwas für uns tun könnten, so . . .

Von Mamas Gesicht konnte ich ablesen, wie gerührt sie

war. Eine solche Geste hätte auch sie fertiggebracht. Nicole hatte sich diskret entfernt. Ohne daß man sie darum gebeten hätte, holte Claire die Festtags-Gläser und bot Drinks an, wobei sie – wie in Amerika – jedem eine kleine Serviette reichte. Nun sitzt der große Mann neben meinem Vater! Er trägt einen dunklen Anzug mit dem schmalen Ordensband im Knopfloch – Kommandeur der Ehrenlegion, nehme ich an –, Weste, Krawatte. Papa dagegen: ausgeleierter Pullover, als Ordensband einen Teppichfussel, graugrüne Hose, afrikanische Pantoffel, die Cécile ihm vor sechs Jahren zum Vatertag geschenkt hat. Das einzige, was die beiden gemein haben, ist das Glas Whisky: für beide nur mit Wasser!

In Kostüm und Rüschenbluse, mit Perlen und Handschuhen angetan, sitzt Frau von Saint-Aimond auf dem Sofa neben Mama, die ganz passabel aussieht. Herr von Saint-Aimond erklärt, was geschehen ist. Erst heute morgen kam er aus Genf zurück. Da hat ihm seine Frau sofort von meinem Besuch erzählt. Während er das sagt, schauen mich alle verwundert an, und ich weiß nicht, wer stolzer ist: Cécile oder ich. Nach dem Mittagessen hat Stéphane seine Mutter angerufen und sie davon unterrichtet, daß Bernadette operiert werden müsse. Daraufhin haben sie beschlossen, heute abend herzukommen. Von beiden Seiten hagelt es Entschuldigungen: von ihrer, daß sie ohne Voranmeldung gekommen sind, von seiten Mamas, daß das Wohnzimmer in so unordentlichem Zustand ist.

Ich schaue anderswo hin; fühle in mir eine Mischung von Glück und tiefem Schmerz aufsteigen. Durch ihr Kommen haben Stéphanes Eltern mir in gewissem Sinne meine Schwester zurückgegeben. Zugleich empfinde ich Angst, tut es mir weh! Aber ich möchte gern verstehen, warum das so ist. An einem heißen Sommertag, als wir alle groß zu Mittag gegessen hatten, weil Sonntag war, wurde einmal ein Ertrunkener am Strand von Houlgate angespült. Als ein berittener Helfer kam und ohne Ekel seinen Mund auf die blauen Lippen des

Mannes legte, empfand ich die gleiche Mischung von Leiden und Freude, denselben Eindruck, an einem Schicksal Anteil zu nehmen, ja teilzuhaben. Wenn man Schmerz miteinander teilt, wird daraus Freude. Das ist es – auch hier!

Inzwischen haben die Anwesenden über Bernadettes Sturz, unsere Rückkehr aus Kalifornien, das Krankenhaus und die Entscheidung zur Operation gesprochen. Die Saint-Aimonds kennen Professor Bernard und schätzen ihn anscheinend sehr. Ich schaue mir diese vier wohlerzogenen Eltern an. Man könnte sagen, daß sie alles tun, um ja nicht auf das eigentliche, heikle Thema zu kommen, das den Grund für die Anwesenheit der Saint-Aimonds bildet: Stéphane. Vielmehr: Stéphane und Bernadette!

Auf meinem Hocker vor dem Kamin sitzt Cécile und läßt die vier Eltern nur aus den Augen, wenn sie ab und zu mit schnellem Blick den Boden absucht ... Sie interessiert sich besonders für Stéphanes Vater, dem sie sozusagen Maß nimmt. Beunruhigenderweise hat sie noch kein Wort gesagt!

„Wir dachten, wir würden Stéphane vielleicht bei Ihnen antreffen", sagt Frau von Saint-Aimond endlich. – „Er hat Nachtschicht bei seiner Tankstelle", wagt Mama vorsichtig mitzuteilen. Schweigen! – „Stéphane glaubt, er dürfe nicht mehr nach Hause kommen", sagt Claire.

Aller Blicke wenden sich ihr zu, die noch ganz rosig angehaucht ist von der Aufregung um den Kapitän. Sie ist schön. Warum greift sie in die Unterhaltung ein, sie, die es so verabscheut, öffentlich zu sprechen? Als sie sich einst verirrt und verloren hatte, war Bernadette sie suchen gegangen. Trägt sie jetzt eine Schuld ab?

„Vielleicht wissen Sie – oder auch nicht –, daß kurz vor dem Unfall meine Schwester und Stéphane einen ernsthaften Streit miteinander hatten." – „Genauer gesagt", mischt sich jetzt die Wahrheitsfanatikerin Cécile ein, „Bernadette hat Stéphane vor die Tür gesetzt." Von den Ereignissen überrollt, schauen die Eltern einander an. Danke, Claire! – Cécile schaut Herrn von Saint-Aimond geradewegs in die Augen und sagt: „Sie tat es Ihretwegen!"

Erstaunt betrachtet Stéphanes Vater diese kleine Mücke zu seinen Füßen. Cécile hält seinem Blick stand und bleibt gelassen. Was ich hier erlebe, erfüllt mich mit Kraft. Wenn sie nicht gerade einen Jungen verführen will und Marylin Monroe, Elisabeth Taylor und Brigitte Bardot zugleich spielt, benimmt Cécile sich allen Menschen gegenüber gleich. Brächte man ihr den Papst, sie würde auch ihm ein Glas Wein anbieten. Jedenfalls kann ich bescheinigen: Stéphanes Vater jagt ihr nicht die geringste Angst ein: Und wohl auch deshalb, nehme ich an, sehen die Eltern so entgeistert drein.

Mama macht Nicole ein Zeichen. Sie erhebt sich und reicht Cécile ohne Umstände die Hand. „Wollen wir die Eltern jetzt allein miteinander reden lassen?" schlägt sie vor. – Die Giftnudel rührt sich nicht. Sie schaut noch immer Herrn von Saint-Aimond an. „Ich wollte ja niemand beleidigen", sagt sie. „Ich wollte nur erklären, warum Stéphane nicht hier ist. Um so mehr, als er nicht bereit ist, zurückzukommen, was ja auch niemand etwas angeht."

Diesmal bemächtigt sich Nicole gebieterisch der Hand Céciles, die bereits aufsteht. Herr von Saint-Aimond hält sie an und wendet sich an die Eltern: „Falls Sie es nicht für ungehörig halten – aber ich habe eigentlich immer gefunden, daß man Familienangelegenheiten miteinander, eben in der Familie regeln sollte." – „Das meint Großmutter auch", sagt die Giftnudel und setzt sich wieder hin. „Und im Hinblick auf Familienangelegenheiten: falls Sie etwas vorbeiflitzen sehen, das wie eine Schlange aussieht, regen Sie sich nicht auf. Die gehört mir und beißt nicht. Sie können mich übrigens duzen, das ist einfacher." – Die Saint-Aimonds schauen einander fragend und beunruhigt an. Papas Lachen schiebt sich zwischen sie: „Ja, sehen Sie, unsere Tochter hat manchmal seltsame Einfälle", sagt er und umfängt Cécile mit nachsichtigem Blick, die ob solcher Wandlung der väterlichen Natur vor Bewunderung wie angenagelt dasitzt. „Diese – hm . . . Schlange ist in Wirklichkeit ein Maskottchen!" – „Und ganz harmlos", hilft Mama nach. – „Manche sammeln Mäuse, Hamster und Meerschweinchen", läßt Nicole noch einfließen, „in Kalifornien waren eben Reptilien Mode." – „Und Taranteln womöglich", sagt Frau von Saint-Aimond. – Nicole lacht: „Welche Frau würde zögern, wenn sie zwischen einer Schlange und einer Spinne zu wählen hätte, nicht wahr?"

Jetzt sind die Saint-Aimonds an der Reihe mit dem Beobachten des Teppichs. Sie sehen nicht mehr ganz so stolz aus, steigen jedoch zu unserer Erleichterung auch nicht gleich auf das Sofa!

Da sie nichts herumkriechen sehen und die heitere Gelassenheit der ganzen Familie sie beruhigt – sogar Claire hat inzwischen ja beide Füße wieder auf dem Boden –, wenden sie sich erneut an Cécile. „Du sagtest, deine Schwester und Stéphane hätten unseretwegen miteinander gestritten?" – „Wenn es um Liebe oder Familie geht", sagt die Giftnudel, „so wählen die Leute zumindest in den Romanen im allgemeinen ja immer die Liebe. Bernadette aber nicht. Sie hatte beschlossen, Ihnen Ihren Sohn zurückzugeben." – „Und warum hat sie sich so entschieden – deiner Meinung nach?" fragt Herr von Saint-Aimond. – „Wegen der Unterschiede", antwortet Cécile düster. Die Eltern schauen einander an. Claire hängt am Marterpfahl. Nicole hat sich so gesetzt, daß sie den Blick der Giftnudel abfangen könnte, aber die hat nur Augen für ihren Gesprächspartner und er übrigens auch nur für sie. Mir scheint, als sei ein Lächeln über sein strenges Gesicht gehuscht. „Welche Unterschiede?" fragt er.

„Das Schloß zum Beispiel, die Yacht, die Bilder; Chauffeur, Gärtner, Golf spielende Mädchen, Klassenkampf und das alles!“ Sie hat nichts ausgelassen und uns nichts erspart. Ich weiß nicht, ob ich mich mehr unseretwegen schäme oder wegen der Saint-Aimonds. Was können sie darauf antworten? Diese Unterschiede bestehen wirklich. Ich habe sie gesehen, mit den Händen berührt und mir gesagt: „Es ist sinnlos.“

Frau von Saint-Aimond scheint übrigens k. o. zu sein. Sie wagt nicht mehr, zu Mama hinüberzuschauen. Man könnte meinen, daß Claire gleich anfangen wird zu weinen. Und plötzlich geschieht etwas Unerhörtes: Stéphanes Vater bricht in Lachen aus. Er lacht so schallend, daß sein Ordensband sich verschiebt. Als er Céciles entgeistertes, besorgt fragendes Gesicht sieht, fängt er nochmals an. Und da keimt in mir eine ganz kleine Hoffnung. Bernadette liebt Menschen, die lachen können. Sie könnte ihn also liebgewinnen ...

Er legt unserer Schwester die Hand aufs Haar. „Hör' gut zu“, sagt er. „Das Schloß von Saint-Aimond – oder vielmehr das, was davon noch übrig ist – beherbergt tatsächlich reinrassige Bewohner – nämlich Kühe! Genau fünfunddreißig. Mein Großvater war Landwirt wie schon sein Vater. Ihr Golfplatz war das Rübenfeld, und er hat immer nur seinen Traktor fahren können! Weder mein Vater noch ich haben diese Erdverbundenheit geerbt – sonst wäre ich nicht hier, sondern dort. Ein Vetter von mir hat die Bewirtschaftung wieder in Angriff genommen. Das mit dem Boot stimmt. Wir haben eins, weil das Meer der schönste Ort zur Entspannung ist, wenn du das ganze Jahr über im Büro eingesperrt bist. Chauffeur – stimmt auch, weil ich im Auto meine Akten studiere. Und ob nun deine Schwester Golf spielt oder nicht, das ist uns doch völlig egal, aber ...“ Er unterbricht sich, schaut jetzt meine Eltern an. Plötzlich erinnern sich alle daran, wo sich diese Schwester in diesem Augenblick befindet!

„Das einzige Mal, als wir Bernadette sahen, hat sie uns schrecklich – na, sagen wir – überfahren!“ – Mama beugt sich vor; sie möchte überzeugen, aber sie wahrt ihre Würde:

„Bernadette hat Angst gehabt. Man muß sie verstehen. Sie liebt Stéphane – und fürchtete, Ihnen nicht zu gefallen." – „Und da hat sie sich gesagt: ‚Dann kann ich ebensogut voll aufdrehen!'" antwortet Frau von Saint-Aimond und lächelt Mama zu. „Ich frage mich wirklich, was für ein Bild unser Sohn ihr von uns gezeichnet hat."

Was Mama da eben gesagt hat, wollte ich schon in Neuilly vorbringen. Aber ich habe geschwiegen, weil es mir wie Verrat an meiner Schwester vorgekommen wäre. Es hätte ja auch sein können, daß die Saint-Aimonds nicht zu uns kommen . . . Mama hat recht. Man muß ihnen alles sagen, und wenn sie es nicht einstecken können, dann haben sie eben Pech gehabt! Mit dieser Angst, zu verraten, zu mißfallen oder zu schockieren, bleibt man immer an Äußerlichkeiten hängen. Wenn Cécile nicht ganz offen von der Yacht und von Klassenkampf geredet hätte, was uns zunächst alle vor Scham in den Boden versinken ließ, hätten wir nie erfahren, daß Stéphanes Großvater Traktor fuhr und das Schloß derzeit von Kühen bewohnt wird.

Cécile lauscht mit angehaltenem Atem. Gut gemacht, kleines Mädchen! Sie schaut Stéphanes Vater von Kopf bis Fuß an, als glaube sie noch nicht so recht daran und müsse erkunden, ob er nicht etwa ein Paar Holzpantinen anhabe. Jetzt mag sie ihm alles sagen, was sie will! Soll sie ihn doch nach Hutweite und Schuhgröße fragen; niemand stößt sich mehr dran!

„In einem Haushalt mit Mädchen geht's offenbar recht lebhaft zu, nicht wahr?" fragt Monsieur meinen Vater. – „Man kommt tatsächlich kaum zum Verschnaufen", gibt Charles zu und fährt mit düsterem Blick auf Cécile fort: „Manchmal ist ihr Tempo schwer zu ertragen." – Saint-Aimond heftet seinen Blick wieder auf die Giftnudel. „Du bist also die letzte!" – „Ja, gewissermaßen das Post-Skriptum", seufzt sie. – „Ich hätte gerne Töchter gehabt, glaubst du mir das?" – „Das sagte Stéphane auch in bezug auf Schwestern", bemerkte Cécile, „aber er meinte, daß er ja in La Marette drei auf einen Schlag gefunden habe. Bernadette zähl' ich natürlich nicht mit; Sie wissen ja, warum!" – Nach diesem Wort überstürzen sich dann die Ereignisse. Zwischen den Holzscheiten am Kamin flitzt ein schwarz-weißer Blitz hervor, durchquert das Wohnzimmer und verschwindet unter dem Tisch, über den ein antiker Teppich bis zum Boden herabhängt. Früher einmal war das auch unser Lieblingsversteck, weshalb mein Herz vor Freude einen Sprung tut. Claire hat wohl nichts gesehen, sie ist in den Anblick des Perlenarmbands von Madame de Saint-Aimond vertieft. Cécile winkt mir zu, steht ganz ruhig auf und geht mit gleichmäßigem Schritt den Käfig holen. Vorsichtig nähern wir uns dem Tisch. Auch Papa steht jetzt – und bietet unseren Gästen mit unsicherer Stimme Whisky an. Nicole hat sich zu uns beiden gesellt. Und dann geht alles sehr schnell. Während sie und ich den Teppich hochhalten, verschwindet Cécile unter dem Tisch, und als sie zerzauster denn je wieder auftaucht, ist der Käfig wieder bewohnt. „Der Kapitän hat wieder im Hafen angelegt!" verkündet sie und geht wie vorher gemessenen Schrittes zur Tür. – „Zeigst du uns dein Maskottchen denn nicht?" fragt Herr von Saint-Aimond. Cécile macht kehrt und stellt den Käfig auf meinen Kaminhocker. Die Schlange liegt mit aufgerichtetem Köpfchen darin. Claire schweigt versteinert. Die Eltern lächeln verstohlen. Frau von Saint-Aimond ist ein bißchen zurückgewichen, bemerkt dann aber: „Schachbrettmuster – ich wußte gar nicht, daß es so etwas gibt!" – „Auf der Welt gibt es zweitausenddreihundert Arten von Schlangen", lehrt uns Cécile, „und keine gleicht der anderen. Das macht doch nachdenklich, nicht?" – „Bei meinem Großvater", erzählt Monsieur de Saint-Aimond, „stellten wir immer Schüsselchen mit Milch an den Ausgang von Schlangennestern und warteten tagelang auf sie. Aber wir wären nie auf die Idee gekommen, sie fürs Haus zu zähmen. Ich fürchte, unsere Eltern waren weniger verständnisvoll als die deinen." – „Meine Eltern sind Klasse", sagt Cécile mit treuherzigem Blick auf Papa. „Möchten Sie das Vieh streicheln? Es tut Ihnen nichts." – „Nein danke!" sagt Monsieur nachdenklich. Aber er bringt den Mut auf, mit dem Finger zwischen die Gitterstäbe zu fahren, worauf die Schlange alsbald zurückweicht.

Die Familie wagt kaum zu atmen. Cécile doziert unterdessen: „Nur weil ihre Schuppen so glänzen, glaubt man, daß sie klebrig sind." – „Wie hast du sie vorhin genannt?" fragt Monsieur de Saint-Aimond. – Jetzt wird die Giftnudel rot. „Kapitän", erklärt Cécile, „und Fouroux nenne ich ‚Die Schlange'. Das muß man gesehen haben, wie der aus dem Durcheinander mit dem Ball herausgeglitten kommt. Und für mich ist er der König des Rugby!" – „Na, darüber unterhalten wir beide uns noch!" sagt Stéphanes Vater.

Nicole steht plötzlich auf, und wir wissen ihren Gesichtsausdruck erst zu deuten, als sie die Küchentür aufmacht und Rauch herausquillt. Heute abend werden wir kein selbstgebackenes Brot zu essen kriegen!

„Ich mache dir einen Vorschlag", sagt Cécile zu Herrn von Saint-Aimond. „Wie wär's, wenn wir beide Stéphane überraschten?"

31

Der „Herz"-Fisch

Als sie ankamen, hielt sich Stéphane in dem kleinen Haus auf, das zur Tankstelle gehört. Hinter dem erleuchteten Fenster erkannten sie sein Gesicht. Er las. Beim ersten Hupenton stand er auf, kam zum Auto, öffnete, als tue er seit hundert Jahren nichts anderes, den Tank und hielt den Schlauch hinein. Erst danach kam er zur Wagentür. Da nahm Herr von Saint-Aimond den Hut ab, unter dem sich zu verstecken Cécile ihn gebeten hatte, und sagte: „Mein Sohn, man bedient den Kunden nicht, bevor man sich nicht vergewissert hat, daß er auch wirklich Super haben will." Als er seinen Vater erkannte, hat Stéphane anscheinend vor Schreck den Schwamm fallen lassen, mit dem er gerade die Windschutzscheibe reinigen wollte. Cécile erzählte mir: „Du, ich weiß jetzt, was das heißt ‚die Augen fielen ihm schier aus dem Kopf'. Ich hätte fast die Hand aufgehalten, um sie aufzufangen!"

Herr von Saint-Aimond wartete lächelnd, bis der erste Schreck vorüber war. Stéphanes Mutter aber konnte es nicht abwarten. Sie stieg aus dem Auto und warf sich ihrem Sohn in die Arme. Am erstauntesten war wohl der Lastwagenfahrer hinter ihnen, der auf sein Dieselöl wartete. Von oben aus seinem Führerhaus herab beobachtete er, wie der ölverschmierte Tankwart die Dame mit den Perlen an sich drückte – und vergaß in seiner Verblüffung, ungeduldig zu werden. Cécile ist sogar noch zu ihm hingegangen, hat ihm die Situation erklärt und ihn gebeten, doch bitte nicht zu hupen, um hier nicht etwa einen Traum zu zerstören. Er hat ihr eine Zigarre angeboten, und unter diesen Umständen hat Cécile sich erlaubt, die Zigarre anzunehmen und für Papa in die Tasche zu stecken.

Stéphane hatte seine Eltern schon seit mehreren Wochen nicht mehr gesehen. Als er den Tank gefüllt und den Laster abgefertigt hatte, führte er die Eltern in das Häuschen, wo er ihnen etwas zu trinken anbot. Cécile hatte sich zwar bereit erklärt, die Zapfsäule solange zu überwachen, damit die Saint-Aimonds an einen bequemeren Ort fahren und miteinander reden könnten, aber dieser Vorschlag wurde abgelehnt.

Was sie einander sagten, konnte Cécile nicht wiederholen;

denn diskret wie sie ist – oder sein kann! – war sie im Auto sitzengeblieben unter dem Vorwand, sie sei ganz verrückt auf die Musik im Radio. Sie haben wohl eine Stereo-Bandanlage im Wagen und die vordere Ablage ist vollgestopft mit Kassetten. Leider alles nur klassische Musik! Cécile hat vor, da Abhilfe zu schaffen . . .

Diese letzte Nacht vor der Operation war dann noch sehr schön und geruhsam. Claire thronte in meinem Bett, Cécile und ich zu beiden Seiten auf den Matratzen. Die Prinzessin schläft flach wegen der Kopfhaltung und hatte uns daher Kissen und Nackenrolle überlassen. Der Kapitän war in der Garage eingeschlossen worden.

Wir redeten und redeten . . . Nach einem solchen Tag schien es uns unmöglich zu schlafen, und überhaupt war zwischen uns so eine besondere Art von Verschworenheit entstanden, die man durch den Schlaf nicht gleich wieder kaputtmachen wollte. Wir unterhielten uns immer noch, als die Nacht schon verblaßte und über unseren Köpfen zu Claires großem Schrecken die Vögel erwachten. Ich weiß ja nicht, wieviele Nester sie sich da oben gebaut haben, aber wenn sie mit den Flügeln schlagen, kann man schon denken, das Dach werde gleich davonfliegen.

Ich erinnere mich nicht mehr, über was wir alles geredet haben. Das kommt zweifellos von der Müdigkeit: wir fühlten uns wie in einem Rausch. Es ging nicht etwa die ganze Zeit um Bernadette! Ich glaube, wenn man bei einem Kranken oder einem Toten wacht (letzteres hat hier natürlich nichts zu sagen!), ist das so ähnlich. Er ist ständig im Geiste anwesend, neben uns mit seiner Vergangenheit, mit allem, was er bedeutet hat, was man so gern für ihn getan hätte und was man sich vornimmt, noch für ihn zu tun, falls dafür noch Zeit bleibt, ohne zu ahnen, daß man es wieder vergessen wird. Trotz allem kann man aber auch sehr gut an andere Dinge denken: an einen Spaziergang, an den alten buschigen Baum, der da mitten aus einem Feld herausragt, um einer Herde Schatten zu spenden, an einen jener Augenblicke gemeinsamer Freude, in denen Tod und Leiden sich nur undeutlich als sonnenumflutetes Damoklesschwert am Horizont abzeichneten . . .

Gegen sechs Uhr sind die Eltern aufgebrochen. Obwohl sie alles mögliche taten, um niemanden zu wecken, hörte ich ihre Schritte auf dem Kies und ging hinunter in die Küche. Dort roch es noch nach verbranntem Brot. Mag sein, daß die Arbeit mit den Händen tatsächlich sehr wichtig ist, aber sie kann ebenso danebengehen wie alles andere! Über dem viel kleiner wirkenden Garten wurde es gerade erst hell. Wir waren also schon auf dem Weg in den Herbst. Wie kurz ist doch ein Sommer!

Ich setzte gerade das Kaffeewasser auf, als Antoine heraufkam. Er trug jenen Pyjama, den ich gestern abend zwischen meinen Fingern zerknautscht hatte. Er nahm mir den Kessel aus der Hand. „Setz' dich! Kaffeemachen ist Männersache." Ich sah zwar gar nicht ein, weshalb, aber ich gehorchte. Es tat mir wohl, einem Mann zu gehorchen, der nicht mein Vater war. Ich schaute zu, wie Antoine mit fester und doch behutsamer Hand das Kaffeepulver in den Filter tat und ich wünschte mir, von diesen Händen berührt zu werden. Ich schaute ihm zu, wie er nach und nach Wasser über das Kaffeepulver goß und hätte das ewig tun mögen, mir gewünscht, daß das Leben aus dieser ruhigen, langsamen Bewegung ohne Überraschung bestünde. Um das ganze noch hinauszuzögern, habe ich Antoine auch noch den Tisch decken lassen . . . Jetzt war es sieben Uhr fünfzehn, Bernadette hatte also schon ihre ersten Spritzen bekommen. Nun konnte man nichts mehr verhindern. Der Mann, der sie in den Operationssaal schieben würde, machte sich sicherlich gerade fertig, und der Professor auch. Weiß! Alles weiß! Die Eltern würden gerade ankommen. Papa hatte gebeten, bei der Operation assistieren zu dürfen. Kann man das? Mama wird draußen warten. Ich nehme an, sie wird beten. Nur ruhig, sie wird ihr Gottvertrauen behalten!

Antoine füllte unsere Tassen, meine zuerst. Er fragte mich, wieviel Zucker ich wolle, und ich antwortete: „Drei wie üblich und ein bißchen Milch, bitte!“ Er bediente mich, und ich fing sofort an zu trinken, denn das konnte er ja nicht auch noch für mich tun!

„Du hast wohl nicht sehr viel geschlafen?“ fragte er. „Gar nicht“, erwiderte ich schnell und übellaunig, obgleich doch die letzte Nacht in gewisser Hinsicht ein Fest gewesen war. Aber ich spürte nur noch Aschenreste in mir.

Dann sagte er auch noch: „Weißt du, was ich an dir bemerkt habe? Du bist unzufrieden mit dir selbst!“ Und da brach alles auf einmal aus mir heraus. Es lag wohl an diesem Pyjama und an dem Frühstück, das er für mich zubereitet hatte, und an der Tatsache, daß ich alles in mir aufstaue, statt es wie andere allen zu erzählen. Ich sehe unzufrieden mit mir aus? Vielleicht; aber mit den anderen bin ich auch nicht zufrieden – und mit dem Leben am allerwenigsten. Sally! Bernadette! Immer öfter erhebt sich etwas in meiner Brust und fragt „Warum?“ oder schreit „Nein!“, ohne die Antwort abzuwarten. Noch im Winter war ich sanft, umgänglich und mochte alles und jeden. Jetzt fühle ich, wie ich hart und aufsässig werde, manchmal fast bösartig. Ich möchte ausschlagen, auf andere losgehen. Auf jeden Fall hab' ich keine Lust mehr, brav im Geschirr zu gehen, und hab' doch Angst davor, mich eines Tages wider Willen darin eingespannt zu sehen.

Antoine hat nicht ein einziges Mal gelächelt. Er schaute mich an, als ob er durch mich hindurch in der Ferne jemand, den ich noch nicht kenne, betrachtete und sagte: „Gut, sehr gut! Du suchst dich selbst. Das kleine Mädchen, das alle mochte, warst du, als du noch in jenem Kokon von Liebe und Zärtlichkeit eingesponnen warst, in dem du aufgewachsen bist. Das junge Mädchen, das sich empört und um sich beißen möchte, bist du auch, nur entdeckst du jetzt erst, daß die Welt nicht immer ganz so freundlich ist, wie du dachtest! Wir gehen alle den gleichen Weg. Zuerst sieht man nicht, nachher will man nicht sehen, und manchmal geht es das ganze Leben hindurch so. Schließlich nehmen manche es hin, wie es ist, was nicht heißen soll, daß sie sich geschlagen geben.“ Ich war also noch bei der Auflehnung. Und gedachte auch dabei zu bleiben! Hinnehmen, wie es kam? Niemals! Nur wer bereits alt ist, sagt, daß das noch nicht „altwerden“ heißt, wenn man einfach hinnimmt, was das Leben einem bringt.

Antoine füllte meine Tasse zum zweitenmal, auch die seine, dann setzte er das Wasser wieder auf, damit es für die Nachfolgenden heiß bleibe. Nun war es fast acht Uhr. „Weißt du“, erzählte er mir, „im Mittelmeer gab es früher einen Fisch namens ‚Herz‘. Der lebte in der Nähe der Küste unter Felsen, kam nur selten hervor, war aber sehr zutraulich. Wenn man ihn harpunierte, verteidigte er sich nicht, er versuchte nicht einmal zu fliehen. Diese Fischart ist im Aussterben begriffen. Das wohlbehütete Kind ist wie dieser Herzfisch. Es sieht den Fischer nicht. Auch wenn es unter seinem Felsen bleibt, riskiert es, gefangen und gefressen zu werden.“ Er sah meinen Blick nach dem Wecker, und seine Hand tastete über den Tisch nach meiner. „Ja“, sagte er, „jetzt haben sie angefangen mit Bernadette. Jetzt wird sie endlich Erleichterung finden!“

Nicole, dann Cécile und Claire sind zu uns herunter gekommen, und alle haben Kaffee getrunken. Um neun Uhr rief Charles an. Alles war wunderbar verlaufen. Wir brauchten uns nur noch auf die Rückkehr unserer Schwester vorzubereiten!

32

Der lange Schlaf

Am Morgen nach der Operation ist Cécile mit Nicole weggefahren, als feststand, daß es mit Bernadette nur noch bergauf gehen würde. Cécile sah sehr zufrieden aus. Nicole hatte zugestimmt, den Kapitän im Kofferraum des Wagens mitzunehmen, und alle hatten dem lieben Kleinen „Auf Wiedersehen" gesagt. Sogar Claire! Weshalb hatte sie dann so ein Theater gemacht? Dennoch hat Papa der Giftnudel eingeschärft, ihr Maskottchen doch bitte in Montbard zu vergessen, zumal es ja seine Pflicht gegenüber Bernadette erfüllt habe. Cécile hat aber keine fest Zusage gegeben. Kurz vor ihrer Abfahrt bekam sie ein Expreß-Paket: ein schönes Buch über Schlangen mit einem Gruß von Herrn von Saint-Aimond. Sie hat es mitgenommen.

Erst als ich das Tor hinter ihnen geschlossen hatte, überkam mich die große Müdigkeit. Ich ging zum Haus zurück, und alles in mir war schwer und zog mich zu Boden. Ich hatte das Verlangen, mich hinfallen zu lassen, zu versinken und weit fort zu sein von allem Lärm, von all den Ereignissen, überhaupt von allem, was wir gerade durchlebt hatten.

Ich habe Claire gebeten, mich nicht zu stören, habe meine Fensterläden geschlossen, mich unter meinem Federbett versteckt und angefangen zu schlafen. Drei Tage lang, fast ohne Unterbrechung. Morgens hörte ich die Eltern hinuntergehen, vernahm das Frühstücksgeklapper, und der Geruch von Toast stieg bis in mein Zimmer hinauf, sofern ich mir das nicht nur einbildete. Dann hörte man auf dem Kies das Geräusch des Autos, das die Eltern nach Paris entführte – sie verbrachten all ihre Zeit bei Bernadette –, schließlich dann das Knarren des sich wieder schließenden Gartentors.

Dann streckte ich meine Beine lang aus. Nun konnte ich

wieder einschlafen. Bis zum Abend würde mich keine Menschenseele stören. Ich schlief nicht die ganze Zeit. Manchmal machte ich Licht, aber ich öffnete nie die Fensterläden, denn ich wollte gar nicht wissen, wie draußen das Wetter war, welche Lichtverhältnisse im Garten herrschten. Es geschah sogar, daß ich ein Buch zur Hand nahm oder Radio hörte: irgendein Buch, irgendein Lied. Ich verließ mein Bett nur gegen sechs Uhr abends, um das Essen vorzubereiten. Wenn die Eltern heimkamen, hielt ich mich im Wohnzimmer auf. Den Rest der Zeit aber verbrachte ich in meinem Bett.

Es schien mir, als ob das ganze Haus mit mir schlafe. Ohne Bernadette, Cécile und Nicole war es tatsächlich auch in Schlaf gefallen. Gefallen! Das war das richtige Wort! Nach so ausgefüllten Tagen konnte man sich nur noch ins Leere fallen lassen. Ich hatte keine Lust, daraus wieder emporzutauchen. Das Klingeln des Telefons riß La Marette und mich jedesmal wie aus einem Winterschlaf, ebenso das Rattern der Lastwagen, das die Wände erzittern läßt. Das Tuckern der Kähne auf dem Fluß kann man ertragen, und die Ausläufer der langen Bugwelle, die sie hinter sich herziehen, schlagen abgeschwächt an die Uferböschung.

Als eines Abends Charles ankündigte, nun könnten wir Bernadette bald besuchen, war ich davon gar nicht begeistert. Im Gegenteil!

Claire war mehrere Male zu mir heraufgestiegen, um nachzusehen, was mit mir los sei. Da sie mich jedesmal im Bett vorfand, hat sie den Eltern wohl beunruhigt erzählt, wie ich meine Tage verbrachte; denn am dritten Abend nach dem Essen fragten sie mich besorgt, ob ich mich auch wohlfühle.

Ich wußte ihnen nichts anderes zu erwidern, als daß ich mich dauernd müde fühle. Nein: krank war ich nicht, hatte weder Fieber noch besondere Beschwerden, empfand nur dieses Verlangen nach Dunkelheit und Stille, diese Notwendigkeit, Winterschlaf zu halten.

Antoine war auch da. Ich sagte ihm, mit mir stehe es wie mit dem Herzfisch. „Ja, man kommt nicht gleich beim ersten Ruderschlag unter seinem Felsen hervor", antwortete er. Die Eltern begriffen nicht, und er mußte ihnen die ganze Geschichte noch einmal erzählen.

Als am nächsten Morgen nach ihrer Abfahrt das Tor wieder zuschlug, streckte ich meine Beine wie jeden Tag aus, um mich der Ruhe hinzugeben. Aber es war nicht mehr dasselbe: es war, als hätte ich von neuem den Ruf des Meeres gehört.

Ich behielt die Augen offen. Und wenn die Welt nur aus Stille und Dunkelheit bestünde? Wenn es weder die Sonne gäbe noch den Wind noch jene Vögel, die sich abends in Scharen im Schutz der Äste niederlassen? Die Welt hätte ja auch aus dieser Unbeweglichkeit bestehen können, ohne Stürme, die ihr Aussehen verwandeln, immer im selben Farbton gehalten, nämlich im Farbton der Gleichgültigkeit . . .

Ich stand auf und öffnete die Fensterläden. Es war noch Sommer, es roch nach heißen Blättern, knisterte im Licht und war voller Kraft, so daß ich Lust bekam, mich mit geschlossenen Augen da hineinzustürzen. Ich fühlte mich schwach, hatte den Eindruck zu schweben wie nach meiner Blinddarmoperation, als ich an Mamas Arm geklammert einherwankte.

Claire fand ich neben dem Wasserbecken. Sie sonnte sich nackt, war ein Teil des Gartens. *Sie* versteckte sich nicht unter irgendeinem Felsen!

Sie öffnete die Augen und sah, wie ich sie anstarrte. „Was ist mit mir? Hab' ich Pickel?" – Ich antwortete wahrheitsgemäß „Nein!" – Sie schien zufrieden zu sein, daß ich zu ihr heruntergekommen war. Würde ich so gut sein, uns beiden einen Tomatensalat mit hartgekochten Eiern und wenn möglich mit Oliven zuzubereiten?

Als wir den Salat draußen, auf dem Rasen sitzend, aßen, erzählte Claire, daß während meines Dauerschlafs Béatrice angerufen habe. Béatrice, Béa, ist meine beste Freundin. Übrigens fast meine einzige, und sie ist es, die mich zur Freundin erwählt hat – nicht umgekehrt. Ihr Leben ist das Gegenteil von meinem: Totale Unabhängigkeit. Ihre Eltern sind geschieden. Sie ist in der Wohnung geblieben, die sie zu dritt bewohnt hatten, als sie einander noch verstanden. Der Vater ist Diplomat und fast ständig unterwegs. Die Mutter lebt mit einem anderen Mann zusammen. Béa verwendet ihre Zeit, wie es ihr paßt. Sie scheint nicht darunter zu leiden. Ich nehme an, man gewöhnt sich auch an die Freiheit – wie an alles andere. Anfangs macht man eine Riesengeschichte daraus – und nachher ist alles Routine. Nieder mit der Routine! Béa ist nur ein einziges Mal nach La Marette gekommen. Warum? Weil der Anblick einer intakten Familie sie bedrückt . . .

Ich habe sie angerufen. Sie sei noch zwei Tage lang in Paris und brenne darauf, mich zu sehen. Also nahm ich noch an jenem Nachmittag mein Mofa, Stadtbahn und Métro und fuhr wieder einmal ins Quartier Latin. Ich erkannte es fast nicht mehr wieder. Der Sommer hatte es mir gestohlen. Die Straßencafés waren voller Ausländer oder Touristen. Das Geschäft, in dem ich immer meine Farbstifte kaufe, hatte die Rollbalken herabgelassen und zwischen den Alleebäumen strömten staubbedeckte Afrikaner dahin, die Charlie Chaplin ähnlich sahen, aber niemanden so interessierten wie er.

Ich ging durch den Park des Luxembourg. Seine Kastanienbäume wurden schon bräunlich – dank der Autoabgase, vermute ich. Man sah nur wenige Kinder, und auch diese sprachen ausländisch. Ich bin eilends weitergegangen. Nur her mit dem Winter, der mir meinen Park wieder zurückgeben wird! Nicht zu ändern, wenn man dafür Geometrie, Geschichte und Naturwissenschaften mit in Kauf nehmen muß. Ich sage zwar „Nieder mit der Routine“, aber Veränderungen liebe ich gar nicht!

Béa packte ihre Koffer. Sie hat zwei Wandschränke

vollgestopft mit Clochard-Kleidung, die sie sehr sorgfältig bei irgendwelchen Trödlern auszusuchen pflegt. Auf dem Bett thronte ein Paar Skistiefel. Sie erklärte mir, sie fahre noch an diesem Abend mit einem Club zum Sommer-Wintersport. Frühmorgens werde sie Skilaufen und nachmittags Tennis spielen; außerdem baden und tanzen. Das große Leben! „Und du?" – „Ich bleibe in La Marette." – „Das kannst du *mir* doch nicht erzählen!" – Wir hatten wieder zu unseren guten alten Gewohnheiten zurückgefunden: nämlich verschiedene Salate auf dem Sofa des Wohnzimmers zu essen und dabei die Füße auf den chinesischen Tisch, eine Rarität von unschätzbarem Wert, zu legen. Ich habe ihr alles erzählt. Diesmal nicht die Bourgogne, dafür Kalifornien. Nicht die Normandie, dafür La Marette. Als ich bei Sally angelangt war, hatte ich plötzlich Angst davor, wie Béa reagieren würde. Ihr Lachen hätte ich nicht ertragen. Ich wäre würdevoll von dannen gegangen – trotz all ihrer Rufe. Und ich hätte sie lange Zeit nicht mehr wiedergesehen; denn ich hätte ihr das niemals verziehen.

Sie hat aber nicht gelacht, sondern sich alles ohne Unterbrechung angehört und zum Schluß nur gesagt: „Saukerle!". Ich hab's mit ihr zusammen wiederholt „Saukerle!". Ich hoffe, wir meinten dieselben!

Ich habe auch von Bernadette erzählt. So eine Freundin wie Béa tut einem doch gut! Als wir mit allem fertig waren – Mais, Avocados, Palmenherzen, Schinken, Eiern, Käse, Crèmeschnitten und meinem Bericht über die letzten Wochen – da schaute sie mich an und sagte zu mir: „Meine gute Alte, du hast dich vielleicht verändert!" – Ich fragte sogleich: „Sehe ich jetzt hartgekocht aus?" – Da lachte sie. „Es ist dein Blick. Du schaust anders drein als früher!"

Ich erinnerte mich an das, was Antoine zu mir über den Kokon, gesponnen aus Zärtlichkeit, gesagt hatte. Bei ihr ist es schon lange her, daß sie da herausgeschlüpft ist. Falls sie überhaupt jemals einen Kokon hatte! Ich wußte wirklich nicht mehr, was ich denken sollte. Ist es besser, wenn man gleich hart wird? Irgendwie hat man ja gar keine Wahl. Als Kind ist man gezwungen, zu nehmen, was da kommt. Zum Kotzen ist das! – Sie hat auch noch gesagt: „Es ist ja dein gutes Recht, dich zu ändern, aber nicht zu sehr!“ Sie begriff nicht, warum ich sie küßte. Ich übrigens auch nicht! Und als ich's nochmals versuchte, stieß sie der Form halber ein paar Schreie aus: *Ich* sei ja vielleicht von den Männern enttäuscht; aber *sie* äße nicht von diesem Brot, damit sei ich bei ihr an die Falsche geraten. Das war boshaft; aber es hat mich auf jeden Fall wieder mit dem Leben versöhnt!

Als ich nach Hause kam, sagte ich Mama, daß ich beschlossen hätte, das Gittertor frisch zu streichen. Das arme Ding hätte es schon längst nötig gehabt. Stellenweise findet sich schon Rostfraß, der die Farbe abblättern läßt, wenn man das Tor zuschlägt. Wo Bernadette zum Öffnen und Zuknallen mit ihren Stiefeln dagegentritt, sieht es aus, als ob es blute. Ich möchte es dunkelgrün streichen wie das Tor bei den Saint-Aimonds.

Papa und ich sind nach Pontoise gefahren, um das nötige Material zu kaufen: Mennige, verschiedene Pinsel und eine wetterfeste Spezialfarbe, die man in Anbetracht ihres Preises weiß Gott nicht auf dem Kies ausgießen wird ... Ein Kratzeisen zum Abschaben der alten Farbe haben wir selber.

„Na, Doktor“, sagte der Farbenhändler, „wollen sie diesmal das Haus kurieren?“ – „Nicht ich, meine Tochter“, antwortete Papa und legte mir die Hand aufs Haar – und das sagte alles. Auf dem Heimweg fuhr er langsam. Er schien es ausnutzen zu wollen, daß wir beide einmal allein waren. Ich war mir schon gar nicht mehr so sicher, ob ich mich geändert hatte seit der Zeit, als ich ihn insgeheim und hinter Mamas Rücken bat, mich zu heiraten ...

Ich fragte ihn, was eigentlich nun mit Stéphane sei und ob

Bernadette von ihm gesprochen habe. Er antwortete nicht sogleich, was bewies, daß die Sache problematisch war. Langsam fuhr er an den Straßenrand und betrachtete dort ein Wasserloch, in das jemand einen alten Reifen geworfen hatte. Dann sprach er.

Körperlich erholte Bernadette sich gut. Sie hatte keine Gedächtnisstörungen mehr, schien sich wieder erinnern zu können, hatte noch etwas Kopfschmerzen, aber das war ganz normal. Jedenfalls war Bernadette noch Bernadette – und sogar *zu sehr* Bernadette! Vaters Stimme war ein wenig zornig bei diesen Worten. Weil es für alle einfacher zu bewältigen gewesen wäre, wenn meine Schwester inzwischen ein bißchen von ihrem Stolz eingebüßt hätte. Aber nein; und dann erzählte er mir die Geschichte von dem Blumenstrauß. Nach der Operation hatten die Saint-Aimonds einen wunderschönen Strauß mit einem Briefchen geschickt. Bernadette hatte nicht reagiert. Aber als die Eltern am nächsten Tag wiederkamen, war der Strauß verschwunden – nach Aussage der Schwester ins Nebenzimmer geschickt, zu einer jungen Frau, die gerade entbunden und noch nie etwas so Schönes gesehen hatte.

„Da haben wir ihr dann von Stéphane erzählt", sagte Papa. „Wir haben ihr gesagt, daß er sie besuchen möchte. Sie hat ‚nein' gesagt." – „Nein?" – „Kein weiteres Wort!" – „Dann hat sich also nichts geändert?" – „Ich glaube nicht, daß deine Schwester noch Stéphane beschuldigt, sie gedemütigt zu haben", sagte Papa, „aber für sie ist die Zeit in dem Augenblick stehengeblieben, in dem sie ihn vor die Tür gesetzt hat." – „Armer Stéphane!" – „Jawohl, armer Stéphane . . ." seufzte Papa. „Wenn du ihn gesehen hättest, als ich ihm sagen mußte, daß es sinnlos sei, ins Krankenhaus zu kommen!" – Jetzt spürte ich meinerseits einen heiligen Zorn über meine Schwester in mir aufsteigen. „Was also? – Liebt sie ihn, oder liebt sie ihn nicht?" – Papa schaute mich zärtlich an. „Ich glaube nicht, daß sich für deine Schwester das Problem so darstellt. Es geht eher darum: Gibt sie nach oder nicht. Für sie hieße es schwach werden, wenn sie sagen würde ‚Komm zurück'." – „Dann ist sie ja schlimmer als Claire!" – „Claire ist stur, aber nicht so stolz!" Er unterbrach sich. „Das Dümmste an der ganzen verwickelten Angelegenheit ist, daß diese Idiotin ja selbst am meisten darunter leidet!" – „Sie braucht ja nur den Knoten durchzuhauen!"

Ich spürte, daß Papa schon viel über das Problem nachgedacht hatte. Er dürfte oft mit Mama darüber gesprochen haben. „Als Bernadette sich entschied, ihr Leben dem Reitsport zu widmen, wußte sie sehr wohl, daß das schwierig sein würde. Doppelt schwer, weil sie eine Frau ist. Sie begriff, daß vieles ihren Plänen zuwiderlaufen würde. Also setzt sie sich ein Ziel und fegt alles hinweg, was sich ihr entgegenzustellen scheint: die Saint-Aimonds zum Beispiel. Und sogar Stéphane, vielleicht gerade, weil sie ihn liebt und weil sie fürchtet, eines Tages ihm zu Gefallen aufzugeben." Er hatte recht! Und im Grunde war es ungerecht, daß man als Mädchen nicht das, was man beruflich am liebsten tut, mit seiner Liebe in Einklang bringen kann. Ein Mann hätte das gekonnt! – „Glaubst du, daß sie irgendwann einmal ihren Reitstall kriegen wird?" – „Ich wünsche es ihr", sagte mein Vater – aber keineswegs mit fröhlichem Gesicht. Er sagte es ernst, und ich wünschte mir, daß er es uns allen eines Tages mit stolzer Stimme verkünden könne.

Das erinnerte mich an die Geschichte von Tante Marie, der Schwester unserer Großmutter. Sie hatte einen Schiffskapitän geheiratet. Ich kann mich noch an ihr Hochzeitsbild erinnern. Wie stolz der Mann aussah in seiner Uniform und mit diesem Gesicht, das förmlich Meeresluft atmete! Aber für Tante Maries Geschmack war er zu oft fort, und sie quälte ihn unaufhörlich, doch eine Arbeit zu Lande anzunehmen. Daran war er dann regelrecht zugrunde gegangen. Nicht körperlich. Er war schon noch da, ging umher, setzte sich hin, trank seinen China-Tee, antwortete höflich auf Fragen, spielte sogar Bridge. Aber die Flamme in ihm war erloschen, und wenn er einem die Hand reichte, so meinte man, sie gehöre einem Geist.

Als wir nach La Marette zurückkamen, zeigte Papa mir, wie ich es mit dem Tor machen sollte. Der undankbarste Teil der Arbeit bestehe darin, den Rost abzukratzen, meinte er. Dabei dürfe man nicht pfuschen, sondern müsse wirklich reinen Tisch machen. Das Streichen mit Rostschutzfarbe sei dann schon wesentlich erfreulicher. Dabei habe man das Gefühl, Wunden zu verbinden. Und das endgültige Anmalen werde mir großen Spaß machen. Zwei Schichten müsse ich streichen ... Ich verpflichtete mich, Bernadette bei ihrer Rückkehr ein bewundernswert neues Tor zu präsentieren. Ungefähr zehn Tage hatte ich zur Verfügung.

Am nächsten Morgen, gleich nach der Abfahrt der Eltern in Richtung Paris, fing ich mit meiner Arbeit an. Jetzt war ich wach, hatte aber das Bedürfnis, mich an meinem Gartentor festzukrallen. Das Abkratzen war schwierig. Ich gab mir große Mühe, auch nicht den kleinsten Rostfleck dranzulassen. Ich bildete mir ein, andernfalls werde ein Unglück passieren. Trotz der Arbeitshandschuhe habe ich mir einen Fingernagel abgebrochen.

Bernadette mußte einige Tage lang völlige Ruhe haben, und so durften wir sie nicht besuchen. Dennoch gab es gute und fröhliche Augenblicke. So zum Beispiel, als Claire beschloß, einen Kuchen zu backen! Sie ging zu Madame Cadillac und kaufte drei Tafeln Schokolade. Ich sagte nichts, als ich sah, was für eine Sorte sie genommen hatte: Milchschokolade mit geraspelten, in Whisky getränkten Nüssen! So ist sie. Der Hang zum Luxus ist ihr angeboren. Ihr Aspirin nimmt sie gern mit einem Glas Champagner, und wenn wir im Restaurant essen, so kann man sicher sein, daß sie – statt wie alle anderen zu wählen – sich gebratene Seezungenfilets mit erlesenen Champignons, ohne weitere Beilagen, aussuchen wird. Aber das ist dann teurer als eine komplette Mahlzeit, Getränke und Bedienung inbegriffen.

Sie wollte nicht, daß ich ihr beim Teigrühren half. Ich hatte ja mein Gartentor. Alle drei Minuten kam sie, um mich kosten zu lassen, erklärte, sie habe noch nie etwas so Gutes gegessen, und Kochen sei doch eigentlich ein Kinderspiel. Die Schüssel haben wir dann gemeinsam ausgeleckt.

Der Kuchen wurde ein Bombenerfolg. Sogar Antoine hat zweimal davon genommen, obwohl er keine süßen Sachen mag. Die Komplimente hagelten nur so auf die Prinzessin nieder. Ich hatte vier Stunden lang den linken Flügel des Gartentors abgekratzt und davon Muskelkater in den Armen, im Nacken und im Rücken – mich hat kein Mensch beglückwünscht!

Am Tage nach dem Kuchen – Claire war mit Freunden ins Kino gegangen – kamen die Eltern mit Antoine auf sie zu sprechen. Mir wurde ausdrücklich erlaubt, dabei zu bleiben.

Antoine ist erst ungefähr dreißig und eigentlich mehr auf unserer Seite als auf ihrer. Die Eltern erzählten ihm davon, daß unsere Prinzessin jeglicher Überlegung, eine Arbeit anzustreben, ablehnend gegenübersteht und fragten ihn nach seiner diesbezüglichen Meinung.

Antoine nahm sich Zeit zum Antworten. Er sagte, zunächst einmal schätze er Claire sehr; er finde sie glaubwürdig, aufrichtig und zuverlässig. Sie blicke den Dingen auf den Grund, und er halte sie für sehr urteilsfähig – wenn es nur darum ginge! Was das Arbeiten betreffe, so sollte man seiner Meinung nach nichts überstürzen, zumal wir ja die Möglichkeit hätten, sie noch im Hause zu behalten. Wenn Claire jetzt untätig bleiben wolle, so deshalb, weil sie wohl noch nicht zum Handeln bereit sei. Aber irgend etwas reife in ihr, dessen könnten wir sicher sein. Man müsse ihr nur helfen herauszufinden, was das sei.

Ich mochte seine Art zu sprechen und vor allem seinen Blick auf meine Eltern: glaubwürdig, zuverlässig und aufrichtig – auch er. Ich stimmte völlig mit ihm überein, als er sagte, daß wir in einer Gesellschaft lebten, in der man schnell wählen müsse, zu schnell – und manchmal sogar über andere hinwegsteigen müsse, um nach vorn zu gelangen, was wirklich abscheulich sei! Er sagte auch noch, daß er von der besonderen Wirksamkeit dessen, was man heute „Leistung“ nenne, gar nicht so überzeugt sei und vor allem nicht glaube, daß die sogenannten „Motivationen“ immer nur gute seien.

Mama hatte die Ellenbogen auf die Knie gestützt und den Kopf zwischen die Hände gelegt, um genauer zuhören zu können. Ich sah, daß ihre Augen ein klein wenig so wie in Kalifornien leuchteten. Ich spürte ihre vollkommene Übereinstimmung mit Antoine, und wie glücklich sie war, jemanden das aussprechen zu hören, was sie empfand.

Zum Abschluß sagte Antoine, er sei überzeugt, daß Claire eines Tages etwas finden werde, das sie liebe, und dann würden wir noch unser blaues Wunder erleben!

Einen Augenblick lang, als er davon sprach, daß man nur über andere hinweg nach vorn komme, hatte er den Blick abgewandt, als leide er Schmerzen und zum erstenmal erweckte er den Eindruck, daß er aus sich herausging. Wir wußten noch immer nichts von seinem Privatleben. Im Grunde ging seine Stellvertreterzeit ohnehin in zehn Tagen zu Ende; dann würde er uns verlassen. Das erschien mir unmöglich – und eine enorme Ungerechtigkeit!

Vor dem Schlafengehen – ganz gleich wie spät es auch ist – macht Antoine immer noch eine Runde im Garten, um tief durchzuatmen. Wie Bernadette mißt er der Atmung große Bedeutung bei. Er sagt, die meisten Leute machten es verkehrt. Sie pumpen sich mit Luft voll und geben zu wenig ab. Er tut das Gegenteil: er hört gar nicht mehr auf auszuatmen, es ist, als entsende er einen Teil seiner Kraft ins Universum.

Ich wartete im Hausflur, bis er wieder hereinkam. Er sah nicht weiter erstaunt darüber aus, mich dort vorzufinden. Ich gab vor, die Stiefel zu ordnen, was im übrigen unmöglich ist, denn bei uns gibt es außer den Paaren auch viele einzelne.

Ich versuchte, meine Stimme unbeteiligt klingen zu lassen und sagte: „Sie kommen doch wieder, nicht wahr?“ Und erst als ich das sagte, wurde mir bewußt, wie wichtig er mir geworden war.

Er lächelte: „Ja glaubst du, man kann La Marette kennen und es einfach wieder vergessen? Ich sprach vorhin mit deinem Vater darüber: Paris mag ich schon gar nicht mehr.“

Ich empfand jene Freude, die nicht wie ein Sturm über uns kommt, sondern sich mit der süßen Erwartung eines Versprechens in uns einnistet. Er mußte es wohl in meinen Augen gelesen haben. Denn er beugte sich über mich und legte seine Lippen auf meine Wange. Ich fühlte die feuchte Frische noch, während ich in mein Zimmer hinaufstieg. Er wartete, bis ich ganz oben war und löschte dann das Licht im Flur.

Was Paris betrifft, so werden wir morgen Bernadette besuchen. Claire zuerst. Dann ich!

33

Zwei Tränen lassen hoffen

Das Zimmer ist größer als jenes in Pontoise, aber das offene Fenster geht auf einen baumlosen Hof hinaus.

Zuerst sieht man nur ihren Kopf. War es vorher „Hadock rasiert“, so ist es jetzt „Hadock auf türkisch“. Der riesige Verband reicht herunter bis zu den Augenbrauen. Was vom Gesicht zu sehen bleibt, erscheint bedeutender, doch auch zerbrechlicher – gerade noch verschont. Der Mund, die Nase, der Blick. Und sie nutzt die Situation weidlich aus; es macht ihr Spaß, mich beeindruckt zu sehen. „Ja“, sagt sie, „eine Reitkappe ist für mich doch passender, nicht?“ Und sie fügt hinzu: „Du hast aber lange auf dich warten lassen! Was hast du denn die ganze Zeit über getrieben?“ – „Geschlafen! Das hat man dir doch wahrscheinlich erzählt. Und seit heute dürfen wir dich ja überhaupt erst besuchen, stell’ dir vor!“ Ich gebe ihr einen Kuß. Sie riecht völlig anders als die Bernadette von einst – nämlich nach Unbeweglichkeit und Abgeschiedenheit. Auf einem Möbelstück steht ein nichtssagender Blumenstrauß, liegen Bonbons, Bücher. In ihre Kissen gelehnt, betrachtet sie mich schweigend. Ich weiß nicht, ob sie schon wieder die alte Bernadette ist. Aber ihr Blick ist jedenfalls der alte. Ein liebevoller Blick – gewiß –, der aber auch abschätzen und richten kann.

Auf der Decke liegt eine Zeitschrift. Eine selbstverständlich fast nackte Frau lehnt sich an einen Mann im gleichen Kostüm. Wer hat ihr das gebracht? Die Nachbarin, die ihre Blumen bekommen hat? Ich nehme allen Platz in Anspruch, als hätte ich alles mögliche mit hereingebracht, was gar nicht herein darf. Und obwohl wir jetzt seit drei Wochen nur an Bernadette denken, nur von ihr sprechen, fällt mir nichts ein, was ich ihr sagen könnte. Sagte ich irgend etwas, so sprächen wir ja nicht die gleiche Sprache, die nur uns eigene Sprache eines Hauses, in dem man zusammen schläft, ißt, überhaupt alles miteinander teilt. In diesem Augenblick entdecke ich, daß eins der schlimmsten Dinge, die es für mich gibt, so ein Besuch bei jemandem ist, mit dem man normalerweise auf Tuchfühlung zusammenlebt. Jetzt sind die Fäden zerrissen und fesseln jeden an eine andere Stelle. Das ist wie Verrat. Und ich werde gleich wieder gehen; denn ich betrüge Bernadette mit dem Leben!

Ich zeige auf die Zeitschrift, auf das Paar und frage: „Was ist das denn?“ – „Eine Sauerei“, stellt sie fest. Dann schweigt sie, verweigert mir ihre Hilfe, kennt keinen Kompromiß. Jetzt betrachte ich diese glattgespannten Bettücher, die Wasserflasche auf dem Nachttisch, das Vollkornbrot (selbstverständlich!), den garantiert reinen Bienenhonig.

Bernadettes Haut hat all ihre Bräune verloren und sieht schlaff aus.

Sie darf nicht ermüdet werden. Man soll da sein, zuhören, wenn sie sprechen will, ruhig bleiben. „Zwanzig Minuten", hat Papa gesagt. „Mehr nicht!" Wieviele sind es jetzt? Fünf vielleicht. Ich bin sicher, daß Claire das großartig bewältigt hat, doch ich kann ja Bernadette nicht fragen, worüber sie gesprochen haben. Es stimmt, sie sieht traurig aus! Vielmehr düster. Ich möchte am liebsten aufstehen und weglaufen – rennen, fliehen! Diese Starrheit, diese zusammengepreßten Lippen ertrage ich nicht. Es wäre mir lieber, wenn sie mich anschnauzte – oder dummes Zeug faselte wie vor der Operation.

Ich zeige auf den Verband. „Wann nehmen sie dir das denn wieder ab?" – „Wahrscheinlich morgen – wenn alles gut geht. Um so besser; denn es ist ganz schön heiß da drunter!" – Ich höre mich fragen: „Sag', erinnerst du dich jetzt an den Unfall?" – „Ich hab' mich die ganze Zeit über sehr genau daran erinnert! Da hing dieser verdammte Ast quer über den Weg – und Prinz hat Angst gekriegt. Man kann sogar sagen, ich habe es kommen sehen, daß ich mir den Hals breche." – „Und wie fühlt man sich dabei?" – „Ich hab' noch zu mir selbst gesagt: ‚Arschloch', jetzt versaust du ihnen die ganze Reise!" Sie schließt die Augen.

Schweigen! Wie in einem Film sehe ich ihren Sturz in Zeitlupe vor mir. Ich betrachte die Blumen. „Wenn du's wissen willst, das sind nicht die von denen", bemerkt sie. „Von denen!" Wie sie das gesagt hat! Mit welchem Groll, welcher Verachtung.

Und wieder wartet sie ab. Welche Antwort will sie denn von mir hören? „Ach, mein kleiner Liebling! Du mein armes krankes Häschen!" vielleicht? Papa hat schon recht in bezug auf ihren unbeugsamen Stolz! Sie hat die Blumen gesehen, aber nicht erkannt, daß sie von Herzen kamen. Und wenn sie nicht hier im Bett läge mit diesem verbundenen Kopf, den man nur noch mehr zu verletzen fürchtet – ich glaube, ich würde sie jetzt ganz kräftig durchschütteln.

„Sprich nicht von ‚denen'", sage ich, „die sind ganz prima, die haben sich sogar unwahrscheinlich nett verhalten." – „Und ihr habt euch zu ihrem Empfang alle groß in Schale geworfen", spottet sie. „Ich hoffe, Papa hat sich die Hände gewaschen und Claire hat einen Hofknicks gemacht ..."

Zorn steigt in mir hoch. Ich hab' nicht einmal mehr Lust, ihr vom Besuch der Saint-Aimonds zu erzählen. Sie ist wirklich abscheulich mit ihrer Verachtung und ihrem Unverständnis. „Du irrst dich auf der ganzen Linie", sagte ich. „Niemand hat einen Hofknicks gemacht; Cécile hat ihnen vielmehr ganz schön die Meinung gesagt." – Sie richtet sich auf, schaut mich zweifelnd an. „Ha, das hätte ich hören mögen! Indessen bitte ich dich jetzt, mir zwei Fragen ganz offen zu beantworten." Ich verharre stumm. Ich kenne sie: ich bin von vornherein geschlagen. Jawohl, das ist die alte Bernadette, wie sie leibt und lebt. Bernadette Holzkopf, die immer ihren Willen durchsetzt. Ich wittere Fallen!

„Also?" – „Wenn du Wert drauf legst!" – „Tu' ich, du antwortest mit Ja oder Nein – ohne Kommentar." Ich nicke. „Erstens: wenn ich mir nicht den Schädel gespalten hätte, wären die Saint-Aimonds dann zu uns ins Haus gekommen?" – Ich sehe sie wieder draußen auf der Freitreppe stehen, während ich die Tür öffne. Spüre, wie glücklich ich da war. Jetzt verdirbt Bernadette mir alles! „Nein!" – „Zwotens: Wenn ich morgen beschließe, aufs Reiten zu verzichten, wird dann nicht alle Welt Freudenflaggen hissen – und sie vorne weg?" Ich antworte nicht; ich will einfach nicht. Die Dinge sind nicht so einfach: Ja oder nein, schwarz oder weiß! – „Also?" – „Vielleicht, aber ..." – „Kein ‚aber'", fährt sie mich an. „Du weißt sehr wohl, daß es ‚Ja' zu heißen hat. Sie wären entzückt. Alle ihre Hoffnungen würden wieder aufflakkern. Aber eins sag' ich dir, meine Kleine, ich reite wieder! Ich werde nicht aus Mitleid bei Leuten ‚vorgelassen', die mir scheißegal sind! Und wenn du's wissen willst, der einzige, den ich augenblicklich sehen will, ist Crève-cœur, weil . . . der ist manchmal ein Dreckskerl, aber er bemogelt einen wenigstens nicht! Er schickt mir nicht Blumensträuße in der Hoffnung, mich einzufangen!"

Ich erhebe mich. In mir schäumt es vor Wut. Ich sehe die Saint-Aimonds bei uns zu Hause vor mir. Mitleid vielleicht – aber doch noch soviel mehr! Natürlich sind sie wegen Stéphane gekommen, und wenn Bernadette sich nicht fast den Hals gebrochen hätte, wären sie in Neuilly geblieben. Aber Bindungen kann man auch schaffen. Verworrene Situationen kann man klären und Worte nicht nur als Geschosse benützen. Die Saint-Aimonds haben einen Schritt auf uns zu getan, jetzt könnte Bernadette doch gut und gerne den nächsten tun. Ich liebe dich sehr, Bernadette, aber Charles hat recht: du rennst immer geradeaus, ohne etwas anderes als deinen vorgezeichneten Weg zu beachten, ohne neben dir Blumen zu sehen wie die Liebe, Gräben wie den Zweifel, und weite Felder wie das Verzeihen. Mag sein, daß man schneller vorankommt, wenn man nur auf die eigenen Füße schaut, doch ich ziehe das Kind vor, das zwar nur die Hälfte des Weges, diese dafür aber im Tanzschritt zurücklegt!

Ich nähere mich Bernadette noch einmal. Dieser Ort ist bedrückend, ohne Leben. Im Hof unten laufen graugesichtige Menschen umher, während nur zwei Stunden von hier entfernt andere am Strand Ball spielen. Es ist Zeit zu gehen. Ich habe schon die erlaubte Besuchszeit überschritten. Meine Schwester muß sich ausruhen. Ich nehme meine Tasche. „Gehst du?" – „Ja."

So ein „ja", „ja aber", „vielleicht", „wenn du willst" ist

alles, was ich herausgekriegt habe. Und es kommt mir vor, als hätte ich an jemand Verrat geübt. Nicht an ihr. Aber ich sehe Stéphanes Gesicht vor mir, wie er Benzin verkauft und sich fürs Trinkgeld bedankt!

„Du“, sage ich dann plötzlich doch noch, „du sprichst nur von dir. Du siehst immer nur dich. Kein Wort hast du für Stéphane übrig! Und die Leute, die dir scheißegal sind, sind seine Eltern, und er liebt sie. Und daß er einen derart beschissenen Ferienmonat August hatte, ist dir natürlich auch scheißegal, was? Und hast du dich wohl ein einziges Mal gefragt, warum er weiter Benzindämpfe einatmet, obwohl er sich im Süden mit hundertmal schöneren Mädchen, als du bist, trösten könnte, die ihn nicht mit Pferdegeschichten anöden? Du bist nichts als eine gemeine Egoistin.“

Ihre Augen funkeln mich an. Aber ich halte ihnen stand. Im letzten Winter hat sie mir auch schonungslos die Meinung gesagt und mich egoistisch gescholten: „Und seine Frau? Seine Tochter? Hast du jemals an die gedacht?“ Pierres Frau und Tochter natürlich. Damals litt ich. Jetzt leidet sie. Sie wendet den Blick ab. Ihr Pech – oder: um so besser! Ich schaue sie noch ein letztes Mal an. „Es könnte dich ja vielleicht interessieren: Er schuftet wie ein Irrer!“

Und obwohl sie die Augenlider so fest wie möglich zukniff, kamen in diesem Augenblick zwei Tränen zwischen den Wimpern hervor und zogen ihre Wangen entlang die Spur für einen Weg der Hoffnung.

34

Die Hütte

Liebe Cécile,

Als ich heute am frühen Morgen herunterkam, fand ich

Stéphane in der Küche vor. Er stand am Fenster und schaute in den Garten hinaus. Ich bin übrigens nicht sicher, ob er wirklich hinausschaute. Er lehnte mit der Stirn an der Fensterscheibe, seine Schultern hingen nach vorn; dabei ist er doch der Typ, dem man hundertmal eingehämmert hat: „Halt dich gerade!“ und „Nimm die Ellbogen vom Tisch“, so daß es ihm in Fleisch und Blut übergegangen ist. Der wird sich nie so richtig gehenlassen können; nie ein Hühnerbein in die Hand nehmen – mit den Füßen auf dem Tisch und einer Illustrierten vor der Nase – und wenigstens einmal alle Tischsitten zum Teufel wünschen!

Als er sich umwandte, tat mir sein Gesichtsausdruck so weh, daß ich am liebsten verschwunden wäre – und weißt du wohin? Dorthin, wo der Himmel das Meer berührt und wo man sich vorstellt, daß man dort von allem losgelöst ins Weite hinaustreibt. Er wollte unbedingt, daß ich frühstücke. Aber wie? Wie sollte ich essen und trinken vor diesem erwartungsvollen Gesicht? Fast hätte ich gesagt: vor diesem Gesicht, das eine einzige Frage, fast ein Gebet war. Er wußte, daß ich gestern Bernadette besucht hatte; deshalb war er gekommen.

Wir gingen in den Garten hinaus und wanderten in Richtung Oise. Dieser Fluß hat eine unwiderstehliche Anziehungskraft – wie das Kaminfeuer im Winter.

Es war schon heiß. Gerüche und Farben stürmten auf uns ein. Der Sommer ist wirklich nur ein riesiger Speicher, aus dem der Herbst sich bedient und den der Winter schließlich leert.

„Nun?“ fragte Stéphane. Ich erzählte ihm von meinem Besuch, dem Unbehagen zu Anfang, Bernadettes schlechtem Aussehen und von ihrer Art, das Gespräch auf seine Eltern zu bringen. Von dem Blumenstrauß wußte er nichts. Ich versuchte gar nicht erst, die Dinge zu beschönigen. Es gibt Menschen, die verdienen einfach, daß man ihnen die Wahrheit sagt. Ich hätte mich geschämt, ihm etwas vorzulügen. Aber ich konnte nicht umhin, sehr leise zu sprechen: es war ja nicht anders, als gehe man neben dem personifizierten Leid einher!

Schließlich gab es kaum noch etwas zu sagen, und ich hatte gerade geendet, als wir bei den Apfelbäumen ankamen. Unter unserem alten, dort wo wir die Giftpilze verscharrt haben – weißt du noch? – ist nichts mehr zu sehen. Das Gras ist drübergewachsen. Hier hat das Leben gesiegt!

Stéphane hatte noch nichts gesagt. Ich wollte ihm nichts von Bernadettes Tränen erzählen. Es erschien mir wirklich nicht angebracht. Er stützte seine Hand auf den Baumstumpf.

„Wenn ich wenigstens sicher wäre, daß es wirklich aus ist."

Ich hatte den Eindruck, als erwarte er von mir, daß ich ihm jegliche Hoffnung nähme. Damit es ihm weniger schwerfalle. Ich hab' ihm unsere Hütte gezeigt. Sobald Du zurückkommst, Cécile, müssen wir sie ausbessern, sonst ist sie hin. Dornenbüsche, Brennesseln, Schlamm, aber vor allem das Wetter machen sich bemerkbar. Die Bretter faulen; an den Wänden hängen nur noch Fetzen von der Tapete, die wir geklebt haben, und an dem Poster, das unsere Traumwelt darstellte, haben offenbar die Ratten genagt.

Sogar hier ist er zurückgetreten, um mir den Vortritt zu lassen, worüber ich blöderweise lachen mußte. Dann haben wir uns im Innern auf die Kisten gesetzt. Weißt Du noch?

Auf Claires Kiste legten wir immer ein Kissen! Ich bin geradewegs auf meine zugegangen.

Das Licht drang durch die Lattenritzen wie früher, als Du versuchtest, es einzufangen, weil Du meintest, daß „einem Herzen, das etwas will, nichts unmöglich ist". Mein Armes, Du glaubtest damals schon an Wunder. Und dort unter dem Dach aus Wellblech und Ästen hat er mir zum erstenmal von seiner Kindheit erzählt – vielleicht wegen all der Vertraulichkeit, die schon zwischen uns aufgekommen war und die für ihn noch ein letztes bißchen Sonnenschein in seiner Trostlosigkeit bedeutete.

Sein Bruder und er waren oft allein in dem großen Haus in Neuilly, das Du so gern einmal sehen möchtest. Ihre Eltern gingen viel aus. Das tun sie übrigens immer noch! Gemeinsame Abende wie bei uns zu Hause sind selten und verlaufen auf jeden Fall eher schweigsam. Dennoch spürt man auch dort die Liebe – zwischen seinen Eltern natürlich, und deren Liebe zu Eric und ihm. Liebe gewiß, aber nicht Zärtlichkeit; selten ein Lachen.

Ich dachte daran, was Herr von Saint-Aimond gesagt hat, erinnerst Du dich? „In einer Mädchenfamilie muß es doch überaus lebhaft zugehen!" Er schaute dich dabei an und sah plötzlich ganz eingeschüchtert aus.

Es scheint, daß man in einer Familie mit Jungen nur wenig redet, sich einander nicht mitteilt. Die einzigen Annäherungspunkte zwischen Stéphane und seinem Vater ergeben sich, wenn sie zusammen mit ihrem Boot hinausfahren. Auf dem Meer finden sie dank aufeinander eingespielter Blicke, Gesten und gemeinsamer Arbeit echten Kontakt zueinander. Aber all das hat nichts mit dem zu tun, was Stéphane bei uns in La Marette entdeckt hat: Herzlichkeit, Freude oder Glück, er weiß es auch nicht. Irgend etwas, das bei ihm mehr Selbstzufriedenheit und Selbstsicherheit bewirkt. Er sagte: „Insgesamt gesehen habt ihr mir erst beigebracht, mich überhaupt zu äußern!"

Als er das sagte und mir dabei gerade in die Augen sah, mußte ich den Kopf wenden, weil ich mir wegen dieser gemeinen Kuh von Bernadette ihm gegenüber auch schon wie eine Verräterin vorkam. Ich dachte zurück an seine ersten Besuche bei uns: Lang, blond, schweigsam, höflich, aufmerksam, so ganz anders als wir. Und tatsächlich war er ja allmählich offener und mitteilsamer geworden. „Und dein Bruder?" – „Der ist nett! Wir verstehen uns gut. Aber na ja . . ."

Dieses „Na ja“ – ich muß unaufhörlich darüber nachdenken!

Danach hat er schweigend dagesessen und mit einem Stückchen Holz Kreise auf den Fußboden gemalt – so zwischen seinen langen Beinen versinkend, die fast das ganze Hüttchen ausfüllten. Ich glaube, wenn man lange genug sucht, findet man auf der Erde überall noch unser Bonbonpapier. Man würde vielleicht auch noch Spuren unserer Schritte und viele andere Botschaften finden. Und ohne es verhindern zu können, spürte ich in mir, wie jene Zeit versank, in der wir zwischen diesen Brettern die freien, unbesiegbaren Erwachsenen gespielt haben. Bisher hatte ich mich dieser Zeit doch immer noch sehr nahe gefühlt . . . Jetzt drehte sich alles und mir war, als fließe mein Herzblut aus mir heraus.

Bevor wir die Bretterbude wieder verließen, fragte mich Stéphane, ob Bernadette auch hierhergekommen sei. „Natürlich“, habe ich geantwortet, „sie hat die Hütte sogar gebaut, stell dir das nur vor! Und seit dem Tage, an dem sie den Entschluß dazu gefaßt hatte, konnte nichts sie mehr davon abbringen. Sie machte damals gerade das Abitur. Kaum war sie abends aus der Schule zurück, hörte man sie schon wieder Bretter nageln. Dabei hatte sich sogar das Wetter gegen sie verschworen; es war ein stürmischer Frühling. Aber nichts konnte sie entmutigen, sie hielt durch. Wir kriegten unser Haus! Und hinterher verkündete sie überall, daß ihr das mehr Befriedigung verschafft habe, als ihr Abitur auf Anhieb und mit Auszeichnung zu bestehen!“

In goldfarbenem Dunst gingen wir die Oise entlang. Man sah, daß noch Ferien waren. Unter den mißbilligenden Blicken der Angler flitzten schnittige Boote über das Wasser. Wenn ich nächstens wieder dort spazierengehe, will ich es aber endlich an einem Freuden- oder Friedenstag tun. Falls es dergleichen geben sollte, gehe ich wieder hinunter an den Fluß – sonst nicht!

Dort, wo der Weg schmal wird, gingen wir hintereinander,

ich natürlich voran. Und an dieser Stelle – vielleicht, weil ich dort sein Gesicht nicht sehen konnte – sagte Stéphane ganz ruhig, daß in seinem Leben kein anderes Mädchen jemals Bernadettes Platz einnehmen werde, ob sie es nun wolle oder nicht. Ich hörte soviel schmerzerfüllte Liebe aus seinen Worten heraus, daß ich ihm dann doch von ihren Tränen erzählt habe. Wie sehr Bernadette die Augenlider zukniff, um sie zurückzuhalten, wie die Tränen aber doch gegen ihren Willen die Wangen herabliefen – gleich einem Versprechen. Ich habe ihm die Hoffnung zurückgegeben. Ob das richtig war – dessen bin ich mir zwar nicht so sicher, aber ich hab' manchmal einfach genug davon, die Leute um mich herum leiden zu sehen. Eines Tages werde ich dir auch von Sally erzählen!

Wir gingen durch das Dorf zurück. Jeder in Mareuil kennt Stéphane. Nach dem Besuch der Saint-Aimonds hat grossomodo eiligst verbreitet, daß sie offiziell um Bernadettes Hand angehalten hätten. Was der für ein Gespür hat! Man grüßte Stéphane wie einen aus der Familie. Ich glaube, das hat ihn gefreut; er hat nämlich, als wir über den Kirchplatz gingen, wo die Männer schon mit dem Boulespiel begonnen hatten, das Gesicht zu den Bäumen erhoben und einen tiefen Atemzug getan, als beschlösse er, wieder zu leben. Ein weiterer Beweis: er hat mit mir zusammen gefrühstückt.

Liebe Cécile, ich weiß nicht mehr, was ich tun soll! Soeben, als er aus Paris zurückkam, hat Papa uns gesagt, daß Bernadette lieber keinen Besuch mehr haben möchte. Das geht auf mich! Sie will nicht, daß ich ein zweitesmal komme; hat ihre Tränen wieder hinuntergewürgt; weigert sich, Vernunft anzunehmen. Und hast Du schon jemals erlebt, daß sie eine Entscheidung zurückgenommen hätte? Papa hat außerdem angekündigt, daß er sie früher nach Hause kommen lassen will. Er möchte wohl nicht, daß sie sich noch mehr in die Niedergeschlagenheit verschließt, der sie dort verfallen ist.

Mach Dir das einmal klar . . . Bernadette und niedergeschlagen! Wenn Du diesen Brief erhältst, ist sie wahrscheinlich schon wieder hier!

Ich habe den Eltern nichts von Stéphane gesagt. Sie haben unsere Hütte ja niemals betreten, und Du allein kannst Dir Stéphanes Gesichtsausdruck vorstellen, als er mir gegenüber saß – dort, wo Du Dich immer hinsetztest – und als er mir von seiner Kindheit erzählte. Es war, als ob dieses Kinder-Haus uns plötzlich einen Streich gespielt hätte und wirklich zu dem geworden wäre, was wir uns immer erträumt hatten: ein Erwachsenen-Haus. Das Leben hatte uns eingeholt: aber nur, um an ihm zu leiden!

Und als Stéphane aufstand, hätte er sich nur ein bißchen schneller und gerader aufrichten müssen, und er hätte das Dach durchbohrt und unsere Träume zu einem Haufen verfaulter Bretter, vergilbter Zeitungen und Vergessenheit zusammenfallen lassen.

Sollten wir das Haus nicht wieder aufbauen? Wir werden doch auch später Freundinnen bleiben, nicht wahr? Zwischen uns darf es nie ein „Na ja" geben. Wir werden die Verbindung nicht abreißen lassen. Du darfst nie so weit fortgehen, daß meine Stimme Dich nicht mehr erreichen könnte. Wir werden uns immer am selben Feuer wärmen. Du mußt mir weiterhin auf die Nerven gehen, mir immer wieder sagen, daß mein unaufhörliches Geschrei, mein tagelanges Gekritzel – über die Bäume, eine Wolke, die Gartenwege, das Gesicht der anderen, in meinen Träumen –, daß all das nicht das Leben ersetzen darf. Daß ich mich unbedingt immer wieder schütteln, Schlangen suchen, über Giftpilze lachen, Gott duzen muß – mit Dir! Und da wir gerade dabei sind, versprich mir, auch wenn's idiotisch klingt, daß du mich zuerst sterben lassen wirst!

35

Crève-cœur, Emile

„Was hat sich hier verändert?" nörgelt Bernadette. – „Aber nichts", antwortete Mama, „ich seh' wirklich nicht . . ." – „Doch, ganz bestimmt – irgend etwas ist nicht mehr so wie früher!" Sie steht mitten im Wohnzimmer, von Papa gestützt. Mit mißtrauischem Blick schaut sie sich überall um. – „Du!" sagt Claire. Sie hat es deutlich, aber ohne Aggressivität gesagt. Weil es stimmt! Sie schaut Bernadette ins Gesicht. „Glaubwürdig, aufrichtig und zuverlässig . . ." muß ich wieder denken. Bernadette zuckt mit den Schultern, läßt sich zum Sofa führen. – „Ich hätte gern, daß du dich jetzt ein wenig ausruhst", sagt Dr. Moreau. „So ein erster Ausgang ist immer sehr anstrengend."

„Hier!" beschließt Bernadette. „Tagsüber werde ich hier ausruhen." Sie knotet ihr Halstuch auf und reicht es Mama. Ich vermute, in ein paar Tagen wird sie wieder ganz annehmbar aussehen. Wahrscheinlich weil sie angezogen ist, sieht man deutlicher, daß sie sehr abgenommen hat, noch schlechter aussieht als im Krankenhaus. Der Turban ist durch einen einfachen Verband um den Hinterkopf ersetzt worden. Auf dem Rest sproß der Bürstenschnitt. Sie ähnelt einer Frau, wie ich sie in einem Film über die Befreiung von der deutschen Besetzung gesehen habe. Zur Strafe für ihre Liebe zu einem Deutschen hatte man ihr das Haar geschoren. Lieber Gott, mach', daß ich nie solchen Haß erlebe!

„Claire ist bereit, dir ihr Zimmer abzutreten", schlägt Mama vor. „Dort hättest du es bequemer und mehr Licht."

„Kommt gar nicht in Frage. Ich schlafe bei mir unten!" Die Familie schweigt. Wir wissen nicht recht, wohin mit uns. Ein bißchen Zeit werden wir wohl schon noch brauchen, um uns daran zu gewöhnen, eine veränderte Bernadette um uns zu haben. Seit ihrer Rückkehr hat sie mich nicht ein einziges Mal angesehen. In gewissem Sinne beruhigt mich das. „Und der Vertreter?" fragt sie. „Wo schläft denn der, wenn ich mein Zimmer wieder übernehme?" Der Vertreter ... allgemeines Gelächter – das wohltut. Der „Vertreter" Antoine hat heute frühmorgens seinen Koffer nach Pontoise getragen, wo er die letzten Tage zu übernachten gedenkt – trotz unserer Proteste; sogar Claire hatte zu ihm gesagt „Bleiben Sie doch!" – Wir sollten Bernadette ausrichten, daß er das Brett unter der Matratze sehr zu schätzen gewußt habe und daß die Pflanze auf ihrem Tisch aus Brasilien stamme. Wenn die grünen Triebe, die sie an der Wurzel sehe, zehn Zentimeter Länge erreicht hätten, wären wohl auch ihre Haare wieder zu einer normalen Frisur nachgewachsen. – „Und wenn ich nun die Triebe abschneide?" fragt Bernadette. Wir wissen nicht so recht, ob das komisch gemeint ist oder nicht! Vielleicht hat sie sogar absichtlich häßlich aussehen wollen. Sie selbst soll nämlich gebeten haben, man möge ihr den Schädel ganz rasieren. Man hätte ohne weiteres ein wenig Haar stehenlassen können ...

„Und Cécile? Wann kommt sie zurück?" – „Nun, da sie weiß, daß du zurück bist, würde es mich wundern, wenn sie noch lange ausbliebe", sagt Mama und versucht etwas Fröhlichkeit in ihre Stimme zu legen. Bernadette wendet sich zum Fenster. „Die Farbe da am Tor – das stinkt niederträchtig." – Danke! Wir haben das Fenster ihr zuliebe geschlossen, eine Platte aufgelegt, ihr das Telefon zum Sofa gebracht. Sie wollte Crève-cœur anrufen. Ob er sie so schnell wie möglich besuchen könne? Er antwortet „heute abend", und während sie aufhängt, schaut sie uns herausfordernd und triumphierend zugleich an. Anscheinend heißt er Emile Gastine; will mit „Monsieur" oder lieber noch „Herr Kommandant" angeredet werden. Das war er nämlich bei der Kavallerie. Pferde betet er an, und wenn er Leute, die sie reiten, schlecht behandelt, so deshalb, weil er das Gefühl hat, sie kämen nur, um ihm die Rösser wegzunehmen. Das alles hat Bernadette stolz und ohne Pause heruntergeschnurrt, als sei sie durchaus damit einverstanden. Danach hat sie geschlafen, und wir sind mit Büchern in den Garten ans Wasserbecken gegangen – trotz allem erleichtert, sie zu Hause zu wissen. Aber Freude empfanden wir nicht!

Kommandant Crève-cœur, Emile, kam gegen sieben. Er roch nach Kernseife und hatte so rote Ohren wie ein Kind, dem man gerade das Gesicht mit kaltem Wasser abgerieben hat. Zunächst drückt er uns allen die Hand, dann erst näherte er sich dem Sofa, auf dem Bernadette lag. Ohne ein Wort zu sagen, schaute er sie lange von Kopf bis Fuß und umgekehrt an. Von den Füßen bis herauf zum Verband, zum Haarflaum, zu den deprimierten Augen, zur fahlen Gesichtsfarbe, zu dem hohläugigen, Tapferkeit vortäuschenden Lächeln.

„Ich habe gerade Germain besucht", sagt er mit heiserer Stimme. „Es geht ihm ganz gut, aber wenn du ihn nicht bald ein bißchen auf Trab bringst, wird er so fett werden, daß er nicht mehr durch die Stalltür kommt!" – „Der wird noch genug Trab kriegen!" antwortete Bernadette! Das war die Art, wie sie einander begrüßten. Nachdem dann Crève-cœur ein Bier entgegengenommen hatte, zog er sich einen Stuhl neben das Sofa, und die zwei fingen an zu fachsimpeln. Wie es denn mit dem Haarausfall bei Milady bestellt sei. Und wie es Vengeurs Fuß gehe. Ließ der Pariser sich immer noch von Tempête abwerfen? Und Corsaire? Und Luron?

Nach kurzer Zeit stand Claire geräuschlos auf und verließ das Wohnzimmer. Mit den Gläsern in der Hand versuchten die Eltern zu folgen, ich wußte, daß sie sich wie ich ausgeschlossen fühlten. Wir hatten Bernadettes Liebe zu den Pferden zwar akzeptiert, aber keiner von uns sie so erlebt wie Crève-cœur. Dieselbe Leidenschaft verband die beiden, wenn Leidenschaft das ist, was dich morgens früh aus dem Bett holt, neben dem du abends einschläfst, das in der Luft liegt, die du atmest!

Bernadettes Wangen hatten wieder Farbe bekommen. In ihrer Haltung Crève-cœur gegenüber lag etwas für uns völlig Neues: Unterwerfung und Respekt. Und sie wird noch so oft schreien können, er sei ein Rohling, ein Dreckskerl, oder sogar ein „Faschist“, seit heute wissen wir, daß sie ihn liebt.

Als sie damit fertig waren, den ganzen Reitstall durchzuhecheln, die Runden und die Strohhalme zu zählen, wandte sich Crève-cœur an Papa. „Also, Dr. Moreau, wann geben Sie mir Ihre Tochter zurück? Anfangs werden wir noch ganz vorsichtig sein, ich passe schon auf!“

„Wir werden sehen“, sagt Papa. „Das hängt alles von ihrer Vernunft und der Bereitschaft ab, an ihrer Heilung mitzuarbeiten.“

Seine Stimme klang gepreßt. Ich schaute Mama an, die sichtlich am Boden zerstört war. Sie dachte wohl dasselbe wie ich. Nicht eine Sekunde lang hatte Crève-cœur sich vorgestellt, Bernadette könnte das Reiten aufgeben. Von uns allen liebte er sie in gewissem Sinne vielleicht am meisten. Weil er sie um ihrer selbst willen liebte! Er trank sein Bier aus. Seine Schuhe waren dermaßen blank gewichst, daß uns unwillkürlich ein Lächeln ankam, und um bei seinem Beruf so saubere Fingernägel zu haben, mußte er sie schon eine gute Weile bearbeitet haben.

Bevor er sich erhob, sagte er zu Bernadette: „Und wo bleibt dein Stéphane? Den sieht man ja gar nicht mehr!“ – „Das ist nicht ‚mein‘ Stéphane“, antwortete sie. „Und ich glaube nicht, daß Sie ihn je wiedersehen werden!“ Und da erst hat sie mich mit weit aufgerissenen Augen angesehen, um mir zu beweisen, daß sie keine Tränen mehr vergoß.

Zum Abschied legte ihr Crève-cœur die Hand mit festem Druck auf die Schulter. Das war alles. Ich vermute, unter Männern macht man das so!

Lange Zeit konnte ich nicht einschlafen. Ich litt unter der Vorstellung, daß nichts je wieder ganz so wie früher sein würde in La Marette. Wenn die Triebe der brasilianischen Pflanze zehn Zentimeter maßen, würden Bernadettes Haare nachgewachsen und sie selbst geheilt sein. Aber unter dem Haar würde ihr Leben lang eine Narbe bleiben. Und auch La Marette würde eine davontragen. Mit ihr war das ganze Haus verletzt worden.

Ich erinnerte mich an jenen ersten Abend in Kalifornien, als alles in Freundlichkeit und Wohlgeruch schwamm, als die Welt stehenzubleiben schien, während ich, schon halb eingeschlafen, in das laue Wasser des Schwimmbads tauchte, wie am Beginn einer Wiedergeburt. Aber es hatte Sally im Hintergrund gegeben. Und es gab Bernadette! Und morgen?

Ein Windhauch kam vom offenen Fenster her und lief über mein Bettlaken. Im allgemeinen beruhigt mich die Natur. Heute nacht aber lag der Garten in so tiefem Schweigen, daß es einer Abweisung gleichkam.

Ich schloß die Augen, rief irgend jemand zu Hilfe. Antoine tauchte vor mir auf. Ich sah mich an seiner Seite eine Allee entlanggehen, die von unsterblichen Bäumen gesäumt war und zum Hof eines Schlosses führte. In diesem Schloßhof erwarteten uns Leute. Etwas Gutes hatte die Sache: es bedurfte keiner Worte, um sich hier willkommen zu fühlen. Für Antoine gab es einen Stuhl. Ich setzte mich ihm zu Füßen und schloß die Augen. Seine Hand auf meiner Schulter besagte: „Das ist nichts. Das geht vorüber!"

Und er hatte vollkommen recht, denn morgen um acht Uhr fünfundvierzig warf ein Telefonanruf unsere Lage über den Haufen und machte aus jenem 20. August den schönsten Tag des Sommers!

36

Der Ausbruch

Als das Klingeln durchs Haus hallt, sind wir alle in der Küche. Außer Bernadette, der wir gerade ihr Frühstückstablett ans Bett gebracht haben.

Unter Claires Négligé sieht man den Badeanzug. Charles hat sich gerade zwei Eier mit Schinken gegönnt. Er ist in Kalifornien auf den Geschmack gekommen und wie Phil bereitet er sie sich gern selber in einer Spezialpfanne zu. Dabei läßt er sich Zeit und paßt auf, daß das Eigelb schön heiß und das Eiweiß nicht mehr flüssig ist. Den Hahnentritt ißt er übrigens nie mit! Mama hat gerade den ersten Schluck Kaffee getrunken. Ich gehe ans Telefon.

Es ist Montbard! Nicole. Sie umarme mich herzlich und wolle sofort ihre Schwester sprechen. Ihre Stimme klingt nicht ganz natürlich. Ich forsche: „Seid ihr auch alle wohlauf?“ Sie bejaht und beruhigt mich. Mama hat die Tür zum Wohnzimmer nicht geschlossen und so können wir sie beim Telefonieren beobachten: erst steht sie, dann setzt sie sich auf das Sofa, neben dem der Apparat seit Bernadettes Anruf stehengeblieben ist. Papa befaßt sich hingebungsvoll mit seinen Eiern, die er mit Hilfe von Brotstückchen durchpflügt und zunichte macht. Ich schaue Claire an. Sie bedeutet mir, nicht so zu schmatzen, während ich meine Schnitte kaue. Uns dreien bleiben nur noch wenige Sekunden, bevor dies einer der schönsten, unerwartetsten, reichsten Tage des Sommers wird.

Dann kommt Mama zurück. Die Schnitte werde ich nie aufessen. Gerade erst vor einer halben Stunde hat man Großmutter den Tee mit Zitrone hinaufbringen wollen, sie aber nicht in ihrem Bett vorgefunden. Ihre Kleider waren nicht im Badezimmer; ihre Tasche war verschwunden, und als man feststellte, daß das Geheimfach leer war, wo sie immer eine kleine Geldsumme für den Eventualfall aufbewahrt, begann man, sich ernstlich Sorgen zu machen.

Cécile hatte es erreicht, im Nebenzimmer schlafen zu dürfen. Als Nicole mit einer Handvoll Tanten, Onkeln und Vettern im Gefolge dort eintrat, war auch dieses Zimmer leer. Die Giftnudel hatte ihr Bett abgezogen, wie Mama es ihr beigebracht hat: Decken und Laken lagen schön zusammengefaltet am Fußende. Der Koffer war verschwunden. Onkel Henri hatte den Einfall, beim Bahnhof anzurufen. Der Schalterbeamte bestätigte, daß er eine alte Dame und ein kleines Mädchen mit einem Korb gesehen habe, die mit dem Sieben-Uhr-einunddreißig-Zug nach Paris gefahren seien. Er habe die Kleine sogar noch gefragt, ob sie eine Katze oder einen Hamster in ihrem Korb habe, da für Katzen bezahlt werden müsse, für Hamster aber nicht. Die Kleine habe geantwortet, es sei eine Schlange, und ihm habe dieser Scherz gar nicht gefallen.

Erst später hatte man auf dem Tisch im Eßzimmer eine Notiz gefunden, man solle uns benachrichtigen, daß der Zug um elf Uhr dreiundzwanzig am Gare de Lyon eintreffe . . .

Großmutter hatte diesen Ausbruch anscheinend bis ins kleinste vorbereitet. Gestern abend ging sie unter dem Vorwand, müde zu sein, früher als gewöhnlich schlafen und bestellte das Frühstück für eine Stunde später. Sie nahm kein Schlafmittel wie sonst. Am großen Schlüsselbund fehlt der Schlüssel zur hinteren Haustür, die fast nie benutzt wird. Es ist die Tür, durch die Onkel Jean die Flucht gelang, als er während des Krieges von den Deutschen abgeholt werden sollte. Großmutters Zimmer liegt nicht weit von der Treppe entfernt, die zu dieser Tür hinabführt. Darum also hat niemand etwas gehört. Offensichtlich hat sie keinen Koffer mitgenommen. Man vermutet, daß ein Taxi sie am Tor erwartete. Onkel Henri erkundige sich gerade danach. Nicole fügte hinzu, Großmutter habe ihre Medikamente vergessen:

Das Blutdruckmittel und die braunen Kapseln für die Bauchspeicheldrüse. Sie müsse sie sofort nach ihrer Ankunft einnehmen! Sie ist immerhin achtzig Jahre alt, hat ein schwaches Herz und Beine, die sie seit sieben Jahren nicht mehr weiter als bis zum Park Buffon, dem Stolz Montbards, getragen haben, wo sie sonntags nach der Messe am Arm eines ihrer Söhne spazierengeht; wobei sie ihrem Begleiter stets in Erinnerung zu rufen pflegt, daß jener berühmte Naturforscher, nach dem der Park benannt ist, mit der Familie verwandt war.

Auf dem Bahnhof stellen wir uns am Ende des Bahnsteigs auf, um Großmutter ja nicht zu verfehlen. Der Zug läuft ein. Ganz hinten sehen wir Cécile aus dem Waggon springen und die Hände ausstrecken, um den Käfig in Empfang zu nehmen, dann ihren Koffer und ich weiß nicht wieviele Plastiktüten. Papa und ich laufen hin. Mama fliegt nur so vor uns her!

Nach Cécile steigt zunächst ein Greis aus. Er stellt sich vorsorglich breitbeinig hin, öffnet die Arme weit und – fängt Großmutter auf.

Ich hatte weder in Erinnerung, daß sie so zierlich ist, noch, daß ihr Gesicht hinter einem Netz von Fältchen soviel Freundlichkeit ausstrahlt. Sie bedankt sich bei ihrem galanten Helfer, streicht ihren Mantel glatt, schiebt ihr Hütchen zurecht – und da kommen wir bei ihr an. Sie hält uns mit einer Handbewegung auf: „Scheltet mir vor allem nicht auf die Kleine. Ich bin für alles verantwortlich!"

Dann erst dürfen wir sie umarmen. Mama wird nicht müde, sie wieder und wieder an ihr Herz zu drücken. Die „Kleine" wird sichtlich zwischen Freude, Boshaftigkeit und Besorgnis hin und hergerissen. Als sie den Käfig zwischen ihren Füßen abgesetzt hat, zeigt sie auf Großmutter und stößt Seufzer aus, die beweisen sollen, daß sie vergeblich versucht habe, gegen den Fluchtplan anzukämpfen, nachdem sie Großmutter vermutlich vorher tüchtig dazu ermutigt hat . . .

Als Großmutter mir einen Kuß gibt, spüre ich den Duft ihres Gesichtspuders. Sie schiebt mich ein Stück von sich fort. Hinter den Brillengläsern in dünnem Gestell scheinen ihre Augen tiefer in mich dringen zu wollen, diese goldgrünen, nur leicht verblaßten Augen, die ich von ihr geerbt haben soll. „Du, mein Kind, du schläfst nicht genug!" sagt sie und folgt mit ihrem behandschuhten Finger auf meiner Wange der Spur einer Träne.

Und sogleich ist es wie ein Zwang, ihr dort auf dem Bahnsteig alles zu erzählen. Von Pierre bis heute. Von meiner Geburt bis Pierre. Von Wagen zu Wagen pflanzt sich das Anrucken des Zuges langsam fort. Sie läßt von mir ab und schaut ihm mit Bedauern nach. „Das war herrlich! Viel bequemer als im Auto."

„Ihr hättet ja auch wirklich erster Klasse fahren können!" sagt Mama. – „Da macht man keine Bekanntschaften", erwidert Großmutter kurz angebunden, „und nimm bitte zur Kenntnis, daß man uns die dritte Klasse bereits weggenommen hat." Charles biegt sich vor Lachen. Er hat schon immer eine Schwäche für seine Schwiegermutter gehabt und beteuert des öfteren, daß er nur ihretwegen Mama geheiratet habe. „Du wirst dich eines Tages auch noch entführen lassen." – Großmutter lächelt genießerisch. „Ich wünsche meinem Entführer viel Vergnügen."

Papa nimmt den Koffer und mehrere Plastikbeutel an sich. Großmutter legt Wert darauf, den Beutel mit den Pflaumen selbst zu tragen. Wir teilen uns die anderen. Cécile begnügt sich mit dem Korb, in dem der Kapitän sich unter einem Bett von Bourgogne-Gras versteckt. Mama bemächtigt sich des Armes ihrer Mutter. Nun, da die Besorgnis vorüber ist, sieht man ihr an, daß sie ganz verrückt vor Freude, ganz stolze Tochter ist. Als wir uns in Bewegung setzen wollen, hustet jemand diskret hinter uns! Der kleine alte Herr, der Großmutter beim Aussteigen in seinen Armen aufgefangen hat, bringt sich in Erinnerung. Großmutter läßt alles fallen, leiht sich von Papa einen Bleistift aus und schreibt die Telefonnummer von Montbard auf einen Fetzen Papier, den sie aus ihrer Tasche holt. Sie übergibt ihn dem beflissenen Kavalier: er sei eingelanden, wann immer er wolle! Aber er müsse sich mindestens drei Tage vorher anmelden. In Montbard „kommt man nicht nur gerade so vorbei!" Diesmal ziehen wir nun endlich los. „Bist du dir eigentlich klar darüber, was sich alle deinetwegen für Sorgen gemacht haben?" schilt Mama zärtlich. – „Jedesmal, wenn ich darum bat, herfahren zu dürfen, antwortete man mir ‚morgen'", protestiert Großmutter. „Wenn man zu jemandem in meinem Alter ‚morgen' sagt, so heißt das ‚nach deinem Tode!' Du wirst mir wohl gestatten, daß ich darauf nicht gewartet habe!" Sie schaut Mama liebevoll an, ihre „kleine Letzte" oder ihr „Postscriptum", wie Cécile sagen würde. „Wenn ich daran denke, daß ich noch nicht einmal dein Haus kenne! Das raubt mir schon den Schlaf."

Als wir an der Sperre ankommen, findet sie ihre Fahrkarte nicht mehr. Wie es scheint, war das der Fetzen, auf dem sie für den alten Herrn ihre Telefonnummer notiert hat. Langatmig erklärt sie dem Beamten die Geschichte und der läßt sie schließlich durch. Doch Großmutter bleibt noch einmal stehen und bittet darum, Céciles Fahrkarte als Souvenir wiederzubekommen.

Hinter uns werden die Leute allmählich ungeduldig. Großmutter sieht sie erstaunt an. Ja ist denn eine Reise heutzutage nicht mehr Ablenkung und Zerstreuung? Endlich sind wir alle auf der anderen Seite. Papa macht eine Bestandsaufnahme der Pakete. Großmutter entschlüpft uns erneut und wandert in Richtung eines Zeitungskiosk. Als wir hinzukommen, ist sie gerade dabei, *„La Croix"* zu verlangen, und wie sie sagt, will sie ihr Wechselgeld auf „fünfzigtausend Francs vornehmlich in Tausend-Francs-Scheinen" haben. Großmutter hat nie mit neuen Francs rechnen gelernt, wie übrigens viele alte Leute.

Während die Kiosk-Pächterin ihre Kasse herausholt, gleitet Großmutters Blick über die Auslage, und plötzlich erstarrt sie. Katastrophe! Sie hat die schön sichtbar ausgelegte Reihe von Pornoheften erspäht.

Die gibt's ja für jeden Geschmack und sie zeigen Frauen in allen möglichen Stellungen: auf einem Fahrrad, auf dem Treppengeländer, platt auf dem Bauch liegend, auf dem Schwebebalken, im Spagat oder beim Kopfstand. Einige tragen Kleidungsstücke, aber nur, um desto deutlicher herauszustreichen, daß ihnen das fehlt, was man als erstes anzieht . . . Großmutter steht versteinert. Wir auch! Sie wendet sich an Cécile, die ihre Tasche in Obhut hat. „Meine Lesebrille!" befiehlt sie.

Cécile tut so, als ob sie die Brille nicht finden könne und wirft uns verzweifelte Blicke zu. Großmutter nimmt die Tasche an sich, um selbst die Brille zu suchen. Endlich reicht die Verkäuferin das Wechselgeld herüber. Mit weit ausholender Geste bezeichnet Großmutter die Reihe der Pornohefte: „Wieviel für das Ganze?" Ihr Ton ist eisig. Die Verkäuferin begreift nicht. Sie betrachtet die Hefte, dann die alte Dame mit dem Hut, die ihr alle Hefte abkaufen will, dann uns! Noch immer hat sie die Geldscheine in der Hand. „Ich habe sie etwas gefragt, Fräulein", fängt Großmutter wieder an. „Wieviel wollen Sie für diesen Dreck, den Sie hier Kindern vor die Nase legen? Wieviel für diesen Schund, den Jules – wäre er noch da – längst angezündet hätte!"

Jules – mein Großvater! Die Leute beginnen, sich um uns zu scharen. Im allgemeinen sind sie wohl Großmutters Meinung, aber ich möchte sie einmal im stillen Kämmerlein sehen, da doch sogar ich, die dergleichen zutiefst anekelt, schon Lust gehabt habe, ein solches Heft durchzublättern, und – wäre ich nicht zu feige gewesen –, mir am liebsten eins gekauft hätte.

Großmutter hat ihre Geldscheine immer noch nicht eingesteckt. Sie fordert ihr Publikum auf, Zeugnis abzulegen. „Und danach? Was bleibt denn noch zum Zeigen übrig? Die Leber? Die Gedärme?"

Allgemeines Gelächter! Die Verkäuferin scheint am Rand eines Nervenzusammenbruchs zu sein. Papa nimmt ihr das Geld und „*La Croix*" ab, packt den Arm seiner Schwiegermutter und zieht sie mit Gewalt fort. Mit lauter Stimme verspricht sie, dem Präsidenten der Republik einen offenen Brief zu schreiben. Sie hat ihm schon zum Thema Steuern, Altenbetreuung und wegen all des Obstes geschrieben, das man in Überflußzeiten einfach wegwirft: ihr Plan war übrigens angenommen worden. Man hatte im Élysée den gleichen Einfall gehabt wie sie!

Zum Glück parkt das Auto ganz in der Nähe, und es gelingt uns, Großmutter hineinzuverfrachten, bevor sie noch das riesige Reklameplakat für einen Film derselben Kategorie wie die Heftchen erspäht hat. Sie rückt sich zurecht. „Was ist das für eine Automarke?" fragt sie. – „Ein Peugeot", sagt Papa erstaunt. – „Ich will nicht ungebildet wirken!" Und während Papa den Motor anläßt, befiehlt sie: „Wir fahren sofort zu Stéphanes Tankstelle!"

37

Eine Partie Billard

In hohen Stiefeln und Gummianzug ist Stéphane gerade dabei, einen Wagen zu waschen. Obgleich er sich allmählich daran gewöhnt hat, Familienbesuch zu bekommen, kann er es kaum fassen, daß wir alle aussteigen und eine weißhaarige kleine Dame im Peugeot zurücklassen, die ihm winkt, zu ihr hereinzukommen, als lade sie ihn in ihren Salon ein. Großmutter hat den ausdrücklichen Wunsch gehabt, einen Augenblick lang mit Stéphane allein gelassen zu werden. Da es draußen sehr windig ist, überlassen wir ihnen lieber den Wagen. Es fehlte gerade noch, daß Großmutter sich erkältet!

Während Stéphane, tropfnaß und gerührt, seine Gummihandschuhe abstreift, setzt ihn Mama über unsere Lage in Kenntnis. Wir wissen ja nicht genau, worüber Großmutter mit ihm sprechen will. Während der Herfahrt hat man aus ihr nur einen detaillierten Bericht über Nicoles Streitereien mit der Köchin herausholen können, die bezüglich der Herstellung von Hammelragout anderer Meinung ist. Das geht schon seit zwanzig Jahren so.

Vom Auto aus versucht Großmutter, Stéphane mit tausenderlei Gesten zum Einsteigen zu ermutigen. Er nimmt eine große Plastikplane und breitet sie über dem Sitz aus, um ihn nicht mit seinem feuchten Anzug zu beschmutzen. Als er die Wagentür geschlossen hat, können wir sehen, wie er sich auf die Hand beugt, die ihm mit königlicher Geste dargereicht wird. Dieselbe Hand kurbelt dann die Scheibe ganz und gar hinauf. Wir sind demnach entlassen! Nun fängt es auch noch an zu regnen! Also flüchten wir in das kleine Glashaus. Cécile scheint es nicht so eilig zu haben, sich dort zu uns zu gesellen, und trödelt noch bei den Bonbon-Gläsern herum. Papa holt sie herein. Jetzt muß sie Farbe bekennen.

„Da wir nun endlich soweit sind, erzähl uns endlich, was sich zugetragen hat!"

„Sie wollte schon mit Nicole herkommen", erklärt Cécile. „Das hatten sie ihr verweigert. Also hat sie meine Anwesenheit ausgenutzt." – „Und du hast das zugelassen?" – Cécile schaut zum Auto. Großmutter hat sich Stéphane zugewandt, und der wird anscheinend einem richtigen Verhör unterzogen.

„Ich find's zum Kotzen, jemanden so alt werden zu lassen, um ihn dann in einen Safe einzusperren. Ich mach' da nicht mit!“ Sie sieht Papa an: „Und du auch nicht; du hättest sie ebensowenig verraten!“

Charles antwortet nicht. Ich beginne mich zu fragen, ob Cécile die Einladung nach Montbard nicht überhaupt nur angenommen hat, um Großmutter zu holen. Ihre Empörung beim Lesen des Briefes kommt mir in den Sinn, als Großmutter sich beklagte, man habe sie daran gehindert, Nicole zu begleiten. Ich muß das unbedingt klarstellen!

Mama umarmt die Giftnudel gerade, die sich, so gut es geht, dagegen wehrt. „Ich hätte sie bestimmt nicht verraten“, lacht sie begeistert. „Und du siehst ja: nun, da sie hier ist, finde ich es großartig. Wir müssen nur darauf achten, daß wir sie in einigermaßen gutem Zustand wieder an Montbard abtreten. Hat sie im Zug geschlafen?“ – „Sie hat ununterbrochen Poker gespielt mit dem alten Herrn“, sagt Cécile. „Sie hat ihm 3 Francs 75 abgenommen, was ihr gut zustatten kam, weil sie kein Kleingeld bei sich hatte. Aber ich kann euch sagen, der war gar nicht so beglückt; er ist nämlich, nebenbei bemerkt, Bankier.“

Mama gibt ihr noch einen Kuß. Von dem, was im Wagen vorgeht, sieht man nichts mehr wegen der beschlagenen Scheiben.

„Ist sie nun eigentlich gekommen, um uns oder um Stéphane zu besuchen?“ fragt Papa. – „Hauptsächlich wegen der Saint-Aimonds“, antwortete Cécile. „Großmutter sagt, sie hat früher einmal einen Hippolyte de Saint-Aimond gekannt. Sie fragt sich, ob der nicht zur selben Familie gehört hat.“ – „Sie hat doch diese Reise nicht gemacht, nur um über Hippolyte de Saint-Aimond zu reden!“ meint Charles. – „Unter anderem“, sagt die Giftnudel. „Natürlich auch, weil sie über Stéphane und Bernadette Bescheid weiß.“ – „Über alles?“ Mamas Stimme klingt besorgt. – „Liebe, Streit, Unfall und endgültiges Zerwürfnis“, zählt Cécile auf. – „Was für ein Programm!“ seufzt Charles. – „Sie hat sogar gemeint, daß man eine so verkorkste Situation nicht aus 240 Kilometer Entfernung beurteilen könne, daß es aber an der Zeit sei, endlich frei heraus zu sprechen, und daß Bernadette eine Standpauke brauche."

„Bernadette braucht vor allem Ruhe zu ihrer Genesung." – „Eben", sagt Cécile, „und Großmutter glaubt, daß sie mit dieser Stéphane-Geschichte im Hinterkopf, wie man hier wohl zu recht sagen kann, sich ganz bestimmt nicht richtig erholen wird." – „Warum mischt sie sich da ein?" protestiert Papa. – „Als wir in Amerika waren, hat Bernadette die wundertätige Telefonzelle auch dazu benutzt, um Großmutter ihre Verlobung mitzuteilen", klärt uns Cécile auf. *„Vor* dem Streit, selbstverständlich!" – „Und wenn ich recht verstehe, ist sie jetzt mit der Absicht gekommen, die beiden wieder auszusöhnen?" – Cécile schickt einen Blick zum Himmel. „Gott sei's getrommelt und gepfiffen", antwortet sie ernsthaft. Vaters verblüffter Blick steigt ebenfalls zu den Wolken. Dann richtet sein Auge sich wieder auf Cécile.

„Sie sind ausgestiegen!" schreit Mama auf. Die Motorhaube des Autos steht offen und Großmutter schaut neugierig hinein. Jetzt spricht Stéphane; er scheint ihr etwas zu erklären.

„So ein Motor ist etwas Aufregendes", sagt sie bebend, als wir dazukommen. „Aber ich muß euch etwas Gräßliches gestehen, *ich* hätte das Frostschutzmittel in den Benzin-Tank geschüttet!" Sie sieht ganz verklärt aus. Stéphane ebenfalls. „Und jetzt – nach Hause!" befiehlt sie.

Sie hat sich nichts im Haus angeschaut, sondern gleich bei Bernadette den Anfang machen wollen, und diesmal legte sie Wert darauf, daß wir alle dablieben, weil auch wir hören sollten, was sie zu sagen hatte. Familienaussprachen muß man mit der ganzen Familie abmachen wegen der Erinnerungen und der Lehren, die man für die Zukunft daraus ziehen kann, meinte sie. Weil man sich immer weniger miteinander ausspricht, schiebt man die Großmütter ins Abseits, obwohl sie doch immer noch ganz dienlich wären!

Bernadette lag im Wohnzimmer bei Claire, und ich kann nicht gerade behaupten, daß sie sich wohlfühlte in ihrer Haut. Als wir sie von Großmutters bevorstehender Ankunft unterrichtet hatten, sah sie keineswegs entzückt aus, obwohl sie Großmutter doch anbetet.

Großmutter ging geradewegs auf das Sofa los, und ohne ihren Hut abzunehmen, unterzog sie die Verletzte einer Gesamtinspektion, wie es auch schon Crève-cœur getan hatte. Danach setzte sie sich neben Bernadette und erklärte ihr, daß sie zwar im Augenblick unmöglich aussehe, aber dafür gebe es ja schließlich auch einen Grund; von nichts komme nichts – weder solch eine neue Frisur noch so eingefallene Wangen noch so ein Gesichtsausdruck. Das Wichtigste seien die Augen! Und die erkenne man wieder! Es seien ihre eigenen – vor sechzig Jahren!

Vor sechzig Jahren hatte Großmutter ihren späteren Mann kennengelernt. Sie war damals ein hübsches dralles Mädchen mit hellem Teint, wie es zu jener Zeit Mode war. Sie lebte bei ihren Eltern auf dem Lande, in einem kleinen Schloß; um das Wappen brauchten wir demnach die Saint-Aimonds nicht zu beneiden.

Eines der schönsten Zimmer des Schlosses war der Billardsaal. Und wenn es etwas gab, was Großmutter als kleines Mädchen haßte, so war es jener Augenblick nach dem Essen, wenn die Männer sich dort einschlossen, um Pflaumenschnaps zu trinken, der so gut roch, um Zigarren zu rauchen, die noch besser rochen, um endlose Partien zu spielen, während die Frauen sich im Wohnzimmer über tödlich langweilige Themen unterhielten.

Als sie noch ganz klein war, versteckte Großmutter sich oftmals hinter den Vorhängen und folgte aufmerksam dem Spiel. An dem Tage, da ihr Vater sie dort entdeckt hatte, wußte sie bereits eine Menge über die Taktik des Billardspielens und – dank der Männergespräche – auch über das Leben.

Ihr Vater hatte eine Schwäche für sie, und statt einer Strafe schlug er ihr vor, ihr Billard beizubringen. Am Anfang mußte sie für bestimmte Stöße noch auf den Tisch klettern, weil sie zu kurze Arme hatte, aber er war ihr ein so guter Lehrmeister, daß sie ihn mit fünfzehn bereits bei jeder zweiten Partie schlug.

Was die Frauen wohl zutiefst kränkte: *sie* wurde nun nach dem Essen zum Billardspielen mit den Männern zugelassen, und ihr Vater brüstete sich mit ihrem Talent, ja er ließ sie sogar an seiner milden Zigarre ziehen.

Jules, unser späterer Großvater, spielte nicht Billard, und es hatte auch niemand für nötig gehalten, ihm von Marie-Charlottes Fähigkeiten zu erzählen, die, statt an den Partien teilzunehmen, sich in jener Zeit ohnehin lieber mit ihrem Verlobten einen Spaß daraus machte, auf den Parkwegen die Anstandsdame abzuhängen.

Als aber nach dem Verlobungsmahl die Herren sich zum Billardsaal begaben, bekam Großmutter plötzlich Lust, ihrem zukünftigen Schwiegervater die Stirn zu bieten, der sich während des Essens gerühmt hatte, er sei noch nie von jemand besiegt worden. Dieser liebenswerte Herr vertrat im übrigen in bezug auf Frauen die Meinung, diese reizenden Wesen hätten kein Hirn! Eine Äußerung, die bei den reizenden Wesen – außer bei Großmutter natürlich – ein dümmliches Lachen hervorrief, das ihm durchaus recht gab.

Resolut wie sie war, hatte Marie-Charlotte sich also den Herren angeschlossen und ihre Absicht kundgetan, mitspielen zu wollen, was einen Skandal heraufbeschwor. Die Familie ihres Verlobten war entsetzlich altmodisch. Man bat sie also, sich doch den Damen zuzugesellen, die so aufregende Dinge besprachen wie die Zusammenstellung der Aussteuer. Großmutter hatte das brüsk abgelehnt, hatte damit sowohl das eigene als auch das andere Geschlecht gegen sich aufgebracht und – sich in ihrem Zimmer eingeschlossen.

Dort war sie acht Tage lang geblieben, wobei sie sich auch weigerte, den unglücklichen Jules zu empfangen, der an ihrer Tür flehte. Sie warf ihm vor, daß er sie nicht verteidigt habe, als sein Vater gemeint hatte, ein junges Mädchen, das etwas auf sich halte, beteilige sich nicht an Männerspielen.

Wie es scheint, befand sich die ganze Familie in einer verzweifelten Lage, und hätte Großmutter nicht schließlich nachgegeben, so hätten weder Mama noch Tante Nicole, Onkel Jean oder Onkel Henri je das Licht dieser Welt erblickt, noch – aus begreiflichen Gründen – eine von uns!

Großmutter hatte nur unter einer Bedingung zugestimmt, ihr Zimmer zu verlassen. Sie wünschte, daß ihr zukünftiger Schwiegervater ihr eine Partie Billard gewähre! Dieser hatte ihr das nach flehentlichen Bitten seines Sohnes auch zugestanden, forderte jedoch seinerseits, daß diese Partie mitten am Tage und bei geöffneten Türen ausgetragen werde, wobei die anderen „reizenden Wesen" anwesend sein sollten. Wahrscheinlich war es ihm gar nicht so unwillkommen, dieser „dummen Gans" eine Lektion zu erteilen!

Es war eine denkwürdige Billard-Partie! Der Schwiegervater spielte wirklich sehr gut, und bis zum Schluß wußte man nicht, wer den Sieg davontragen würde. Großmutters Vater geriet auf dem Höhepunkt der Partie in so starke Erregung, daß er an jenem Tage fast am Herzschlag gestorben wäre. Nach der Partie mußte man ihn zur Ader lassen. Mit einem ausgesprochen bewunderungswürdigen „Kopfstoß" hat Großmutter sich schließlich den Sieg gesichert.

An dieser Stelle ihres Berichts erhob sie sich und nahm den Feuerhaken zur Hand, um zu demonstrieren, worum es sich dabei handelte. Um die Kugel zu spielen, hält man den Stock senkrecht zur Oberfläche des Tisches. Auf diese Weise hatte sie im übrigen vor diesem Sieg bereits zwei- oder dreimal ihren Vater geschlagen!

Tödlich beleidigt forderte der Besiegte nun lauthals Revanche und erklärte, er habe heute eben keinen guten Tag gehabt. Großmutter hat geantwortet, was das angehe, so spiele sie dieses Spiel an sich auch nur nach dem Abendessen bei Pflaumenschnaps und einer guten Zigarre!

Und zum zweitenmal wären wir alle um ein Haar nie zur Welt gekommen!

Nun sagte Großmutter zu Bernadette, sie habe die Pflicht, ihren Schwiegereltern zu beweisen, daß man sich mit Pferden befassen und dennoch eine gute Ehefrau und Mutter sein könne. Und wenn sie, Marie-Charlotte, acht Tage lang vor dem Match jeden Abend mit ihrem Vater geübt habe, um die Erlaubnis zu erkämpfen, nach dem Essen Billard zu spielen, so sei dies nicht geschehen, damit ihre Enkelin eines Tages sang- und klanglos auf ihre Berufung verzichte. Doch wegen solcher Berufung auf die Liebe zu verzichten, sei genauso dumm, da ja aus beidem zusammen erst das Lebensglück erwachse . . .

Dann wandte Großmutter sich zu Mama, die sofort den Kopf senkte, und sagte laut, man lasse ja auch seine Tochter nicht vor den Augen aller Dorfbewohner vierzehn Tage lang mit einem jungen Mann unter demselben Dach wohnen, bevor er sie geheiratet habe. Vor allem wenn man das große Glück habe, daß dieser junge Mann an Gott glaube, seine Arbeit liebe, sogar hinnehme, daß seine Frau Pfeife rauche und wenn besagter junger Mann auch noch einbekenne, daß Bernadette die einzige Frau in seinem Leben sei und immer bleiben werde – Garantien, die Großmutter im Auto eingeheimst haben mußte.

So haben wir entdeckt, daß unsere Großmutter eigentlich Frauenrechtlerin war und haben von wegen der Zigarre auch besser verstanden, woher Bernadette ihre Vorliebe für die Pfeife hatte.

Cécile verlangte lauthals einen Billardtisch als nächstes

Weihnachtsgeschenk! Papa sah besorgt drein, weil Großmutter blaurote Wangen hatte. Was die Angeklagte betraf, so hatte sie bisher noch kein Wort geäußert, da ihre Gesprächspartnerin sie mit autoritärer Handbewegung jedesmal zurückgewiesen hatte, sobald sie auch nur dazu ansetzte.

Bernadette sah verbockter aus denn je, aber während Großmutters Bericht von ihrem Sieg beim Billard hatte ihr Gesicht gestrahlt. Als Großmutter geendet hatte, sah sie Bernadette an und wartete auf ihre Antwort. Da setzte Bernadette ihre sturste Miene auf und sagte in einem möglichst unerquicklichen Tonfall: „Worum wollen wir wetten, daß alle Saint-Aimonds auf Gäulen hocken werden, wenn du zur Hochzeit wiederkommst?"

Welch ein Freudentaumel brach da los!

Aus den Plastiktüten kamen reife Reineclauden hervor, „Gute-Louise"-Birnen und die ersten Traube eigenen Weins. Auch Mamas Wonne war dabei: ein großes Bündel Sauerampfer!

Vorsorglich maß Papa Großmutters Blutdruck und Bernadettes Temperatur. Und verdonnerte sie beide zu einem Mittagsschläfchen ... Wir riefen in Montbard an, um die Verwandten zu beruhigen. Nicole war bereits auf dem Wege nach La Marette. Cécile hatte ihren Topf Marmelade vergessen; den müsse man ihr bringen ... Wir könnten zum Abendessen ein Gedeck für Nicole auflegen – außer dem Gedeck für Stéphane! Sie besorge den Wein!

Stéphane kam gegen sieben Uhr abends. Wir hatten beschlossen, den Apéritif im Garten zu trinken und hatten unsere beiden Gebrechlichen auf Liegestühle verfrachtet.

Zuerst ging Stéphane zu Großmutter, um ihr die Hand zu küssen, und sie zwinkerte ihm verschwörerisch zu. Dann kam Mama an die Reihe. Papa, Claire und mir drückte er die Hand. Keinen Ton hatte er bis dahin von sich gegeben, worauf erst Cécile mich aufmerksam machte, der er – wie zum

Dank – die Haare zerzaust hatte. Er mußte stundenlang unter der Dusche gestanden sein, doch er roch trotzdem noch immer nach Benzin. Auch er war abgemagert.

Zuletzt ging er dann zu Hadock. Seinem Hadock mit dem kahlen Kürbis, und ohne Pfeife. Stéphane kniete gleichsam vor ihr nieder, nahm ihre Hände und schaute sie unverwandt an, als sei sie eines der sieben Weltwunder. Auf dem inneren Photo, das ich mir von jenem Augenblick bewahrt habe, leuchtet vor allem Bernadettes Lächeln. Papa hält Mamas Schultern umschlungen und schaut Großmutter an, wie um ihr zu sagen: „Sie gehört mir, und ich bereue nichts". Man kann auch nicht gerade sagen, daß Großmutter unzufrieden aussieht! Cécile sitzt ihr zu Füßen; sie wechseln einen verständnisvollen Blick.

Und da mache ich eine außergewöhnliche Entdeckung: Sie ähneln einander! Bei beiden dasselbe freudige und zugleich trotzige Lächeln. Aber in beiden auch so etwas wie die gleiche Gewißheit. Man könnte sagen, daß sie von beiden Seiten des Lebens her aufeinander zugehen: die eine vom Anfang her, die andere vom Ende. Und mit ihren Fingern, die sie um die Finger ihrer Enkelin flicht, scheint Großmutter eine Botschaft zu übermitteln, scheint Cécile anzuvertrauen, daß das, was ihr bevorsteht, alles künftige Erleben, die Erfolge und Enttäuschungen, das eben, was man das Abenteuer nennt, nicht das Eigentliche ist, mit dem man fertig werden muß. Sondern etwas anderes. Aber was?

38

Durchhalten!

Heute habe ich beschlossen, ein großes Aufräumen in meinem Zimmer zu veranstalten. Das ist selten. Ich werfe nicht gern etwas fort; wie eine Ameise bewahre ich eher Sachen auf, häufe an. In den Tiefen des Schrankes lagern seit mindestens zehn Jahren Bücher, Papiere, Spielsachen; auch alle meine Schulhefte habe ich dort aufgehoben. Nur an Kleidern bin ich arm: fast alles geht allmählich auf Cécile über! Ich sage mir immer, vielleicht wird man dies und das noch brauchen können. Eines Tages habe ich vielleicht das heftige Verlangen, mich ausgerechnet bei dieser lieben Puppe auszuweinen oder mich gerade über jenes Buch aus früheren Tagen zu freuen ... Man kann doch nie wissen, vielleicht wird es mich eines Tages vor einem unbedachten Schritt bewahren, wenn mich aus diesem Schrank der noch lebendige Hauch meiner Kindheit anweht! Etwas wegwerfen, das ich geliebt habe, bedeutet für mich jedenfalls, eine Seite umzublättern – und das hasse ich! Und doch habe ich viele Seiten umgeblättert! Ich habe Schönschreibhefte weggeworfen, zwei oder drei angefangene Werke, die inzwischen überholt und vergilbt sind, unvollständige alte Kartenspiele, Schachteln mit Malfarben, viele Füller mit verbogener Feder. Ganz unten im Schrank fand ich im Staub ein ganz altes Buch, das erste überhaupt, das Mama mir geschenkt hat: ein Liederbuch mit Bildern. Ich muß ungefähr vier Jahre alt gewesen sein. Es öffnete sich bei den Seiten, auf denen mein Lieblingslied stand. Die Illustration zeigte ein Haus mit zwei Stockwerken und vier Gesichtern an den Fenstern. Jeder hierzulande kennt das Liedchen:

Mama ist oben und bäckt Kuchen,
Papa ist unten und kocht Kakao.
Schlaf', Bruder Nicolas ...

Ich summte das Lied vor mich hin, wie Mama es für mich getan hat. Sie hielt meine Hand, ich schloß die Augen und war oft schon vor dem Ende des Liedes eingeschlafen. „Schlaf', Bruder Nicolas ...“ Mama war oben und Papa unten. Bernadette, Claire und Cécile waren da, jede in ihrem

Zimmer, jede an ihrem Platz, um mich herum. In diesem bunten, glücklichen Haus war alles in Ordnung, doch man konnte mir das Lied noch so oft vorsingen, ich wußte, daß es mich nicht mehr einschläfern würde.

Ich klappte das Buch wieder zu und legte es zusammen mit dem malvenfarbenen Kleid ins obere Fach. Jetzt war viel Platz im Schrank. Für später. Für die Zukunft!

In meiner Nachttischschublade fand ich ein Blatt Papier, auf das Pierre an einem Winternachmittag meinen Namen gezeichnet hatte. Jeder einzelne Buchstabe gewann da auf seine Weise Leben: durch Blumen, Herzen, Bänder. Am Schluß-„e" hängt eine Wurzel. Auf diesem Blatt sieht mein Name geradezu hübsch aus. Ich hab' es weggelegt – zu dem Kleid und dem Lied.

Als ich fertig war, setzte ich mich ans offene Fenster. Das Zimmer war grau vom Staub, aber alles war wohlgeordnet. Und ich spürte eine Leere hinter meinem Rücken.

Ich mußte daran denken, was Antoine mir erklärt hatte, als ich so lange geschlafen hatte und in mein Zimmer geflüchtet war wie der Herzfisch unter seinen Felsen.

Ich war traurig, in einer Welt zu leben, in der man die Herzfische mit der Harpune fängt, statt sie zu beschützen. Meiner Meinung nach war nämlich das Liebenswerteste an diesen „Herzen", daß sie vor dem herannahenden Schatten des Bootes nicht zu fliehen oder die Fischer zu erspähen suchten; ja, daß sie nicht einmal im Traum daran dachten. Vielleicht gab es ein Mittel, um ihr Überleben zu sichern. Ich beschloß, sie zu suchen.

Seit einiger Zeit habe ich oft das Gefühl, als strecke sich eine Hand der meinen entgegen. Es ist Sallys Hand, die Hand meiner Schwester in Kalifornien. Dann ergreife ich sie, schließe die Augen und flüstere ihr zu – oder sage vielmehr zu uns beiden: „Hold on! Halte durch!" – Durchhalten ist alles!